# 燃烧的海

王海燕 著

中国文史出版社
CHINA CULTURAL AND HISTORICAL PRESS

## 图书在版编目（CIP）数据

燃烧的海 / 王海燕著 . —— 北京：中国文史出版社，2024.4
ISBN 978-7-5205-4664-5

Ⅰ . ① 燃… Ⅱ . ① 王… Ⅲ . ① 散文集—中国—当代
Ⅳ . ① I267

中国国家版本馆 CIP 数据核字（2024）第 089324 号

责任编辑：徐玉霞

出版发行：**中国文史出版社**
社　　址：北京市海淀区西八里庄路 69 号院　　邮编：100142
电　　话：010-81136606　81136602　81136603（发行部）
传　　真：010-81136655
印　　装：北京新华印刷有限公司
经　　销：全国新华书店
开　　本：787mm×1092mm　1/16
印　　张：21.5　　字数：300 千字
版　　次：2024 年 8 月第 1 版
印　　次：2024 年 8 月第 1 次印刷
定　　价：66.00 元

# 目录

CONTENTS

序Ⅰ 奔腾的流年，记存浮世清欢 / 001

序Ⅱ 生活永远是大师 / 009

第一辑 警营叙事 / 001

我爱这片海 / 003

苔花在窗口绽放 / 007

"公安胡歌"初印象 / 012

衣钵 / 015

岁末搬迁记 / 021

沙陈：智勇双全的警界"拼命三郎" / 026

第一次和奥运冠军合影 / 030

慈城派出所有一个会弹钢琴的吴警官 / 035

"古城"牌牛肉酱引发的感人故事 / 043

平淡之中见奇崛

————谈警察故事创作 / 048


第二辑　岁月如歌 / 053


书写人生的三个关键词 / 055

黄昏感怀 / 057

远逝的春节，远逝的戏台 / 059

一碗水饺 / 064

做个"好色"的女人 / 068

为6月放歌 / 071

浅绿 / 073

人生最美是中年 / 076

亲历答辩 / 079

我与宁波和丰创意广场 / 084

声音和气味 / 088

我有拖延症 / 090

不做情绪的"奴隶" / 095

写给自己的情书 / 100

集智慧、温度、情怀和美于一身的教育名家

————黄兴力人物印象 / 105

**第三辑　书香润心** / 113

书房给我富有温度的生命安慰 / 115

十年磨一剑　破茧终成蝶

　　——在南京新书发布会上的出书感言 / 119

我们和文学一起跨年 / 123

"枪声"过后的思考

　　——浅评作家胡泊的中篇小说《最后的枪声》/ 132

享受生活，才是最好的成就

　　——读蔡澜《不如任性过生活》心得 / 138

我在江边写作 / 143

深夜，和毛尖约会 / 146

夙愿 / 152

爱与乡愁像杯烈酒

　　——读《那条叫清江的河》一书有感 / 165

海曙和我的文学梦 / 171

梅花怒放惊艳甬城

　　——秦腔大戏《焚香记》剧评 / 179

文学让我红尘颠倒 / 181

我和《瓦尔登湖》/ 188

秋天过后是春天 / 193

这个5月，注定和青春有关 / 202

**第四辑　行走天涯** / 207

在上海科技馆看球幕电影 / 209

在黄河上坐羊皮筏子 / 212

桂林记忆 / 216

到延安去 / 230

在苏州听评弹赏中秋 / 237

不一样的孝感 / 241

我与运河的不了情 / 245

在秦山村做客 / 251

我眼里的宁夏 / 257

访山奇缘 / 268

歙县"遇险"记 / 276

又见山，又见山 / 281

我眼里的"两湖"和宋韵文化 / 287

越音绕乡情亦浓 / 293

恩施大峡谷：惊心动魄的一天 / 299

风雨井冈山 / 305

**跋：清明雨和玉环的公安文学缘** / 315

**后记** / 320

# 序 I 奔腾的流年，记存浮世清欢

2023年，是海燕的幸运年，她作为宁波市公安系统有史以来首位加入中国作家协会的警察而引人注目，多家媒体采访她的创作历程和心得体会，都给予了很高的评价。对此，海燕非常清醒，她深知一路走来，在文学上所取得的一些成绩，离不开单位领导和同事的理解与支持，也离不开家人的鼓励和关爱。她认为，加入中国作家协会，只是对自己一直以来热爱文学的某种肯定，前路漫漫，唯有加倍创作出更多、更好的文学作品，才能对得起缪斯女神的眷顾。

此时，海燕决定"趁热打铁"，出版她的第四部文学作品集《燃烧的海》（海燕已出版散文集《快意江湖》、《葡萄架下的相约》、诗集《甬江边的树》）。海燕是一个热情奔放的人，也是一个比较简单随和的人。我理解海燕出版《燃烧的海》的初衷，应是以这样的方式，来表达她的感激之情，也是向所有关爱她的人，做一次比较系统的汇报，以求得更多人的指教。

《燃烧的海》收录了海燕从2015年7月至今的大部分散文作品，计20万字。全书共分四辑，收录的散文，有警察故事、有宁波的地域文化书写、有浪迹天涯的感悟、有对人生的深度思考。生活在大海边的海燕，对大海拥有无比的崇拜和敬仰，大海与海燕的生命息息相关；在海燕的心里，蔚蓝的海水深处，依旧是一望无际的大海，光芒四射的灵魂深处，有着燃烧的火焰。于是，海燕将这部散文集取名《燃烧的海》。

阅读海燕的文章，我被她笔下鲜活的文字感染，所产生的感动，属于情不自禁；因为，我也是一个感性的人。在海燕文章的字里行间，我读出了海燕的襟怀："猎猎警旗在我胸中飘荡，我的心将永远和时代一起律动，我的笔将永不停歇，只要生命还像花朵一样绽放……"

这是何等鲜明的生命誓言，诗意和思想交汇在一起，形成《燃烧的海》，这是属于海燕的《燃烧的海》。

我的眼前呈现这样的画面：旭日冉冉升起，那种辉煌壮丽无与伦比，海燕面朝大海，仰望喷薄的日出，伸展双臂——大海，我是你的孩子，我一定会加倍努力，绝不辜负你的厚望！

海燕的文字非常优美，充满诗情画意——

"机场是一片迷人的海。我最爱机场的黄昏。吹面不寒的杨柳风让人心旷神怡，抬头仰望，机场的上空总是碧蓝碧蓝的，白云们彼此追逐嬉戏，硕大的猩红的太阳，在树林里一点点地往下坠，直到再也看不到。此时，我的内心多少有些怅然，但是看到清清的池塘里成群结队的小蝌蚪在快活地游来游去，还有由蝌蚪变成的小青蛙满地跳跃，心又放晴。"（摘自《我爱这片海》）

因为海燕在机场工作过，那里有她努力奔跑留下的温度，那些美好的场景，会让她流连忘返；海燕用自己的笔，为自己留下美好的回忆。

"雨停了，春风沉醉，我带着在宁波书城买的植物和面馆的水饺离开。大哥还跑到路口为我拦车，他帮我把装有红掌、文竹、菖蒲的黄色纸箱小心翼翼地放在出租车的后盖，并把一根脱落的白色塑料绳重新打好结。那件蓝色 T 恤露出的那段手臂上的'蚯蚓'若隐若现，在黑夜里。

"第二天早上，我打开水饺包装，发现有 66 个，水饺皮嫩鲜美。坤儿说从没吃过这么好吃的水饺。我把面馆奇遇说给他听，他说下次和我一起去那家面馆。坤儿还感慨：'面馆的叔叔阿姨这么尊重知识，尊重文化人，小弟弟做人做学问也肯定会非常棒的。书上讲过父母是孩子的镜子啊。'我瞪大眼睛看着坤儿，一个像春天里的树一样往上生长的青葱少年。

"一碗水饺，让我梦绕魂牵。"（摘自《一碗水饺》）

一碗水饺，讲述的是伟大的父爱，为了孩子爱得奋不顾身的故事。我在这篇散文里，读懂了同为父母的悲悯情怀。

"我越来越不追求时尚，衣服和围巾都有了年岁，只要不破不过分旧，我依然喜欢穿。穿上它们，我总能想起许多故事。比如那条大红的尼泊尔手工刺绣羊毛披肩，缀满蓝色的小花，它陪伴我走过云南丽江，还有故乡临海，它让我成为一朵在甬城南塘老街上漂浮的红云。"（摘自《人生最美是中年》）

海燕曾将中年的女子，比喻成华贵的牡丹。我觉得，海燕就是一朵盛开的牡丹，妩媚动人，又清新别致。

海燕的文笔，有的优美如散文诗，让你在阅读的过程中领略到文字的魅力；有的朴实无华，看似家长里短的大实话，却能引起你的共鸣，这就是文字的力量。

我和海燕相识多年，海燕对朋友的坦诚热情始终如一。她像一团燃烧的火，会点燃你的情绪；她又像一块磁场强大的吸铁石，将你吸引到她的身边。当你阅读《燃烧的海》里面有关人物描写的散文，就会被海燕的真诚所打动，同时会沉浸在她的叙述中，被生动的画面所感染。

"毛尖来了！同心书画院的院落顿时亮堂起来！阳光显得更加明媚动

人了。

只见她个子娇小，三七分的黑色短发，戴着黑框眼镜，皮肤白皙，着黑色皮衣、灰黑色阔脚裤，脚蹬黑色高帮皮靴，大红的羊绒围巾像一团火焰飘在胸前，红红火火、欢欢喜喜是我们在辞旧迎新之际盼的好兆头。干净、漂亮、有款，这是毛尖给我的最初印象。"（摘自《深夜，和毛尖约会》）

海燕的寥寥数言，让毛尖这个锐气十足的宁波籍美女作家，立即鲜活起来。

"10年前的秋天，我遇到胡泊，有了自己的文学老师；10年之后的春天，佳越遇到我，我变成他的师傅。秋天之后是冬天，我们共同经历3年的疫情，经历压抑、苦痛和不堪，有瓶颈也有彷徨，但谁能阻挡春天的脚步呢？作为乐天派的我看来，秋天之后的冬天完全可以忽略不计，秋天过后就是春天。中年以后的春天显得弥足珍贵。"（摘自《秋天过后是春天》）

文学是一种传承，亦师亦友，因为文学结缘，情谊就会格外珍贵。这是我读到的一篇讲述师徒友情的妙文。

"从业30多年，对黄校长而言，最有成就感的事不是学校的升学率上升了多少个百分点，也不是个人获得了多少荣誉称号，而是经过多年的办学，师生的眼神灵动起来了，他们处在一个平和而健康的工作与学习状态中……黄馆长就像一只八爪鱼，头脑风暴制造者，他拥有超强的发散性思维，他利用自身的文化积淀，把电影、甬剧、秦腔、评弹、音乐、摄影、书法、篆刻、朗诵等高雅艺术请进教博馆……"（摘自《集智慧、温度、情怀和美于一身的教育名家——黄兴力人物印象》）

在海燕的笔下，通过细致的描摹，用略带轻松幽默的语言，将一个立体的宁波教育名家黄兴力老师呈现在读者的眼前，并让读者敬佩。

有关文学的创作体会，海燕说她是将文学当作人生来书写的。我非常赞同她的观点。海燕将书写人生浓缩为三个关键词：担当、坚持和率真。

海燕认为：人生三本书，是无字之书、有字之书、心灵之书；要写好它们，就离不开担当、坚持和率真这三个关键词。

说起担当，让海燕想起一件往事。2005 年 5 月，当时，海燕在鼓楼派出所锻炼，单位让海燕参加全国统一的缉捕行动。参加行动，就意味着有流血牺牲的危险，有人提议把海燕换下来，海燕拒绝了这番好意。海燕深知，当警察就意味着比常人多一些担当、奉献精神，而且参加缉捕任务，原本就应不分性别。同年 8 月，在职研究生考试在即，但海燕被抽中参加全市公安大比武，要求封闭式培训。在公私不能兼顾的情况下，海燕以大局为重，全身心投入大比武。让海燕庆幸的是，后来海燕利用比武结束最后半个月发奋努力，以多出 6 分的好运气考上浙大光华法学院。

"坚持"是第二个关键词。说起坚持，海燕想到一幅漫画——《挖井》：有个小伙子拿着一把铲子，挖了几个坑，都没有找到水，他便抛铲而去。其实，只要他对准一个坑多挖几下，就能找到甘甜的井水，可惜他没有坚持。生活中像他这样半途而废者大有人在。这些年，海燕在做好本职工作的同时，还在坚持做另一件事——写作。发自内心的喜爱，让文学成为海燕生命中不可分割的一部分。实际上，海燕是将文学创作，当作她终生不离不弃的情人。这些年，海燕已经出版了三部文学作品集，发表文学作品 60 余万字；这些都是坚持的成果，也是对她的孜孜以求的一种回报。在海燕心目中，做自己喜欢做的事，并长期坚持下去，是一件非常幸福的事。

率真，海燕把它当作自己的人生底色。海燕的人生哲学，主张的就是张弛有道，享受生活。只要分清主次关系，在认真耕耘好自己"一亩三分田"

的基础上，选择过自己喜欢的生活：哪怕是三八妇女节只有半天的假期，她也会美滋滋地坐着公交车，长亭更短亭地去领略宁波走马塘的乡村田园风光，捕捉人文之美；偶尔，海燕也会半夜披衣起床，奋笔疾书，只为听从灵感的召唤。海燕自己认为，写的东西没有章法，追求的是率真，是足够有趣好看。

海燕始终认为，人生是一场漫长的修行，人生的三本书恐怕穷尽一生也读不完。"做最好的自己胜过做英雄"，海燕愿意用一生的光阴，书写好自己人生的三本书，听从内心的召唤，继续做一个有担当、有责任，做事果断，持之以恒，却又率真纯粹的人。

有人称赞海燕，并将她形容为"左手写诗，右手写散文，中间还是一个热心的文学活动家"。每当此时，海燕会笑嘻嘻地"笑纳"。

接下来，请允许我将海燕近年来取得的文学成果，略做简单回顾，也许会对读者阅读《燃烧的海》有所帮助。

——海燕出版文集《快意江湖》和两次上鲁迅文学院的先进事迹，被写进 2015 年全市公安政治工作总结；海燕成为浙江省首个两次上鲁迅文学院学习的公安作家。

——2016 年 3 月，因为文学成绩突出被评为全省暖心警花；2016 年 4 月，加入省作协。

——2020 年年初，以慈溪老励工作室为背景，撰写警察故事《衣钵》，获公安部主题征文优秀散文奖，受到省厅、宁波市局的通报表扬。

——2021 年 3 至 7 月，利用业余时间，加班加点，策划组稿，采访写作，组织宁波公安作家团队和部分海曙作家，完成高质量的警察故事文集《高桥警官》，为高桥派出所成功创上"国枫"立下汗马功劳。

——2021 年 8 月，海燕原创反映全国优秀基层民警毛卓云先进事迹的诗歌《岸》发表在《平安时报》和宁波公安官方微信公众号上，好评如潮。

——2022年3月，海燕的先进事迹在《浙江法治报》刊登，被战友们称为"我们自己的作家"。2022年7月，撰写北仑玉兰社区外国人移民融入故事在《中国出入境杂志》发表，并被国家移民管理局评为全国好新闻三等奖。当年，海燕还被《中国移民管理报》评为全国优秀报道员。

——2023年年初，被评为全省首批公安文化千名人才。2月和4月，海燕组织两次全市公安作协读书会活动。其中，4月读书会和采风活动登上《人民日报》客户端；海燕撰写的警察故事《慈城派出所有个会弹钢琴的吴警官》，被杭州网和《法治日报》录用；8月，海燕创作的诗歌《我在延安过七夕》，在全市党政机关"二十大"诗歌征文大赛中获现代诗二等奖。

——2023年9月，以公安作家的身份成为中国作家协会会员，打破宁波公安文学零会员的记录。

——海燕作为宁波公安文联分会副会长兼宁波公安作协会长，每年都带领会员走进基层警营采风，写出了许多好作品。

近年来，海燕个人作品的发表量达到60万字以上。海燕甘当伯乐，积极推荐15名公安作协会员加入了宁波市作协会员，1名加入省作协会员。如今，"清明雨"（海燕笔名）已经成为宁波公安著名的文学品牌……

我想用以下一段文字，来结束序言：每个人的一天都是24小时，时间不会偏袒任何人；要说公平，这个世界上莫过于时间。你将时间花在哪里，你的成长就会在哪里呈现。世界上没有白费的努力，出众的背后也没有捷径可循。海燕的努力，以及她在文学上所取得的累累硕果，毫无争议地证明了这一点。

题外话：你坚持下来了，而别人没有坚持下来，这就是你的资本！祝贺海燕！祝福所有依旧在文学道路上艰辛跋涉的文友！

2024年1月10日凌晨写于湖州，时值第四个人民警察节，甚是欣慰。

郑天枝

（中国作家协会会员、中国报告文学学会会员、中国法学会会员，

退休警察）

# 序 II　生活永远是大师

王海燕在宁波。

我在北京。

王海燕大我 6 岁，我喊她——海燕姐。

她则喊我——狼弟。

我和王海燕很"熟"，我俩"认识"8 个年头了。我和王海燕很"生"，我俩一次面也没见过。

缘分使然，在"熟"和"生"之间，我俩却有许多"共性"。

比如，我俩崇拜着同一个男人——埃斯内托·切·格瓦拉。

比如，我俩也喜欢着同一个女人——玛格丽特·杜拉斯。

比如，我俩书橱的书有90%多的重合率，阅读时，喜欢用笔给精彩语句画横线，用五角星标注经典段落。并且，我俩都喜欢两本甚至多本书一起交叉阅读。

比如，在警界朋友圈，我俩互相熟悉和重叠的朋友不少于10位。8 年来，连接我俩的是文学与警察情怀。

文学是我们内心深处共同的一块精神高地，崇高而圣洁，这也是我们在现实生活中，灵魂得以救赎，精神获得独立的桥梁，而警察情怀则是我们这份跨越千山万水，超越网络与现实的战友之情的源泉。

"狼弟，晚上好，周五序可以拿出来吗？"

"我在写后记了。文稿已整好了。"

21日晚，9时09分，我正和一帮子兄弟冒着大雪后的严寒，拍摄一场警察抓捕"家暴"渣男的戏。

手机屏幕亮了，收到王海燕的微信。

又催上了。"能。"咬牙切齿间，我回了一个字。

对面飞来三个大拇指点的赞。

答应的事得干，欠下的债得还。何况人家有言在先。

"你是最适合给我写序的人！""我和你已经确认过眼神。"话到这份上了，迎头顶上吧。

这次答应给王海燕写序，实际上也算是一次补偿。2019年10月27日，王海燕的诗集《甬江边的树》新书发布会在宁波二中竹洲大讲堂举行。这是她的第一部诗集。

当时，我曾答应王海燕要去宁波参加发布会做发言嘉宾。结果，票都买好了，启程前，我却突然被领导派到外地执行采访任务。

"记者和警察一样，以服从工作命令为天职。"王海燕替我找了个失约的"借口"。

这次，我必须"将功赎过"。

"给你写序，写什么呢？写我眼里的女诗人，女作家，女神经，女三毛，女杜拉斯，女切·格瓦拉？还是写我眼里的喜欢游山玩水的'奔放'的胖女人？"

我说这番话，王海燕一点也不生气。她自己都喊自己是胖女人。

"你要写序，得写清楚我这个人。"王海燕有要求，有条件。

"你这个人，很多时候像个老顽童，也像个小姑娘，霸道小公主。简单，透明，调皮，蛮横，实在，没有任何弯弯江湖的劣性。"

"我的灵魂像年轻人，还在闯世界，体验新的体验。对这个世界充满好奇！"对我前面那番话，王海燕是认可的。

那天，无意中说起切·格瓦拉，我对王海燕说，你要是和切·格瓦拉在一起，那就有意思了。你会是他的革命伴侣，你俩一起战斗，一起赴死。

"我愿意呀，我愿意，我愿意和他一起赴死。你看，我们两人是多么的合拍呀。我和切·格瓦拉就是天造地设的一对。"

哎，这个疯女子，这个多面的、魔王般的文艺女青年。就这个劲，这个味，这个样子。

处女座的王海燕属于自带热度和温度的人，光芒四射的她走到哪里，热度和温度就带到哪里，就像一汪燃烧的海。

关于王海燕，不同的人有不同的评价。有人说她是体制里的"野生动物"，有人说她有一个雌雄同体的大脑，有人说她有颗少女心，根本看不出已过半百的年纪。有人说她是一个老顽童，是个半疯子。

王海燕崇尚张弛有道的生活，只要分清主次关系，无论是干本职工作，还是从事文学创作，组织活动和个人生活，都会进入心流状态。在音乐、戏剧、电影、旅行、择友等方面，她都有自己特立独行的调调。

她喜欢一个人在江边散步，不被打搅。她喜欢静静地看潮起潮落，船只来来往往，任月光倾泻在脸上、手上、衣衫上。

她喜欢听摇滚乐，她觉得摇滚乐是能量音乐，不是物质的东西。她喜欢崔健，他是一个时代的记忆，是灵魂歌者、音乐诗人、哲学家。

她也喜欢听古筝《烟花三月下扬州》、马头琴《鸿雁》。她觉得只有在歌声里，在音乐里，在阳光里，才有了女人的性别意识。这样的声音是文艺的，是每个女文青心里不可或缺的调调。

王海燕喜欢看戏评戏，不论是话剧还是舞剧，无论是越剧还是秦腔，只要是美的，她都喜欢，还曾获得过宁波市十佳剧评奖。

王海燕喜欢黄昏时分的厨房，这是一个神奇的地方。开水壶发出喜滋滋的声音，高压锅里的冬笋、香菇、玉米、排骨和着黄酒的煲汤发出"呲呲"的声音，还有在空气里弥漫着肉和酒的香味，还有红枣粥的甜香，憧憬着在刺骨的寒风里回家的父子打开飘满热气和香味屋子的惊喜。

在屋子里待得久了，王海燕就想走出去。想去森林里听听鸟儿的鸣叫声，看看鸟儿是如何谈恋爱的。她想到山里听溪水唱歌，感受王维诗里"明月松间照，清泉石上流"的意境。她还想闻闻丁香花、野百合、迟桂花的芳香，期待在林间小道的邂逅。

没有特殊任务，只要不加班，王海燕每周都要爬一次山，她曾一个人穿越恩施大峡谷。她曾在找不到民宿时，独自和一群穿睡衣的男人睡在洗浴中心的大堂里。

王海燕曾花掉大半月工资，在小服装店里一口气买下 3 件心仪的秋衣。她曾带着儿子，一起坐上羊皮筏子体验在黄河上漂流的刺激和乐趣。

她曾一个人独自看恐怖片《最后一间房》，当然，只看了不到 10 分钟，她就被影片里鬼哭狼嚎的声音吓得逃出来。善良的工作人员看着惊魂未定的王海燕，破例为她换了另一场喜剧电影《失控玩家》……

王海燕是浙大的法律硕士，是因公牺牲民警子女，是宁波市局第一个加入省作协和出书的女警。近年来，她相继加入宁波市公安作协、宁波市作协、浙江省公安作协、浙江省散文学会、浙江省作协，被推选为宁波市作协法治文学创委会副主任、全国公安文联会员。

2023 年 10 月 10 日，中国作协官网宣布了 2023 年中国作协新会员名单，王海燕的名字赫然在列。她成为浙江省第一个加入中国作协的警营女作家，也完成了宁波公安文联零会员的突破。

此外，王海燕还是浙江省唯一上过两次鲁迅文学院的警营女作家。对于鲁院，王海燕有着一份特殊的感情。

在一篇创作谈里，王海燕说，鲁院早已成为我内心的灯塔。在文学的朝圣路上大步奔跑的时候，每每在内心感到孤独、恐惧、疲惫不能坚持的时候，她就会想起鲁院美丽的春天和温暖的冬天，就会汲取到无限的能量，继续勇往直前。两次鲁院学习经历，就像火箭助推器，加速了王海燕写作的步伐，助推出了 5 年出 3 本书的火箭速度。

王海燕在一篇文章里说："公安作家和诗人就是一群一手拿枪一手拿笔的人，一群有着剑胆琴心的人，一群有着高尚灵魂的人，作为一名公安作家，应该讲好警察故事，在平淡之中见奇崛，只有这样才能无愧于组织和读者朋友们的厚爱，也无愧于'中国作协会员'这个光荣的称号。"

"生活永远是大师！"多年以来，王海燕一直坚持以写作的方式表达生活的存在。

"我要找到幸福的感觉，不仅自己要幸福，也要让周围的人感到幸福。"而前面这些感受和经历，实际上也正是王海燕这本散文集《燃烧的海》的部分内容，是她表达幸福、传递幸福、经营幸福的一个方式。

王海燕在朋友圈曾引用过作家庆山的一段话："人与人之间未必需要见面，也不需要特意谈论很多。文字是坦诚心扉。当一个人写了，另一个人读进去并看见了自己，他们的灵性部分就已连接。并融入一片共同的大海。有时这种关系比现实中发生的更深刻。"

一个作家，最好的证明就是她的作品，作品就是她的全部。也是读者看见、走进和了解作家的窗口与桥梁。值王海燕的散文作品集《燃烧的海》出版之际，谨以此文，作为读者朋友们，走进和了解王海燕的世界以及她文字的窗口和桥梁。

阅读是一次精神沐浴与灵魂升华，我们都身处喧闹的城市里，总有持续不断的噪声包围着我们，就连栖身的房间都像在火车上。在这样的时刻，我们特别需要阅读一些好的作品。希望大家喜欢这个叫王海燕的女人和她的这些文字。

愿这些文字能让我们回到宁静，回到我们自己。

张振华

（中国作家协会会员，检察日报社资深记者）

第一辑　警营叙事

# 我爱这片海

如果不来机场工作，我就只是个过客。当我和它亲密接触半年多后，在我的眼里，它变成一片神奇的海洋，时而风平浪静，时而小风小浪。我由匆匆的过客变成在海面上泛舟看风景的人。

机场是一片宁静的海。远离热闹的都市，这离市中心大约有 30 公里。我们为航班上的台湾居民办理落地签注，这工作平稳单一。一本证件的续签顺利的话，五分钟就可以办好。这对多年从事办公室工作的我来说是个大解放。我不必接没完没了的电话，也不必掩埋在文山会海里，上传下达，通知得口干舌燥。先生和孩子都说，自从我在机场上班，脾气变好许多。这宽松的工作环境也为我的业余创作赢得宝贵的时间，我作品产量较来机场以前有成倍的提高，文字水平也日益精进。

机场是一片迷人的海。我最爱机场的黄昏。吹面不寒的杨柳风让人心旷神怡，抬头仰望，机场的上空总是碧蓝碧蓝的，白云们彼此追逐嬉戏，硕大的猩红的太阳在树林里一点一点地往下坠，直到再也看不到。此时，我的内心多少有些怅然，但是看到清清的池塘里成群结队的小蝌蚪在快活地游来游去，还有由蝌蚪变成的小青蛙满地跳跃，心又放晴。在通往大食堂的这段路上，我不停地按动手机，拍小花、小草、池塘、树林，还有飞鸟。同事小胡不得不放慢脚步等我。有一天，小胡特意把我带到靠假山的水塘一角，她指着已经结出层层叠叠花骨朵的荷花说："到 6 月底，这池塘就开满白色、粉色的花朵，像许多花枝招展的小姑娘，希望姐还有机会看到。"我点点头，像个孩子一样好奇地看着黄昏里的一切。在这里，我寻找到远离尘世喧嚣的宁静，哪怕只是须臾的。它帮我治好"自然缺失症"。

机场是一片流动的海。每天有黄皮肤的、白皮肤的、黑皮肤的人们在这进进出出。机场大巴就是这片海的眼睛，我喜欢坐在"眼睛"里看风景。借助"眼睛"，我成为每天进出国门，追着飞机跑的女人。我喜欢背着双肩包、戴着墨镜和黄色宽边的大草帽，混迹于等候国际航班的人群。如果不看我胸前佩戴的机场通行证，许多人以为我要出国旅行。只要我愿意，天天可以享受这种在路上的感觉。我喜欢带着书坐上机场大巴，哪怕只是瞅上几眼。有书做伴，上班路上不寂寞。在这样来来回回的路上，我看完苏童的短篇小说集《红粉》、渡边淳一的《钝感力》……

机场是一片被霞光映染成五光十色的海。在这待久了，我感觉自己像个潜水员潜入大海深处，看到五彩斑斓的海底世界。在机场，我会时不时遇到往日里挺难遇见的熟人。今年 2 月底，鲁院浙江班同学苏平和同事坐飞机去北京出差，刚好我也在机场。苏平心地善良、为人大气，令我印象深刻。同学分别数月，相见自然格外亲切。我还在机场偶遇同事邱姐，她和先生去美国探望读研究生的孩子，适逢秋天，邱姐一身皮装，显得娴静优雅，和平日里英姿飒爽的她有点反差。有一天，我居然还遇到了 30 年没有相见的小学同学小敏，她刚从日本旅行回来，特意到我所在的办证窗口打个招呼，让我惊喜万分。因为任务在身，我只能和她微笑示意，继续忙手中的工作。

机场这片海在多半时候是美丽宁静的，但有时也会有风浪。航班误点是家常便饭。白天误点也就算了，最闹心的晚上航班迟迟不至，我们得拖着疲惫困顿的身体耐心等候，等过子夜也是常有的事。最纠结的是航班上不一定会有需要我们办理业务的客人，但也得候着。在漫长的等待中，我只能默默承受，浏览工作网站或看业务书打发时间。

在机场工作没有正常的吃饭、作息时间。不仅常有航班误点，而且还有许多计划外的临时办证任务会考验着窗口民警们。2015年2月25日晚暴雨大作，我在接待完延误的台湾航班后坐机场大巴到南站已是10点半多，在风雨中，我焦急地等待先生来接我回家。这时，我接到机场调度中心电话：巴厘岛航班上有一个台湾客人要办理落地签注。任务就是命令！数分钟后先生接到我，迅速将车头往机场驶去。这时，车窗被雨水敲打得模糊一片，行进困难，但我们依旧风雨兼程，还接上同事小朱，为台湾居民迅速办好证件。我和先生回到家已经接近凌晨1点。

还有一天早上8时，为了赶时间，我打滴滴专车去上班。我和同事小胡为台湾中兴急救航空B77701航班上一名台湾医生办理落地签注。台湾医生要将一个在舟山沈家门得急病的菲律宾客人接回马尼拉看病。人命关天！我们打通绿色通道，为抢救病人赢得宝贵时间。

随着宁波栎社国际机场工作量加大，甬台联系频繁，这种突发性的办证任务，在24小时里都可能随时发生。2015年4月29日凌晨3点，严科长带领同事为因故临时在宁波迫降的澳门航班上的2名台湾客人办证，本来这架飞机的降落地是上海浦东机场。这样的办证意味着严科长和同事们将全夜无眠，但大家无怨无悔。机场无小事，用心服务、严格把关，让闪亮的警徽没有一丝尘埃，这是我们最大的心愿。所以遭遇大海里这点小小的风浪又算啥呢。

机场也是一片温暖的海洋。兄弟姐妹们相亲相爱、互帮互助，像一家人，从没有人为一件小事，红过脸、吵过架。有人生病，其他同事二话没说顶上；有人外出学习，同事默默地帮着顶班；当班民警要开家长会，科长特意从外地赶回来替班。平安夜晚上，当班同事办公桌上会突然出现一个红彤彤的大苹果；上夜班饿了，冰箱里有包子和水饺，还有水果、面包……时光是个美妙的东西。通过 11 个月和机场的相处，我由最初的不太情愿到渐渐地爱上这片海，爱上她的宁静、迷人、五彩斑斓和温暖。虽然她偶尔也会像孩子一样，发点小脾气。

# 苔花在窗口绽放

记得作家林清玄说过:"成功最重要的是爱,爱胜过世界上任何东西。"今天,作为采访者的我,在宁波市行政审批中心公安出入境办证窗口看到一张张笑脸,听到一声声暖心的话语,切实感受到林清玄提到的生命中天价的东西——爱。我仿佛看见一朵朵苔花在阳光的沐浴下绽放。

## 一、"6连号"人民币架起政府和办事群众的心桥

这几天,张警官成了"网红",宁波公安微博,宁波公安出入境微信公众号、微博都发了她的感人事迹。这事还得从"6连号"人民币说起。2018年11月8日早上还未上班,窗口就来了一位步履蹒跚的老人,手里拿着一个信封,说是要找前一天坐4号窗的张警官,还特地交代这是他珍藏多年的"6连号"的10元人民币,一定要亲手交给她。张警官是谁啊?她就是宁波市公安局出入境管理局受理科副科长张志群!

7日下午临近下班时,老人和老伴一起来办护照,两人都年近90岁,导服人员全程陪同并在4号窗口受理,办证过程很顺利,然而到了付款环节,两位老人才发现身上一共只有300元钱。两本失效护照的重新申领需要360元,还差60元,老人家商议着回家去拿。见此,张志群对老人家说让他的子

女通过支付宝转账好了，钱她先垫上。可老人的子女因工作忙一时无暇顾及。于是张志群又跟老人家说："没事，钱我先垫着，什么时候你孩子有空了再转给我，不着急。"又再三叮嘱老人家不用特意把钱送过来。

老人很感激，第二天就来窗口送还 60 元证件费，于是发生了前面感人的一幕。后来，老人还特意给市审管办写了一封热情洋溢的感谢信，请求表扬张警官。

## 二、阿姨，这盒饼干你们一定要收下

如果不来窗口采访，我估计会错过工作人员田云向我讲述的至今让她难忘的故事。

那是 2018 年 11 月 5 日的清晨，离上班还有一个小时，有一位 30 多岁的唐姓女子闯进办证大厅，眼睛红肿，神情憔悴，满脸焦虑。她见到导服人员田云就问："我可以当场办理香港签注然后立等可取吗？"田云问清唐女士是重庆籍外省人员后，告知她不属于当场取证对象，一般需要 20 天才可领证。"啊！那我的机票，我的 100 多万的合作项目，全部要泡汤了！"原来粗心的唐女士在前一天登机时，因港澳通行证签注过期，被边检拦下。她听朋友说可以在办证窗口当场取证，便把机票改签到第二天下午，没想到不符合政策条件。濒临绝望的唐女士不由得失声痛哭起来。

田云一边递纸巾安慰唐女士，一边向受理科科长宣晓萍通报情况。宣晓萍获悉后，立即开机受理，将唐女士的材料上传进行审批，当得知唐女士不属于核查人员，可以"马上办"时，办证大厅各流水线为唐女士开了一路绿灯。唐女士破涕为笑，如愿以偿地拿到证件，顺利乘坐飞机赴港进行商务洽谈。

五天以后，唐女士从香港回到宁波。唐女士拿出一盒包装精美的香港特产饼干表示感谢，宣警官和窗口工作人员婉言谢绝，站在一边的唐女士的女儿着急了，这个小学五年级的学生捧着饼干说："妈妈常教育我做人要知恩图报，要有感恩的心。警察阿姨，是你们帮助妈妈解了燃眉之急。妈妈和我都特别感谢你们。阿姨，请你们一定要收下。"

## 三、你用笔，我用心，我们一起来搞定

自"最多跑一次"改革工作开展以来，出入境窗口全体工作人员始终把申请群众的需求放在第一位，以小处着手、从细节出发，涌现出许多温暖瞬间：如帮申请人垫付办证费、帮助带娃的办证妈妈照看小孩、为申请人提供外网打印服务等，但这个故事你一定没听到过。

前几天，窗口来了一个30多岁的河北唐山的小伙，他在宁波打工，想申办护照。细心的阮警官见他不说话，不停地做手势，猜他是聋哑人，便拿出笔和纸，通过文字与他交流。当得知小伙没有带社保证明，为免去来回跑的麻烦，便让导服人员陪他到大厅的社保窗口去打印证明，并帮他与社保窗口人员进行沟通、填表。小伙子非常快捷地办好了护照，他在纸上写下这样几行字："宁波是座非常美好的城市，充满爱和温暖。公安窗口更是城市里亮丽的风景线。没想到我这个与外界沟通有困难的异乡人，在这里找到家的感觉。你们帮我办理护照又快又好，太感谢了。"小伙子临走时还向阮警官毕恭毕敬地鞠了个躬。

## 四、哪怕不是我们的职责，我们也愿意帮你

宁波公安出入境窗口的民警们用自己的爱心、诚心、热心、细心赢得了办证群众的口碑，他们在做好自己分内事的同时，推行"首问责任制"，积

极扩大"最多跑一次"服务外延,真正做到"把方便留给群众,把麻烦留给自己"。

就拿 2018 年 10 月的一件事来说吧。一天,大厅来了一位外国人麦克,加拿大人,40 岁出头,申请在慈溪注册一家公司,被当地的市场监督管理局同志告知要去公安机关开具一份 5 年内的个人出入境记录。麦克不懂中国的政策,于是就从慈溪跑到市区。其实麦克的护照上已有出入境的验讫章,窗口不需要出具出入境记录,所以曾在外管科工作多年的宣科长觉得这个记录出具不合理,她就管了这个"闲事",主动带着麦克去大厅二楼的宁波市市场监督管理局窗口。经过多方沟通联系,最后慈溪市市场监督管理局免除要求麦克出具出入境记录的规定。

还有一次是 2018 年夏天,快到吃午饭时,有位 70 多岁的老大爷火急火燎地冲进大厅,额头上、脸上、背上都是汗水,导服人员小董连忙给大爷倒了杯水,询问他要办什么证。大爷说自己不办证,只是因为找不到代办签证的地方着急。早上出门前,他儿子还交代过具体位置,但出门后,晕头转向,找不到地方。小董连忙陪大爷去了二楼,帮他找到办事的地方,幸好当时窗口还开着。

一枝一叶总关情,这样的好人好事还有很多很多,我的心被这点点滴滴的小事温暖着、感动着。采访结束时,窗口的民警和工作人员说:"其实这些是我们天天在做的分内事,都是不值一提的小事。"

窗口同事们朴素谦虚的话语让我想起 2017 年习近平总书记在 2017 年 5 月 19 日在北京举行的全国公安系统英雄模范立功集体表彰大会上说过的一段话:"在你们当中,有的在打击犯罪、保护人民的关键时刻挺身而出、冲锋在前,有的在重大安保任务面前不怕疲劳、连续奋战,有的长期默默无闻、甘当无名英雄,有的在平凡工作岗位上像老黄牛一样辛勤耕耘、当好'螺丝钉'，大家用辛勤的汗水乃至宝贵的鲜血和生命，为国家安全、社会公共安全、人民生命财产安全筑起了一道坚不可摧的铜墙铁壁。正是有了你们的辛勤付出和流血牺牲，才换来了广大人民群众的安宁和幸福。"

是啊，在我的身边就是有这样一群长期默默无闻、敢于担当，用自己的大爱和奉献谱写和谐警民关系新曲的无名英雄。他们中有的来自双警家庭，还有的是二胎妈妈。他们舍小家为大家，白天在窗口热情为民服务，晚上在大街小巷巡逻守护。他们是苔花，哪怕如米粒般微小，也要如牡丹般绽放，把芳香留给人间。他们心里装着"人民"二字，永远把办证群众的满意度作为衡量工作成效的标尺。在为民服务上勇于开拓、不断创新、永无止境，于是有了 24 小时自动取证机、全科无差别服务、周六延时工作制度、预约精准办证服务、电子支付等一系列便民利民举措，并开通急事急办绿色通道、特殊人士服务通道。他们是"最多跑一次"的排头兵，他们是新时代"枫桥经验"的践行者，他们是蔚蓝海洋里的热血警魂。

夜已深，寒意在甬城街头弥漫。灯下的我却激情澎湃，我忍不住为这些用爱和担当在群众和政府之间搭建"心桥"的人们画像。我忍不住赞美他们，如同赞美太阳、月亮和星辰。

# "公安胡歌"初印象

2018年12月2日到12月6日，我有幸在杭州省委党校参加全国青年作家深入学习贯彻习近平新时代中国特色社会主义思想专题培训班学习。这次和我一起参加培训学习的有187个同学，分别来自全国10个省、直辖市、自治区，群英荟萃，星光闪耀。短短5天，我只能记住少数几个同学，但是来自广东的公安诗人张庆富却是让我记忆深刻的人。

第一印象就是他长得很像影视明星胡歌，特别是侧面。所以我送他一个雅号"公安胡歌"。小张很谦虚，说自己没有胡歌高大。的确，小张顶多也就一米七的身高，但看上去非常机敏干练。

其二是他传奇的从警经历。他大学毕业以后去部队当过两年兵、做过房地产销售。他自认不是学霸，但在参加公务员选拔考试时以优异的成绩当上了一名警察。他是派出所的民警，也是警务技能教官，多次参加全省业务比武并拿到好名次。正是因为他有过硬的警务素质，所以创造了奇迹。当犯罪分子带着锋利的马刀冲进派出所大堂，正欲向毫无防备的他头上砍去的时候，说时迟，那时快，他本能侧身避让，并在数秒时间内快速反应，掏出别在腰间的六四式手枪，连续击发三枪，击伤制服歹徒，化险为夷，让大堂里四名同事都毫发未损。这件事在南粤被传为佳话，他本人被记三等功一次。

后来"公安胡歌"把这件惊心动魄的事件写成诗歌《利剑》：

利　　剑

窗外的乌鸦黑漆漆成片

露出凶狠的眼神

嘶哑地叫喊着

阳光无奈地被逼到了墙角

突然，地砖上又冒出一千只毒虫

急速地往桌面上爬来

我回过身

惊恐地发现这一切

赶紧收集躲在角落里的阳光

心中念着咒语，用法术

将每一束光都化作一把利剑

千万把利剑齐出

射向黑暗的爪牙：毒虫和乌鸦

将它们粉碎、粉碎

还人间光辉

还我从前屋外的明媚

且不去评论"公安胡歌"的作品艺术价值的高低，他的剑胆琴心足以让我对这位年轻的英雄、来自基层一线的兄弟产生钦佩之情。警察是和平年代流血牺牲最多的人，是社会治安的最后一道防线。如果基层兄弟们像"公安胡歌"这样多些警务技能和快速反应能力，我想可以减少更多流血事件的发生。

"公安胡歌"给我的初印象不仅是一个好警察、一个优秀的片警，而且也是个有情怀的公安诗人。

"公安胡歌"也是个特别热心、愿意奉献的人，来培训班才两天，就让同学们记住了他的真诚。他为数十位同学发集体照的电子版，毫无怨言。他高超的摄影水平和充沛的精力也让我自愧弗如。

这次公安系统参加全国青年骨干培训班的作家、诗人有 11 名，成为红色校园里一道亮丽的风景线。"公安胡歌"——广东诗人张庆富就是其中一颗耀眼的星星。

公安作家和诗人就是这样一群一手拿枪一手拿笔的人，一群有着剑胆琴心的人，一群有着高尚灵魂的人，值得尊重和讴歌！

# 衣 钵

光阴似箭，不知不觉，我从省城警院毕业加入 C 城警队已经有 3 年多了。

今天虽说是周六，我也没闲着。连往常最喜欢撸的英短灰猫也被我冷落在楼道的角落里，只听到它独自喵喵地叫着，叫声无比哀怨，好像一个弃女。

昨天接待一批外地文学采风团，有位作家同行小姐姐特别认真，估计是处女座的，她在微信上问了我许多问题。上午我写了满满的好几张纸拍给她，下午参加所里的巡逻，中饭拖到下午 3 点多才吃上。晚上还要临时抱佛脚复习，因为明天要去 N 城参加司考。我是"二进宫"，去年差 3 分过关，希望今年能 pass（通过）。

哦，忘记自我介绍了，我叫小罗，L 村的片警。我这人就是忘性大，做事老是丢三落四，所以工作 3 年记了 10 多本笔记，算是对坏记性的一个补救吧。

翻着过去的笔记《小屁警私房记》，打开记忆的闸门，我先暂且把司考放一放，和大伙儿讲讲我和师傅之间的故事。

也许是冥冥之中的安排，师傅在成为我师傅之前，我和他已经见过面，那是在 2017 年夏天的新警培训课堂，班主任说有个老师要给我们讲 3 个小时的课。也就是说一个戴眼镜的看起来有点像乡村老教师的老头要独霸课堂，还是在人最困乏的午后，有一种在大学时下午连上 4 节哲学课的感觉。

师傅一开口，我心里有一种莫名的感觉。半普通话半方言，并不粗犷，但绝不打官腔，讲到情深处，不免结巴两下。根据自己一年见习、一年实习的经验判断，这个老男人在基层绝对是吃得开干得实的人才。师傅讲的是案件回访制度，是我以前没有听过的。3个小时课下来，感觉有点意思，虽然没有直接的膜拜之意，但引起我的好奇心：这究竟是何方神圣？

第二次见到师傅是在一个多月之后的K所。K所辖区山清水秀，盛产杨梅，边上有一个美丽的湖泊，和上千年的越窑青瓷有些关系，而且离我家只有10多分钟的车程，政治处把我这个"90后"的小后生分配在这，我自然是欢喜的，但是我也有点失落感，因为我没当上刑警。K所刑侦组已经满员，我的梦想就是做大侦探福尔摩斯，当警察就要当刑警，这个念头在我入警院时就已经播下种子了。

周一，皮肤黝黑的教导员叮嘱了我几句，其余是期盼的话。我听进了一句："你先跟着你师傅学习一下责任区工作。"对警察而言，服从是天职，我虽然有抵触情绪，但没敢多言。第一天没见到师傅，直到第二天所里开早会，我一眼就看到一个戴黑框眼镜的老警察，那不是给我上过课的老头吗？没想到他就是我师傅老励，我心里像有一匹烈马在狂奔。

从那一天开始，我和师傅算是真正认识了。写工作札记也是从那时开始的。以前见习、实习时也拜过师傅，但没有这次认真。一部分原因是局里有个传统：专门针对新警与老民警有拜师传教的要求，并且有非常隆重的传帮带仪式（签字画押）。还有一部分原因：在我眼里，师傅是一个非常传奇的人，我被他的人格魅力吸引，我俩有一种意气相投、惺惺相惜的味道。

师傅10多年前就出书了，在认识我之前，已经是8个大学的客座教授，他经常到各地讲课，他给人的第一印象就是个老师。师傅在公安已经有38个年头，当片警也是多年，村里的人一提起师傅，没有不竖大拇指的。他发起创建"老励工作室",远近闻名,连省里领导也来参观。他的乡音广播栏目,用方言解决了许多普通话不能解决的问题。比如防疫宣传,让村民不要扎堆聚集,方言特别有效。提起师傅,我有一种说不出的自豪感。和师傅下村子时间长了,村口的那些中华田园犬每次看到我们都会摇头摆尾,用它们独特的语言表示欢迎。

记得我刚当片警那会儿,还老惦记着做刑警那档事。师傅没少对我进行心理疏导,他说:"无论当刑警,还是当片警,都是为人民服务,只要用心去做,片警照样可以闯出一片新天地。"我有点迷茫地点点头。师傅不仅是我的师傅,而且是我哥们。我常常因为工作忙,有好几天没给家里打电话了,我老父亲就会打电话给师傅,师傅总是替我解围:"小罗爸爸,你100个放心好了。小罗和我在一起呢,他工作很努力,绝对不会学坏的。"

有一天,有一件事彻底扭转了我对现在工作的看法。那是2018年的一个春天,我在大堂值班,师傅去党校讲课了。突然我接到一个警情:东工业区建筑工地有人要跳楼。讲真心话,我第一次接到这样的警情,以往只有电视上才能看到,心里有点亢奋,但人快到现场时,感觉却有点发虚,像不会游泳的人掉进河里,乱扑腾。我连忙给所领导电话汇报,也给师傅拨通了手机。

现场很乱,不只因为是个建筑工地,杂物一堆,更因为围观的群众很多,议论纷纷。我的内心也像长满了杂草,乱纷纷的,额头渗出了汗珠,手心也冒汗了。好在7楼上那个他,情绪还算稳定。

时间一分一秒地过去了,我拉好警戒线,所领导也来现场指挥。数分钟后,情况起了变化。跳楼者突然站了起来,我看到他把一只打着石膏的左脚伸出护栏。我们这时如果大声呼叫对他来说更像是催命符。眼看惨剧就要发生了!我的心随着他的脚提到了嗓子眼。也正在这个危急时刻,师傅赶到了。

"我是派出所老励。你的事,我一定会给你处理好的。"这个三十七八岁的男人仿佛认识师傅，他犹豫了下，坐在楼顶。师傅一边喊话，一边越过警戒线，到了楼底，说："你听话不要动，我上来了。"

这是我没有料到的，那是一座还没拆脚手架的 7 层高楼，楼梯也刚建好，布满脚手架，师傅已经是快 60 岁的老人了，却噌噌地跨上去了，比以往任何时候的步伐都矫健。当我和队员爬上 7 楼时，师傅已经拉住了跳楼人的手。"把他扶下去吧"，就这样，师傅解了我的燃眉之急，让我在这次突发的警情中转忧为喜。

事后，我问师傅："师傅，我们和跳楼者都僵持了这么长时间，而且来了不少人。你一个人不用 5 分钟就搞定了，太神奇了，用了啥解药啊？"师傅说："关键是我的三句话，第一句'我是老励'，当事人一般情况下相信老年人的话；第二句'你的事我一定会处理好的'，当事人跳楼的起因就是因为工伤医疗费无着希望得到解决；第三句'你听话不要动，我上来了'，'听话'二字是长辈对自己孩子说的，渗透了亲情的分量。当遇到警务危机时，最关键的就是与当事人建立感情，提高相互的认知度和信任度。从理论上讲'三句话'是信息发送到信息接收的传递过程，也是《交流沟通》中的沟通概念。"

懂群众心理，用群众语言，让群众信任，"跳楼事件"就是师傅用知行合一的做法，给我生动地上了一堂做群众工作的实战课。我当时参加工作已经一年了，发现要向师傅学习的地方还真多。

慢慢地，我可以独当一面。去年冬天，一个村里的包工头因为劳资纠纷在青瓷博物馆门口堆满石头进行抗议，当时博物馆的展览刚开展，有不少外地客人，报警人在电话里的声音非常焦急。我接到警情，了解事情缘由后，马上和博物馆负责人对接沟通，帮助包工头要到了 10 多万工程款，石头也搬走了，得到博物馆的谅解，事情得到平息。看着围观群众散去，博物馆门口恢复平静,我有一种成就感。那就是在以法律为依据,以事实为准绳的前提下,通过走访了解,在有限的时间里抓住问题的症结,有效化解矛盾,用智慧和勇气赢得民心,我又一次理解到师傅说的新天地的意义。

"用脚步丈量民情,用热情温暖民心,用汗水收获民意",这是师傅常和我说的话,我一边做,一边慢慢体会。虽然不可能像师傅这样有口皆碑、熠熠发光。但我觉得这几年来,我的变化也很大。我原来人比较内向,不爱开口说话,一说话脸就红。刚到所没多久,还出过洋相。记得有一次去宾馆整治卖淫嫖娼,我负责给一个二十七八岁的卖淫女做笔录,作为一个还没谈过恋爱的童男子,实在是难煞我了。除了被询问人的基本信息问完以后,后面的细节问题,我真是羞于启齿,后来是所里一个同事老张给我解了围,现在我已经轻车熟路了。

随着师傅去年退休,作为"老励工作室"第二代掌门人和上林讲团主要成员,我接过师傅手中的旗帜,走村串巷宣传反诈,帮助梅农解决困难,给孩子们上安全教育课,努力做到"矛盾不上交、平安不出事、服务不缺位",用自己的努力进取,积极践行新时代的"枫桥经验"。此外,这几年,我还学会了自己做饭,因为下责任区,老是赶不上正常的吃饭点,所以只能自己做点蛋炒饭、肉丝面条等简单的吃食了。

"沟通与交流,协作与共赢",这是师傅上了多年的课,让我受益匪浅。片警虽然每天都是和鸡毛蒜皮的小事打交道,但是社会平安的大气候就是在这化解一起起小矛盾的过程中,慢慢形成良性循环的。现在村里人都以吵架为耻,文明蔚然成风。沟通和交流无处不在,整合社会资源,做好网络化服务体系真是一篇大文章。人生是一座大课堂,责任区是一亩三分田,我想我会像师傅这样种出最棒的庄稼,结出最丰硕的果实。

师傅做出了很多成绩,但他是一个特别淡泊名利的人,一直到退休都没有当过领导。他说和他的一次经历有关。他 23 岁时，算命先生给他算了一卦，说他当官会遭小人陷害，赚钱会负债累累，当个普通人就好。后来他知道是他母亲故意和算命先生"串通"好，在他面前慷慨陈词来骗他的，母亲可谓用心良苦。师傅一直记得他母亲的爱，做一个普通人。他是一个特别有情怀的普通人，现在已经退休的他成为脱下警服的"公安老娘舅"，做了我们鸿雁志愿大队的"蓝马甲"，依旧和我一起并肩战斗着。

我想："普通人的成功就是做好成功的普通人吧，为社会发光发热，贡献自己的力量。"这是我在师傅手中接过的最重要的衣钵。

哦，my god（我的天），一讲起师傅，我就滔滔不绝，忘记了时间，我赶紧啃书去了，老天保佑，我能过司法考试。

# 岁末搬迁记

我是 1994 年夏天加入警队的，当时我们在宁波最核心的区域办公，西侧是地标建筑鼓楼。1997 年年初，办公楼从中山西路搬到宁波大厦。当时我只有 27 岁，年纪小，人生阅历浅，搬迁给我的印象除了辛苦，并没有特别刻骨铭心的记忆，所以不曾留下记录。

2020 年 12 月 26 日，是毛主席老人家诞辰 127 周年纪念日，单位从中兴路继续向东，搬到东部新城。12 月 28 日，在寒潮到来之前，开始在新大楼办公。和我共处了 23 年的光阴从此在指缝溜走，还有那熟悉的院墙和高楼。对我来说，已经不可能有第三个新的办公场所了。我想应该记录一些东西，做个念想，给自己，也给后来的人，毕竟人生没有彩排。

一开始，我对搬迁是持抵触态度的。新楼没有直达的地铁和公交，上班要多耗费半个小时，不像老单位处于老江东的核心区域，公交和地铁都特别方便，1 号线和 3 号线都可以在樱花公园站出入，而且新大楼难免会有些气味，需要通风排毒，这个也是顾虑的主要因素之一。人到一定的年纪就是想追求稳定的生活，不想颠沛流离，特别是像我这样上了 50 岁年纪的人。搬家的传闻从今年 10 月就传出来，结果迟迟按兵不动，我抱着拖一天好一天的思想，所以当别的同事开始打包时，我还没有任何行动。

直到 12 月 21 日下午，局里开搬家动员大会，宣布具体的搬家方案，我才知道这次"狼"真的来了，不是民间传说了。当天晚上我失眠了，感觉有一种紧迫的压力。我担心20多年的积累无处安放。新大楼不像老单位，墙壁上有橱柜，还有宽大的写字台。新大楼只有一个狭窄的单人衣柜和一米宽的矮柜，储物空间非常有限。应该带走哪些东西，对我来说是严峻的考验。

友人们送的书，我肯定不能当作垃圾处理掉。潮汕诗人陈仁凯送我的诗集《灵魂之门被谁打开》见证了我们之间10年的友情。我们从部文联散文班同时获奖到后来的失散，再通过好友素素介绍，取得微信联系，到后来在北回归线的相遇，他的《叙述者》和我的《甬江边的树》里，有我们两位作为诗人神交的记录，惺惺相惜的情感在彼此心灵中流淌。策爷送我的文艺随笔集子《紧拉慢唱集》如傍晚暮色中的路灯，留下一个个光点，跳出了一星亮色，让孤独的行者，能关照到自己的脚印。见字如晤，和策爷的三次见面，一次杭州，两次北京，都如电影画面牢牢地印在我的脑海中，连同对鲁院的记忆。库玉祥大哥的《被轻视的英雄》、刘帆博士的《济源读山》、刘屹东的《易懂警话》、林辛乐的《岁月有痕》（两个版本）等书都一一被我打包进纸箱。

友人的书信、明信片和照片等资料也是我打包的重点。12月22日晚上，一张日出的相片从我手中滑落到地上。这是新世纪的第一缕曙光，2000年1月1日拍于温岭石塘，这是我在大学实习时认识的黄岩作家老师李仙正拍摄的。他作为新年礼物送给我，还附上了一封热情洋溢的信，信中这样写道："时代需要自己的歌手，歌手属于自己的时代，但愿你像海燕一样勇敢、顽强，唱响属于你自己的生活和事业。"新世纪第一缕曙光已不再回头，几张太阳照射的照片早已被"抢"空，只剩下这缕柔和的曙光永远定格其中。是啊，一晃20年过去了，这份字里行间律动的温暖，这份笔尖里流淌着的力量，这份友情的珍贵依旧如初。

书信和照片不仅见证宝贵的友情，而且还记录我和同事、同学在各个时期的状态，有同游福建太姥山，有一起参加女民警广播操比赛，还有我的硕士毕业集体照，记录了我成长的点点滴滴。除此之外，重要的电话通信录、毕业文凭、存折、电子仪器，还有数十本大大小小的荣誉证书、工作简报本、业务学习资料，四季的各种制服、装备，林林总总，不知不觉装了五大箱三大编织袋。全国文明窗口创建的数十本台账和 20 多个出入境史料档案，我又另外装了两大箱，这些都是出入境的历史，凝结着我和其他同事的心血，我在纸箱上工工整整地贴好标识、写好具体信息，还用黑色马克笔在墨盒等耗材上写上"贵重物品请勿挤压"等大字。

在搬家打包的那几天，我又一次深深地感受到一种血浓于水的情愫。我深爱着穿在身上已 26 年的警服，我把真诚和热情，还有青春和汗水都奉献给了我深爱的公安事业。我是暴风雨中飞翔的海燕，哪怕电闪雷鸣也不能阻挡我向往光明的渴望；我是深受读者喜欢的暖心警花——清明雨姐姐，我一手拿枪一手拿笔。当然，我还将继续热爱下去，就像孩子热爱父母一样。

有些物件能打包带走，有些却永远只能留在原地了。不舍，依依不舍，我舍不得大院里的三棵桂花树、数十株山茶花，还有美丽浪漫的樱花树，我怀念总公司大门口对面豆腐年糕的香味，当然酸菜鱼的味道也不错。希望我以后还能回来光顾吧。

随着单位搬家方案有条不紊地实施和我打包工作的顺利完成，我内心的抵触慢慢消除，焦虑感也大大消减。正如"战疫"时灯火通明的十三楼一样，我又一次被同事们的敬业精神感动，他们有的为了打包加班加点，有的为了完成手上急办的文档材料到上周五下班前才关电脑，整理自己的个人物品。我也感受过一边要正常办公一边心里惦记打包的纠结。其他同事缠绕胶带纸发出的嘶嘶之声很是刺激我，记得我也是到上周四下午才写好"一事一解决"

的材料，而后才安心投入搬家工作，当时通知要求周六正式搬家。用"时间紧、任务重"来形容这次搬家一点都不为过。12月26日清晨，好不容易挨到周六的雨姐夫被我从温暖的被窝里拖起来，成为搬家义工。为了不影响12月28日正常办公，我们和时间赛跑，在启动搬家公司程序之前，就把电脑、打印机等办公设备提前搬来摆放到位。

12月26日下午1点半，我局在科通局搬家以后正式装车，整整装了16车。本来，我可以留在新大楼慢慢整理自己的个人物品，但是一想办公室的物品实在太多，整个七八十平方米的会议室都堆满了，还有好几个保险箱。我作为办公室最老的元老，不能不前往督工，否则良心不安。不得不说，搬家很考验人性，我已经承受住两次考验，一次是打包最忙的时候还要写材料，还有一次依旧是公和私孰重孰轻的考验。

天公作美，搬家前后一周都是阳光明媚、天气晴朗，随着搬家工作的顺利完成，我的情绪从最初的抵触焦虑到后来的眷恋不舍，再到现在的轻松喜悦。原来不被我看好的新办公大楼，居然让我收获许多惊喜。

上班第一天，有一只可爱的小蜜蜂特意飞到九楼来贺喜，可惜我除了同事的喜糖没有鲜花招待它。从东窗照射进来的阳光，也让我觉得特别珍贵。我在老大楼的北边已经坐了20多年，终日不见阳光，现在有点像白毛女走出深山老林的感觉，而且我的办公室终于也不用对着厕所了，空气立马清新许多。听说美丽的东部生态长廊就在不远处，我打算明天中午就去踩踩点。今天是上班第二天，和一个同事去看了810公交车的上车点，距离大楼300米左右，不算太远。我可以去清水桥路坐车上班。局里的小超市、咖啡书吧都在建设中，特别值得期待。新食堂就餐实行错时制，感觉不拥挤，饭菜和老食堂一样可口。我想还有更多的惊喜等着我去发现。

一次年末的大搬迁盘活了20多年的种种生活记忆，就像2017年1月13

日那次，我家从月湖湖畔搬到甬江之滨，我也写了篇文章纪念。有人可能会说："搬办公室又累又烦，而且还要适应新环境，清明雨你为何要自讨苦吃？"我想基于三方面的原因促成这篇在新办公室写就的文字。一是灵感的黄金时间是72小时，灵感不等人，稍纵即逝，所以要趁热打铁；二是我被一个励志故事感动到了，美女同事远在美国的妹妹一家花费三个多月时间给飞机喷漆，其间经历无数艰辛困难都被一一克服，我更不应该为是否要写这篇文章纠结了；三是著名作家刘庆邦的话点醒了我。他说："人上了一定的岁数，有了一定的阅历、经历之后，他们的生命意识就增强了，死亡意识就增强了。"是啊，有了生命意识的时候，我们会对死亡心生恐惧，总想抓住点什么。我想，留下一些精神的东西应该是可以永恒的吧，就像友人送我的新世纪的第一缕曙光。

　　2021年的元旦即将到来，我想这篇新作算是送给我自己，也是送给朋友们的新年礼物吧。

# 沙陈：智勇双全的警界"拼命三郎"

　　沙陈，许多人记住他是从名字开始。沙陈，顾名思义，沙是父姓，陈是母姓，沙陈是沙村人，成长环境在山海之间来回切换。沙村的"沙氏五杰"对他影响很大，特别是沙家老二沙文求，他在家乡建立起宁波地区较早的中国共产党支部，后来沙文求在广州起义失败后和陈铁军等革命志士英勇就义。沙陈幼小的心灵中早已埋下一颗红色的种子，那就是长大以后要做一个像沙文求烈士一样的人，把自己的一生都无私奉献给人类的革命事业。

　　沙陈的人生之路基本就按着这个生命的红色密码进行着。从宁波警校毕业，当过监管民警、特警、社区民警、刑警、治安警，就差没干过交警，他22年的从警生涯可谓履历丰富、战功赫赫，用智勇双全的警界"拼命三郎"来形容他是最恰如其分的。

　　沙陈算得上是高桥所的"老人"了，从2007年10月到2015年6月在高桥工作，后来去横街当了5年的副所长，2020年7月又回到高桥所，任副所长（正科级），分管巡逻防控，大家亲切地喊他"沙所"。随着人民群众对政法工作的要求越来越高，期待越来越多，沙所和同事们积极动脑筋、想方设法压警情压发案，为当地的老百姓创造安居乐业的美好环境。向科技要警力，用技防、物防措施来加强智能防控建设，这是沙所首先考虑到的工作举措。面对广场舞扰民报警频发的情况，他积极推广海曙分局研发的噪声预警管控系统，还在考虑扩建分贝显示屏，用红、绿等标识，让噪声的管控更加直观理性，既对跳广场舞的大妈是自我监督，对报警人也有个理性的报警标准可参照。沙所每天都要过 N 次的头脑风暴。他最近在琢磨着如何把执法记录仪安装在警帽里，另一方面防抖，一方面解决原来因挂在胸口工作视频拍不全的缺陷。所里的女警钱海芬说："沙所是脑力、眼力、脚力、耳力都特别厉害的人。他的动手能力特别强，估计受他外公的影响比较大。他外公是篾匠，他从小就跟在外公身边做手工艺品。比如小桌子、小篮子等。"

沙陈的睿智不仅表现在他对技防产品运用得心应手，而且还表现在他处事的沉着、冷静、细致上。有一次，他和战友接到去北仑抓逃犯（一起轮奸案的胁从犯）的任务。逃犯的哥哥为了帮助弟弟，用自己的身份证分别在宁波北仑和绍兴上虞办了暂住证。一开始，逃犯到底藏在哪里？大家了无头绪。于是兵分两路，沙陈和战友来到北仑的暂住地，发现是用房东名字登记的一处空置的民房，没有找到人。换作其他人，也许早就打退堂鼓了。但是沙陈通过询问附近邻居，得知房东在村口还有一处厂房出租给别人做超市。沙陈和队友以去超市买矿泉水的名义开始找人，发现超市老板和要找的逃犯很像，就让他出示身份证（一代证）和暂住证，一看证件登记的都是逃犯哥哥的名字。如果粗心一点，逃犯就成了漏网之鱼，但是沙陈的一句问话如照妖镜让他现出原形、束手就擒。沙陈问："你知道是因为什么事来找你的吗？"超市老板低垂着脑袋没吭声。天网恢恢，疏而不漏。逃犯在路上哀叹了一声："我用障眼法逃了 8 年，没想到还是没有逃过警察的火眼金睛。"

沙陈是在高桥所工作时入党的，那是 2009 年 7 月，在面对鲜红的党旗握拳宣誓那一刻，家乡沙村的沙文求烈士的形象又一次浮现在他的脑海。"对党忠诚，积极工作，为共产主义奋斗终身，随时准备为党和人民牺牲一切，永不叛党。"他又一次决心要成为像沙文求那样为革命事业无私奉献不惜牺牺宝贵生命的共产党人。此后，他以自己的坚强意志和过人的胆魄，经受住了艰险的从警生涯的考验，展示出了一个优秀的共产党人的超人智慧和无私奉献。

　　3 年前的一个黄昏，正在所里值班的沙陈接到刑侦支队紧急指令称：有一辆来自河南的大巴车（有车牌号）正从高速出口开过来，车上藏有一个来自河南平舆县的杀人纵火嫌犯，要求马上拦截。十万火急！沙陈的心都要提到嗓子眼了，但他努力让自己镇静下来，一边组织警力开赴现场，设好拦截圈，一边叮嘱战友们穿上防弹衣、防刺背心。说时迟，那时快，就在有些战友还在警车上穿装备时，一辆蓝色大巴车朝沙陈他们卡口驶过来。目标车辆出现！沙陈叫停了大巴车。为了不打草惊蛇，沙陈和两名战友上车做例行检查，让旅客们出示身份证。根据比对身份证，沙陈发现并锁定坐在后车座的嫌犯，一个 50 多岁的中年男人。沙陈非常平静地看着这个男人，然后向身旁两个队友使了下眼色，马上把这个杀人纵火嫌犯制服并扭送下车。嫌犯做梦也没有想到宁波警察会如此神速地抓到他。事后许多战友问沙陈："沙所你如何能在这样短的时间做出快速反应，且如何敢于直面杀人犯的？"沙所依旧很平静地说："这要归功于平时的警务技能训练，熟能生巧。当特警的两年多时间对我的磨炼也特别有帮助。"就是因为沙陈有着良好的心理素质和业务能力，所以也不奇怪离开特警队多年的他依旧可以拿到"枪王"冠军这个称号。

　　沙陈不仅智勇双全，而且是个"拼命三郎"。10 年前和沙陈一起参加过深夜巡逻的辅警徐光敏回忆道："沙所实在太拼了，那晚请我和队友吃过牛肉面后，就一直处在巡逻状态，一连七八个小时，一刻不歇，巡到天都亮了，害得我也不敢偷懒。他说最近'两抢'（抢夺和抢劫）案件高发，要盯紧点。"

　　沙陈的拼不仅让徐光敏感受颇深，而且连他曾经在高桥所治安组的同事江林涌也记忆犹新。他说："当时和沙探长一起加班，根据线索找了四个吸毒对象，却空手而归（尿检都做不出阳性）。沙探长没有泄气，又带着我到派出所附近的新江厦二楼台球房找到一个高桥的'瘾君子'，正要把此人带回所时，此人在新江厦一楼楼梯口拔腿就跑，我都还没反应过来，沙探长已经追出去了，用百米冲刺的速度，跑了1000多米，跑到苏家小区时，才把'瘾君子'抓住了。当时我还在后面跑得气喘吁吁。后来回所后，沙探长坐在派出所三楼楼梯口呕吐了，脸色发白，我和邵建锋副所长等同事要送他去医院，被他拒绝了。他大约休息了10分钟，马上又和我们一起来审问吸毒对象，通过顺藤摸瓜深挖，打掉一个贩毒、容留吸毒的犯罪团伙。沙探长的敬业精神让人感动。"

　　"拼命三郎"沙陈会拼到什么程度？有一次接到指令追捕2名刺伤网约车司机、劫持车上女乘客的男子，他直接从家里出发前往现场，因车速过快遭遇车祸，但不顾身上多处擦伤需要处理，一边让家属过来代为处理车祸，一边忍着痛和群众一起上山追捕可疑人员，最后圆满完成任务，为破获一起组织卖淫嫖娼团伙案件打下了基础。现实比电影更惊险，飞车追捕绝不是警匪片，"拼命三郎"沙陈本色出演了男一号，大家都夸他是条硬汉。

　　沙陈从警以来可谓战功赫赫，但是他是个特别低调的人，多次把已经该轮到他的荣誉推让掉了。他说："我家有一个50多平方米的花园。空闲时，我喜欢种荷花、绿萝、红双喜等绿植，偶尔还养些多肉，摆弄一下盆景。生活中的美好可以把工作的压力和锋芒软化。朴素而快乐，这是我追求的人生境界。"

　　沙陈是一个具有大山般质朴和大海般胸襟的高桥警官。他有着火热的情怀，爱岗敬业，智勇双全，人如其名。

# 第一次和奥运冠军合影

中秋、国庆，今年下半年该过的节都过完了，战友们铆足劲朝年关冲刺，我也回到日复一日的平实状态中来。"奥运冠军石智勇来了！"这个消息像在平静的湖面上扔进一块大石头，激起无数水花。我半信半疑，当看到市局主页的通知，同时看到我局在浙政钉工作群里发起抢票式的报名，才知道这不是愚人节的戏言。

中国国家举重队成员，2016 年里约奥运会、2020 年东京奥运会冠军，全国"五一劳动奖章"获得者石智勇应市局邀请，于 10 月 12 日 14：15 来作《奥运精神与"三能"精神》专题讲座。这是宁波公安 2021 年全警健身大讲堂第二讲，主题是：扬奥运精神，强"三能"素质，地点在五楼电视电话会议室。我们单位，我第一个报名了，怀着激动的心情如期赴约。

我到时，只见会场已经满员，这里成为蔚蓝色的海洋。战友们清一色的短袖蓝色制服，精神抖擞。虽然都戴着口罩，但还是能看到许多眼睛里都闪烁着期待和亢奋的小火苗。毕竟我们平日里都只能通过电视或者网络看到奥运冠军，遇见真人那实在是太令人兴奋了。

随着脸庞秀丽、体态窈窕的美女警花主持人刘海怿的介绍，我们的奥运冠军石智勇出场了！他是一个小个子，"五短身材"，我脑海中冒出这四个字。他 10 岁就开始练体重，估计长期受重压，也很难长高了，但对举重运动员来说反而是个身高优势。只见他上身穿着印有"中国"两个金字的大红 T 恤，下身穿黑色运动裤，脚上穿一双白色球鞋，像一团火焰飘到讲台上，别在胸前的党徽闪闪发光。我注意到他理了一个平头，头发乌黑发亮，眼神温和，一脸谦逊的模样，身材匀称结实。

我在好奇这一个半小时里，石智勇老师能给我们带来怎样的惊喜呢？在我的常规推理中，这应该是一次填鸭式的教学讲座。没想到，石老师只花了半小时讲述他的奥运故事，后面两个环节是他集中回答大家关于健身的一些热点问题以及和现场示范互动。石老师发言的时间虽然不长，但是他的成长故事特别感人。一个奥运冠军是如何成长起来的？离不开"梦想""坚持"和"感恩"这三个关键词。

石智勇是一个有梦想的人，站在举世瞩目的领奖台上，拿到奥运金牌，这就是他的奥运冠军梦。今年 28 岁的石智勇出生在中国举重之乡——广西桂林市临桂区五通镇。2004 年年底，石智勇的同乡、宁波体校的举重教练李冬瑜回老家探亲，偶遇后，就把这个宝贝人才带到宁波。当时只有 10 岁的小石头看着宁波体校里满墙的冠军照和金光闪闪的金牌、奖杯，幼小的心灵就萌发一个梦想："要像墙上的偶像一样当冠军。"梦想就像茫茫大海中的灯塔，给他指明了坚定的方向；梦想又像鼓足气的风帆，带他一路"开挂"、乘风破浪。2008 年，他进入省队；2011 年，他进入国家队；2014 年，他拿到第一个全国冠军；2015 年，他拿到世锦赛冠军；2016 年、2021 年他相继在里约、东京拿到奥运金牌，在今年的全运会中又打破了自己保持的世界纪录。

当然仅有一腔热血，仅有梦想，没有持之以恒的精神，也不能取得成功。石智勇和来自警营的粉丝们分享他人生中经历低谷的几件往事。2014 年，他的颈椎、腰椎受伤，连刷牙都困难，别说参加比赛了。如果进行手术，手术不成功，就不能再参加比赛，必须提前告别举重生涯。然而他却凭着对举重事业的热爱，一边积极治疗，一边咬牙坚持，没有中断训练。经过半年的调整恢复状态，他于 2015 年再次拿到全国冠军和世锦赛冠军，真是关键时刻挺得住的典范。他说，如果他觉得状态不好，就会自行加练，别人都在休息的时候，他还在勤学苦练。这就是"三能"精神中的"平常时间能看得出来"。冰冻三尺，非一日之寒。金牌不会凭空从天上掉下来。

正因为有扎实的基本功和多次重要赛事的经验积累，石智勇在危急时刻能豁得出来。在今年的 7 月 28 日，东京奥运会男子 73 公斤级比赛中，抓举、挺举和总成绩世界纪录保持者的他展现出了舍我其谁的气质，6 次试举 5 次成功，以抓举 166 公斤、挺举 198 公斤、总成绩 364 公斤摘得金牌。谁能想到，东京奥运会因疫情延期了一年，而且在赛前一个月，他曾经两次腿部拉伤。6 月 23 日，他在训练中左大腿拉伤。一周后再次拉伤。这时，他的情绪产生了巨大的波动，17 天没有训练，每天按摩、针灸和时间赛跑。来到东京时，他抓举只有 150 公斤，挺举也只有 170 公斤。"这是我职业生涯中最艰难的比赛。"石智勇坦言。就在梦想和现实之间艰难徘徊时，在教练和队友们的鼓励和全国人民的热切期待下，石智勇在危急时刻豁了出来，顶住巨大的压力，蝉联奥运冠军宝座，为祖国和人民增光添彩。听着他的讲述，大家唏嘘不已。我们不知道奥运冠军光鲜的外表下有如此不为人知的艰辛付出。

"不侥幸，脚踏实地，机会永远留给有准备的人。学会感恩，学会珍惜。"石智勇的这些发言给我留下深刻的印象。虽然获得了许多荣誉，但他是一个头脑清醒的人。他说他所取得的成绩离不开团队和无数人的支持。他是一个有情怀的人，他说："3 年后，巴黎见。虽然巴黎周期的备战，比东京还要难五倍甚至十倍。"随着年龄增长，伤痛难免，何况举重又是不断挑战人类极限的运动。他说："比赛就是疼一次，训练是疼无数次。比赛时注意力集中，对冠军的渴望会在精神层面压抑伤病的痛苦，除了赢，脑子里没有别的想法，就是想着要把杠铃举起来。"

冠军石智勇像一面镜子，他的种种优秀反衬出了我的苍白无力和惰性。我大约有一个月没有新作出来了，本职工作也是按部就班，当一天和尚撞一天钟，感觉除了涉及考核的工作任务外，其他工作寥寥无几。中秋、国庆，忙着过节，一直处在舒适区状态。我害怕写作熬夜会影响睡眠，长时间的久坐会让腰肌劳损，所以动不动以更年期女人需要注重休养生息来安慰自己。不知不觉就让自己陷入眼高手低的状态，和坤儿当年笔下的闻鸡起舞的"勤奋姐"形象相距甚远。

在曾经坚守在冰雪长津湖的中国人民志愿军战士不怕苦不怕死的精神感召下，在奥运冠军石智勇舍我其谁的情怀影响下，我打算重新拾起已经荒废一段时间的笔。要知道，我也是一个追梦人，一个和时间赛跑的女人啊。距离 2005 年的秋天，我已经在文学的朝圣路上走了 16 年了。文学让我的生命开始奇妙的旅行，文学让我活得有滋有味。生命不息，笔耕不辍，我要用文字来讴歌火热的警营生活、记录美好人间的点点滴滴。

奥运冠军石智勇有梦想、有情怀、有担当，他的所作所为和"三能"主题教育实践活动精神无比契合。奥运冠军石智勇的讲述让每一个人都听得热血沸腾！这样的奥运英雄值得推崇。我握笔的手因为激动而微微颤抖，感觉自己就像一个小学生。想和奥运冠军合个影！愿望油然而生！我想这应该是对一个英雄最具仪式感的致敬方式。

如何才能抓住这个千载难逢的机会呢？我想到主持人宣布过在互动环节，凡是和冠军提问互动、体验学习的观众，都有获得有冠军亲笔签名的海报和冠军合影的机会。真是机不可失，时不再来！我也不顾老皮老脸的，在互动环节接近尾声时，小跑着从后面跑到前台。在做了简单自我介绍后，果断向冠军提问："每天走路健身，到底走 6000 步合理还是走 10000 步合理？"

没想到这个在我看来比较"大路货"的问题居然把冠军难住了。他说："我平时着重关注的是力量训练、跑步减肥，这个走路健身的问题真没考虑过。"说完他笑了，脸有点红，台下一片欢笑声。

"没想到王作家把石冠军给难倒了。"江北、慈溪、宁海一些在线上看讲座的战友在微信、浙政钉上给我留言。其实我不觉得自己有多高的水平，只是奥运冠军石智勇比较诚实、比较可爱。后来有同事在微信上发给我一个资料：欲健康长寿，每天至少走7000步，能达到9000步更佳；超过每天10000步（其他研究说12000步）后没有更大的益处。

当然我最后如愿以偿和石智勇老师合上了影，还得到他的亲笔签名海报。公安摄影家张溢滨不仅用手机照相，第一时间捕捉到我和冠军互动的场面，而且还录了一段小视频。生平第一次和奥运冠军合影互动。这件事虽然已经过去了3天，我的心依旧像闯进一只小鹿砰砰乱撞似的。

一场直面奥运冠军的讲座，对我来说有洗心革面的功效。我不仅从冠军身上汲取营养、提振精神，而且还学到许多健身小知识，比如经常做飞鸟式的瑜伽动作可以帮助放松背，慢跑有助于放松全身，同时欣喜地看到全民健身运动在宁波警队里的普及性。上台互动的战友们中，有喜欢爬山的、跳绳的、跑马拉松的、健步走的，每个人都能讲出健身的道道来。保持好身体是干革命的本钱，特别是干我们警察这行的，维护社会长治久安的任务特别繁重，保持良好的体能尤为重要。我的内心充满骄傲之情！宁波不仅盛产像石智勇、杨倩这样的甬籍奥运冠军，而且全民健身运动如火如荼，宁波可以很骄傲地称为体育强市。

听完讲座，我更加坚定一边健身一边写作的理念。做人就是要活到老，动到老，学到老。

# 慈城派出所有一个会弹钢琴的吴警官

　　"我们派出所的吴晓祥会弹钢琴。"这个秘密是教导员吴孟山告诉笔者的。吴教导说："今年2月我去家访，一推门，就看到老吴在弹琴。"吴教导和吴警官是同一年参加公安工作的，都曾在庄桥派出所实习过，后来又同在慈城所共事，前者立过二等功，后者是全省优秀人民警察，都是特别出色的基层警察。老吴对自己会弹琴这件事不以为然，很谦虚地说："我不专业，就是业余时间弹着玩玩。"众所周知，老吴弹钢琴可能不专业，但他可是做群众工作的专家，弹"钢琴"的高手。

一

　　钢铁是怎样炼成的呢？请让我们跟随时光机来到2005年夏天，吴晓祥从部队转业了。他在《我转业了》一文中写道："宣布命令的第二天，我最后一次着装整齐地回到了家里。我走到镜子前，凝望着镜中的自己，好久没有说话。我脱下军帽，情不自禁地亲吻起帽徽。我又慢慢地脱下军服，小心翼翼地将军服和军帽放在衣架上。凝望着衣架上的军服，我的眼睛湿润了，一股莫大的失落感油然而生。20年的军旅生活结束了，我转业了，一切都将是新的起点。"老吴历任汽车排长、副连长、政治指导员、战勤处参谋、政治教导员、党委书记等职务，在部队练就的一身过硬本领，按他自己的话来说就是"生命里有了当兵的历史，一辈子也不会后悔"。干一行、爱一行、专一行的精神，让他很快度过了从部队到地方的磨合期。"精通本职，熟悉公安业务，是当好一名警察的先决条件，也是对警察公正、文明执法的必然要求。"老吴从入警的那一天开始，一直以这句话勉励和鞭策着自己。

数年来，他注重理论先行原则，结合自己军队转至公安队伍时间不长的实际，认真学习和钻研业务知识，并善于从日常警务实践中不断总结经验，撰写学习心得，做公正、文明执法内行人。特别是担任社区民警以来，他结合社区警务工作实践，认真钻研社区警务工作方法，着力在提高社区警务工作效能上下功夫。他每周定期到警务室开展工作，为了便于掌握民情，他下社区走访时随身携带警民联系册，翻开他的警民联系册，被走访人的详细情况尽现眼底。

日常工作中，他不仅认真学习专业知识，而且注重提高自己做群众工作的能力，使自己在执法活动中做内行人、说内行话、办内行事。在主管老城区期间，他根据分管辖区驻军多的特点，向所领导建议实行"军警民联防机制"，这一防范机制经试运行很快被正式采用，从此老吴分管的片区可防性案件明显下降；他结合"大走访""三访三评"工作，克服自己不会讲"宁波话"的困难，以耐心、诚心和恒心敲开一户又一户群众的家门，从一次又一次的闭门羹到群众主动请老吴进屋拉家常，他觉得自己的付出得到了最好的回报；他结合公安调研工作，分析归纳日常警务工作问题，先后撰写了《如何提高做群众工作的能力》《发挥社区骨干作用　抓好群防群治工作》等专业研讨文章，真正当起群众工作的内行人。

"工欲善其事，必先利其器。"多年来，由于老吴潜心研究基层群众工作，形成了自己独特的群众工作观点及群众工作方法，他和慈溪同行老励一样，成为做群众工作的行家里手，并编制了学习交流课件，在市警校及市局各单位进行交流授课。2015 年开始，他成为宁波市公安局市级教官，中国人民公安大学在聘教官。2019 年度，老吴还被评为宁波市局优秀教官。疫情期间，老吴还给中国人民公安大学的学生们上过有关做群众工作的网课。

由于老吴工作出色，分局机关曾经有三次想把他调入政工部门工作，都被他婉言谢绝。老吴说："我喜欢基层工作，与基层老百姓都熟悉了，便于开展群众工作，我还是在基层工作起来得心应手些，机关工作还是让更加适合的人去做吧。"

## 二

吴晓祥常说："小矛盾不用力化解、小纠纷不用心调解，就像个肿瘤要发生病变，到那时再用心用力，也将付出重大的代价。"于是他坚持早发现、早稳控、早化解的原则，努力将矛盾化解在萌芽状态，近几年来，他调解各类纠纷 500 多起，调解成功率达 100%，处理各类警务达 2000 多起，无一起投诉。

老吴目前负责的辖区为慈城新城片区，包括 3 个社区、2 个行政村，辖区有 28 个居民小区、6 所学校（幼儿园）、1 家商业广场、1 家市级医院，还有数十家企业及近 10 家建筑工地，人口约 1.5 万，是整个慈城镇的治安管理重点区域。做好这个区域的社区民警相当不易。面对挑战，他从不畏惧，以创建平安社区为出发点，以基层防范为立足点，运用法律宣传与打防结合的方法，扎实推进平安建设工作。

他针对辖区施工单位多的特点，利用业余时间认真编写法制教育课件十多篇，定期走访治安重点部位及单位，经常利用晚上休息时间，到工地给民工上法制课，向民工传授安全防范知识；他针对慈城古城老建筑木制房屋多的实际，经常深入各单位及居民家中开展消防安全检查，宣传消防知识，组织企业学校开展消防演习；他针对流动人口违法犯罪率高的现状，经常到流动人口相对密集企业，上门登记做证，了解务工人员现实情况，并在大企业落实"警工联防"机制，切实加强企业内部及其周边治安防范。

2011年7月20日，慈城某村发生一起工伤事故，死者亲属30多人为索赔而吵闹不休，正在调处时，老吴又接到某建筑工地报警，工地一工人患脑出血，因支付不起昂贵的医药费，20多名患者家属到工地项目部讨要补偿费。老吴没有因为工作忙而推托，也没有因为不是分内事而回绝，他积极协同镇相关部门，耐心细致地做双方当事人的调解工作。为此，他整整一个星期没有回家，先后召开六次协调会，最终成功调处两起纠纷，防止了矛盾激化，遏制了群体事件的发生。

2017年7月，浙江省天然气管道工程进入吴晓祥管辖的慈城某村区域，该村部分村民因煤气管道经过居民区附近而担心安全问题，多次信访相关部门，并声称要阻止工程施工，此类情况极易引发群体性事件，一时间成为政府部门棘手的问题。为此，吴晓祥事先向相关部门了解情况，掌握有关文件精神及相关数据，此后，他还多次深入居民家中进行走访，召开村民座谈会，引导村民服从国家重点工程建设大局，杜绝群体性事件发生，提醒村民通过合法途径维护自己的合法权益，并主动为村民协调各类问题。村民们说：如果都像吴警官这样心系老百姓，积极为我们协调解决问题，我们不会无理取闹，不会给施工单位出难题的。由于老吴做群众工作热情、细致，使得该工程能顺利开工，老吴本人也受到政府部门及施工单位的赞誉。

# 三

"人民警察就要心系百姓，用一颗火热的心服务人民群众，只有这样，才能赢得老百姓的理解和信赖。"这是老吴常自勉的一句话。他做到知行合一，紧紧抓住老百姓关注的热点、难点问题来解决。

老吴非常关心学生的普法教育及道德培养，积极协调和利用社会资源开展帮教助教活动。"我们社区谁家有难事，就爱给吴警官打电话。吴警官就是我们老百姓心中的110。他是一个特别热心、特别真诚的好警察。"来自东北的隋大爷由衷地说。隋大爷有一对双胞胎孙子，因为儿子在外地工作，无法照料自己的小孩，老人难免隔代亲，特别溺爱大孙子，以至于孩子出现玩手机厌学的情况。当老吴得知此事后，马上到学校了解情况，并上门家访，和孩子语重心长地谈了两个小时，协同家长和孩子约法三章，平时不玩手机，双休日给看一个小时。老吴家访后中途遇到大雨，淋成"落汤鸡"，但他毫无怨言。有一次老吴外出在路上遇到隋大爷放学的小孙子，还让他带话，多关心一下哥哥。当隋大爷向采访组掏出他的老年机时，大家都笑了。老爷爷为了帮大孙子戒网瘾，和孙子玩起了躲猫猫游戏。只有在他上学去时，才拿起智能手机玩一会儿。这个五年级的小学生在老吴和学校、家长的教育引导下，已经收心，考试成绩马上进入前十名了。

2020年7月，老吴在走访中了解到，中学生朱某多次偷窃家里的现金用于打游戏和个人消费，家长很是苦恼。吴晓祥得知情况后主动联系家长，在"晓祥警民驿站"和母子二人促膝谈心，从学习生活、思想道德素质等方面对朱某进行了教育疏导。民警的热心感化了朱某。通过引导，朱某的学习成绩明显进步，日常表现良好。吴晓祥还定期向家长和学校询访朱某的情况。母亲孙女士说，朱某说等考上高中了，一定要去告诉警察吴伯伯。

读书和就业是老百姓关注的两大焦点问题，也是老吴一直惦记在心里的事。平时，老吴乐于助人，帮助下岗失业群众找工作，帮助外来民工子女解决入学困难。他关心弱势群体，联手社会爱心人士开展"扶老助孤"公益活动，带领警务组成员参加警民联合做公益，为家庭困难的环卫工人送温暖。几年来，他先后帮助十多名下岗失业工人及待业青年解决就业问题。下岗失业工人王国刚说："吴警官义务帮助弱势群体，是我们下岗失业工人的贵人，是当代活雷锋。"2019年11月的一天，吴晓祥出警，安徽籍环卫工人张某夫妇暂住房内仅存的500多元现金被偷，他在认真落实立案调查的同时，仔细了解60多岁的张某夫妇的家庭情况，两位老人聊起家事来老泪纵横，显然张某的家境不好。第二天，吴晓祥从家里拿来大米、年糕及食用油，几经寻找，送给了正在路上扫地的环卫工人张某，张某又一次流下了感动的泪水。

宁波电视台、《警周刊》等警内外媒体曾多次报道过吴晓祥的事迹。2019年10月，宁波电视台对"晓祥警民驿站"工作进行了专访。2020年7月，"晓祥警民驿站"还被评为市局五星级警务室。

# 四

"天下无贼"是吴晓祥2005年转业公安系统工作时用的QQ名，也是他上宁波金点子论坛的笔名。"让我们忠于理想，让我们面对现实"，老吴一直记得切·格瓦拉的这句名言。自从入了警察这一行，我们这位擅长弹"钢琴"的专家，也是位"路见不平一声吼"的热血男儿。他曾经用自己心爱的崭新的山地车去撞击被偷的电瓶车，一路对盗窃电瓶车的小偷紧追不舍，把自行车的时速调到近30码，差点被农民背的一扎甘蔗撂倒，事后想起来有些后怕，但过了 10 多分钟，在野外追到小偷时，他笑了，汗流浃背。"警察大哥，你太能追了。"小偷耷拉着脑袋哀叹。那天老吴休息，正要去健身，听到身后有人喊："抓小偷"，就奋不顾身地冲上去了，发生了上述一幕。危难之时显身手，尽显警察英雄本色。

还有一次，老吴的闲事管得更加离奇。有一天，他和朋友外出办事回宁波，车行至 61 省道慈城附近的路段时，发现前方同向右车道上散落着几个纸箱子，一辆同向行驶的出租车停在路边，只见出租车司机匆匆忙忙打开后备箱，将散落在道路上的纸箱放进后备箱，关上后疾驰而去。而在离纸箱散落点大约 300 米的前方，一辆轻卡停在路边，旁边同样也散落着几个纸箱。不难看出是轻卡所装的货物掉落在路上了。

出租车装好纸箱起步时，老吴的车正好与其并行，他放慢速度按下车窗玻璃，好奇地望了一眼出租车司机。他还以为该出租车司机在做好事，将货物拾还给失主呢，没想到该出租车驶近前方轻卡时，竟然加大油门疾驰而去。他一看情势不妙，就加大油门追赶。驶近轻卡时，他对货主及司机说了声："有人拾到你们的货物逃跑了。"说着就加大油门继续追赶。同车的朋友阻止他说："算了，别管那么多闲事了。"他说："不行，这个出租车司机不地道，非得把货物追回来不可。"当时他心想："一个普通老百姓见此情景也不会袖手旁观的，何况我还是一名警察，更要管管这个闲事了。"

出租车司机发现有人在追他，于是又加快了速度。当时老吴的车速已经超过了 100 码。他的车和出租车匀速行驶了约 200 米后，见路况好，他加大油门追赶，追了大约有 10 千米，终于在洪塘附近追上了出租车。当与出租车平行时，他让朋友示意出租车司机停车。出租车司机无奈放慢了车速，他超越出租车后将车靠边停下，出租车也尾随他停了下来。他和朋友一起下车走向出租车，出租车司机也同时下了车。当时他着的是便服，他走到出租车司机面前出示了一下随身携带的警官证，问道："拾到别人的东西应该还给别人，为什么还要逃跑？现在服务行业都在强调要有良好的职业道德，你的职业道德哪里去了？你就不怕别人举报你吗？"出租车司机很尴尬地说："就几个纸箱子，也不知道是什么东西，我错了，还给他们就是了。"说着急急忙忙从车后备箱内将拾到的三个纸箱搬出来放在了路边，然后赶紧开车离开了。同时，那辆掉落货物的轻卡也到了，老吴他们将三箱货物交还给了失主，并提醒他们货物装载要捆绑好，确保安全。失主连连示谢，老吴叮嘱了他们几句后也驾车离开了。

事后朋友在车上笑着说："没想到你还那么爱管闲事，瞧你把出租车司机吓的。"老吴说："呵呵，这种人思想有问题，我看不惯，所以该管的闲事还得要管！"

吴晓祥深谙"枫桥经验"，弹得一手好"钢琴"，不仅是位做群众工作的专家，能做到矛盾不上交、平安不出事、服务不缺位，还分清事情的轻重缓急，是一个时间管理大师。他不仅是一个爱岗敬业的好警察，而且非常热爱生活，多才多艺。他会拉小提琴、弹钢琴，吹小号、笛子，喜欢绘画，还有摄影、指挥（合唱）、书法等，还有跑步健身的习惯。这些业余爱好已经成为他调节工作压力、放飞心灵的生活习惯，所以已经年过半百的他，依旧身姿挺拔，精神抖擞，比实际年龄要年轻许多，一点都看不出他的女儿已经结婚成家了。

"一花独放不是春，百花齐放春满园"，平安亚运安保的战鼓已经擂响，古城卫士们已做好准备！江北公安、宁波公安，我们整个浙江警队都在时刻准备着，无数个"吴晓祥"们正在用成千上万台钢琴，上演一场盛大的平安颂歌！

# "古城"牌牛肉酱引发的感人故事

2023年6月6日，芒种的黄昏，天上飘着几滴小雨，我带着激动的心情和家乡人民送的土特产，从临海回到宁波。其中有古城所周杰教导员送的两袋古城牌牛肉酱、"南门提辖"送的一盒来自紫阳古街的海苔饼和小飞妹妹送的一箱酸奶，让我返程的行李变得沉甸甸的。

各位看官，大家不要小瞧这色香味俱全的"古城"牌牛肉酱，它可是临海公安的网红食品呢。6日中午，我在大学老同学卢利敏的陪同下，走进心心念念的古城派出所。5年前，他和我约定来古城所开设文学讲座，当时他任古城所所长。没想到因为疫情的原因，一直没有成行。这次走进临海市公安大讲堂，顺带得以达成心愿，来到所里参观。估计老同学也揣摩到我的心理，所以提议来古城所吃中饭顺带参观。在这里，我拿到一份精美的黑色餐盒，印有古城所logo的，著名的"古城"牌牛肉酱，牛肉酱好吃下饭，我成了干饭人，把减肥一事抛到九霄云外去了。听周教导说牛肉酱刚做好那一天，一个为了减肥一直拒绝碳水的兄弟吃了两碗米饭，才自律地结束战斗。

一边品尝牛肉酱和其他美味菜肴，一边看着包装袋里放着的两本《古城故事》（3月刊和4月刊），我和众人饶有兴趣地听"创始人"周教导讲牛肉酱的前生今世。原来牛肉酱还是"舶来品"，今年3月16日，临海市局周志旺政委和政治部政工干部带领全局的教导员去杭州、绍兴学习，其间去了北山派出所，餐盒每人一份，中间放了牛肉酱，周教导觉得北山所的做法很好，作为省政府所在地的派出所，这样的简约就餐，既美味又高效。于是周教导就向北山所的教导员要来配方，让所里的厨师做起来。所长和他开玩笑，说："周杰，你真是吃货，组织可是派你去学习如何创枫（创建省级枫桥式人民满意派出所）的啊。"这个 1987 年出生的年轻教导员边说边笑，下巴有一道浅浅的肉纹。

没想到"古城"牌牛肉酱一问世就大受欢迎，被大家誉为下饭神器。为了防止浪费，所里就动脑筋设法让牛肉酱"飞入寻常百姓家"。按 0.5 元一份放在小碟上面，想要就拿；另外把牛肉酱作为伴手礼，连同贺卡作为民警们的生日礼物。战友们非常开心，周教导他们信心更足了，为了让牛肉酱更有意义，就把古城标志打上去，在包装袋外面打上反诈标语："捂紧钱袋子，过好小日子。"民辅警可以用饭卡购买，生意火爆。18 元的牛肉酱，100 瓶马上预订完。

周教导还把警营文化和牛肉酱紧密结合在一起。他在《北山故事》的基础上创刊了《古城故事》，讲述新时代人民公安为人民的故事。所里的诗人、会画画的、写字好的全被周教导召集起来，还让警娃们也参与进来，真是麻子打哈欠——全面总动员。所里向全体民辅警征集作品，入选《古城故事》者奖励一袋牛肉酱（2 瓶）。大家的积极性都很高，单月可以收到 20 多幅作品。所里的警营文化就通过讲故事的形式生动地体现出来，我不由想起上海的《故事会》，也是这样小小的开本，但故事很精彩。今年浙江高考卷的语文作文就是让大家谈谈对好故事的感受。好的故事是有力量的。古城所利用《古城故事》表扬所里的好人好事，展示最新工作动态，还有民警原创诗作，印刷精美、内容丰富，《古城故事》跟随牛肉酱飞进千家万户，起到家喻户晓的宣传效果。

随着所里各项工作的深入开展，牛肉酱的运用也越来越广泛。为了工作需要，周教导去群众家里走访，也带上一袋牛肉酱。毕竟人心都是肉长的，群众本来可能是一脸怨气的，但看到警官们带着伴手礼登门，态度必然会平和许多。更神奇的事还在后面，我把它称作"蝴蝶效应"。6月7日，因为一袋小小的牛肉酱，临海公安还上了央视新闻。咋回事？为了方便今年的高考，临海市公安局在各考点设置临时身份证打印点，设备接入需要一个公安认证的外网。所里只好求助学校对面的一家超市。但辅警张海林觉得后续认证接入会耽搁老板的生意，为了表示歉意，张海林赠送老板两大袋牛肉酱，当然还有装帧设计精美的3月、4月的《古城故事》。看着带着礼物诚心满满的警察同志上门请求，老板爽快地答应了。没想到高考第一天，有个马大哈考生身份证丢了，古城所高考服务打印点1分钟为其办理临时身份证，被央视点赞。不得不说，这小小的牛肉酱也发挥了巨大的作用呢。

说起牛肉酱，说起张海林，他可是浙江省人大代表，古城所的传奇人物，我不得不多唠叨几句。爱心接力员张海林是古城所辅警，妻子朱丹丹是家庭主妇，还有一个年幼的女儿，本身经济条件就很一般，但夫妇俩把跌入人生谷底、身患重病、非亲非故的理发店老板吴元渺接到家里，悉心照顾，同吃同住，一住就是9年。张海林夫妇无私帮助吴元渺的想法纯朴，就是不想让英雄在落难时受苦无人照顾，吴元渺在生病之前经常做好事，是大家公认的"活雷锋"、全国劳模。人们都说"久病床前无孝子"，就是子女对父母的照料也未必能如此持久有爱心，我们一群人在餐桌前唏嘘不已。

诗人"南门提辖"说："张海林的故事挺感人，去年我调到古城所时，听了他不平凡的事迹后，我有感而发写了那首《清平乐》，也是为了向张海林的精神致敬。他这样写道：

### 清平乐·有感于张海林当选为浙江省第十四届人大代表

日升日落，春至梅先觉，接手一恍疑似昨，只为庄严承诺。

人生道路何长，赚来两鬓风霜。细数九年不易，照见大爱光芒。

2022 年在浙江公安文学圈里流传着一首《抗疫赋》，我还为这首赋和宁波诗友争论过，没想到作者就是我的邻座"南门提辖"。看完他写的《巾山赋》，我发出一声哀叹："眼前有景道不得，崔颢有诗题上头。"6 日上午刚和他一起爬过巾山，在略为倾斜的小文峰塔前站了许久。"南门提辖"的古体诗质优量丰，都可以出一本诗集了。可惜 6 月 5 日晚上的文学讲座他没参加，大有相见恨晚之意。

别看"南门提辖"人长得白白净净的，一副书生的样子，但千万不要小看这位公安诗人，他可是赫赫有名的府城平安驿站的掌门人，直接管辖着国家 5A 风景点临海府城片区的社会治安，绝对的业务骨干。和他一起共事的小姑娘占玲丹说："章小伟（南门提辖真名）老师做工作很有自己的章法，所以我们警务区的各项考核成绩都是遥遥领先的。"

没想到小小的"古城"牌牛肉酱后面还隐藏着这么多感人的故事。

我看到了周杰教导员的聪明灵活、善于学习的一面。午饭后，当我看到派出所门口的两棵贴满反诈标语的大树，我笑了。"反诈树"肯定是他的创意。为了在所里创造良好的运动氛围，他还邀请警营书法家、政治处副主任朱昌文为所里的健身房献上墨宝："燃烧我的卡路里。"这个超级搞笑的"很二神探"（周教导的微信名）兼具基层领导的大刀阔斧的开拓精神和年轻人幽默开朗的品格，他在 2022 年还被评为全省优秀人民警察。这些年，我一直在写创枫人物故事。同是浙江省优秀人民警察，开发"古城"牌牛肉酱的周杰和会弹钢琴的吴晓祥各有千秋。由此我悟出一个道理：创枫道路千万条，适合本土最重要。

我感受到所里先进人物张海林一家的善良踏实低调，张海林和家人照顾吴元渺师傅一事在被宣传报道之前鲜为人知，一直到数年前吴师傅所在的社区因为党员活动，联系不上他，才知道他已经在张海林家生活，于是这件感人肺腑的事被发现，大家纷纷捐款帮助，张海林被评上临海好人、浙江好人和中国好人，还当上省人大代表。

我探视到公安诗人"南门提辖"丰富细腻且内敛的精神世界，他的诗我只能用一个美字来形容。你看他这样写春天："独坐春寒伴寂寥，轻风帘外雨潇潇。故乡犹在青山外，入望烟深白雾遥。"他是个行吟诗人，喜欢边走边写。他说如果有感觉不及时记录，会被新的事物覆盖。虽然和"南门提辖"只有一面之缘，但是我们交流诗歌的过程非常愉快，他写古体诗，我写现代诗，两种体裁的诗歌的抒情言志功能可谓异曲同工。

还有这两天接触到的战友们，各有各的优点，各有各的可爱之处。我想这些战友的高尚品德，都可以在明代地理学家、临海人王士性论述的人文地理观点中找到答案。临海人具有高山一样的硬气、海的大气和水的灵动，还有像府城一样沉稳有内涵。

我喜欢临海，我曾经生于斯，长于斯。一座城一群人，这个城市和乡村的转角处有我许多散落的记忆。家乡时常出现在我的梦里。这次回到临海之后，对家乡的美食记忆，除了麦油脂、扁食、蛋清羊尾、梅花糕、核桃炖蛋外，新增加了一种——"古城"牌牛肉酱。我清楚地知道，拥有这个"下饭神器"之后，离减肥的道路必将越来越遥远。

# 平淡之中见奇崛

## ——谈警察故事创作

北宋文学家、政治家王安石有一首诗，这样写道："看似寻常最奇崛，成如容易却艰辛。"意思是看似寻常，仔细品味，却于平淡中见奇特；其成就的取得好像很容易，实际上一字一句的创作皆是艰辛。王安石的这首《题张司业诗》是用来表扬唐朝大诗人张籍的诗歌的。我觉得把它用到我近些年的警察故事创作上也是非常合适的。今天就和大家分享一下我创作的一些心得。

一、"七分准备，三分写"，采访和收集资料很重要，采访是写作的基础，写作者就好比是酒店的大厨，要到市场上去采购大量优质鲜活的食材，才能烹调出色香味俱佳的大菜。所以写作第一关就是要过好采访关，无论是一个人前往采访还是和采访组一起去，对采访对象之前的情况最好能掌握一些，然后要了解他有哪些特点，身上有哪些闪光点，事先最好有一个采访提纲，不能被采访对象带节奏，要掌握主动权。如果采访时间不够，还可以事后补充采访，通过看他的朋友圈，或通过他的领导、同事、朋友去了解。只有拿到丰富的采访、采风资料，才可能构思下笔。照相、录音笔、笔记本都是重要的记录工具。如果采访一个团队的先进事迹，我习惯会组一个工作群来交流，如采访北仑玉兰社区、庄市移民服务站。

二、灵感稍纵即逝，一定要趁热打铁。2018 年 12 月，我参加中国青年作家干训班，有来自全国的 187 个同学，短短数天，我只能记住少数几个同学，来自广东的公安诗人张庆富就是其中一个。第一印象就是他长得很像影视明星胡歌，特别是侧面看过去。所以我送他一个雅号"公安胡歌"。有一天，和几个同学在他宿舍喝茶聊天，他给我们讲自己在派出所值班时快速反应，用手枪制服手舞马刀朝他头上砍来的犯罪分子，当时大厅里还有孕妇，情况非常危急，但他还是出色地完成了任务。他还是个出色的诗人，此事激发了他的灵感，创作出了《利剑》一诗。他是一手拿枪一手拿笔的一线民警的代表，对我来说，是个难得的好素材。于是，我回宿舍后连夜写了《"公安胡歌"初印象》。我们在日常写作中同质化现象比较严重，写得都似曾相识，所以像张庆富这样比较独特的人可遇不可求，一定要趁热打铁，及时写下来。

三、要做"神笔马良"，找好角度，抓住人物的特点来写，要有辨识度。朋友们不知是否有感受，就是让你写身边的同事的先进事迹，你会觉得很难写。因为太熟悉了，没感觉了，对吗？我就经常遇到这样的事。2020 年年末，我有个同事孙志群处长要申报一等功，宁波市局只有一个名额。写报功材料，这个光荣艰巨的任务落到我头上，而且要两天之内完成，意味着我的双休日要泡汤。我冥思苦想，对孙处进行了突击采访，抓住他的三个特点来写，一举成功。这三个特点就是"窗口唯一穿白衬衫的警察""考不倒的学霸""宝刀未老多次出征的猛将"。

写作和摄影很相近，都要有一个角度。写作叫叙述视角，摄影叫构图。如何找到与众不同的叙述视角？我想到自己在全国大赛中获奖的散文《衣钵》一文，就胜在叙述视角上。用青年民警小罗为第一人称讲述了他和师傅老励的故事，公安事业以老带新，后继有人。作为一个中年女性作者，我是如何想到要用小罗的视角去写的？我的想法就是想与众不同。因为我们宁波公安作协有10多名会员一起去慈城匡堰派出所老励工作室采访，高手很多，我不想和大家"撞车"，加上小罗给我提供了几篇他写的警务日记，我就突发奇想，采用了一个小罗"附体"的写法。散文用小说笔法来写，沈从文、史铁生、刘庆邦等都是值得学习的文学名家。我就不再班门弄斧了。

2023年4月采访全省优秀人民警察、慈城派出所社区民警吴晓祥时，我也遇到难题。晓祥是我认识多年的战友，当年我们在一起混金点子（宁波公安内网论坛）时，他的网名叫"天下无贼"。他太能写了，也太能说了，发了一堆打包资料给我，其中个人文集就有100多页。面对这样一个业绩优秀、全面发展的先进人物，我不知道该如何下笔。导致我心事重重，整个五一劳动节都没过好。我感觉自己是在讯问犯罪嫌疑人、录口供，找了好几天，都找不到叙述的视角。所里吴再山教导员一句："吴警官家里有钢琴，有一次我去家访，看到他在弹琴。"让我有了灵感。就是嘛！他不就是会做群众工作，会统筹协调"弹钢琴"的专家嘛。突破口一下就找到了，写起来就非常顺手。

在这里和大家分享一个打破写作瓶颈的小技巧，那就是暂时放下，到大自然中呼吸新鲜空气、汲取能量，同时可以阅读经典，汲取书中的精华，自然而然，干涸的泉水就会慢慢地渗出来了。此外，还要按照自己的节奏来写作，不要跟风，避免闹出"邯郸学步"的笑话。

四、情怀和担当是坚持不懈创作的动力。众所周知，写作绝对是件苦差事，不仅费脑费神，而且是体力活。深夜写作导致的后果常常是大脑皮层亢奋睡不着觉，长期伏案写作，写得颈椎不对，腰椎不对，肩膀也变成铁肩，不得不和膏药、推拿打交道，问题是这么辛苦的事，为什么能坚持20多年，不离不弃呢？

我想一切缘于热爱吧。我热爱警察这份工作，我是一名"警二代"，接过父亲未竟的事业，不知不觉也近30年了。父亲牺牲时只有48岁，我和他在一起的时间太短太短，可以回忆的东西实在太少。所以我把这份遗憾和对父亲深深的思念之情转化成对身边战友的爱，我想用我的心和笔为他们画像，写好他们的故事。我也愿意用自己的才华和热情与志同道合的文友们携手攀登更高的文学高峰。

从2019年四明山"红色走读"到2021年《高桥警官》一书的出版，还有2023年两次警营读书会和慈城派出所采风，我和我的战友们一次又一次地取得新的创作成绩。我越发感觉身上的担子沉甸甸的。文学自信、文化自觉让我早已远离无病呻吟、顾影自怜的状态，使命和担当让我觉得为公安事业书写、为时代和人民书写是义不容辞的责任。"公安文学为公安实战服务"的理念在我的心中日益清晰。作为一名公安作家，应该讲好警察故事，在平淡之中见奇崛，只有这样才能无愧于组织和读者们的厚爱，也无愧于"中国作协会员"这个光荣的称号。

第二辑　岁月如歌

# 书写人生的三个关键词

人生三本书，无字之书、有字之书、心灵之书，要写好它们，我认为离不开担当、坚持和率真这三个关键词。

说起担当，我想起一件往事。2005 年 5 月，当时我在鼓楼派出所锻炼，组织让我参加全国统一的缉捕行动。行动意味着有流血牺牲的危险，我又是一名女性，所以有人提议把我换下来。我拒绝了，我深知当警察就意味着比常人多一些担当、奉献精神，而且，这不分男女性别。

同年 8 月，在职研究生考试在即，但我被抽中参加全市公安大比武，要求封闭式培训，在公私不能兼顾的情况下，我以大局为重，全身心投入大比武。庆幸的是，后来我利用比武结束最后半个月发奋努力，以多出 6 分的好运气考上浙大光华法学院。

"坚持"是第二个关键词。说起坚持，我想到一幅漫画——《挖井》：有个小伙子拿着一把铲子，挖了几个坑都没有找到水，他便抛铲而去。其实，只要他对准一个坑多挖几下，就能找到甘甜的井水，可惜他没有坚持。生活中像他这样半途而废者大有人在。

这些年，我坚持做一件事——写作。发自内心的喜爱让文学成为我生命中不可分割的一部分。说实话，我也不是没打过退堂鼓。人到中年，上有老，下有小，中间有工作，一地鸡毛的生活让我心力交瘁，但我始终无法戒掉文学的"瘾"，坚持之下，日积月累，居然也有上百万字的产量，出版了两本文集。

坚持就是认准目标并持之以恒。村上春树在《我的职业是小说家》中写道："写长篇小说时，这种密室里的精工细活日复一日地持续，几乎无休无止。假如这样的活计原本不合乎天性，或者吃不了这种苦，根本不可能持之以恒。"所以，做自己喜欢做的事，并长期坚持下去，是一件非常幸福的事。

最后说率真，率真是我的人生底色。我的人生哲学主张就是张弛有道，享受生活。只要分清主次关系，在认真耕耘好自己一亩三分田的基础上，完全可以任性过生活：哪怕三八妇女节只有半天假期，我也会美滋滋地坐着公交车，长亭更短亭地去领略宁波走马塘的乡村田园风光，捕捉人文之美；偶尔，我也会半夜披衣起床，奋笔疾书，只为听从灵感的召唤；我写东西，没有章法，只要足够有趣好看……有人说我是体制里的"野生动物"，有人说我有颗少女心，根本看不出五十开外的年纪。

人生是一场漫长的修行，人生的三本书恐怕穷尽一生也读不完。"做最好的自己胜过做英雄"，我愿意书写好自己人生的三本书，听从内心的召唤，继续做一个有担当、有责任，做事果断持之以恒，却又率真纯粹的人。

# 黄昏感怀

"夕阳无限好，只是近黄昏"，古人的诗词对黄昏的美景是持赞赏态度的，但是诗人的笔触里面带着淡淡的哀愁，残阳如血，这黄昏的背后掩着漫长的黑夜呵，是否也预示着什么呢？

受着这种莫名情绪的牵引，于是黄昏便成了我一天中最难度过的时光了。

"疏影横斜水清浅，暗香浮动月黄昏。"在黄昏里，我常常是一个人在面馆或快餐店吃着无趣的饭食，对面的双双俪影和餐馆里面缠绵的老情歌让我柔肠寸断，看沧桑变化，感叹世事的无常。我习惯了在这个苍茫时分给友人发短信，不为收获反应，只是觉得有种难以言表的情绪需要释放。友人们的反应多半是平淡的，因为黄昏对他（她）们来说是最繁忙的，工作了一天后，顾不得身体上的疲劳，又扑向菜市场，和菜贩们讨价还价，急着回家做"马大嫂"，如回一个"我忙着呢！"就相当不错。但是有一个朋友在黄昏里回来的短信，我到现在还珍藏着。因为他是我的同类，他是这样写的："花开寂寞，寂寞花开，开寂寞花，花寂寞开，这不是文字游戏，应该有四种境界，可惜我俗务缠身，不能说个明白，中午偶在写字楼外看到在艳阳中轻舞的花朵，长安街上行色匆匆的人们并无一人为之驻足，遂有所感……"面对友人如此感伤，我同样无言，我只是想到了多年前一个唱着《女人花》的女子——梅艳芳，这朵美丽而寂寞的女人花已离我们渐行渐远，如轻风一样飘零的"林妹妹"陈晓旭，让我们在黄昏里叹美丽人生的苦短……

　　"梧桐更兼细雨，到黄昏，点点滴滴。"10多年前，警院同窗好友燕君是睡在我上铺的姐妹，她也是个害怕黄昏，喜欢书写文字的女孩。当时我们都是警院校报的学生记者，常有我们的名字出现在报端。每每春天的细雨下个不停的时候，她总是把双手插在制服口袋里面，站在窗口，皱着眉头，望着已被细雨笼罩的黄昏，知道她的"黄昏病"又发作，我默默无语，递上一把长柄的花伞。她默默接过，挽起我的胳膊，撑着伞，深一脚浅一脚地往学校边的小树林走去。谈人生、理想、爱情，黄昏的愁绪就在这不知不觉的谈话中烟消云散。10多年过去，古荡校区已不复存在，小树林也被高楼吞没，连着小树林的绿色湿地也消失不见，但这纯真的友情却常常会在多年以后的黄昏里，被一遍一遍地忆起……

　　"纤月黄昏庭院，语密翻教醉浅。"杭州是个盛产爱情的城市，这黄昏同样是被情感浸润过的，散发着美丽而哀愁的光芒。不知为何，我的记忆总是和天堂的春雨紧紧地缠绕着。我的思绪回到了10多年前的杭州花圃。[①]一个在我生命里有着重要位置的男生，我们在散发着淡淡的清香的园里走着、聊着，用雨衣把两个人儿包在一起，说着悄悄话。春雨里的黄昏，游人已非常稀少，只有火红的美人蕉在一旁热烈地开着，满眼都是湿润润的绿色。绵绵的雨丝像一张情网，把一对少男少女网在中央，仿佛忘了归路。当年只是拉着手的少年，如今劳燕分飞，但是爱和忧愁在多年以后的黄昏还会时不时地叩响柔软的心门。

　　亲爱的朋友，当黄昏来临的时刻，请你把所有的门窗都打开吧，那一串鸽哨，会响在你的梦里。于是，所有守望的窗户都会渐渐明亮起来。执子之手，与子偕老，当韶华逝去，青春不再，还可以陪着你亲密的爱人去散步，任太阳的余晖洒在灰白的发间，互牵的手传来爱的余温……

------

① 该文作者写于 2012 年。——编者注

# 远逝的春节，远逝的戏台

　　春节是中国人传统的节日，是万家团圆、举杯欢庆的日子。外公离开我们已经有两年多了，一想起2016年春节陪他看戏的场景，我的眼眶就湿润了。没有了外公、外婆的故乡已经回不去了，曾经的戏台成为梦里的追忆，文字大抵是最好的怀念。

　　我清晰地记得，那是2016年正月初四，我从宁波回到故乡嵊州，见到数年未见面的老外公。他当时已经95岁，但眼不花，背不驼，红光满面，精神矍铄，生活自理，一点都看不出老迈的样子。他是村子里最长寿的老人，乡亲们看到他总会亲热地喊一声："阿祝公公。"

　　"海燕回来得正好，这几天晒谷场上刚刚在做戏文。"外公笑眯眯地和我说。

　　"戏文"，这是一个遥远而亲切的名词。我的童年时代是在外婆家度过的，那时没有电视、没有电影，更没有现在的手机、电脑。看戏文是村子里的大人和小孩子最期待的新年节目。每逢小家班在晒谷场上搭台唱戏，我就和妹妹一起扛着长条木凳早早地来占位置。穿着新衣服，口袋里揣着瓜子、花生和奶糖，边吃边看，甭提有多幸福啦。如果村里没做戏文，外公就带领我和妹妹翻山越岭去沈塘舅舅家看，还在他家住。

　　"好啊，外公，我陪你去看。"外公的一句"戏文"让我的思绪像孙悟空翻了一个筋斗云，跑到十万八千里外面去了。晚上七点左右，吃过母亲做的丰盛的晚餐，我请她同去。她系着围裙，托着腰说："昨夜，你外公临时发病，被救护车送进城，我担惊受怕一晚都没睡好。我想休息了，你们去吧，早去早回。"

小时候，正值壮年的外公带着年幼的我和妹妹去看戏；步入中年以后的我，重新扛起这把长条凳，带着年老的外公去看戏。

我们到晒谷场的时候，戏台下全是黑压压的人，许多人因没有位置都站到马路上，有四五百人吧。台上锣鼓震天，演员们来来回回忙碌着，做最后的出场准备，一个"寿"字的大红背景格外醒目……我带着外公在戏台右边一个角落坐下，确保没有挡到后面的观众。

演员们不断地向台下抛送许多带着五颜六色包装的食物，"哦，我抢到'金元宝'啦，我抢到寿馒头啦"，人群发出一阵欢呼声。我带着诧异的眼光看着这些脸上写满欢乐的村民。外公告诉我，这出戏是村民众筹的，每家每户都拿出100元或200元，母亲的同学明宝今年七十大寿，他儿子拿出6000元，这些分发的喜果也是他出的钱。替老父包戏庆寿，尽孝道、惠乡民，两全其美，让我这个城里人看着非常艳羡。

戏马上开演了，台上一个音响挡住我三分之一的视线。我瞅着外公左边空着的长条凳，怂恿他坐过去，等有人来的时候再坐回来，外公摇摇头说："这儿好的，不要坐别人的位置。"我只好忍着。

晚上做的戏名叫《金龙鞭》，是嵊州方慧越剧团来演出的。戏开演时，我发现舞台的北京布景已经替换成山野茅草房，台上侧边有电脑控制，戏台的两侧都有清晰的中文字幕显示。越剧这门历史悠久的戏曲艺术随着科技发展，有了改造创新。

戏文的故事情节并不复杂或者说非常俗套，但我和老外公都看得津津有味。特别是看到落难小生蔡文生进京赶考无盘缠且被嫌贫爱富的老丈人羞辱而欲上吊自尽的时候，我内心有个声音在呼喊："好人命不该绝，谁快来救救他。"

"肯定有贵人来救落难公子，等他金榜题名，状元中出，会重谢恩人。"外公和我心有灵犀，他边看边评论。

果然有个卖红绿丝线的老伯救下了蔡文生，蔡后来果然也中了状元。

"外公，你是如何知道的？"我问。

"从以前到现在，戏文都是这样演的。过年演彩戏，就是要让我们观众高兴，顺着我们的心意演啊。你看小生蔡文生的老婆是个悲旦，她的姐姐就是花旦，救人的老伯伯是个小花脸……他们演得都很有味道。"95岁的老外公居然是越剧票友，说得头头是道，着实让我大吃一惊。

外公坐在没有靠背的长条凳上，眼睛专注地盯着舞台，一脸幸福地陶醉。其他村民也都目不转睛地盯着舞台，没有人玩手机或走动，他们全神贯注地坐着欣赏，如黑夜里的一尊尊雕像。嵊州是越剧之乡，也是袁雪芬、徐玉兰等表演艺术家的故乡。越剧深受当地人的喜爱，每个人多少都会清唱上两段，除了我。听外公说村子里已经多年没有演戏文了，难怪乡亲们会看得如此投入，当然演员表演得好也是关键。我和外公为蔡文生状元及第、荣归故里而感到高兴，但没想到他的蛇蝎丈人和他的连襟串通，欲置其于死地。好不容易放下的心又得提起来。戏剧中的人与人之间的矛盾冲突环环相扣，紧紧抓住观众的心。

这时，一个戴着鸭舌帽手舞足蹈的中年男人出现在舞台的前方。只见他穿着黑色毛衣、蓝色牛仔裤，一只手拿烟，一只手拿笔，一会儿单手指挥，一会儿模仿拉二胡或是敲鼓动作，两只手像上了发条的电子青蛙，不停地挥舞着。我看不清这个男人的脸，他给我的第一印象怪异但有文艺范儿。如果不是外公说他是疯子，我以为他是戏里的场外导演，还有微信朋友圈的朋友以为他是聋哑学校的老师，在打哑语指导学生演戏。

如果说音响挡住我三分之一的视线，那么这个疯子完全挡住了我，我关注的重心不得不转移到他身上，他非常投入地活在自己的世界里，忘记了周围的存在。听外公说，这是住在邻村的一个外地男人，有老婆，还有两个可爱的女儿。他信耶稣，清醒的时候会来做礼拜，也去厂里干活，但不知是受了什么刺激，经常这样疯疯癫癫，但不打人。他老婆很贤惠，没有嫌弃他。外公说村里人都很同情他的，常给他吃的或者是穿的，外公也送给他好几个番薯。听了外公的介绍，我庆幸没有驱赶疯子，破坏他沉浸在自己世界里的好。当我们离开的时候，疯子还在重复着自己的这几个动作。过年看戏遇到一个有文艺范儿的疯子真是戏外之戏。其实我也是个疯子，文学疯子，只不过我进去了能出来，这位老兄进去容易，出来恐怕困难。

成年以后，这不是我第一次看戏。这些年看过的戏也不少，分别在北京、南京、福州、宁波等地看过，但都没有这次新年陪外公在乡里看戏带来的冲击波大。一则戏文精彩，让我勾起对儿时的回忆；二则村民做寿包戏让我开眼界；三则疯子挡戏让我感觉到人生的一丝辛酸；四则我重新认识了我的外公。

人生如戏，戏如人生。外公，这个有信仰的耄耋老人，他坎坷不平的人生经历就是一场大戏。我需要重新去认识这个帮助我锻炼出一身好酒量的亲人。

在将近一个世纪的岁月中，他经历了数次的家庭变故，先后送走他最疼爱的两个儿子（我从没有谋面过的舅舅）、他最引以为荣的大女婿（我的因公殉职的警察父亲）、他的老伴（我最亲爱的外婆），但他健康、乐观、心胸开阔，他谈笑风生地出现在观众席上，并没有因为自己是最长寿的老人倚老卖老，要求别人的照顾。他心态平和，找对自己的位置，不患得患失。我想这就是他健康长寿的最主要的原因吧。当然外公的长寿也离不开青山绿水和好空气，村里淳朴的民风，还有子女的孝顺。外公 90 岁的时候，舅舅给他买了新冰箱，坤儿当年的作文《90 岁的太公买冰箱》令我记忆犹新，在孩子的眼里太公是个慈祥热爱生活的老人。自从外公两年前在做礼拜时晕倒在教堂，他更加成为家里的重点保护对象，母亲曾经给外公吃了许多价格不菲的补品，难怪他精神倍好。

"希望外公 100 岁的时候，我还能陪他去看戏。" 2018 年秋天，97 岁的老外公突然因为脑出血去世，我的这个愿望成为泡影。希望天堂里还有好看的戏文，让外公天天看得笑眯眯。

# 一碗水饺

有一个周六的清晨，我的早餐是一碗热气腾腾的水饺。这是宁波书城边上的老北京炸酱面馆老板夫妻送的。一想起来历，筷未动，泪婆娑。

这之前的一个雨夜，8点左右，我带着女警读书会成功的余味，走进面馆。这时，店里已没有其他客人，只有老板一家人围坐在一起吃饭。我在面馆，一个人吃面，一个人喝可乐，一个人写诗。原本以为就这样，锦衣夜行，郁郁寡欢地吃完，然后回家走人，压根也没想到和这家普通的小面馆还会有其他交集。

老板见我喝可乐，又送了一盘油炸花生米给我。我这才发现店里只有老板夫妻，年纪和我差不多。我问了打烊时间，老板说10点。我松了口气。女人本来就话多，喝了酒更多。我见老板夫妻面相和善，便打开话匣。我注意到男主人的两只手臂上有伤疤一直到脖子，好像无数条蚯蚓吸附着。我心里一紧，但什么都没提。

话匣子打开了，就像洪水一泻千里。老板夫妻和我是本家，从东北来宁波有10多年了。原来开东北菜馆，因生意清淡，两年前改为面馆。育有一女一子，女儿已有身孕，给我端来面条的小伙子就是女婿，看上去很憨厚。儿子上小学六年级，因为无力购买房子，只能在外来民工子弟学校读书，平时喜欢阅读、写作。所以夫妻俩寻思着送他去华茂外国语学校读初中。学费7

万一年，对一家人来说是个不小的数目，但夫妻俩打算节衣缩食、咬咬牙供孩子读书。

女主人说："我们常年在外面做生意，女儿由奶奶带大，一直到17岁才来到我们身边。我们不能再亏欠儿子了。虽然他爸去年出事了，家里花去10多万元。"

"啊，大哥的手？"我把眼光又落回男主人如无数条巨大蚯蚓蠕动、青筋隆起的手臂上。

"嗯。被火烧伤,面积达40%,我为此在二院住了50多天。去年4月的时候,厨房煤气管子脱落突然起火，火势凶猛，我想都没想就冲进火海里扑救。当时女儿和儿子都在楼上，为了不让火苗往上蹿，我试图用身体挡住着火区域。当时如果我不救，必定会烧到他们，女儿还有身孕。"男主人解答了我的困惑。

"这有多痛啊！你太伟大了！"听了男主人的讲述，我的眼眶红了。

"换作你，你也会这样做的。谁让我们是当父母的啊？"男主人的面容平静，仿佛什么都没发生过。的确，父母为孩子可以奋不顾身，可以豁出一切。我想起2014年，我陪坤儿在贵州镇远高过河漂流遇险的一幕。虽然我是旱鸭子，但为了满足孩子玩漂流的愿望，曾经掉进河里，呛了好几口水。

"还好没有烧到脸上。安全最重要。保险理赔了吗？"我不知道如何安慰他们。

"出事以后才保的。"女主人说，神情和她男人一样平和。

"儿子喜欢看书，我们为了他在宁波书城边上找了店面。他做完作业就帮我们招呼客人、打扫卫生。店里不忙的时候，喜欢跑书城去看书，一待就是好几个小时。我们还帮他办了包玉刚图书馆的借书卡。他的作文经常被老师当范文读。"说起孩子，男主人一脸的自豪。

"是的，孩子特别懂事。他不玩游戏，不吵闹，就喜欢看书，还老是问他爸各种问题。到目前为止，他爸还没有被难倒过。他也让我看书，我做生意忙，没时间看。我就让他把书上难忘的读给我听。孩子很孝顺，每天给我们端洗脚水。我们平时吃喝拉撒都在店里，不能给他创造好的学习环境，所以想送孩子到没有严格就读区域限制的华茂上学。听说只有40多个人一个班，校园安静优美。我想相对封闭的地方，有利孩子净心读书。"女主人话语中也洋溢着幸福。

当我从父母口中得知，这个上小学的孩子已经读完海明威的《老人与海》、龙应台的《目送》、《安徒生童话》、《格林童话》、《一千零一夜》等书，非常惊讶。于是我在临走前为孩子开了一个表书单：曹文轩的《草房子》、杰克·伦敦的《热爱生命》、霍达的《穆斯林的葬礼》……我还为他们朗读自己即兴写的诗。

"妹子，我虽然没读过多少书，但我喜欢你的诗，你的诗好懂。我是基督徒，平时也去做礼拜。所以你诗里说的耶路撒冷、哭墙我都知道。和你这样学问渊博又平易近人的老师在一起说话，我们太荣幸了。"我看到男主人的眼睛里有光。

"我也不是逢人就滔滔不绝的，我刚刚还哀叹弦断知音少呢……"我被男主人夸得不好意思。

"就是，你的诗我也很喜欢。你是我们孩子的贵人。以后他的学习少不了要请教你。认识你真好。"女主人清秀的脸上笑容灿烂。

在遇到这对中年夫妻以前，我以为写诗吟唱是文人墨客的雅趣。我第一次发现，诗歌就如它的诞生，数千年以来，一直深深地扎根在民众的心里，诗歌从来不是士大夫的专利。难怪连80岁的老婆婆也喜欢白居易的诗。我相信他们是真正喜欢我的诗，而不是恭维我讨我欢心。我想，诗歌没有好坏的标准，在于抒怀，只要是内心的真实呼唤，一定会感动世人。夫妻俩的赏识更加坚定我写诗的信心。

我们聊诗歌、聊《洛丽塔》、聊孩子、聊教育、聊过往的生活，时钟不知不觉指向子夜。我不得不起身告别，留下自己的联系电话，和女主人加了微信。女主人拿出三大包水饺让我带上。我不肯收，她说："是我们自己包的东北饺子，客人特别喜欢吃。妹子，你就收下吧。"

雨停了，春风沉醉，我带着在宁波书城买的植物和面馆的水饺离开。大哥还跑到路口为我拦车，他帮我把装有红掌、文竹、菖蒲的黄色纸箱小心翼翼地放在出租车的后备箱，并把一根脱落的白色塑料绳重新打好结。那件蓝色 T 恤露出的那段手臂上的蚯蚓若隐若现，在黑夜里。

第二天早上，我打开水饺包装，发现有 66 个，水饺皮嫩鲜美。坤儿说从没吃过这么好吃的水饺。我把面馆奇遇说给他听，他说下次和我一起去那家面馆。坤儿还感慨："面馆的叔叔阿姨这么尊重知识，尊重文化人，小弟弟做人做学问也肯定会非常棒的。书上讲过父母是孩子的镜子啊。"我瞪大眼睛看着坤儿，一个像春天里的树一样往上生长的青葱少年。

一碗水饺，让我魂牵梦萦。

# 做个"好色"的女人

我喜欢美女，郑重声明没有同性恋的倾向。昨天下午在月湖的共青桥头，看到一个着红色连衣裙的女孩，头上别着一只红发卡，脚蹬一双红色高跟皮鞋，露着两条藕一样嫩白的秀腿，雪白匀称的胳膊和顾长光洁的脖子。可惜她的脸是面朝着湖水的，背对着我。我心里暗暗叫苦！

没过几分钟，我这个方向有个年轻的男声在喊她的名字，她微笑着转过身来，我看到了一张秀美的脸，脉脉含情的眼神，高挺的鼻梁，鲜红的唇，柔柔地应着，飞快地朝着她的男友跑过来，两人十指相扣地走在一起，这红衣女子刹那让秋日的街头亮堂起来。我不记得她男友的模样了，当时我目送着这个年轻美女远去的背影，还在原地伫立了许久。呵呵，第一次发现，我这个女人原来也好色，喜欢看美女。"食色，性也！"孔老夫子的话一语中的。

可能是到中秋，过节了，轻闲下来，像陀螺一样高速运转的身体也放松下来，好"色"的本性也随着节日的放松迅速膨胀开来，像爆米花一样。风乍起，吹皱一池秋水，感到了阵阵秋意！看着穿在身上的灰色短袖 T 恤，还有满橱的非黑即灰的衣服，那些蓝色肥大的制服，有一种莫名的恼火情绪涌上来！"胖，定是我的过错否？难道胖人只能着黑乌鸦一样的衣服？我要抛弃它们，我喜欢五彩的颜色！"我自言自语："对，走出去，寻找漂亮的花衣裳。"我诧异于我此时的强烈欲望！记得我是对购衣物不太感兴趣的女人，可以在书店待上几个小时，却不能忍受一家家商店穿脱试衣，更不能忍受和老公一起去挑衣服时，老公和服务员的对话："老婆人胖，你挑最大码的给她就是！"在他看来，能套上是第一要务，其次才可以要求款式和颜色，所以我经历过几次他陪去购衣的难堪后，死活也不会让他一起去参谋了！

我是个非常尊重自身内心感受的女人，心动不如行动！于是，下午3点多，我从家出发，步行（方便健身）到第一医院的县学街上，这条小街的一头有拆了的房子，属第一医院的扩建工程范围，显得有些破落的样子，和小街中心的几家时尚服饰店形成了强烈的反差。我不喜欢逛大商场，倒是喜欢这类个性化的小店。购衣如谈恋爱，可遇不可求也，需要一份随遇而安的感觉！开始走进的几家比较运动休闲的小店，感觉不适合我，都退了出来。随意地往前走着，也不急。突然有一家装饰考究的"衣芙经典"吸引了我的眼球，门前的模特儿玫红、孔雀蓝的秋款给人优雅气派的感觉！

我不觉进到了店中，两个清纯可人的年轻女店员立马迎了出来，殷勤地问："美女，我们店里面的衣服相当有品味的，好好看一下吧。"我看了高个的女店员一眼，笑着说："我被这里漂亮的衣服和美女搞得神魂颠倒了！"高个姑娘非常机灵，忙接口说："阿姐，也是大美女，这里面有许多衣服都适合你的。"矮个的姑娘说："美女皮肤这样白，这些有颜色的衣服最适合你。"她们两个说到我的心坎上了，我知道她们是为了把我钱包里面的钱都给掏出来，但是听了这样甜甜的吹捧，心真的随着她们飘了起来。我愿意跌入这样温存的陷阱中！说来也怪，这店里面衣服的尺码好像为我量身定做的，套上一件合身一件。于是她们让我一会试红的，一会试绿的，俨然成了一个职业的模特儿，镜子里面的我不再是平时的臃肿无神的模样，而是姹紫嫣红、风情万种！她们把我这个"上帝"伺候得舒舒服服的，这种购物的过程真是一种无上的快乐！难怪大部分女人都好"这一口"。后来，经不起她们的怂恿，我创下了自己单次购衣的纪录，共买了红色、湖蓝、玫红、墨绿的 4 件新秋装，近 2000 元，花完了我大半个月的工资，终于圆了自己购有色衣服的愿望，有一种无比畅快的感觉！呵呵，就是爽！

今天着了其中一件湖蓝的新衣来上班，美滋滋的。

这么多年来，我，作为女人，一直低成本地生活着，一直相信腹有诗书气自华。现在才发现，原来偶尔给自己花点血本，也可以增加自信和美丽的感觉。世界上没有丑女人，只有懒女人，不是吗？

海上生明月，天涯共此时！在这个因为台风看不到圆月的中秋之夜，心依旧是甜美的！看来，好色并不全是爷们的专利，喜欢看美女，评头论足；喜欢疯狂购衣，着漂亮衣裳；喜欢喝香味的咖啡，看精彩的大片，偶尔做个"好色"的女人，感觉真好！

# 为6月放歌

6月，是一个充满湿（诗）意的季节。

宋代词人周邦彦在《鹤冲天·溧水长寿乡作》中写道：

> 梅雨霁，暑风和，高柳乱蝉多。小园台榭远池波，鱼戏动新荷。
>
> 薄纱厨，轻羽扇，枕冷簟凉深院。此时情绪此时天，无事小神仙。

在梅雨天观赏院子里的风景，怡然自得的心情跃然纸上。如果这种悠闲的心境天天都有，我想是不稀奇的。写作往往在于和生活有现实的反差，我想诗人定是长期奔忙或是为人事所困扰，所以难得在家小憩，方有了这种诗意人生的感觉。梅雨天，雨是多了点，但是它可以帮助我们驱赶初夏的燥热，让我们在繁忙的半年总结工作中静下心来听听雨、品品诗、看看书，不也是件养生的乐事吗？

6月，是一个属于孩子们的季节。

当时光的车轮缓缓地从5月转动到6月的第一天，孩子们便成了这天的主角。这一天，书包不再沉重，让语文书、数学书、英语书在家好好地休息休息说说话吧，糖果、面包、棋类、课外书纷纷成为书包里的贵宾。孩子们还会拿着平板电脑到学校里和小伙伴们一起玩。这一天，再严厉的老师都把脸笑成一朵鲜花，他们成为孩子们的大朋友、玩伴。这一天，父母成为孩子们撒娇的对象，礼物是必不可少的。这个时候，我们很难对孩子说 No，只要他们不让我们摘天上的星星和月亮。儿子在"六一"玩得喉咙都哑了，但他依旧心事重重地说："妈妈，再过两年，我就不是儿童了。但我希望永远过儿童节。"我抚摸着孩子的头说："成长是一件非常快乐的事，在妈妈眼里，你永远是妈妈最亲爱的孩子。"孩子紧紧地抱住了我。

这一天，我们这些超龄儿童也会收到许多祝福，通过手机短信、微信或 QQ。其实每个人心里都住着一个孩子。岁月在我们脸上刻满沧桑的印记，生活的烦恼和忧愁无时无刻地围上来，但我们的内心依旧纯真，我们的笑容依旧灿烂。

6 月，是一个放飞梦想的季节。

6 月，高考和中考的孩子们在梦想的雨季中奋力拼搏，梦中的校园正向他们微笑招手。雨季的 6 月是绿色的，梦想的 6 月是充满希望的。黑色的 7 月从此永远画上了句号。6 月，备考的孩子们被包围在做不完的习题、考不完的试卷中，但是没有一个孩子抱怨。他们都知道黎明前的黑暗是暂时的，曙光，美丽的曙光就在前方。一边抓紧时间复习，一边憧憬着暑假之旅，这是学习的 6 月独特的一道风景线。愿天下的大小孩子们梦想成真，未来属于你们，希望属于你们。

我为 6 月放歌，此时的我激情满怀。我为 6 月放歌，我歌唱诗意的生活；我为 6 月放歌，我歌唱可爱的孩子们；我为 6 月放歌，我歌唱为梦想而奋斗的强者。我为 6 月放歌，因为这人生精彩的瞬间，稍纵即逝……

# 浅　　绿

浅绿，真的很难找。时光的郊区，品味的外遇！

——题记

生活不缺少美，缺少的只是发现……

昨天中午，老友 Y 带我去江东和丰创意广场内的"浅绿"咖啡小院。同去的还有一个美女 L。她是发现这家个性化咖啡店的"专利"所有者。一个男人两个女人，有点古怪的组合，走进这个花红柳绿的世界。

因为是初见，两个女人兴奋地坐着聊孩子、血型和星座……聊得正在兴头上，我们两个女人被 Y"当头棒喝"："美女们，先点好你们的菜，再摆你们的龙门阵行不？你们要搞明白，你到这儿来是做啥子滴。""对了，对了，我们是来吃概念美食滴。"我和 L 回过神来，忙着点餐。

男人和女人有时很容易站立成两个世界。还好有理性的男人们时时提醒冲动的女人们，让女人不至于挨饿或误事……

"一号，你来了？"一个着桃红西装的女子来迎我们，红衣女子眉清目秀，颇有风韵。原来 Y 的贵宾卡是一号。"浅绿"的招牌用朱笔来写，还有这绿色世界里的火红椅子，让我有些困惑。她说红色是绿色的对比色，弥补色。

你只有看到这火红，才会发现周围的绿多么可爱啊。原来如此。反差让我们平淡的生活变得鲜亮起来。

我心里猜测这个懂色彩心理学的明艳女子此前可能从事艺术工作。果然不出所料，她是一名教古筝的老师。

从事艺术工作的人对色彩的敏感度强于常人，老板娘对小院用色的大胆不得不让我深深地佩服。

我们在洒满阳光的院落里坐下。不一会儿，房间里，二楼的阳台上都坐满了人，有客人居然是躺在二楼的阳台上享用美食的，上面有几张像婴儿床一样的座位。

听说这家店还因为生意太好，招待不过来，经常出现供不应求的火爆场面。

我在小院里发现"时光的郊区，品味的外遇"这句广告语。"外遇"？我心想这个院子是专门给情人提供幽会的场所吗？弹过古筝的红衣女子说："吃惯了桌餐和大鱼大肉的人到这品尝到不同的清新风味，这算不算一种外遇？"我听了脸红。感觉有时店家和店家比拼的就是创意，创意比她产品本身更有魅力……

我们聊起广州的早茶、美食，成都宽窄巷子的茶馆，丽江的一米阳光，还聊冯唐。L说，她喜欢冯唐，说他一生最想做的事就是想用文字和时光赛跑。的确，1971年出生的冯唐知道他想要什么，不再在他的人生中迷茫。我呢？我想，我也是找到了。我愿意和文字做一生可以终老的情人。我说我喜欢余华和村上春树的文字。我喜欢一个作家，就会想看他所有的作品，了解他的生平。觉得这是非常有意思的事。

我们聊天，海阔天空。Y和L一致说开庭时，讲话绕圈的律师最讨厌了。不仅耗费大家的宝贵时间，而且还有可能会让法官抓狂，给当事人多加几个月的刑期。但 Y 说有一种非诉讼材料必须得做很长，用一麻袋纸，如对修建杭州湾大桥的项目论证。我们自然还谈到孩子教育、男人、女人等话题。

清谈、阅读，在许多人看来是一件无用的事。但在我看来，常做无用的事，人可以保持心灵的宁静。这种无用其实有用，对我们的格局有用。一个人的人生格局决定他的布局，而布局决定他的结局。一个善于向优秀的朋友学习、注重拓宽自己视野的人必定会有精彩的人生规划和目标，并为之付出持之以恒的努力和坚持，这样的他也必将有个成功的结局。

吃披萨和牛排的时候，不时有白的像柳絮一样的东西飘过来，原来是棉花。抬头遥望发现附近的部队军人在晒被子。我的男性朋友 Y 说："好事，解放军们的阳气随着棉花带到这个小院来，更加阴阳协调了。"

绿了芭蕉、红了樱桃，时光催人老。我、Y、L 三种看起来都高强度、高压力的职场达人，就这样，在 4 月的春光里，被鲜花盛开的午后包围，把自己的心灵交给悠闲。

两个女人和一个男人，感受不一样的"浅绿"味道。我常常想，只要在日常生活中不失烂漫之心，保持着赤子般的纯真，保持着孩子般的好奇，这样琐细的日子就会熠熠生辉。

一直记着朋友 Y 说的这句话："生活的重担别妄想压垮我们，人到中年的我们依旧可以活得很精彩。"懵懂许多年，经历许多事，也许从今天起，我们的花样人生刚刚开始。

# 人生最美是中年

我不知道中年的阶段如何来划定，以思想的成熟程度，还是具体的年龄段？今天我为何心血来潮，聊起这个话题呢？

我想还得从今晚的散步说起。快要回家时，我收到杭州一位相识10多年的老友的问候，彼此在微信里谈起近况，谈起对中年生活的理解。

以前我总是羡慕他的从容，把自己的生活安排得井井有条，不像我火急火燎的，做啥事都是乍乍乎乎，大大咧咧，丢三落四，但是在他的眼里，我已足够优秀。他见证我从人生的低谷时期走向光亮的10年。

漫漫人生，也许就是有他这样的亲朋好友在包容着、呵护着我，我才发现人到中年，最美的生活刚刚开始，对生活的体验也更丰富更细腻。

这些年，诗歌和远方打造了我浪漫的中年生活，我的性情也随之慢慢起了变化，相比前几年。虽然我还会急躁上火，但每每发出"啊"的一声后，马上冷静下来，积极寻找解决问题的办法，不会像以前一样只会抱怨别人。我对待家人的脾气也好了许多，因为我不想用语言暴力伤害最亲近的人。我友善对待领导和同事，珍惜来之不易的工作。工作第一，爱好第二，相比原来，我更明晰这个事理。皮之不存，毛将焉附？

我开始和额头的白发妥协，戏称自己是"天山童姥"。我开始和过分丰满的身体妥协，不再嚷嚷着要减肥。我相信上帝对每个人都是公平的。我虽然没有魔鬼般的身材，但拥有天使般的笑容，我的微笑很迷人，特别是露出 8 颗雪白的牙齿的时候。我还有许多人羡慕的才华。记得有一个男性友人这样夸我："比你有才华的没你漂亮，比你漂亮的没你有才华。"

我越来越不追求时尚，衣服和围巾都有了年岁，只要不破不过分旧，我依然喜欢穿戴。穿戴上它们，我总能想起许多故事。比如那条大红的尼泊尔手工刺绣羊毛披肩，缀满蓝色的小花，它陪伴我走过云南丽江，还有故乡临海，它让我成为一朵在甬城南塘老街上漂浮的红云。

手机也是旧的好，新手机用了 3 个月还是换回用了 3 年的苹果 6 Plus，我喜欢它独立的不被打搅的系统。

我也不会太轻易地动感情，或者说为了感情迷失自我。每个人都有自己的运行轨道，如九大行星在银河系有规律地运转。如果地球和火星相遇，那是几十万分之一的概率，我会珍惜这种缘分，但不会为缘分放弃自己一直以来的追求。宁波美女诗人离默说得好：女人必须要有独立的人格，这是值得骄傲的事情。

我喜欢的作家不多，喜欢的依旧喜欢，新增加的也都是大师级别的。我最近迷上朱光潜先生和他的《诗论》，写得深入浅出，读起来特别过瘾。

我在音乐、戏剧、电影、旅行、择友等方面，都有自己的选择标准。

我喜欢一个人在江边散步，不被打搅。我喜欢静静地看潮起潮落，船只来来往往，任月光倾泻在我的脸上、手上、衣衫上。

我理性地对待生活，并不代表我麻木不仁地看待万物。我喜欢看花朵绽放的模样，喜欢感受春天的嫩绿。我也有如火山岩浆汹涌奔流般的爆发力，只要值得。

我越来越喜欢过简单而美好的生活。哎，我不是你的敌人，我与世无争啊。你喜欢的只管去拿，和我无关啊。我热衷的事情，就是看书写字，浪迹天涯啊。

　　我不知道中年的阶段如何来划定，以思想的成熟程度，还是具体的年龄段？我想自在就好，随性就好。从这点来说，人的自然属性是最宝贵的。这样的中年就是理想的，我想要的，和具体的年龄段无关，和思想的成熟程度仿佛也没关系。

　　人生最美是中年，我拈花带笑，欣然接受岁月的馈赠。

# 亲历答辩

2020 年 5 月 21 日是母校浙大诞生 123 年的生日，我曾回之江参加母校 120 周年的校庆活动，写下热情洋溢的诗篇。5 月 23 日，坤儿完成他的大学毕业论文答辩。今年因为疫情的关系，他们的答辩是通过网络进行的。这两件事刺激了我原本浑浑噩噩的心态，勾起我对 11 年前亲历研究生毕业论文答辩的回忆。

2008 年 12 月 7 日，对我来说，这是一个非常重大的历史时刻。我早已做好准备，四天、三天、两天、一天……在 2008 年的第二场寒流到来的时候，也终于迎来我的法律硕士学位论文答辩，听说当天杭州的西湖都结冰了。

12 月 7 日清晨，我第三次踏上之江校区，这个有着 100 多年历史的校园依旧用浓绿的树林和灿烂的阳光来迎接着我们这些来自浙江乃至全国的莘莘学子。山上的浙大光华院校园是沉静淡定的，只有古老的钟声会提醒你时间在流逝，须只争朝夕。此时的我已无法像一个悠闲的旅游者那样细细欣赏山上的美景。我拎着装满了论文资料的沉重皮箱往上走着，忧心忡忡。尽管在前一天中午，梵师在百忙之中专门召集本组同学面授机宜，尽管我准备了非常长的时间。一年里面，因为长期伏案写论文，我的体重都飙升了 10 斤。

我在参加 7 日答辩的人群中，见到久别一年的同学们。有升到高一层领导岗位的，也有当新爸爸、新妈妈的，更有夫妻双双来答辩的，如和我同导师的陈辉、宋亚男夫妇。在同学中，我发现了来自嘉兴中级人民法院的樊钢剑同学，只见俊朗高大的他手中多了一根拐杖，一步一步艰难地往7号楼走去。我连忙走上前扶住他。原来在答辩前一个月，小樊骑摩托车遭遇了车祸，右大腿粉碎性骨折，他是装了钢板来参加论文答辩的，在场的同学无不为之动容。

我们宪法行政组的答辩评委团由法学院6位著名的公法领域专家学者强强联手，包括我的导师林来梵教授、章剑生教授两位博导，朱新力、金伟峰等知名的研究行政法的教授。评审团主席是外请的杭州中院行政庭的尹昌平庭长。21名参考同学大多数心情如十五个吊桶——七上八下的。我心里发虚，因为我不是像其他同学毕业于法律名校，缺少理论功底，而且写的论文也不是我的本行，不像做律师，做法官的同学都有法律实务的支撑。当然也有踌躇满志的同学，如抽到1号签的丁胜同学。

在数十双眼睛的热切关注下，30岁的丁胜同学"两袖清风"地坐在评委们的对面。他刚刚坐下介绍自己的身份，浓眉大眼，黑脸，50开外的尹主席就竖起大拇指夸开了："丁胜同学太牛了！我主持了无数场研究生答辩，还没遇到像你这样不带一纸一笔上场的！"话音刚落，场上响起了热烈的掌声，丁同学的论题是《论公民的法治意识的培养》，他说了哈贝马斯的公共管理结构模式，还有一大串我不知道的法律理论，听得我一头雾水。和这位毕业于吉林大学法律系的青年法官相比，我觉得这么多年的书实在是白读了！本来按规定：每个同学答辩陈词时间是5分钟，把写作的动机、文章结构、创新点作简单介绍，评委的问题总量是不超过3个。结果1号同学介绍了10分钟，评委的问题问了6个，而且都是发难的，只有一两个问题丁同学没有回答上来。

2号同学被问到的问题都是非常"刁钻"的，评委主席把论文中的格式错误、错别字也毫不留情地指了出来；有一个绍兴中院的同学居然把封面论题的英文翻译弄错了，评委们让他马上下山重搞。其他还未答辩的同学们听得胆战心惊！

只见，时不时有同学跑到外面的阳光下透透气，场上的温度实在太高了！大冬天还有同学额头冒汗的！我也出去放了几次风。我抽到的是 14 号。

在一次放风中遇到抽到了 19 号的温州同学方全涨，他说："我现在的心情好像刑场上死囚的陪绑者，没被处死，已吓得要尿裤子了。浙大的教授们太牛了！"他的话逗得我们哈哈大笑。我接着他的话说："我们都是陪绑者，同在一条船上，只要答而不辩，用谦虚平和的态度，相信评委老师都会让我们过的。"我们是第三批参辩的，听说前两批中有未通过的，所以心里面都捏着一把汗！

中午在食堂胡乱扒了几口饭，3 点钟左右终于轮到我上场了，我暗暗叫苦，因为梵师有事出去了，一直没回来。在我前面的几个同组的同学被批得非常狠，我上次参加开题答辩的时候也是导师不在，被批得挺惨，竟然有评委让我重新选题的！总之，导师不在场，就像开家长会孩子的爹妈不在，吃亏！这次我的答辩命运又不知会如何。

我一上场，尹主席就问我手中的论文共有几页，我觉得莫名其妙！我说：48 页！他说："我手中的为何只有 41 页？本来我还想看看你这位美女来自哪里？"他的话说得大家都笑起来，我脸顿时通红，心里拔凉拔凉的！心想：死定了！好在尹主席又问了其他评委，他们都说是完整的，有 48 页。我定了定神，自我解嘲道："主席，我想我可以去买体育彩票，定可中 500 万大奖！我为我装订工作中的失误感到抱歉。"接着我把自己论文的创新点作了精要的概括，我抬头看到了尹主席微笑的眼神，感觉放松了许多。他指出了我在行政诉讼原告资格中的一处语病，并没有问太尖刻的问题。金承东教授问了我"反教育歧视法"的比较法出处，我非常迅速地在论文中找到了依据。费善诚教授的问题也不是太难。我不知是否因为我是班长，他们对我网开一面，呵呵！等我把三个问题回答完毕的时候，梵师笑着从外面回来了。哎，有点像电影散场了，看客刚过来的味道！我看着他，感到有些委屈。

月轮山上的太阳慢慢地往西边移去，寒意更浓了！我不由拉上了棉衣的拉链。有事的或外省的同学早走了，我和许多同学还在坚守，在焦灼不安的状态中等着结果。毕竟3年的寒窗在此一举！写论文经历了春、夏、秋、冬的四季轮回，不知度过多少个不眠之夜，多少次山重水复的困境还历历在目。好在有同学们的互相打气，等待不算太煎熬。

经过半个小时的等待，林来梵教授宣布结果。我是第一个被报到名字的，成绩优秀！21名同学共有4名优秀（包括牛人丁胜），4名及格，其他都是良好！大家都顺利通过了！大家听到成绩，都高兴地拍起手来。原本还沮丧的我简直不敢相信自己的耳朵！真的太不容易了！边上的小林律师说："你快哭了吧？"林教授让我代表同学们发言，我一时激动得不知说什么好。我在发言中说道："感谢尹主席，感谢各位评委老师敬业且专业的工作，也为有这次一样难能可贵的学习的机会感到荣幸。祝福老师，祝福同学，也祝愿光华法学院的明天会更美好！"

答辩结束了，曲终人散！大家依依不舍地告别！各自踏上了新的征途。我搭杭州小来同学的车走出了好远，一阵寒风吹过，突然记起我的行李皮箱还落在七号教学楼的教室中，就像范进中举，若不是被他丈人老头抽两个嘴巴，还清醒不过来的！于是，小来同学重新折回学校，陪我拿皮箱。

这件事虽然过去11个年头了，但不经意之间如沉睡的火山被唤醒。过去虽然不要求在网上答辩，但是对论文的写作、答辩要求依旧是非常严格的，和现在没有区别。浙大毕竟是全国的名校啊。"求是创新"的校训，一直铭记在我心头。导师林来梵教授严谨务实的治学态度也深深地影响到我后来的人生。通过一年艰苦的学位论文写作答辩，对后来的工作也是大有助益。这篇论文第二年还获得浙江省法学会的重点课题奖。我把喜讯告诉了梵师，他当时刚要北上调去清华任教。我们师生拍下过去的 10 年间唯一的一张合影，我保留至今。

时隔多年，我依旧非常怀念月轮山上皎洁的月光，那场惊心动魄的论文答辩情形常常浮现在脑海，我为有过这样一段质朴而宝贵的求学经历而感到自豪。因为此后，我与历史上诸多灿若星辰的名字一起分享"浙大人"这个光荣的称号。

# 我与宁波和丰创意广场

我相信和一个人、一本书、一朵花、一个茶杯、一个地方……都有缘分的说法。和丰创意广场，注定与我有着不解之缘。

与和丰创意广场初次相遇，是在 2013 年的春天，一个律师老友邀请我去浅绿咖啡小院吃饭，他把车停在广场边上，创意广场灰红相间的欧式小洋楼吸引了我的注意力。因为着急去上班，我吃完中餐就飞快地离开了，但和丰创意广场像一本具有独特封面的书，让人有打开阅读的冲动。

第二次相遇，是在 2014 年 9 月，我应邀参加在广场内和庭楼的和丰花园酒店举办的"宁波读书人俱乐部"活动，这次活动是讨论"财富风险控制"的话题。虽然我对商业一直都不感兴趣，但是种瓜得豆，我因此对和丰创意广场有了粗浅的认识。它是中国创意产业界的"硅谷"，国内外许多知名企业都进驻于此，如欧洲著名的意大利戴佩罗国际设计中心、荷兰茵德斯设计公司，国内顶尖产品设计公司——浪尖工业设计公司，还有贝发、欧琳、太平鸟等。我很好奇为何这里能够有如此高的人气，成为中国首批四家"中国工业示范基地"？广场的五幢楼房设计又有何讲究？这两个疑问在我脑海里一闪而过，但我没有对此进行深究，和丰创意广场这本书已经在我眼前打开了。

第三次相遇，是在 2015 年 8 月的一个晚上，我踏着甬江边清朗的月色，来广场老厂房内的三友会馆参加《论语》读书会。我第一次发现民国风格的洋房原来有两座，其中一座临江而建，红灰相间的古朴建筑和周围高楼大厦形成巨大的反差，这两座小洋房有什么来历和区别？"见贤思齐焉，见不贤而内自省也。"活着是一种修行，和丰创意广场这本大书如同《论语》一样深深吸引了我，内心有太多的疑问吸引着我去寻访答案。

第四次相遇，是在 2015 年 9 月 24 日，我接受了一个有关和丰创意广场的创作任务，清晨 7 点多就来到这里采风。我把车停在宁波书城，一路往北，看到意大利诗人但丁的雕像冲我微笑，走过晚上发出五彩光芒的"大玉米"——宁波财富中心，再步行 10 分钟来到和丰创意广场。

"该写什么呢？"正当我一脸茫然地走过和庭楼时，听到有人喊我："小王，你在这干吗？"

我定睛一看，是我的老友刘易乐，只见他身着白色对襟唐装，一如既往地潇洒。

"易乐兄，你在这干吗？"我也困惑地看着他。

"采风。"

"上班。"

我们边说边相视大笑。

我和易乐相识多年，但不知他在贝发公司旗下的"神域"当老总。刘总得知我的来意后，热情地陪着我参观神域健康生活馆，并找到物业负责人小竺给我当向导，陪我到广场四周转转。

小竺是名 30 岁出头的女同志，中等身材，一双炯炯有神的大眼睛，短发，精明干练。她带我到的第一站是靠江边的老厂房。老厂房的一楼中央一间是创意礼品店，面向游客兜售独具设计感的创意类商品与精美的国内外艺术类书籍；二楼是关于广场的历史和现状的介绍，可以说是了解和丰创意广场的小型博物馆。这里藏着许多我想要的答案。

和丰创意广场的前身是和丰纱厂，建于 1905 年，它同太丰面粉厂、永耀电力公司以及通利源榨油厂一起拉开了宁波近代工业发展史的帷幕。和丰纱厂是当时宁波最大的工厂。宁绍平原盛产棉花经济作物，棉纱制造业发达，成为浙东棉纺织基地。随着 20 世纪 90 年代工作体制化改革的深入，和丰纱厂渐渐退出了宁波现代工业发展的历史舞台。

2009 年 4 月，宁波和丰创意广场破土动工，2011 年正式开园。它是宁波市政府投资建设的基础性、战略性项目，街区位于中国长三角南翼宁波市甬江东面岸，属于宁波市中心最繁华的三江口核心区域，交通便利，生态环境优美，城市配套设施齐全，格调高雅，能充分激发设计人员的创意与设计灵感。近年来，吸引越来越多的优秀企业进驻，进驻企业设计的产品屡获"红心""和丰杯"等设计奖项。

建筑是活着的历史，和丰纱厂旧址的老厂房和小洋楼被保留至今，见证了这里的百年沧桑。老厂房现在变成和丰设计艺术中心、党群活动中心，原来是仓库和厂房，可以想见当年码头船来船往、机器轰鸣的热闹与繁华。和庭楼前的小洋房是当年总经理办公场所，现在用来陈列艺术品展览。从老照片上可以看到老厂房中间原来还有一根大烟囱，听工作人员介绍，广场当初建好时大烟囱还保留着，但是后来因为安全问题被拆除了，十分遗憾。和丰纱厂旧址保留下来的遗物太少，如果这里能像北京的 798 艺术中心那样保留完整该多好，可以让人们更多地了解和丰的辉煌历史。

通过这次采风，我明白了五幢建筑的含义。由南而北临江而立的五栋建筑分别被命名为和庭、丰庭、创庭、意庭、谷庭，它们以最简约的方式组成群组：完全同样的高度、完全同样的空间尺寸以及几乎同样的直线造型比例，形成微差群组的气势及对甬江气场的吸纳。

创意广场不但是中国创意产业界的"硅谷",也是外地游客和市民休闲游玩的好去处。丹桂飘香的三江口美景、珍珠贝的群众文化活动、具有民国情调的小洋楼、金逸影城的大片、老汉通的美食、Bene 浓香的咖啡、华珍门艺术馆的公益展览……相信你总能找到自己喜欢的元素。和丰创意广场在新浪上有官方微博,会及时发布各类文化活动信息,只要你及时关注,就会发现很多不一样的精彩。

"旧繁华浪淘百载,新和丰吞纳古今。"和丰创意广场已成为宁波三江口一带的文化新地标,城市"金名片",它在这默默等待着有缘人进驻,携手共进,创造新的未来。

# 声音和气味

我一直觉得自己生活在有声音的小镇上。

我是个喜欢热闹的女人，死一般的寂静让我惶恐。于是没有声音时，我会想法弄出声响，盘活寂寥的屋子。小野丽莎的《夜来香》慵懒柔美，让我不由想起另一个风情万种的女人邓丽君，她是亚洲人的偶像，她那独有的女性特质的歌声永远回荡在我们的心中。我也听古筝《烟花三月下扬州》、马头琴《鸿雁》。只有在歌声里，在音乐里，在阳光里，我才有了女人的性别意识，才有了想给异性友人打电话倾诉的欲望，才有想泡上一杯滇红或拿铁的想法。在这样的情调里，适合拿着蓝幽幽CK方口香水瓶对着乌黑的长发上方喷射些许，而后优雅地转个圈，让头发、脸、肩膀、腰、双腿都被迷人的香雾包围。闻香识女人，性感内衣、香水、鲜花、音乐、迷离的眼神……我搞不清声音还是气味，谁在生活中起主导地位，让我们的生活发生化学反应，化腐朽为神奇，化平淡为激情。

黄昏时分，厨房成为一个神奇的地方。开水壶发出喜滋滋的声音，瓦特大约通过观察被热气掀开的茶壶改良蒸汽机。高压锅里的冬笋、香菇、玉米、排骨和着黄酒的煲汤发出"吱吱"的声音，红枣粥在炉火上"噗吐噗吐"地低声吟唱，整间屋子里弥漫着肉和酒的鲜香，还有红枣粥的甜香，憧憬着在刺骨的寒风里回家的父子打开飘满热气和香味屋子时的惊喜。

没有声音和气味的厨房，那不叫家，没有一起坐下来分享厨房里的"战利品"，说说单位的新鲜事，聊聊校园里的八卦，那家的味道会寡淡许多。我们为何路远迢迢也要赶着回家，不就图家的味道和感觉，图亲情的温暖吗？来机场工作以后，因为要接连三天上夜班，我就更加想法让在家的日子活跃起来，厨房永远唱着锅碗瓢盆交响曲，用让家人食欲大振的味道诱惑着他们。

亲爱的你，不奇怪我为何喜欢在朋友圈晒美食了吧。我是平凡的人，我不能拒绝美食的诱惑，所以让我断粮断炊，不如让我去死，尽管减肥的想法屡屡冒起。

凡是和生活相关的声音，我都喜欢，除去工地里折磨人的噪声。凡是和生活相关的气味我都喜欢，除去厕所里的臭味。

在屋子里待久了，我想出去。我想去森林里听听鸟儿的鸣叫声，看看鸟儿是如何谈恋爱的；我想到山里小溪边听溪水唱歌，感受王维诗里"明月松间照，清泉石上流"的意境；我还想闻闻丁香花的味道，还有野百合、迟桂花的芳香，期待在林间小道邂逅梦中的你……

# 我有拖延症

我有拖延症不是一天、两天，一年、两年的事了。它像影子时时跟随着我，挥之不去。

总公司门口，在9点差三五分钟时，常常有一个微胖的中年女人以百米冲刺的速度，跑进大门，大汗淋漓、气喘吁吁，这个人就是我。记得有一次政委还为这事找我谈话，我含着眼泪说："我有病，而且病得不轻，其实我每天清晨都是六七点就起床了。"我的话让领导的嘴巴张成"O"型。

我的拖延症无处不在。记得在机场上班时，打的是我的家常便饭，而且一打就是三四十元，实在是心痛这些冤枉钱，但我必须和飞机航班时间赛跑。当时我家住月湖，虽然地铁2号线没开通，但离火车站很近，那里有开往机场的大巴车，非常方便。如果时间宽裕，完全不需要打的，但是我的拖延症就是这么顽固。记得有一次，我在高铁启动最后3分钟，跳上开往无锡的列车。这对了解我的人来说，实在不足为奇。

因为拖延症，早晨上班是个头痛的事儿，到晚上更是不得消停。工作一天回来加上家务，我每每上床都是九、十点了，按说应该看看书，催催眠即可，但是我有个臭习惯，非得在微信朋友圈扫一遍才肯睡下。如皇帝看奏折，评评点点，一两个小时就过去。过了子夜，当困意袭来，想起被冷落的书，连忙救赎式地拿起，无奈打开之后又合上，于是带着无比的疲倦和悔意，迷迷糊糊地睡去。这种拖延的习惯如一张网，而我如一只鸟般被循环往复地笼罩，无力挣脱。

我在工作上也会犯拖延症。办公室的工作千头万绪，我虽然是个已经有26年工龄的老内勤，但也常有马失前蹄时。有些工作任务，往往是到了最后期限，我才想起催办，看着同事一起帮我"擦屁股"，别提有多尴尬。于是我在台历本上标注花花绿绿的待办事项，但偶尔还是会遗忘。我这个弱点，怕是无法规避。

当然拖延症不是我的专利，你看，连诺贝尔奖得主美国经济学家乔治·阿克洛夫也有拖延症，若干年前，有朋友在他在这落下一箱衣服，需要从印度寄往美国，这本来是一件非常简单的任务，没想到他拖了8个月，直到自己回国时，才带上这箱衣服。

我有个九江的诗人朋友，2016年秋天陪我在浔阳楼游玩时，答应送我一箱封缸酒。据说宋江当年在浔阳楼写反诗时喝的就是这个酒，我喝过一杯，香醇有后味，于是想买些带回去，朋友执意要送。一晃半年过去，我也把这件事淡忘。第二年3月某一天，突然有个自称是朋友妹夫的人来找我，说给我带了两瓶大红瓶子的封缸酒。哦，没想到他还记着。我打电话向朋友道谢，他说："我答应朋友的事，一定会办到，只是时间问题。三五个月能想起都算正常的。我是过年的时候才想起要送你，硬是在亲友嘴里夺下两瓶，你别嫌少。"看来这位老兄的拖延症比我有过之而无不及。

后来如果不是有几件事大大地刺激我，我估计还会让拖延症愈演愈烈，就如加拿大一枝黄花，在河岸两旁疯长。

2017年7月，先生在建行续贷受阻，他本人诚信没问题，却因为我在3年时间里有6次不良逾期还款记录。这个"不良"实在是无辜得很，我向来觉得自己是诚实守信的好公民，从来不拖欠水电气费、信用卡使用都是提前还的。我压根就没有意识到，交按揭超过规定时间一两天，也会被电脑系统盯上，逾期原因不是因为出差就是因为双休日疏忽。

平时和颜悦色的先生非常严厉地批评了我："老婆，我知道你的性格大大咧咧，比较粗线条，但这个交按揭是大事，不能拖延啊。我不希望再看到这样的违约记录。"没想到我的拖延症还让先生受牵连，我心里真不是滋味，接连好几天焦虑失眠。要不是我后来通过另一家银行分期付款的方式来补救，这种沮丧感还会像幽灵继续缠绕着我。

还有一件前几年发生的事也让我特别难过。某天上午我在宁波诗人盛醉墨的朋友圈惊悉，曾经的十里红妆书店大掌柜、红蚂蚁公益组织掌门人朱贤良老师因心梗突然离世的消息。记得他去世前一天还在我朋友圈点赞，和朱老师虽然只有一面之缘，那是宁波作家天涯《女船王》新书分享会上，他的和善热情给我留下美好深刻的印象。记得他曾经在我朋友圈留言，想要我的一本《葡萄架下的相约》，我回复他等有空了寄给他。没想到，因为我的拖延，这份承诺已经永远无法兑现，我欠朱老师的这份情，已经永远无法偿还。这种悲伤和内疚只能由我自己来默默承受。

就是刚过知天命之年的朱贤良老师的突然离世，让我拿起已经拖延数月的笔，我想重新审视自己的生活，改变一下自己被拖延症折腾得有些捉襟见肘的现状。

黑格尔说过："一个志在有大成就的人，他必须如歌德所说，知道限制自己。反之，什么事都想做的人，其实什么事都不能做，而终归于失败。"黑格尔说得好，人必须有所为有所不为。我时常犯拖延症，其实就是犯了贪心的毛病，说得好听就是完美主义，在单位时间想做太多的事，必须要学会砍掉一些不紧要的。比如，某天下午两点半我要去宁波影都参加一个重大影展启动仪式，我却想在 2 点离开单位前寄出 5 封信，而且这些信并不着急，所以一到 2 点，我果断地放弃寄信，如期赶上活动。

人到中年，一地鸡毛，格外地琐碎起来，微信、微博占据了我们大量的业余时间，容易把我们原本就紧张的工作、学习时间挤压得更少了。所以要告别拖延症，必须要和微信朋友圈、各种五花八门的灌水群说 No。至少在忙碌的时候，不要三心二意，边玩微信边工作。跟工作无关紧要的人、事一概做好断舍离。朋友圈少发一条信息无所谓，但如果是工作多一个差错，对自己和同事都不好。我们也要远离许多无效的社交活动，比如一些保险促销活动、无聊的讲座等。

拖延症虽然无法战胜，但可控。要学会取舍、强化执行力，想到的事或交办的事马上去做。有些人、有些事不可能永远都等着我们。比如日渐衰老的父母需要我们多陪着说说话，多带出去转转，经常一起吃饭，子欲养而亲不待，为了不让忙碌成为自己拖延的借口，不让自己的良心不安，我们再忙也要定期抽空看望父母。我们也要常陪伴孩子，答应孩子的事不要一拖再拖，比如，陪他一起看电影、去动物园，不要等到孩子长大成人了，才后悔自己没有尽到做父母的责任。

我还想到自己的写作。以前，我嫌自己写得太毛糙，心想自己要是拖着 5 年、10 年不写，慢慢积蓄力量，到时再写，会不会好一点？现在我改变自己的想法了，我不强迫自己为赋新词强说愁，但是灵感来的时候，我就抓紧写出来。灵感是个神奇的小精灵，如果往后等、向后靠、拖延，它就飞走了。旧事物非常容易被新事物覆盖。就像 2017 年 5 月在杭州参加浙大校庆 120 周年，回到之江校区激情澎湃，可惜没有及时写，后来就想不起来了。所以我现在决定像藏书家韦力老师所说的那样，有了感觉就大胆写出来，而不是一味地犹豫、观望、等待。

生命必须有缝隙，阳光才照得进来。

"拖延症"不是洪水猛兽，虽然给我们的工作、生活带来许多烦恼，但也不失它可爱的地方。那天早上，要不是因为出门晚了，在小区里心急火燎地找车，我也不会偶遇"朱亚文"——住在我家楼上的帅哥邻居，他好心捎我去单位，后来又享受到他 N 次免费的专车服务。

有些事，拖一拖，更美妙。清晨，似醒非醒的 5 ~ 10 分钟，我总舍不得起床。和床缠绵，幻想某个场景，这是必做的功课。你想，如果没有这种藕断丝连的感觉，人生是否少了许多乐趣？赶着回家的路上，若逢大雨，那么不妨请你放下脚步，在公园的凉亭或者街角聆听雨声，为心爱的人写上一首小诗。到节假日，生活节奏慢下来的时候，也可以让"拖延症"出来狂欢一下。赶路的人们啊，请时不时放慢脚步吧，这路上或许有你的同伴。

我是 A 型血处女座，估计是诸多星座中最爱纠结的这类。瞧，我一边发誓要和"拖延症"决裂，一边又创历史新纪录。今天下午，我从李惠利医院拿回来的动态心电图报告，居然是两年前的 2018 年 5 月 1 日检查的。要不是老家哥哥在这开刀住院，估计这份检查报告将永远石沉大海。谢天谢地，好在没有大问题。

# 不做情绪的"奴隶"

某天，我看到新疆美女作家天山雪莲的私信留言："对了，再也没见你的减肥日记，继续了吗？新年来了，我重新开始了。"

雪莲的一句问候如一记猛棒打醒了我。我查看了减肥日记第 8 集写于 2020 年 10 月 15 日，的确两个半月没更新了。我还要继续写吗？减肥是女人永恒的事业，"革命尚未成功，同志仍需努力"。刚刚测了一下，152 斤，离理想体重至少还有 30 斤，这也是我今年的减肥目标。我之所以写减肥日记，一方面是和读者分享生活的感悟，更重要的就是立 flag，为自己加油打气，更好地督促自己减肥，所以继续写下去了。

在这集，我想和朋友们重点聊聊情绪和身体健康的话题。虽然，我在第 6 集《如何打败瓶颈期这个小怪兽》中提到过，但没有展开，所以趁今天这个机会说说，虽然我不是心理咨询师，只是知道些皮毛，但也许对亲们有用。

我们在生活中发现有些女性朋友得了子宫或者是乳腺疾病，很大原因就是情绪造成的。她们不接受自己的女人身份，或者忽略自己的感受。身体的疾病都是心理疾病慢慢演化而来的。我们过往的情绪不会随着事件的结束而消失那么简单，那些负面情绪容易储存在我们的肾脏、胃、胸、心脏和子宫等位置，对身体的伤害显而易见。比如情绪波动大、饮食辛辣、熬夜劳累就容易引起肺火肝火心火旺，最好的办法就是及时让这些情绪流动，去感受它，释放它，而不是逃避或者压抑它。

我是这么想的也是这么做的，看电影是我最常用的方式，从其中的频率大约可以看出我情绪波动的程度。正常的情况下，我是一周或两周看一次电影，但去年有一周我连续看了三次电影，看得自己都有点不好意思，但觉得特别解压。

一个多月之前，我去杭州旅行，本来约好请一个专业摄影师朋友给我拍一组大片，之前我们有过一两次成功的合作，所以我带了扇子、书、衣服满满一箱，兴冲冲地跳上一路向北的列车，但是途中被朋友告知他要陪母亲去看病，第二天还要坐飞机把老人家送回千里之外的老家，所以拍片计划又一次告吹。郁闷失落的情绪久久徘徊在心中无法驱散，香港丝袜奶茶、舟山明珠鱼片王、切片面包、乐事原味薯片，这些平时都拼命躲闪的小零食，被我统统地往嘴里送。零食们仿佛是一堆干柴，把我这个老灶头的火烧得旺旺的，但这些热量巨高的小东西只能增加我的体重，而不能消除失落感，姐吃进去的只是寂寞而已。我在杭州待了两天，我的体重达到 157 斤，足足重了 3 斤，在杭州西子国际广场看的一部喜剧电影《沐浴之王》，才把我彻底从这种负面情绪里拯救出来。看电影已经成为我生活中不可或缺的一部分，我习惯一个人享受小黑屋的乐趣，哪怕是看到一半睡着了，醒了继续看呗。郁闷难过时，我用看电影来排解低落的情绪；每当有一项重要的工作完成时，我也会犒劳自己进影院，为自己庆功。久而久之，我成为淘票票的黑钻会员，也成为亲朋好友们的电影推荐师。单位的年轻人要看电影之前会习惯性地问我："王老师，最近哪部电影比较火，比较好看啊？"我会比较拽地表达："不要问我好看不好看。去看一下淘票票和豆瓣的打分，还有观众上座率就知道了。"

散步也是我保持多年的一个养生习惯。当朋友们问我："你减肥除了控制饮食，还有什么运动吗？"我笑着回答："年轻时还去健身房练练，现在就走走路，没有其他特别的运动。"好像艺术家都喜欢散步，梭罗幽居在森林中，在属于他的瓦尔登湖畔散步；徐志摩在康桥的余晖中散步看到金色的垂柳，抓住了巴黎的鳞爪；木心是在大雪纷飞中夜归的人，一不小心，散步散得太远，散到美国纽约去了，于是有了木心口述、他的弟子陈丹青整理的《文学回忆录》；我的朋友、作家郑天枝则在他湖州乡间的茅庐散步，每天至少10000步，拍摄、吟诗成为他的日常。大道至简，我能感受到天枝的从容、宁静的生活状态但不失创作的激情。我呢，从最初的月湖一路向东，来到甬江边散步，月光、芦苇、灯塔、运沙船、江水都被我一一写进诗里。当然也少不了甬江边一排排如哨兵一样挺立的大树，垂直向上是我崇尚的一种生活态度。跟着脚步的节拍，小区里的花花草草也基本被我写了一遍。

散步能让人的心灵宁静，生发灵感。散步仿佛是烦恼的过滤器，原本的烦恼和不快都会被慢慢排解，和着脚步的节拍消散。《甬江边的树》《月光下的白梅》《今夜，我又在太湖南岸行走》等诗都是散步之后的偶得。散步还有另外一大好处，我不说相信朋友们也知道：那就是消耗卡路里，快走半个小时以上就能起到燃烧脂肪的效果。所以散步成为我一天中最重要的运动，清晨去单位上班，我步行去陆嘉公交车站坐公交，累计2000多步，中午饭后在总公司大院子或是附近的樱花公园散步，我给自己定的一个目标是5000步，如果不走完是不能睡午觉的，所以我的午觉一般要到1点左右才能开始，是标准的子午觉了。下午下班之后，我习惯在食用一点苹果、小酸奶之后，从地铁站走回家，大约有4000多步，如果在家晚饭吃得早，再出来走一会儿。不知不觉，就到10000步了。

当然单单走路会比较枯燥乏味，所以一边走路一边听小说是个不错的选择。2020年，我不知不觉听完了阿来的《尘埃落定》，古华的《芙蓉镇》，苏青的《结婚十年》《续结婚十年》，张爱玲的《半生缘》《小团圆》等作品，最近在听余秋雨先生谈中国传统文化。可谓运动和文学熏陶两不误，孩子虽然已经上大学去了，但是作为一名职场女性，我并没有觉得时间有多么宽裕，所以会合理规划自己的运动时间，再进健身房的概率微乎其微，散步已经成为我主要的运动习惯，是我生活中不可分割的一部分。

一个人有所爱好，他的精神就有所寄托，所以有兴趣爱好也是调节情绪的重要手段。有人喜欢养花，有人喜欢钓鱼，有人喜欢滑滑板，有人喜欢打球，有人喜欢唱歌跳舞，而我喜欢写作。写作已经静静地陪我走向第16个年头，我是为爱、美活着的，而文字就是爱和美最好的载体和表达方式。每次有新作出来，我觉得自己又活过来了，情绪得到彻底的解脱和释放。我觉得自己不再是一个碌碌无为的中年妇女，而是缪斯的孩子、文学的宠儿。随着生活节奏的加快，诗歌已经成为我主要的写作文体。一首10多行的诗只需花10多分钟写好，如果诗神降临时，不需要冥思苦想枯坐到天明。诗歌是可以度人生的，在看了反映叶嘉莹先生文学人生的纪录片《掬水月在手》后，我更深信不疑。叶先生经历了青年丧母、中年丧女、老年丧夫等种种人生的厄运，却依旧热情积极地生活着，如一束光照亮无数文学青年的心灵，写作是她的重要精神支柱。我也是写作的获益者，这些年经历了许多风雨，遇到过许多不如意的事，是文学让我的内心变得强大而安宁，给我战胜困难的勇气和信心。

读书也是我的人生乐趣之一，读书是最有效的催眠，我往往是坐在床上看不到几行字，就坐着睡着了，经常被冻醒，才不得不钻进温暖的被窝。经过几次折腾之后，我现在改成清晨看半个小时或1个小时的书。看书仿佛是精神旅行，有邂逅老友的欢喜，也有和陌生相遇的震颤。读书让人明晓事理，性格变得开朗通达。多看好书不仅能提高生命的品质，也有利于修身养性，保持稳定的情绪。好书是我们生活中最温情的陪伴。去年一年，我看了10多本书，平均一个月一本多点，虽然不多，但我感觉充实快乐。"少在网上聊天，多看点书"，这算是我和朋友们在新年里的共勉吧。

一个人要保持阳光积极的心态，我觉得除了要有自己的事业、兴趣爱好以外，还需要一定的运动量。比如跑步、打球，比如做瑜伽或普拉提，运动时身体能释放出一种叫内啡肽的物质，让人愉悦、亢奋。

"近朱者赤，近墨者黑。"我觉得慎交友也是非常重要的。一个对社会充满敌意或者不满的人，他的言行就像二手烟，是有毒的，让人不快的。要使自己的环境鸟语花香、空气清新，就要远离我说的"垃圾人"，因为我们永远无法叫醒一个装睡的人。我们要和阳光乐观的人做朋友。

情绪价值是一种养分，滋养自己，也治愈别人。愿我们有能力照亮自己，有余力温暖别人。

# 写给自己的情书

亲爱的燕子:

晚上好。你知道吗? 我是最懂你的那个人, 自从你出生开始, 我一直和你如影随形。今年以来, 我每天早上看见你坐上雨姐夫开着的福特轿车去上班, 一路说笑, 他开玩笑说你比领导的待遇还要好, 每天有专车接送。下班了, 你总是习惯在食堂用完晚餐后再骑自行车回家。今天晚上的伙食不错, 有红烧牛排、油焖大虾和炒青菜, 我还看到你和外管科的佳荣在一起吃饭。这是个好小伙, 加班加点是他的生活常态。你除了劝他注意劳逸结合好像也无法帮他, 很无奈, 对吧?

我也知道, 这几天有个叫月亮的波斯美女老在你脑子里转悠。你有些懊恼, 心想: "这洋妞来得真不是时候, 本御姐还有不少文债等着还呢。"行, 让月亮妹妹往后排队去, 你先写别的呗。

亲爱的燕子, 我有很多话想和你说。我知道你很忙, 没有时间耐心听我说话, 而且我知道许多时候, 你不是真正的忙碌, 而是害怕一个人面对自己, 过于无聊, 非要找些事情来做打发时间。书店、图书馆经常可以看到你赶场子的身影, 疫情时期, 电影院寥寥无几的观众中没准就有你在场。

我甚至知道你曾经尝试看恐怖片《最后一间房》, 空荡荡黑漆漆的影厅只有你一个观众, 看了不到 10 分钟, 你就被影片里鬼哭狼嚎的声音吓得逃出来了。善良的工作人员看着惊魂未定的你，破例为你换了另一场喜剧电影《失控玩家》，瑞安·雷诺兹主演的蓝衣小哥——盖受到游戏世界里人们的欢迎，也把你看得哈哈大笑。这是游戏软件开发者用键盘写给自己心仪的搭档米莉的情书，用0和1的代码写就的浪漫。我一直在你身边，感受到你情绪分分秒秒的起伏，从跟着你看完这部《失控玩家》电影的那刻起，我也萌生出给你写一封情书的想法，也是我这一生第一次给你写情书。

亲爱的燕子，我肯定是爱你的。我知道你脸皮薄听不进过于严厉的批评。俗话说"女人靠哄，男人靠抬"，那我就先夸夸你，哄哄你。

亲爱的燕子，你这几年的进步还是挺大的。首先在减肥上取得大家有目共睹的成功，一年成功瘦身20斤。你用写减肥日记和作息饮食晒朋友圈的办法进行自我监督，也接受大家的监督，慢慢地养成作息规律、营养均衡、运动适中的好习惯。五六年的脂肪肝老毛病被你甩得远远的，去年和今年的体检情况都特别好，真心为你感到高兴。一个人有了一定的耐心和定力以后，情绪也会安定下来，做事的效率也会更高，抗压能力也会更强。当然革命尚未成功，同志仍需努力，距离理想的体重还要减30斤，循序渐进。你知道吗？大家都在夸你减肥有毅力时，你的好友琴琴总是一副恨铁不成钢的表情，她一边给你上罐、艾灸，一边说："姐姐，你能不能再努力减个10斤、20斤看看。你到我店里都一年多了，还是老样子啊。"亲爱的燕子，我相信聪明肯吃苦的你一定能找到好办法的。

亲爱的燕子，我对你强大的生活调节能力非常佩服。警察不是一个轻松的职业，值班、备勤是家常便饭，特别是去年抗疫那会儿，还有今年上半年建党100周年的安保工作、政法队伍教育整顿、党史教育，全部赶一块了，六七月份累得有些喘不过气来，考核指标也像大石头压在心上。在如此重压下，你还要挤出时间做家务、看书、写作，真了不起。话又说回来，后面三项其实也是对生活的调剂。特别是写作，就像做心灵瑜伽，把自己内心想表达的文字表达出来，胸中有豁然开朗之快意，写作真的是一场修行。

当然，我对你说走就走看世界的潇洒态度也要点大大的赞。今年你的宁夏之旅收获颇丰，诀窍就是果断，不拖泥带水，否则晚一天就走不成了。你出发的第二天"烟花"台风来袭，马上进入抗台的一级响应阶段，再后来是南京禄口机场事件之后，抗疫形势吃紧，不能出省旅游了。7月底，从宁夏回来后，在不能再出省旅游的情况下，你也把自己的日子安排得妥妥的。在兼顾工作、家务、看望老人的前提下，在8月的尾巴，你选择近郊休闲游。你在朋友圈这样说道："不需要策马远足，也不需要躲进深山老林，择一宁静处，安顿心灵即可。"如何把心安顿好，这是不论男女老少，不论多少年纪的人，都需要共同面对的问题。德国哲学家尼采说："那种匆忙，那种令人不得喘息的分秒必争，那种不等成熟就要采摘一切果实的急躁，那种你追我赶的竞争，在人们脸上刻下深沟，就好像有一种药剂在体内作怪，使人们不能平静地呼吸。"尼采说的是社会乱象，也是通病。所以知道自己为什么活着？应该怎样去生活至关重要。实在累得快趴下时，你喜欢一个人背着行囊寻找陌生，在静夜里看书发呆，只见一面湖水在月光下微微泛着银光，窗外晚风徐徐，带来秋天的消息。你非常清楚明了，你看起来像是游山玩水，没心没肺。其实是在暗暗积蓄力量，期待更好地出发，更饱满地投入战斗。

亲爱的燕子，我还想对你说点也许你不爱听的话，但都是我发自内心，一直想和你说又没机会说的话。燕子，我发现你今年以来爱美的心比以往更强烈一些了，朋友圈的个人照晒得很勤。你是不是既自恋又很害怕衰老？"大姨妈"自从5月来过再也没来做客，你是不是感到惶恐不安？你是不是有考虑把没用完的姨妈巾送人呢？50岁后绝经，也不算早更了。我听你家老太太在安慰你："我们家女的大概都是这个年纪停经的，而且更年期症状不明显呢。"老太太说得对，就顺其自然吧。

亲爱的燕子，我看到你的面霜从欧莱雅升级到海蓝之谜了，最近又迷上日本的 SK-Ⅱ 化妆水，又叫神仙水，增白祛斑的效果不错。230 毫升的水要近 700 元一瓶，你连眉头也不皱一下。我原来以为你是一个追求精神生活远远高于物质生活的女人，看来你也不能免俗啊。估计是常年受你家坤儿的开导有关，他可是个时尚的小青年啊。面霜海蓝之谜被他用来治疗皮肤的红血丝问题。当然他的红血丝的确没了，就是这钱花得有些肉痛。所以从今往后该节约的地方还是要节约一点吧，毕竟生活的成本太高，家里因为购房、装修欠下的债务总是要还的。

亲爱的燕子，你的脾气还是比较急，说话喜欢抢别人的话头，这个毛病能不能改一改？管住自己的嘴，多喝水，少开腔，是不是更有益于健康呢？你看，坤儿现在和你处得不错，不就是因为你知道克制了，对他的唠叨少了，他自然看你顺眼多了。

亲爱的燕子，明天就是你 50 岁的生日，确切地说不到 1 个小时了。不知道你此时此刻的心情如何？在这里，我首先要祝你生日快乐。感谢老天爷，感谢家人，感谢所有爱你的人，让你顺顺利利地迎来这激动人心的时刻。虽然没有鲜花，没有蛋糕，没有生日蜡烛，但我想把这封情书作为生日礼物送给你。

不要忧虑，不要精神内卷，好好地爱自己。爱是我们每一个生命在地球上活着的意义。每个人都不免一死，但只要他深切地爱过他经历着的这个世界，世界也会报以他爱和温暖。

亲爱的燕子，秋风凉，夜已深，咆哮多日的秋老虎随着你 50 周岁生日的到来，必将成为强弩之末。你早点休息，注意不要熬夜。充足的睡眠是女人最好的美容。

让我们一起期待美好的明天的来临，世界因为你的存在而变得更美丽。

　　此致

敬礼!


爱你的海燕

2021 年 9 月 1 日 23 点 05 分

# 集智慧、温度、情怀和美于一身的教育名家

## ——黄兴力人物印象

教育家们是一群可爱、朴素而又谦逊的人。他们每个人都承载着理想、责任和情怀，如四时般无形，却能潜寒暑以化物，照亮无数学子一生的梦想。仰望星空，因光遂亮。愿你我都能遇见自己心中的灯塔。

——题记

最早听到黄兴力这个名字，是在 2016 年，通过从甘肃来宁波参加朗诵大赛的大学副教授张岗口中得知。黄兴力是宁波朗诵大赛第一届、第二届的评委，当时还是宁波二中的校长。因对张岗的才华十分欣赏，黄校长力邀张岗教授前往宁波二中任教，虽然最终未能如愿，但黄校长求贤若渴的形象深深地印在我脑海里。

2019 年 10 月 27 日，我的第三部作品《甬江边的树》大型诗会在宁波二中竹洲岛上举行。在活动中，我见到黄校长本人，儒雅中透着真诚。他为了能赶上我的诗会，特意延迟，更改了去北京开会的机票。

4年后的初冬，因为参加宁波教育博物馆的一场活动——"当百年殿堂爱上手冲咖啡"，我和已经被称为黄馆长的黄兴力久别重逢，有了更多深度的交流。黄兴力如一本厚重有趣的书，被窗外吹来的风儿不知不觉地打开……

黄兴力不是宁波土著，是重庆人，2014年6月通过人才引进来宁波工作，到现在已经有9个年头了。他告诉我，他这一生注定和宁波有缘。他原来读书的中学——重庆清华中学就是由宁波人在1938年承建的；他就读的重庆工商大学生物专业的班主任王宜林就是宁波人；章关善是重庆九龙坡区生物教研员，是他专业的指导老师，也是宁波人，在章老师的精心指导下，他拿到重庆首届青年教师教学大赛生物学科第一名，从此事业"开挂"，获得全国赛区和省部级赛课一等奖。2014年2月，宁波市教育局面向全国公招宁波二中校长，黄兴力凭借实力一举胜出，6月底来到宁波工作。上班第一天，他发现靠近二中校门湖边的小亭子和小桥的名字竟然和女儿的名字一样。从此，他和宁波二中，和宁波的教育结下不解之缘。

黄兴力在宁波二中任职的6年里，被师生们称为"最不像校长的校长""最具亲和力的另类校长"。这些词是贬还是褒？嘿嘿，我先不剧透。校长在我们常规的印象中应该是一脸威严，在教室的走廊里来回巡视，或者在办公室对教师或学生训话的人。黄校长的言行举止，大大超出我的预想。

他一到新学校，与每位教师见面马上就能叫出他们的名字，原来在来宁波之前，有心的他早已做好了功课，让二中办公室人员把所有教职工的照片和个人信息表都传给他。他还在2014学年发挥自己的摄影特长用单反相机为每位老师拍了一套人物校园风采照。许多老师到现在还在用黄校长拍摄的照片。

黄校长还注意拉近和家长的关系，做好家校合作。每年的新高一学生家长见面会，他必参加，他把自己的微信二维码打在大屏幕上，让家长们加他微信。家长如果对学校有意见和建议，可以直接和校长交流。无形之中，黄校长在家长中也收获了一批粉丝。开学的第一场家长会，曾发现有外校的家长也来参加，他们想听取一下黄校长对孩子进入新阶段的学习建议，以及作为家长又该如何应对。还有学生当年没有考上二中，到学校来找黄校长合影了却心愿。他还为爱好摄影的学生家长"展妈"等人举办了摄影展，2017年这期在松苑（高一、高二校区）举办，称为"妈妈眼中的美丽"。2019年这期在竹洲（高三校区）举办，称为"锦绣"。黄校长说："月湖就像一台织布机，孩子们就像梭子，每天穿行于月湖，织出了人生的一段锦绣。"

在黄校长眼里，好的教育一定是有"人"的教育，教育是很有意义、很美的一项工作。他坚信"没有差生，只有差异"。如果把学生看成一个容器，在校长和教师心中，那只有功利和分数了，那自己也就是一个冰冷的造分机。如果心中没有对人的关注，人数再多的学校，哪怕是万人中学，同样是没"人"的。这里的"人"，是人文与人性。有"人"的教育，是一项会开出花儿的好事业。你会看见眼前的学生，他们的生命是如何成长的，又是如何绚烂精彩的。黄校长非常关注每一个学生个体生命的质量，他认为能够充分挖掘和发挥出每一个学生父母给予的天资，就是教育的成功。

重庆是西南地区，宁波是东南沿海地区，地区之间有很大的差异。黄校长虽然32岁就被评为中学高级教师，34岁就当上正职校长，但我还在纳闷他是如何克服"水土不服"的呢？黄校长说做好传承、守正和创新。了解宁波二中厚重的文化积淀和辉煌历史，从走近师生到走进师生，和他们打成一片，另一方面引入适合学校实际的新的教育形式，在学科教学和办学管理上做出有说服力的表现。如"月湖寻宝"项目式学习、诗歌互化一系列教学创新活动等深受师生欢迎。如果时光能够倒流，我恨不得能成为黄校长的学生，在月湖探索自然与人文的神奇，在朗读亭用声音和心灵去感受名篇佳作和自己的作品……

　　宁波二中陶水琴老师曾这样评价黄校长："他完全没有校长的架子，对每个人甚至每只猫、每条狗都如此温和，有用不完的耐心、细心和爱心。在分数为王的教学大环境下，他关注的竟然是教师职业的幸福感，为学生释放天性、发展个性绞尽脑汁。这是一个有梦想、有情怀、有温度、有格局的校长。"

　　"在二中，我还为全校的师生跳过舞呢！"黄校长笑着告诉我。"啥？校长为大家跳舞！"他又一次刷新我对校长认识的"三观"。太奇葩！太另类了！那是2014年12月31日，学校的元旦文艺汇演，黄校长上台做总结发言，经不起师生的怂恿，大大方方跳起了由凤凰传奇演唱组合伴奏的广场舞。他一边跳，一边还邀请在场的学生和家长也一起跳，把礼堂变成欢乐的海洋。

　　黄校长明明是理科生，什么时候成了舞林高手？他笑着说他还担任过重庆市九龙坡区舞蹈家协会副主席。这一切要归功于他当教师的妈妈，妈妈了解他的天赋，很注意培养他的文艺才能，以便以后能发挥特长。他在小学时期坚持学习美术和参加学校艺术团，从配角一直跳到主角。当然这些只是业余爱好，在当年"学好数理化，走遍天下都不怕"的口号影响下，高中时期，文理兼优的黄兴力还是听从父母安排，选择学习理科。这就不奇怪为何黄校长多才多艺，浑身充满艺术细胞。

　　黄校长说宁波是一座充满大爱的城市。当年他单枪匹马来到这里，人生地不熟，经重庆原学校老师的介绍，认识了宁海籍做企业的朋友，这位企业家并不是宁波二中的校友，也没有自己个人的利益诉求，但因为钦佩黄校长的人格魅力，敬佩黄校长对教育理想的执着，以私人名义给学校捐款100万元作为教育奖金改善教师工作条件。此举深深感动了全校教职员工，进一步赢得了大家的钦佩和热爱。

　　从业30多年，对黄校长而言，最有成就感的事不是学校的升学率上升了多少个百分点，也不是个人获得了多少荣誉称号，而是经过多年的办学，师生的眼神灵动起来，精神状态飞扬起来，他们处在一个平和而健康的工作与学习状态中。

"黄校长为何后来变成黄馆长？面对教育受众的不同，面对中年的又一次转型，你有困惑过吗？"黄兴力像一块磁铁，牢牢地吸引着我，我内心里的那个勤学好问的"孩子"也频频跳了出来。

请允许我在这开始称黄校长为黄馆长。因为接下来讲的都是他和宁波市教育博物馆的故事啦。

黄馆长是 2020 年 10 月底到宁波市教育博物馆走马上任的。作为有着 34 年教龄和 20 年川渝浙 3 所中学校长的丰富阅历的他，在宁波二中 6 年精心办学、质量提升和稳步发展的情况下，被教育局委派到这个新岗位。按说这是个可以享清福的闲职，辛苦了大半辈子的他也该好好地歇歇了。他每天按部就班地上下班，工资也不会少他一分钱，但是黄馆长是个闲不住的人。建国 70 周年纪念章获得者、全国劳模、特级教师、奥运火炬手等荣誉称号并不是白得的，黄馆长抱着"做一行、钻一行、火一行"的精神，硬是把原本冷冷清清的宁波市教育博物馆办成了网红博物馆，让大家来了还想再来。宁波市教育博物馆是中国第一家区域性教育博物馆，教育博物馆本身担负着特殊的教育使命。黄馆长深知把好教育博物馆的"脉"是最要紧的。就像他针对基础教育提出"教育，一切从人出发""关注师生的生命状态""一边教书一边美"等观点一样，针对公共教育，他提出"要把教博馆打造成宁波教育的会客厅，做到多元融合，让教博馆成为宁波的文化教育标识"。他认为教博馆的创意平台比学校更宽广，高中学校有升学率的压力，而做公共教育服务，可以潜心进行教育研究和实践，而且教博馆本身就有许多看点。教博馆由甬江女中教学楼改建而成，甬江女中的前身是宁波女塾，是中国第一所女子学校。中国第一位诺贝尔医学奖获得者屠呦呦曾在此求学。拥有这么多光辉历史的宁波市教育博物馆，他坚信一定可以做大做强。

于是在他的引导下，博物馆做到展陈与教育并重，增强与学校的黏合度。王安石、王阳明、王应麟、金雅妹、屠呦呦等著名人物的宁波教育故事在学校师生和大众中迅速传播。教博馆还成为学校教师师德教育的培训基地，吸引省内外的老师们在这里参观和沉浸式学习。2023年秋季，海曙区宣传部还在教博馆录制《教育在宁波》开学第一课，由黄馆长主讲宁波的教育故事。

黄馆长就像一只八爪鱼，头脑风暴制造者，他拥有超强的发散性思维，他利用自身的文化积淀，把电影、甬剧、秦腔、评弹、音乐、摄影、书法、篆刻、朗诵等高雅艺术请进教博馆，加强馆馆合作，不仅有赵淑萍、孙武军、沃幸康、凌丽、贺秋帆、毛燕萍、沈炜、童剑峰、杨露群、闻海涨、郑涛、韩光智、郁旭峰、贺玉民、顾瑞炯等一批本土文艺名家纷纷前来做客，而且还有全国知名艺术家前来讲学，如中国第一位在国际声乐大赛中获奖、在首届央视青歌赛获专业组第一名的歌唱家刘捷教授，央视主持人、朗诵专家李歌，中国戏剧梅花奖得主苏凤丽，著名演员周显欣等。曾主演《觉醒年代》《高考1977》等获奖作品的周显欣居然是黄馆长的学生。有这些文艺名人加持，加上活动非常有趣，自然吸引一群经常来参加活动的教博馆粉丝，而且人气越来越旺。我也自从11月25日下午参加"百年殿堂爱上手冲咖啡"活动后，爱上咖啡，更爱上教博馆，三天两头往那跑。我第一次知道咖啡里是会有酸味的，来自台湾高雄的丁钜河博士说咖啡是否好喝与制作者冲泡时的心情有关。这个观点，我也是闻所未闻。一边喝咖啡，一边听讲座，真是无比地惬意呢。对前段时间一直忙于亚运安保工作的我来说，真是冰火两重天啊。

黄馆长和丁博士是相识多年的朋友，在倾听丁博士精彩独到的讲解和示范过程中，黄馆长与其有精彩的交流互动，他的儒雅、侃侃而谈和丁博士各有千秋。更让我没想到的是，黄馆长在品咖啡活动结束之后，不顾身体疲劳，居然还自告奋勇当博物馆讲解员，给余兴未了的来者们讲解一个多小时，耐心细致，没有一点架子。

黄馆长是一个热情、善良的人，他宁可把麻烦留给自己，把温暖和爱传递给来博物馆的每一个人。前几天，馆里两个讲解员因感冒或接待次数太多，均无法发声，他就接过讲解的重任。有一个医院党支部原本约定中午来参观，后来临时变为下午3点多到达，他毫无怨言，放下手中的工作，热情接待了他们。11月27日，黄馆长还接待了一批特殊的客人。他说："1957年到1960年，一群女孩在宁波女中同窗3年，3年铸就了她们一生的友情。昔日的教学楼如今成为宁波教育博物馆，她们把这里当成心灵的港湾，成为博物馆的粉丝，我们很荣幸成为这些80多岁'女孩子'的朋友。"

黄馆长把教博馆办得红红火火，公众号做得文艺漂亮，从最初粉丝几百人到上万人，这和他的大智慧、人文情怀分不开，同时也离不开他的优秀团队。如拍摄和公众号编辑主力"展妈"就是曾经在宁波二中办过两次摄影展的学生家长，也是黄校长的粉丝。2022年4月，"展妈"退休，刚巧博物馆缺人，黄馆长的一个邀请，她就过来了。展妈也是个有情怀的人，跟着黄馆长为馆里忙忙碌碌的，性格直爽，文摄俱佳，是黄馆长的好帮手。自从他到博物馆走马上任后，馆员们工作比以前忙了很多，但他们学到了更多的技能，展现出人生无限的可能，工作氛围营造得很好，美人之美、各美其美，美美与共，一边工作一边美。书法家、北京大学陈洪捷教授在教博馆挥墨写下"积学储宝"，既是对教博人不懈追求学识广博的勉励，也是对博物馆社会价值的赞誉。

获得"全国劳模"荣誉称号的黄馆长是个一头扎进工作就不知疲倦的人。他说他不仅要做实干家，还要在教育理论研究方面有所建树。他是个知行合一的人，来教博馆 3 年他出版了教育专著《教育，一切从人出发》一书，主编了《宁波帮与近现代中国教育业》等书，另外还写就了一本 20 多万字的《甬上先风》书稿。

我对这位集智慧、温度、情怀和美于一身的教育名家肃然起敬。他是挑起"两个 100 年"重任的最合适人选。他过去挑的是百年名校的办学重担，现在挑的是百年大楼博物馆的研究重任。他是"为天地立心，为生民立命，为往圣继绝学，为万世开太平"的积极践行者。

第三辑　书香润心

# 书房给我富有温度的生命安慰

我一生最钟爱旅行、阅读、写作。书和我的生命一直有着牵扯不清的关系，作为存放书籍的仓库——书房自然也逃不脱干系。

在我的记忆里，自从我能识字开始，书就没有离开过我的视线。年少时，因家庭经济能力有限，我和妹妹同挤一间小卧室，房内除教科书外，课外书很少，所以我是常常悄悄潜入父母书房兼卧室的"幽灵"，偷书看屡屡得手。最大的"猎物"是《色情间谍》。此书放在书架的最高一层，要站在凳子上才够得着，讲的是苏联培训色情间谍"燕子"和"乌鸦"的故事，有大量的性描写，看得情窦初开的14岁少女血脉偾张。作为姐姐的我，深知不能让此书"毒害"妹妹纯洁的心灵。看完悄悄归位，妹妹直到成年也不知此事。还有一次我找到《查泰莱夫人的情人》，那一年我16岁。我承认我的女权思想和少女时代看过较多的"禁书"有关。

当然我也在父母的书房找到《安娜·卡列尼娜》《鲁迅文集》《红岩》等文学书籍，照样看得津津有味。当年流行琼瑶言情小说，我和妹妹也会从母亲的枕头边悄悄地偷出来看，如《几度夕阳红》《一帘幽梦》等，在母亲回来以前归复原位，庆幸一次都没有露出马脚。

在我的记忆里，父母对我和妹妹的学习抓得特别紧，在家的时间规定是不能看闲书的。这种"偷式"阅读反而给我更刻骨铭心的回忆，让我对读书产生更大的兴趣。

在高中、大学、工作初期，我把主要的业余时间都泡在图书馆，《萧红文集》《海明威文集》《热爱生命》《古文观止》……我和不少好书交上朋友。

书滋养心灵，让人脱俗。岁月渐长，我成为一只不折不扣的书虫。在荷包渐渐鼓起的年代，我已不能忍受只能去图书馆看书了，我渴望成为书们的主人。3 年来，我基本在宁波各大图书馆销声匿迹，宁波书城、枫林晚等实体书店倒是常可看到一个胖胖的、戴眼镜的中年妇女，那人就是我。其实，家里的书堆得像小山一样，但一到书店我又忍不住往家搬。

我的书房里有不少宝贝，这些宝贝后面都藏着有趣的故事呢。

就拿我书架左上方醒目位置上这本《周国平作品精选》来说，它可有不一般的来历啊。

文学界流传一句话"男人要看王小波，女人要看周国平"。可能因为周老师的文字比较理性，适合给感性的女人泼泼冷水，让女人不要去做冲动的魔鬼吧。学哲学出身的作家周国平一直是我的偶像。周老师对我的文字影响很大，家里有许多他的书，如《忧伤的情欲》《宝贝、宝贝》《守望的距离》，但是我从没想过能和他见面，直到有一天他突然出现在我面前。

2012 年 5 月，大雨，宁波书城，人潮汹涌，在签售现场，周国平先生平静、亲切、睿智、幽默、真诚，他本人和照相反差不大，四方脸、镜片后的眼睛闪着睿智平和的光，中等个头，着件蓝黑色的短袖 T 恤。我是个非常冲动的女人，当时一口气买了 6 本，有《把心安顿好》《各自的朝圣路》《生命的品质》等，朋友中有好几个他的粉丝来不及到现场，让我一并代买，等着签售。书店里排起长龙，我非常安静地排着队，捧着其中的《周国平作品精选》一书看。间或，我抬头看看被热情的读者包围许久的周国平老师，他依旧平静极有耐心地坐在那，手中的笔舞个不停，偶尔拿纸巾擦下额头渗出来的汗珠。

大约排了半个小时的队，轮到我时，我的心像撞进小鹿狂跳不已，喃喃自语："谢谢……"不知说别的，更不用说和周老师合影的事儿。事后，我恨不得抽自己几个嘴巴子！但周老师的朴实、真诚、可爱、聪慧给我留下美好而难忘的印象。

这些有周国平老师签名的书后来都被我送完了。书房的这本《周国平作品精选》是后来新买的，每当翻开这本书时，总能看到这一段："人生最好的境界是丰富的安静。安静，是因为摆脱了外界虚名浮利的诱惑，丰富，是因为拥有内在精神世界的宝藏。"

再说说我书房里的另一对宝贝。每当夜深人静的时候，我习惯端坐书房，在鹅黄色的台灯下看书，感觉特别放松。这时有一对可爱的小陶猪在笑眯眯地陪伴着我。你瞧它们肉滚滚的身体上分别驼着元宝和玉如意，头上戴着红艳艳的牡丹花，眉毛上方祥云相伴，胖胖的猪蹄上也都是咖啡色的祥云。小猪色彩鲜艳、寓意吉祥。这最生动处就是笑脸，它们笑得眼睛都眯成天上的月牙，下巴显出三四道肉纹，憨态可掬。还有一双肥头大耳，让人忍不住去捏一下。

这对小猪原本是广州陈家祠景点里的工艺品，如何会跑到千里之外的宁波？说来话长，那是 2013 年 3 月木棉花盛开时节，我应广州同行邀请去羊城参加笔会。我第一次去广州，像个孩子似的对什么都好奇。听友人阿瑟推荐，市区中山七路上的陈家祠是具有岭南文化代表的景点。在回宁波的最后一天上午，我在广州小姐妹翠红的陪伴下，参观了陈家祠，果然名不虚传，岭南的雕刻艺术炉火纯青，建筑上的彩雕美轮美奂。我刚好在景点商店里看到这对可爱的彩陶小猪，就非常欢喜地买下。当时还有一对花哨的大象也挺诱人的，代表吉祥如意，但是一想到我和老公都属猪，我就没犯选择困难症，果断地选了它们，当时还买了同样质地的鳌鱼和麒麟，都送好友啦。唯有这对小猪非常幸运地留下来。

每每看到它们，我就会想起陈家祠这座岭南建筑艺术的宝库，还有广州文化之旅的日日夜夜。

英国女作家伍尔夫说过："女人一定要有一间独立的书房。"自从 2003 年年底举家迁至月湖边，总算有和家人合用的书房。8 平方米的"书香斋"不大，但对多年在漂泊状态下阅读的我来说，心满意足。书房给我以富有温度的生命安慰，书给我营养和力量。书像一个个忠实的老朋友陪我度过无数个黑夜和黎明，度过那些艰难的岁月。

书橱上方最左边立着一本有点陈旧的蓝色的书，海明威的《老人与海》，那是父亲生前送我的。1990 年，我第一次高考，因落榜沮丧地抬不起头。父亲送了我这本书，鼓励我："孩子，你要学习老渔夫圣地亚哥的硬汉精神。人可以被消灭，但不可以被打垮。相信你一定会咸鱼翻身。"1991 年，我以优良的成绩考上大学，可惜父亲看不到了。但多年以来，书中的话依旧时时激励着我，我在父亲热切期待的目光里成长。

人类的思索精神和物质的实在体验，是人赖以生存的本质之一。这意味着传统阅读不能被电子阅读取代。书是有温度、有记忆、有气味、有感情的。在闲暇的时光角落，我依旧喜欢躲在"书香斋"，泡一壶好茶，来一段轻柔音乐，在书里进行愉快的精神旅行……

# 十年磨一剑　破茧终成蝶

## ——在南京新书发布会上的出书感言

今天，一个烟雨蒙蒙的美好日子，我们以文学的名义在六朝古都——南京相聚，我的心里充满温暖、感恩之情。感谢"蓝花布丛书"总策划徐春燕老师和南京出版社责任编辑钱薇老师为丛书顺利出版付出的辛勤劳动；感谢公安部文联领导在百忙之中特来祝贺，感谢南京文艺界、新闻界的朋友和外地公安文友前来捧场。

下面请允许我和诸位领导、来宾分享我个人的一些出书心得。

出书是为了圆自己多年的文学梦。记得我在散文《欧洲游、出书和阅读——我的2010三大梦想》中就写道："成功就是一个人事先树立有价值的目标，然后循序渐进地变为现实的过程。出书，对我来说，也许是件不自量力的事，我的作品不可能像文学名著一样流芳百世，也不可能像大咖作家一样写得让人拍案叫绝，但它们是可爱的，真诚的，是我某个人生的忠实记录。文字让我们看清人生路上深深浅浅的脚印，文字可以对抗岁月对心灵的侵蚀。"所以，我在经历10年创作以后鼓起勇气出了这本文集，圆了多年的文学梦。有朋友懊恼自己的第一本书太肤浅，还有再修改的空间。我觉得文字是作者对世界认识的反映，从肤浅到走向成熟，这是事物发展客观规律，我们没有必要去破坏对这种过程的忠实记录。此时的我像一个母亲，欣喜地抱着《快意江湖》这个初生的婴儿。瞧，它的封面好雅致啊，蓝白相间。蓝花布的图案有着鲜明的江南特色，公安书法家方玉杰先生的题签遒劲有力……

出书是为了给自己打造一张像样的"名片"。记得木心说过："我们要像读书一样读人，也要像读人一样读书。"的确如此，要想了解一个作家，最好去读他的作品，书是作家最好的"名片"。这些年，我因为喜欢海明威、村上春树、木心、杜拉斯等作家，就去买他们的书看，有些看完还送人，如木心的《文学回忆录》、赵柏田的《赫德的情人》等。当然，随着文字积累的增多，文学交流活动的频繁，我也常常收到作家朋友们赠送的文集，特别是两次上鲁院学习期间，我收到好几个同学赠的文集。每每这时，我总是面有愧色。其实我也需要有一张比较像样的"名片"来介绍自己，出集子无疑需要摆上议事日程。

我的生活体验决定我文集内容的选择倾向。有朋友可能会说："清明雨，你是警察，为何不多写些公安主旋律的文章啊？"在单位，也有好心的大姐提醒我应该多写些公安现实斗争题材的作品，好像我是个"不务正业"的人。我有点哭笑不得。好吧，我为我自己辩护，我写的生活类散文、书、影评、游记肯定属于公安文学范畴。在我参加过的多次公安笔会、文学研讨会上，大家已经对公安文学的范畴达成共识。它包括三类文章：一是警察写的反映公安工作题材的文学作品；二是警察写的生活类作品；三是非警察写的反映公安工作的文学作品，我的作品属于第二种。

世界上的作家分两种，一种靠生活体验写作，比如莫言、杜拉斯；一种靠想象力写作，如乔治·奥维尔、J.K.罗琳。我属于前者。我在宁波市公安局工作，在机关一待就是 20 年，我的工作不需要和犯罪分子进行殊死搏斗，也不需要走街串巷，帮助群众排忧解难。我的工作非常普通平实，但我也是个中年女人、母亲、妻子、女儿，一个喜欢阅读、看电影、旅行、听音乐的"文艺女"，所以我的写作内容比较感性，比较生活化。如我写亲情的《怀念我的父亲》《孩子第一次单飞》《听老妈说澳洲那些事儿》；我也写旅行，如《阅读故乡》《出发和归来》；我写身边可敬的"草根"朋友的《家教小姜》《保安严平》《门卫老赵》；我也写自己痴迷写作、热心传播公安文化的事，如《我要去远方》《去慈溪"种树"》等。我的作品不但受到公安圈内外读者们的喜爱，而且受到文学纸媒的认可，书中选编的多篇文章是获奖作品或是在各级报刊发表的。文学是人学，我想读者喜欢阅读反映人民警察除暴安良、体现忠诚、勇敢、智慧等品质的宏大叙事的文学作品，也不会排斥清新、优美、接地气，体现真善美，具有生活气息的精品小文。我想这依旧是我今后创作的主打方向。

记得英国前首相丘吉尔说过："我宁可失掉一个印度，也不能失去一个莎士比亚"，可见文学的影响力和政治不可同日而语。公安文学有凝聚警心、净化人心灵的强大功能，是公安工作的"软实力"，作为公安文学的忠实传播者，我不再为自己的"不务正业"而懊恼。其实作家是人类最智慧人群的代表。作为一个业余作家，他能写出优秀的作品，必定也能做好自己的本职工作。

因为热爱写作，"浴血奋战"又何妨？我是个公安作家，警察是我的职业，写作是我的业余爱好。职业和爱好像人的牙齿和舌头，老打架，让我苦恼不已。作为一个女警，我不仅有自己繁重的本职工作，还兼职多个公安文学网站编辑的工作，还要承担操持家务、教育孩子的责任，往往灵感伴随着我疲惫的身心一起湮没在黑暗中，一觉醒来，逃得无影无踪。

有写作经验的人都知道，进去困难，出来更不易。有时刚写完一个作品时，心还在文字上，但不得不做单位的工作，人有些神情恍惚、魂不守舍，同事看我的眼光也许会怪怪的。

有时，我还挺自虐的，经常处于"浴血奋战"的创作状态，连生理期也不放过。其实女人应该对自己好些，但是我有拖延症和强迫症，有时不得不对自己使狠招。不瞒诸位，这篇发言稿就是在宁波的雨夜里，"浴血奋战"赶出来的。

我的老师、作家胡泊在书的序言里写道："清明雨像个追日的夸父，奔跑在文学的道上，追逐她心中的文学大阳，然而，她太累，太需要休息了，如果能多给她点自由支配的时间，相信她一定能奉献出更多、更优秀的作品，公安队伍中将会拥有一位出色的警察作家。"他把我定位成"一个和时间赛跑的女人"，谢谢他为我呼吁。

其实这次一起出书的其他 4 个公安作家也都特别不容易，都扎根在公安基层一线，有繁重的工作任务，可以想象出他们创作的艰辛。因为对文学的共同热爱，因为社会各界的支持，我们 5 个人一起并肩作战。

我的第一本散文集《快意江湖》问世和这次南京新书发布会，将成为我文学人生中浓墨重彩的一笔。不管山有多高，水有多长，让我们在文字江湖里，继续策马，快意前行。

# 我们和文学一起跨年

每次体验不同的表达方式，尝试新事物，就像踏上一条未知的冒险，一条通往内心的神秘道路。清明雨用文字记录曾参与的一次线下文学访谈活动（《那段和文字旷日持久的爱恋》）的始末。

——题记

## 一

有人说："女人的心，海底的针。"有人说："女人比男人更狠，说翻脸就翻脸。"我是女人，情绪的动物，善变，但唯独对文学的心是痴迷的，虔诚的，专一的，我愿意把文学称作情人，从 2005 年开始和它开始长达 10 年的爱情长跑，到如今依旧如火如荼、一如初见。

10 年间，我和文学有过各种形式的约会。一个人孤独地在灯下和灵魂对话；通过网络和文友们热烈地探讨张爱玲、三毛；去木心、徐志摩、郁达夫等名家故居，向文学大师致敬；在中小学校园和可爱的孩子们互动讨论如何写好作文；在秋叶凋零的日子里一边看《包法利夫人》，一边抹眼泪。不管如何，我都满心欢喜，只要可以和文学紧紧地挨在一起。昨晚，我又一次和文学深情相拥，确切地说是我们一群志同道合的小伙伴和文学的跨年约会。

和我的第一次上讲台、第一次出书一样，这次和文学的跨年之约，我也是被赶鸭子上架，一不小心差点还成为"北京烤鸭"。一个多月前，美谈的负责人金小刚找到我，希望我和小伙伴们聊聊开卷有益。他知道我从事写作，也开过阅读讲座。我们确定"一如初见——阅读之美"这个富有诗意的文学沙龙主题，我愉快地答应。于是小刚、我、艾米、朱九爷就成为讲座临时筹备群成员。大家都有明确分工，小刚是总协调，艾米主持，我负责填内容，小朱组织发布活动消息。

处女座的我注定是个完美主义者，对活动场地和话筒音响质量都特别在意。我不希望晚到的朋友因为无座"插蜡烛"，也不希望话筒声音过轻，影响效果。于是我想到我的好朋友孙经理和她的单位宁波新华书店天一店（又称天一书房），我谈了自己的想法，没想到孙经理非常热情地答应。她说："清明雨老师，阿拉本来就想邀请你来天一书房开阅读讲座。阿拉书店刚刚搬了地方，全新装修，许多朋友可能都不知道的，大作家顶好帮阿拉多宣传宣传的。"哈哈，她和阿拉的想法不谋而合！我认识孙经理有10多年了，她会写古体诗，极具人文情怀。于是一个寒风萧瑟、让人冷得打寒战的周日下午，我们开始踩点行动，我、艾米、九爷第一次走进天一书房，位于繁华的天一广场东南角，灵桥广场的对面。室内图书琳琅满目，被用不同的造型分成许多区域，鲜花、盆景、音乐以及不多的读者，场面宁静美好，我一下就喜欢上了这里。孙经理为我们递上热气腾腾的红茶和咖啡，我们进入一个温暖的世界。三个女人都是行动派，直接在书店开始现场办公。

# 二

没想到艾米一开始就泼我冷水，她说："老师，你发在 Worktile 上的讲座资料我都看了，我觉得太老套了，估计读者不会买账。我们更想知道作家背后的一些故事。"

"啊，我一直受到好评的阅读讲座资料居然被打死叉。"我倒吸一口凉气，写作多年，作品第一次被全盘否定。这可是我花了两三天时间整理出来的。距离开讲时间只有两周时间，还要重新返工，我内心涌起一阵焦虑。

我故作淡定地说："艾米说得在理，小朱也可以谈谈自己的想法。"

"我支持艾米的想法，作家亲身经历的事是最原生态、最鲜活的，我们最想知道。老师可以多讲讲他们的人生小故事。因为《晚安，我最亲爱的人》一书热卖爆红的午歌老师就很会讲故事啊。"

好吧，现在的女文青都好有思想，我顿时有种"长江后浪推前浪，前浪死在沙滩上"的悲壮。我这个"70 后"的中年女人被两个"90 后"小娘"绑架"。没有办法，必须另起炉灶，因为她们也代表了部分读者的想法。经过两个多小时的讨论，我们在天一书房内重新确立访谈的提纲。

一周以后，我、艾米、九爷又重新杀回天一书房，那天依旧潮湿阴冷。我们一群小伙伴专注地围绕着讲座任务，热火朝天地分头行动着。小刚设计特别有文艺气息的海报、艾米撰写特有才情的文案，九爷开始地毯式地无缝隙宣传，我考虑如何把内容讲得漂亮。清明雨的跨年文学访谈活动，万众瞩目，志在必得。胡泊、薇薇姐、邱姐、江丹、虹文、静慧、小叶子、小董……这些我的老师、好友都在转发关注这次活动并且报名参加。

就在距离活动只有一周的时间，意外发生了！主持人艾米说 26 日家里有要事，不能来参加活动。这对我来说真是晴天霹雳，我做梦也没有想到，关键时刻还有掉链子的情况发生。这好比婚宴的喜帖都发出去了，婚礼的司仪说不来了，这场没有重要配角的独角戏如何唱？

# 三

"赶紧找人救场！"这是我脑子里闪过的第一念头，我知道抱怨不能解决问题，艾米尽力了。我想到蒿菜，我认识不到半个月的新微友。我都不知道她是做什么工作的，只知她爱读书，谈吐不俗，声音像银铃般动听，形象非常温婉可人，我们是通过赵柏田老师的人文讲座认识的。她在我朋友圈留言问是否需要主持人，当时我发布活动消息时，被我回绝。现在也顾不得这么多了，我给她留言，请她当主持人，但是她数小时都没有回音，我通过共同的好友静慧要到蒿菜手机号码，我也从静慧那里得知蒿菜是宁波一所重点中学的语文老师，心里满满的希望，但也有被拒绝的担忧。电话打通了，没想到蒿菜毫不犹豫地答应了，她告诉我，她在上课或是备课时没有看手机的习惯，所以没有注意到我的微信留言。

蒿菜不仅是语言的巨人，也是行动的巨人。她以侠女的姿态在危急关头挺身而出后，立即展示了她强大的执行力。了解我，认识我，是蒿菜的第一要务。众所周知，主持人和访谈嘉宾如果没有对彼此充分的了解，就没有合作的默契。蒿菜是个聪慧的女子，她采用"任务性阅读"的方法对我的思想进行紧急挖掘，她在网上找到我的一些作品阅读，如《逃离》《情满珠江》，另外让我用顺丰速递把文集《快意江湖》寄给她，当时寄到是周六，她特意从家里跑到学校取快递，结果快递员把书送到她们学校另一个校区，她费了一番周折才拿到。我也把原来设计的访谈提纲发给蒿菜，我希望她能帮我再设计几个问题出来。蒿菜毕业于名校的中文专业，而且有主持和讲座的经验，我想对她来说应是小菜一碟。平心而论，当时我的内心还是紧张、发虚的。虽然我在线上做过 10 期的文化访谈节目和多次的线下讲座，但是第一次遇到线下的开放式的文学访谈活动，我对蒿菜的了解也不多。我和蒿菜能在这么短时间内合作成功吗？

年终高压的工作态势让人活像高速运作的陀螺，蒿菜也只有中午和晚上给我留几句言。我心里又是着急又是无奈。周二，距离开座倒计时第四天，蒿菜约我晚上在本杰明咖啡馆见面，那天刚好冬至，凄风冷雨，天寒地冻，我和蒿菜的内心却都燃烧着熊熊烈火。蒿菜说她遇到我后重新复活，打算进军文艺圈，她戏称我为宁波的"杜拉斯"。当时咖啡馆有个女人莫名地在包厢哭泣，吓走了许多咖友，但不能打断蒿菜挖矿淘金的热情。她双眸明亮，脸颊通红，如玉笋般的手指在键盘上上下翻飞，让人不由联想起孙犁笔下《白洋淀》里那个编苇席的水生的媳妇，我就是这座她乐此不疲开垦着的矿藏，她的眼睛像探照灯一样仿佛可以照到我的角角落落，照得我有点打哆嗦，其实我骨子里很虚。我承认蒿菜比我更适合做"条子"。和高手 PK，我惊出一身冷汗！她问我答，三四个小时的时间像流水一样绵延不断地溜走，我都没留意哭哭啼啼的女人是什么时候离开咖啡馆的。我和蒿菜的这次冬至会谈让突生变故的访谈活动有了重大的转机，她帮我加了第一次讲座的菜鸟经历和女性写作的困惑、杜拉斯对我的创作和情感的影响等猛料。

我不由得佩服蒿菜高效的办事风格和敏锐博学的思维，蒿菜虽然比我的年纪小许多，她孩子才上小学二年级。那天我没吃上汤圆，她也没吃上番薯汤。她和我各自在外面带孩子吃饭，吃好直奔约会地点，一直到晚上 10 点半才分手。回家以后我控制不住对柳暗花明的格局的狂喜，用手机敲打了一段文字《我和女战友蒿菜不得不说的故事》，第二天早上蒿菜转发并调侃道："我回家，洗漱后睡了。你，写完了文章再睡。这就是女文青怎么死的答案。"

蒿菜提议在访谈节目开始以前，我们正式地过一遍。我也不满那晚自己凌乱的叙述，特别被咖啡屋里号啕大哭的女人搅得心神不宁，所以我打算在周四晚上重新梳理完善访谈内容。毕竟距离活动开始只有两天了！但周四晚上还是冒出了一个突发情况，我接到花花的电话，通知我去广州开羊圈年会（羊城警苑论坛被我们戏称羊圈），下周二。我有点懵了！我是个容易分心的女人，但想到蒿菜，想到美谈小伙伴们的辛苦付出，还有亲友团的期待，我强迫自己安下心来。等帮孩子修改好职业规划书课件、点评蒿菜新作等事都处理好都已经11点半了。瞌睡虫无情地向我袭来，我冲了杯马来西亚白咖啡，我清楚明白地意识到，这是最后一次正式修改的机会了。于是我拿出古人孙敬和苏秦悬梁刺股的精神，一直修改到凌晨两点多。当我把稿件发给蒿菜，我长长地舒了口气。那天早上，我顶着一双熊猫眼去上班。我不仅要应对工作，还要为广州之行找相关领导审批告假。周五那天，我感觉自己半条命都快没了。那天中午没有午休。我以孟子那段著名的话："天将降大任于斯人也，必先苦其心志，劳其筋骨，饿其体肤，空乏其身……"来鼓励自己。

# 四

就这样，我在极其疲惫的状态下迎来了一波三折的跨年文学访谈活动。12月26日，刚好是毛主席老人家的诞辰日，雾霾阴雨多日的天突然放晴。在家里劳作3个多小时的我用微信头像标配武装自己，依旧戴了黑色的发卡，其实已经快遮不住我那顽强地往"地中海形状"发展的头发，黑色加长毛衣，红色的尼泊尔手工编织的羊毛大披肩，黑色长裤，黑色的北京棉鞋，棉鞋是先生从北京带回的温暖牌礼物，但是镜子里这个肥胖浮肿的中年女人哪还有头像里的女神范儿啊。我有点想哭，但不能哭，我得在蒿菜小妹面前假装踌躇满志。

5 点多，我和蒿菜提前在东门口大铜牛面前碰面。蒿菜明眸皓齿，略施粉黛，楚楚动人，让我有些妒忌。顾不上感叹岁月是把杀猪刀，我和蒿菜在 6 点前结束简餐，又投入战斗状态。在准备的过程中，我发现自己特别不在状态，从第二个问题开始脑子就开始卡壳，要蒿菜提醒或是看打印出来的稿件才能继续下去。此时我想死的心都有！我不想自毁清明雨名声在外的好形象。"小雨姐姐，你太累了！不过没关系，有我在呢。我帮你写个简要提纲，万一你忘记，可以看看。你就是不看，我也可以提醒你下面的内容。"在"人类灵魂工程师"岗位上做了多年的蒿菜比我沉着许多。她自己也抄了份留底。等我们结束彩排来到天一书房，已经 19：15，离活动开始只有 15 分钟了。书店里已经坐满了听众，有些人还是从北仑、江北洪塘等地赶来的。我发现说好要送花的初中同学马儿、小尹还没到，心里有点焦急，但也顾不上了。我匆忙地上好厕所、抹了点口红，直奔现场。当我坐上主讲嘉宾的椅子上，感觉上了断头台，惶恐不安。

当台下的胡老师、薇薇姐、邱姐，还有许多不知名的新朋友用亲切、期待的目光注视着我时，我感觉自信了些，蒿菜一如既往地美丽镇定。她继续以狗仔队的身份对我穷追猛打，我装作被逼到墙角无话可说的可怜相，我第一次演戏啊。我在听众戏谑快意的状态下，一一招供。截取一小段和大家分享。

蒿菜：清明雨老师，我叫你老师，其实挺不服气。因为我是真老师，你是假老师。但我这个真老师只给 50 多个学生上过课，而你却给 500 多个学生上过课，所以还是挺佩服你的。

清明雨：我自己也没想到，第一次开讲座就面对 500 多个师生，我的孩子也在里面，是孩子语文老师邀请的。今天赵老师也来到活动现场。我孩子一开始很不看好我，怕我出洋相，担心会让他以后不好在学校混，但到讲座结束他看到一个全新的母亲。孩子回家写了《作家妈妈进校园》，我没提醒他哦。所以人需要不断挑战自我、超越自我，否则不会发现自己其实潜能很大。就这样，我开始文学讲座这种独特的创作方式，不知不觉办了 10 期。我都不知道举办者如何找到我的。

因为蒿菜害怕我忘词，有时候我没讲爽，她就接上来了，在活动第一个访谈环节我基本处在被蒿菜在后面追赶的局促状态。当然她是好心，我不知道台下的小伙伴们有否感觉，当然我有些紧张，孙经理送来的原本热气腾腾的两杯拿铁咖啡，等我想喝的时候已经冰凉。到活动第二个环节，我可能因为渐渐适应现场环境，也可能是因为马儿送上来的鲜花打了鸡血（事后听说她和小尹为了买到满意的鲜花，跑了好几个街区，来晚了），我又复活了。所以在互动交流环节发挥出色，当然这些都是小伙伴们的评价。本来规定 3 个提问，结果提问超过 10 个，互动了快 1 个小时，和第一次讲座的热闹有的一拼。活动结束的时候，许多听众都久久不愿离去，围绕着我探讨写作问题。在小刚的提议下，我有了生平第一个属于自己的粉丝微信群："和清明雨一起谈文学"，静慧老师给取的名字。我感到有种暖流在心里涌动。文学就像冬日里的暖阳，给人温暖和希望，还有美好的体验和回味。和文字作伴，我们的人生不再孤单。

有许多"雨丝"给我留言，我有点招架不住。还有热情的雨丝邀请我一起喝茶，我婉拒了。去广州的行李还没有收拾，但是心里一直被震撼着，请允许我摘录坐在前排穿白毛衣的漂亮姑娘小尘的"听后感"："一个小雨的假日，一个甜美的懒觉，一杯茶，一本书，最是走心。"书是昨晚"美谈"在天一书房举办的一场对宁波本土作家清明雨的访谈中，因为提问得到的礼物。昨晚的访谈非常有趣有意思，就是有相同兴趣的人坐在一起聊个天。这次聊天对我最大的启发就是清明雨老师说的三点，也是她自己实际经历的感悟分享。一、人，特别是女人一定要有梦想，哪怕有短期目标也好，并且有为之实现的努力付出；二、出书并不是件高大上的事，只是让人明白你的想法的一张另类名片而已，这次写得不够好，就像印名片一样这次印得不好下次再接再厉可以继续努力印得更好；三、写作一定是心之所动，心之所感，不要为了某种功利的需要去写。个人需要一个群体、一个圈子来互相鼓励和帮助，才能坚持下来。

每次举办讲座，每次收获满满的感动。写作是件非常艰苦的劳动，如果没有这些热情的读者的鼓励和认可，我想我走不到今天。还有许多朋友说，听了我的演讲，他们重新"复活"了。是啊，写作的最大意义就是说明我们还活着，我们愿意去思考和面对眼前这样纷繁芜杂的世界，用文字对人生进行梳理，以便更踏实地生活着。

我想用蒿菜老师的点评作为我文章的结束语："清明雨的演讲把写作给人的高大上难度处理成了平民化感觉，让大家觉得，写作不是难事。很少有人能这么激励人。我昨天引用刘小枫说清明雨，用性感抵抗死感。抵抗，这个词，不对。应该用胡兰成的话，你和世界是亲的。"写作是件快乐有趣的事，文学路上，我愿意和更多的朋友一起奔跑。这也是我愿意耗费这么多精力来做访谈的意义所在。

生活永远是大师。多年以来，我以写作的方式表达生活的存在。我要找到幸福的感觉，不仅自己要幸福，也要让周围的人感到幸福。

# "枪声"过后的思考

## ——浅评作家胡泊的中篇小说《最后的枪声》

　　胡泊是一位警察作家，我们一直在同系统工作，但素未谋面，直至2013年我们在宁波首届文学周相遇，一见如故，一直到现在都是师生关系。因他的年纪、学识、成就皆在我之上，故理所当然成为我的老师。

　　"作品是作家安身立命之本"，我脑子里一直有这样一个意识。于是看彼此的作品，做互动交流，是我和胡师交往初期最热衷做的事。我通过《中国作家》《天一文化》等文学杂志读到他许多散文著作，他的散文大气、优美、情感充沛，如《追梦天姥山》《野孩子》《感受纯真》等。他的部分作品登在《天一文化》的美文专栏，一月一期。记得他和我说过，散文写作贵在有真情实感，不需过多地引经据典。他建议我多读贾平凹、史铁生和汪曾祺等名家的作品。在我的初印象中，胡师只是个会写散文的作家。

　　直到读到胡师的中篇小说《最后的枪声》，我对其作品印象彻底颠覆。他的小说作品没有一丝散文的痕迹，结构严谨、收放自如，冷静的文字里蕴含着炽烈的情感。

　　我暂时不详细展开叙述，先说说隐藏在这篇小说背后的一个故事。胡师是一个热情不失理性的人，文学在他看来是件神圣的事。这篇小说构思于

2008 年，初稿写就于 2011 年夏天。他采取"海龟产卵"式的写作。

每当六七月的时候，海龟妈妈为了让自己的孩子不受伤害，它会奋力游向数十里或数百里的海岸边，趁着夜色，悄悄地爬上沙滩，环顾四周，感觉安全后，用后肢挖洞，将六七十个卵产在沙洞里，而后又用细沙埋好，最后恋恋不舍地回到海里。

胡师写作的方法和海龟妈妈差不多，他是在台风快要来临时，走进舟山的东极岛。众所周知，台风来临的时候，岛上所有的渡船都停开，岛上的人不能出去，岛外的人也无法进来，有种与世隔绝的感觉，而且那时的东极岛游客极少，后来韩寒电影《后会无期》放映后，这里就成了网红地。当时这里安静的环境非常适合胡师"安胎生产"。我不知胡师在岛上的这七八天时间是如何度过的，他的写作节奏是如何把握的。这些细节知与不知，我想不重要，但我清楚地知道他是个有"房颤"的病人，发作的周期之频早已超过女人来"大姨妈"的节奏，可以想见他边发病边写作的艰难，而且他也过了知天命的年纪。所以在一个冬日午后的咖啡馆，听闻这段鲜为人知的写作逸事后，我迫不及待地想去读这篇小说。

2013 年的一个冬夜，屋外北风呼啸，我泡上一杯热气腾腾的红茶，翻开《中国作家》2012 年第 7 期，花费近两个小时将《最后的枪声》看完，心潮澎湃。此小说能发表在《中国作家》上且获 2011—2012 年度宁波优秀文学作品奖，可以肯定这是一部成功的小说。我觉得此小说最成功的地方就是它的创新。主要体现在以下几个方面：

一是此部作品体现作家的人文情怀。

作者用全知的视角，把笔触伸到监所的高墙深院，写了一个监管民警郭子雄扮演灵魂辅导员的角色，对一个死囚犯戴呈从临刑前直到临刑的全程关照。临终关怀一般是指医院对存活期 6 个月或不到 6 个月的病人进行药物缓解痛苦或是言语安慰，但是对死囚的临终关怀，这是我在以往国内的文学作品中不曾看到的。我见到太多表现国民愚昧性的作品，比如鲁迅先生笔下的《阿Q正传》和《药》中的人物都是把看杀头视为一种乐趣，但是在国外是有这种临终关怀的。作者在小说的第八集中所言："一些法律制度相对完整的国家，如欧美，在他们的法系中，当一个罪犯被判处死刑后，法庭会安排一名专职人员，帮助并陪伴他（她）走完人生的最后一程。"如果说南京作家毕飞宇的小说《推拿》关注到盲人群体的爱恨情仇，填补对盲人文学群像描写的空白，那么《最后的枪声》也触到发生在执法者和死刑犯法与情、生与死的纠葛挣扎的心理盲区。正是这样的挣扎和冲突彰显出人性的悲悯情怀。

悲指慈悲，对人间的苦难有一种博大的爱的眼光，悯指对处于人间苦难的人并不轻视蔑视甚至可怜，而是以感同身受的情感来看待。小说塑造了一个富有人情味的郭子雄警官，从他同情戴呈，运用自己的法律知识关注戴呈的案情到代戴呈接见其女儿，让戴呈在临刑前抽到女儿为他买的烟和看到女儿的相片，还有给执行任务的中队长递烟，让他手下的战士执行枪决任务时痛快些，让戴呈少些痛苦，等等，让读者读来真实可信。其实许多事是郭子雄职责以外的，他不需要包揽过来，但是他对罪不致死、在看守所里表现很好、很给他面子的戴呈不能坐视不管。人非草木，孰能无情？毕竟这两个男人处了两年多的时光，他们是监管和被监管的关系，但也是一种熟人关系。小说的字里行间无不流露出这种遗憾痛心的感觉。如"没有亲人为他送行，事实上也不可能会有，管教是戴呈临终前唯一的依靠，只有郭子雄在场时，戴呈才不感到孤单，才不那么害怕。'我知道。'郭子雄点点头。郭子雄改变了主意。他决定去刑场，陪他的工作对象走完人生最后的一段路"。

记得在鲁院学习时，李一鸣副院长在《作家的人文情怀与文学的哲学意蕴》一课中指出："有没有人文情怀决定你是否是一个高尚的人，作家应该是有人文情怀的人，应该更增强对世界深刻的认识和社会贫弱现象的帮助。"的确，每个作家写小说其实都是在写自己。和胡师认识很久了，我觉得有情有义的郭子雄警官形象中有胡师的许多影子。比如，胡师就是在监管部门工作多年的老警察，所以监所内的场景他是熟悉的，在押人员的心理他也是一清二楚的，所以写起来特别自然。比如，小说中写到郭子雄在戴呈被提走后安抚其他同室人员时所说的话："7 号戴呈走了，大家可能心里都在想这个事吧？不过大家也都知道，其实戴呈这一天，迟早都要到来的。既然这样，我觉得这一天晚来不如早来，说不定对戴呈来说，这或许还是一种最好的解脱。我希望大家不要因为这事而使情绪受到影响，跟平时一样，该干什么还干什么。"说完这些，郭子雄仍觉得自己的话意犹未尽，没有起到预期的效果，于是又补充道：'哦，对了，过几天上级部门要来检查工作，我觉得我们监室的卫生明显不如从前。1 号，你组织大家搞一下卫生，分个工，墙面、地面、厕所的清洁落实到每个人；5 号，你当过兵，知道被子怎么叠得好，你带几个人负责被子以及洗漱用具的摆放，我下午过来检查。'"

而且他和郭子雄一样喜欢书、女人和茶。我虽然没有和胡师一起上过班，但从平时和他的交往了解不难发现他是个具有菩萨心肠又有原则的人，他可以为自己的学生花费一个多月时间去研读其作品，写其人物印象。所以也不难理解，他能凭借丰富的生活体验塑造出好管教郭子雄的小说形象，并提出许多有关人性化执法的思考。

悲悯情怀是作家高贵品质的体现，也是作品文学价值的体现。俄罗斯文学之所以被称为"世界文学史上的阳光"，就是因为俄罗斯文学从 19 世纪以来始终表现了深刻的人道主义思想，充分体现强大的道德教化功能，列夫·托尔斯泰长篇小说《复活》给我留下深刻印象。

二是作品体现作者对死刑制度的大胆质疑。

小说标题《最后的枪声》意味着用枪决方式执行死刑制度的终结，也意味着虚开增值税发票的经济犯不必被判死刑。中国法律往更完善的方向发展。众所周知，2011年2月25日，第十一届全国人民代表大会常务委员会第19次会议通过了《刑法修正案》（八），取消了包括虚开增值税发票罪在内的十三项经济性非暴力犯罪死刑。

这篇小说在2011年春天动稿，确切地来说作者当时还不知道法律制度的改革，以法学文人的先知先觉提出质疑。"郭子雄对现行的刑法死刑的失之过宽一直有着自己的看法，他一直认为：除了暴力犯罪一切刑罚都不应该有死刑，哪怕是以'国家利益'名义的。生命无价，世上还有什么东西比生命更宝贵的？"郭子雄一直认为，戴呈虽然因虚开增值税发票给国家人民的财产带来重大损失，但罪不该死，而且罪犯也不是天生的，有许多后天的因素，他们也需要被当作平等的个体来看待。

另外，小说对枪决这个血腥的施刑方式也表示强烈的谴责。"两名穿白大褂的医务人员，把戴呈装进白色的裹尸袋，拖向早已等在那里的手术车……郭子雄的胃一阵紧缩，终于止不住呕吐起来。"作者对死刑犯遗体捐献问题也提出了自己的困惑。他觉得游说死刑犯捐器官的医务人员就像吃死人肉的老鸹一样让人生厌。捐献必须由犯人自愿，体现生命的尊严。死刑制度一直是敏感的"禁区"，胡师能够以第一个吃螃蟹的勇气大胆地站出来质疑，这种勇气无疑是可贵的。让我想起一句话："正义从来不会缺席，只会迟到。"所以这篇小说具备现实感和历史感，这也是好小说的标准。

小说除了在题材上具有创新，在语言的描写上也是可圈可点。语言是决定纯文学的门槛。给我印象最深的就是一处细节描写：

郭子雄刚拿了布包，只听"咣当"一声，脚镣沉沉地撞击地面，紧接着"噼啪"两声，戴呈伸开双掌，跪倒在地，可能是铁镣的羁绊，戴呈使劲踢腾小腿，使跪姿平衡。之后直起上身对郭子雄说："两年多了，给你添了不少麻烦，今生无以回报，请让我向你磕三个头。"说完，身子前倾，只听"咚"的一声，前额重重地叩到地面。

此处的细节描写把重刑犯戴呈知恩图报、重情义的性格刻画得真实可信。小说中这样的细节有好几处，留待读者细细体会。

另外小说多次提到两个穿红衣服的小姑娘，特别在戴呈被处决前又提到："一个穿红衣服的女孩，神情专注地举着一枚美丽无比的雪花，背景是稻城仙乃日雪山，脚下是草原和溪流。好美的情景、好纯真的女孩哦！"胡师运用反衬的手法，写出生命之纯真美好和死亡的黑暗恐惧，警示人们要善待生命，好好地生活。

阿根廷作家博尔赫斯说过："过去是我们的财富。这是我们唯一拥有的东西，它们可以由我们来支配。我们可以改变它、我们可以把那些历史人物想象成别的样子，合成过去的不仅仅是具体发生的事件，而且还有梦境。"

作家胡泊根据过去的生活经验"开出响亮的一枪"，作为读者和创作者的我们又该做些什么呢？

# 享受生活，才是最好的成就

## ——读蔡澜《不如任性过生活》心得

继木心的《文学回忆录》以后，我大约有一年没有写过书评了，直到遇到蔡澜随笔集《不如任性过生活》。我愿意称之为又一次与书籍的心灵"艳遇"。

8月初，一个挥汗如雨的周日上午，我到苏州旅行，在台湾人在大陆开的第一家诚品书店看到一本绿茵茵的书躺在书海里，书名叫《不如任性过生活》（以下简称《不》）。不知是讨人喜欢的书名、视觉舒爽的绿色封面设计，还是香港美食家蔡澜先生的名气吸引了我，我就随手翻了起来，结果一见钟情。记得我说过："淘书就像男女相亲，讲究眼缘，翻了5分钟，放不下，就是你的菜。"

《不》是我的菜，我从看到以下的这句话就坚信了自己的选择。"人生就是苦多乐少，与其处处和自己较劲，不如潇潇洒洒，任性过生活"，书面的第二页上放着这句话，底下画着5个在吃饭的时候形态各异的人，有边吃边笑的人物形象，有狼吞虎咽的，有一颗颗数着米粒吃的，也有神情忧郁对着饭菜沉思的。这不是生活的真实写照吗？人的心态决定他吃饭的胃口。心态好的，吃嘛嘛香；心态不好的，感觉全世界都辜负了他，于是他无心进食。

当我翻到第 5 页看到这段话，我就果断地买下了这本书。"阿 Q 精神有什么不好？阿 Q 精神万岁！往好处想，人生观会变豁达，别给鲁迅骗去。鲁迅满肚子牢骚，别听他的，听了之后就会变得和他一样愤世嫉俗，钻牛角尖去了。"蔡老是表扬鲁迅还是批评鲁迅啊？阿 Q 可是鲁迅先生塑造出来的艺术形象啊。阿 Q 是我和坤儿的最爱，鲁迅先生的其他作品看得不多，但他的小说《阿 Q 正传》我看了足足 3 遍。每每情绪不爽的时候，阿 Q 总会默默地安慰我："儿子居然敢打老子，这世道反了。"蔡老写到了我喜欢的人物，却有着跟我产生共鸣的观点。

回到宁波以后，因为 G20 安保工作的关系，人像高速运作的陀螺，但我心里总是放不下《不》。它就像是我的恋人，我天天都想着和它约会。蔡老的文字像一个温度舒适的熨斗，能够烫平心底凹凸起伏的褶皱。它又像一个技术高超的泰式按摩大师，让我的每一个细胞、每一个毛孔都呼吸到畅快的气息，很多个夜晚，我都是恋恋不舍地放下书，带着微笑香甜入睡。

我们且来看蔡老的《不》是如何把像我这样颇有生活经历和有思想的中年女人折腾得神魂颠倒的。

蔡老文字里透出满满的自信。他谈肥胖，在《坦然面对自己的胖》一文中如是写道："古人云：中年发福，好现象。的确，到了中年，还要消瘦又饥饿，太辛苦了。嫌自己又老又胖的男人，和一天到晚想去整容的女人一样可笑。闲时散散步，看看花，足够矣。管他人的娘！"虽然他谈的是看待男人肥胖的问题，但我觉得对女人一样管用。天生我材必有用，胖人的脾气好，胖人有福气，微胖美女是朋友圈最受欢迎的。我想起自己的一句"清式"名言："年轻苗条时，有人喜欢我；现在年长臃肿，还是有人喜欢我。所以决不减肥。"清明雨御姐，霸气侧漏，是否和蔡老的那句"管他人的娘"有的一拼！对了，蔡老也有一句著名的养生口号："健康秘诀七个字，抽烟、喝酒、不运动。"

当然蔡老不胖，所以他有底气说。

喜欢蔡老语言的幽默，他说自己是吃货，所以连名字也是"菜篮"的谐音——蔡澜。他讲吃可以从如何把隔夜冷饭炒成美味，讲到烤鱿鱼、吃寿司，毕生研究零食，深夜看《烤鱿鱼最适合下酒》《炒饭的艺术》《看戏吃零食，乐趣无穷》这些文章，我觉得是对吃货最大的精神折磨，一边要忍受饥肠辘辘的煎熬，一边在脑海里飘荡着蔡老绘声绘色地描写的各种美食，我建议意志薄弱的读者千万不要来看这本充满诱惑的书，我能想象你们边吃零食边痴笑边接下去看书的模样，因为我也没熬住。

说起蔡式幽默，我不能不提《那些蜻蜓带给我的快乐》一文的结尾："但是最羡慕蜻蜓的，还是它们能在空中交尾，如果人生之中能来那么一次，满足矣。"蔡老已经年过古稀，但想象力丰富奇特，估计会让"80""90后"的小青年都自愧不如。

喜欢蔡老豁达的人生态度。他在《放纵的哲学》一文开头这样写道："享受人生的快乐，由牺牲一点点健康开始。尊·休士顿说。"蔡老为何要提到这句话呢？就是针对现在社会上大部分人为了"健康"限制自己的自由现象有感而发。许多人这个不吃那个不吃，也不敢熬夜，口口声声为了健康。他在文中写道："制造戒律的人，其实都是患上思想癌症。就是这样稳稳活到100岁，安安稳稳地坐在摇椅上，望向远处吧，但思想一片空白，一点美好的记忆都没有，这不叫健康，叫惩罚。"他主张："思想健康比肉体健康更重要，多旅行、多读书、多经历人生的一切，就不会把死太当一回事。书法家、画家、作曲家老的比短命的多。"

蔡老的话句句击到我的爽点。的确，职场女人的时间不够用。如果在完成工作、家务的同时，想做些自己喜欢的事，比如阅读、写作等总归是牺牲一些睡眠时间，熬夜会睡不够，但精神特别愉快啊。我也突然醒悟为何我的肥这么难减？就是因为深夜码字的时候人困疲乏，没力气写下去的时候，我就会把酸奶、豆腐干、"乡巴佬"、咖啡等往肚子里填，吃好可以继续战斗。马不吃夜草不肥。让我停下来，不写，我做不到。精神生活不富足，每天睡上 8 个小时有何用？

蔡老的这本《不》是一本生活随笔集，谈美食、谈事业、谈艺术、谈修养，像一个老朋友坐在读者面前，娓娓道来，特别亲切平和。我见过许多自恋的作家，虽然文章的观点也能让读者受益，但作者好为人师的态度，总是让读者有些隐隐不快。蔡老的文字却给人舒服的气场，见字如晤。

我说了这么多，如果你还说这是一本鸡汤文，估计我会气得肺出血。蔡老是香港美食家，还是电影人、主持人、作家、旅行家……他的多元身份，为他提供最为丰富多彩的生活，帮助他精心烹调出这一桌让人眼花缭乱、胃口大开的美味佳肴，认真阅读此书的读者必将成为精神大餐的受益者。

《不》是由生活这条红线串成的一串晶莹夺目的珍珠，它蕴涵着生活的真谛："这就是任性地生活，让享受生活成为我们最好的成就。"

这所谓的"任性"不是任意妄为，而是在社会规则允许的情况下做到不受羁绊，也就是在最想做事情的时候做自己想做的事，否则就会有许多让自己遗憾的事情。人最幸福的事就是可以做自己喜欢做的事。

《理想的下午》作者舒国志说过："我们缺的不是钱，而是生活。"如何把每天的 24 小时过得精彩有趣，让明天不是今天的简单复制，已经成为人们普遍关心的问题。也许人们会发现身边有趣好玩的人和事并不多，像蔡澜这样集智慧、才情、幽默、豁达于一身的生活大师更是凤毛麟角。所以我认为更有必要来推荐这本有趣的好书，兴许，你看了以后会有启发。

说实话，我看完此书很有成就感。我欣慰又一次通过阅读考量自己的定力，更令人兴奋的是，我在茫茫人海中找到生活的知音、我的师傅蔡澜。金庸先生说他是真正潇洒的人，是世间第一等风流人物。他是生活家，是放松、放空、放慢、放心和放下的人，是把每一天都当作人生奖赏的人，是获得生活更多奖赏的人。他在《没有意义，就是人生的意义》一文中说："人生的意义到底是什么呢？吃得好一点，睡得好一点，多玩玩，不羡慕别人，不听管束，多储蓄人生经验，死而无憾，这就是最大的意义吧，一点也不复杂。"这些年来，我也是这样在过生活，但总是觉得心虚，害怕别人指责我喜欢"寻欢作乐"，现在有我师傅撑腰，我腰杆挺得直直的。如果每天都能认真做完"规定动作"，为何不任性生活一把，去尽情地品尝生活这杯美酒的滋味呢？

# 我在江边写作

现在是北京时间 2018 年 3 月 31 日 15 点 37 分，我坐在甬江边公园的木条长凳上，用手机码字。

往日的这个点，应该是在单位值班或是在家里搞卫生，而且是接近尾声，可以上床休息的时刻。那今天我为何在江边写作啊？

我想一切都是天意吧。中午和坤儿在外婆家吃完饭以后，我们搭顺风车去鼓楼，他去修理手机，我去菜市场买菜。回家的时候，突然发现我的钥匙不见了，而坤儿的包里出现两把钥匙。

人们都说女人生儿傻 3 年，却不知道"大姨妈"给女人的重创不亚于生孩子。我这几天感觉自己魂不守舍的，丢三落四，这实在不以为奇。我搞不清是坤儿拿走我的钥匙，还是我多给他一把。

他在看《第三度嫌疑人》的电影，要 4 点半才能回来。我回家时才 3 点，望着紧闭的黄花梨木大门，我叹了口气，放下手上的青团、番茄、菠菜、排骨、烧鹅，往江边走去。看看如何把这一个半小时打发掉。

我从来没有在这个时段来过甬江边，这儿于我仿佛是全新的一切。大部分的时间，我们喜欢一本正经地看待世界。其实有时候需要倒着或者斜着看世界。你看，粉红色的海棠花列队欢迎我的到来，在春风里妖娆着无比轻盈的花枝。闪着金光的江边有几块绿色的草坪，蓝色的单人帐篷，躺着看书的人，无时无刻不在提醒着我：今天是周六哦，我也记不得有多少个周六是在忙乱中度过的。绿色叶子的含笑花大多含苞未放，有几小朵露出半张脸，花香好香甜。金黄色的报春花就如交警叔叔的黄色反光背心一样醒目。对了，呈方队出征的油菜花也是花事里不可缺少的角色。

我迎着已经柔软许多的阳光，来到一个观景平台，记得和一个朋友来过两次。江面上，来来往往的大船依旧在唱着主角，借着明亮的日光，我看清有一条船的代号是神州20，很是威武。这闪着金光的江水被大船摇晃得一圈又一圈地荡漾开来，欲罢不能。哎，这大船也实在是太霸道了。我看到浪潮劫持着泥沙往江面涌过来，带着欢快的喊声。好在是黄昏，如果在夜晚，静听这春潮涌动的水声，还有一个可人儿陪伴，说不定就会生出些非分之想啊。

想到这，连吃闭门羹的不快早已抛诸脑后。我想我已经找到把心打开的钥匙。

我们也许无法改变现实，但完全可以改变对它的态度。如果能很好地调节自己的心态，生活呈现出来的将是完全不同的模样。

我想起通用公司的一句名言：结局很美妙的事，开头并非如此。说的就是这个理儿。

我还想起另一件类似的事。前日下班，托我马大哈同事的福，还穿着制服的我被关在办公室外，我的钥匙、钱包全锁里面了。我只好用手机给自己买了件加长的紫红春衫，把蓝色的制服塞在塑料袋中，一手提豆沙包，一手提衣服，走进电影院。回到家，父子俩笑得直淌眼泪，他们说我穿得像灭绝师太。好吧，据说佛系是今年时装的流行色哦。有意思的是，我的马大哈同事居然这样夸我："啊，没想到你人这么胖还能买到衣服。""是啊，我踩到狗屎运了。"同事的夸奖让我哭笑不得。

我还想起那年在昆明没赶上飞机，我们没有抱怨好客的东道主，而是动脑筋解决问题。我和坤儿第一次学会飞机改签，多情的云南又挽留了我们一天，坤儿如愿以偿地看到了民族村。

冲动是魔鬼，负能量有毒，像病菌一样容易传播。许多时候我们是受害者，同时是施暴者。电影《三块广告牌》很能说明这个道理，真正杀害女主角女儿的凶手，我想应该是家庭暴力和冷漠，所以人不能成为情绪的奴隶。

我庆幸我的理性和平静，没有让坏事继续糟糕下去。那天，我对我的同事说都是我自己偷懒，和她没关系。我对孩子说："你安心看电影好了，妈妈去家里附近逛逛。"

人生无处不见道场，人生无处不需要修行。智慧的人生处处鲜花盛开，哪怕在阴雨天，也有好风景。

2018年3月的最后一天，我在江边写作，一丛芦苇在水岸边频频向我点头，我的耳朵里灌满轮船的马达声和浪涛声，我沐浴在温暖的阳光下，指尖芬芳，春风拂面……

# 深夜，和毛尖约会

　　人到中年，激情容易褪色。半夜跑出来约会，大抵是年轻时才会有的冲动，约会对象当然是男人。临近子夜，我却为一个女人，跑到 24 小时不打烊的天一书房，想和她继续神交。她叫毛尖。

　　此毛尖当然非彼毛尖。众所周知，信阳毛尖是绿茶中的上品，芽嫩色绿喝着有仙气。我要说的毛尖是一个女作家，一个写了许多文字，出了好多书的才女。她是一道上品的"毛尖茶"，喝了让人口齿生香、余味无穷。

　　我一开始以为毛尖是笔名，没想到她一出生就有了这个名字，而且毛字是跟了妈妈的姓，许多人以为她是男的。毛尖是地道的宁波人，家住在江北槐树路一带。她说毛尖的名字让她欢喜让她忧。毛尖谐音"冒尖"，毛爸李校长想必望女成凤心切。因为这个名字辨识度太高，所以从小到大，毛尖总是少不了被老师提问，被人关注。

　　毛尖，人如其名，果然"冒尖"，没有让父母失望，她是牛哄哄的学霸，至今让效实中学的学弟学妹们引以为傲。她是宁波效实中学北斗文学社第二届社长。她说她姐姐是第一届副社长，有人怀疑她是通过"潜规则"博上位的，还好现在颇有建树，自证清白。效实中学当然也是牛校，出过获诺贝尔奖的女科学家屠呦呦，也出过写《没眼人》的优秀媒体人亚妮。毛尖从效实毕业以后去了上海和香港，和张爱玲的求学模式有点相近。先后获得华东师范大学外语系学士、中文系硕士，香港科技大学人文学部博士，现任华东师范大学对外汉语系教授。

可能我是学院派主义迷信者，又有点中年妇女的八卦，所以我很愿意对一个作家的成长历程如数家珍。

平素和毛尖老师没有交集的我为何对伊津津乐道起来？缘于昨天下午在宁波同心书画院组织的一次讲座——"毛尖：我们这个时代的文学和影视。"宁波作家柴隆老师是促成这次讲座的关键人物。早在一个月前，他就开了一个"12月18日毛尖影视评论分享会"的微信群为活动预热，生性热情、人脉广博的他拉到150多人，我怀疑他把宁波大半个文艺圈的人都集结了。有毛尖的初高中同学、诗人、作家、"毛粉"等。毛尖成为我在寒冷萧瑟的12月里最期待的一束亮光。

毛尖来了！同心书画院的院落顿时亮堂起来！阳光显得更加明媚动人了。

只见她个子娇小，三七分的黑色短发，戴着黑框眼镜，皮肤白皙，着黑色皮衣、灰黑色阔脚裤，脚蹬黑色高帮皮靴，大红的羊绒围巾像一团火焰飘在胸前。红红火火、欢欢喜喜是我们在辞旧迎新之际盼的好兆头。干净、漂亮、有款，这是毛尖给我的初印象。

"我不太喜欢风花雪月的事。"

"我搞不懂人们为何在称呼我为作家时加个'专栏'，作家恐怕是2000年以来通货膨胀最厉害的名词。"

"我有被碎片化的思维影响啊，往往菜烧到一半就要去看看手机，我着急啊，害怕被世界遗忘啊……"

毛尖老师说话像打机关枪，让人觉得特别爽脆、痛快，让我想起另一个宁波籍女作家苏青。我觉得她们的性格有点像。不过毛尖还是强力要把自己和苏青区别开来。她说，苏青写小说，爱写男女关系，把自己的私生活放进去。

她则喜欢写文化批评，很警惕把家人写进专栏，儿子被写了两次是因为实在没东西写了。毛爸李校长更是不能摸的老虎屁股，她说有一次她写了一篇《立即做爱》的文字，毛爸很紧张，把在宁波露过脸的6本杂志都买回来了。毛老师讲起毛爸，感觉就像头顶飘过的一片乌云，"代沟"不言而喻。就如我的朋友圈有时不得不屏蔽我家老太太。只要她看不顺眼的，她可以说上我老半天。"写作要保护好家人，尽量不去写他们"，我对毛老师的观点特别赞同。我妈、我老公、我儿子也不止一次提醒过我，或者说警告。

香港作家董桥评论毛尖："毛尖机灵，要风要雨都不难。毛小姐英文书读得多，中国作家书房里多了一扇窗子多了一片风景，赛珍珠说的。还有中外电影，毛尖好像都看过……"毛老师虽然是个如董桥先生说的学富五车的女博士、女教授，倒一点都没有装逼的样子。她的伶牙俐齿、咄咄逼人有点像清朝的纪晓岚大学士，和她搭档的眉清目秀的柴隆老师时不时被忽悠、调侃，让人顿生同情之心。她说："柴隆，我可以比你更男人。当我和台湾女人在一起时，就感觉自己是男人。做男人一定要硬！"当她说到这个"硬"，无数听者笑了起来。

"大家不要想歪。我只是对目前的中国电影、电视剧市场实在太不满意了。都说青春是叛逆的，但你们看《小时代》等电影里走出来的小青年都是穿着毛皮大衣、染着黄头发、唇红齿白、过于阴柔的中产阶层形象。这些电影其实是反青春的。男人就是要像香港银河影像公司出品的黑帮电影中的硬汉这样，冷静地面对，啥困难都不怕，有金刚石般的硬度。现在的男性银幕形象太脂粉气了。我尝试在国外和国内打捞电影史上的硬度，具有硬度的男人越来越难找了。"

"现在小青年看电影，一半是在小黑屋里搂搂抱抱的。不像我们小时候，看电影极具仪式感。我妈妈每逢看电影，总要换上一身干净的衣服去兰江剧院看。"

毛尖哀其不幸、怒其不争的正义感让我想起金星老师，说话直接爽利，路见不平一声吼，我们中国需要具有公共道德感的知识分子的仗义执言。毛老师本来想为大家讲讲黑帮电影的，无奈观众互动太热烈，讲黑帮电影的时间就被挤掉了。希望明年毛尖老师再来讲。也许有遗憾就有期待吧。

毛尖老师这个人比较实在，她给喜欢写作的朋友一个忠告：写自己的生活，熟悉的人和事，不要去写穿越、玄幻的东西，因为虚幻的东西写不真切。她还说跨界发言是危险的，她从来不冒这个险。我特别欣赏毛尖老师求真务实的态度，其实这也是一个作家的良知。现在文艺界、学术界有太多滥竽充数、误人子弟的伪知识分子。

毛尖老师是个非常睿智的学者。当她和主持人聊起宁波的城市文化印象，毛老师说这个话题可以写一篇硕士论文。她用分阶段的方式谈了城市印象，她肯定宁波人讲规矩、重信用，但感觉在挖掘历史文化、历史事件这块还不够。她提出了比较新颖的观点："宁波的商业文明是值得骄傲和推崇的，并不是可耻的事。宁波除了有历史悠久的商邦文化，还有市井文化。大家不要看不起边角料，一个城市的历史完全可以在餐桌上表现出来。宁波和上海一样，出了许多好作家。宁波的艾伟、赵柏田等作家的作品我都有关注。"的确，宁波人精明能干、生意做得好不是丢脸的事情。"宁波帮"全世界有名。而且经济越繁荣的地方对文化也越发重视，宁波文学很强啊。最近流行一个热帖"在宁波当作家特别幸福"，的确如此。我虽然没有得到重金奖励，我依旧觉得幸福啊。土壤好、氛围好啊。搞文学并不孤独啊，因为有许多人抱团在一起努力啊。

我为毛尖疯狂，过了子夜还在城市书房里奋笔疾书，但我算不上是毛尖的铁粉。毛尖要来宁波的消息已经喊了一个多月了，我到今天才买了毛老师的《乱来》《有一只老虎在浴室》《我们不懂电影》这3本书，留待以后抽空恶补。我在毛尖讲座现场见识了什么叫真爱粉！

天一书房孙经理她们为此次讲座准备的毛尖系列作品，大约有200多本，被读者抢购，几乎脱销。

一个中年男读者拿着《我们不懂电影》这本书，和我们分享毛尖老师写的散文《外婆的芋饺》，勾起我们对饥饿的记忆和永远逝去的美好事物的怀念。和他相比，我很惭愧。因为我一篇都没看过，他却知道在第60页。

有个毛尖的女粉丝专门从上海跑来捧场。她从2003年就开始追《万象》，毛尖最初发的专栏刊物，她看完了毛老师所有的作品，甚至还关注了有毛老师作品的《文汇报》杂志的公众微信号。她叫老蛙，和我年纪相仿，是我在枫林晚书店认识的朋友。

当年新概念作文大赛一等奖获得者、效实中学北斗文学社社长、毛老师的张姓学妹也来了，谈起当年的母校、当年的文学社，泪光闪闪。让人欣慰的是，如今的北斗文学社依旧生机勃勃，如美丽的银杏树金黄灿烂。

最美的时光往往走得最急，要不是毛老师还要回家接孩子赶火车，我好想再和她聊聊文学，聊聊电影，聊聊我觉得是导演扭捏作态的新片《罗曼蒂克消亡史》。

在柴老师送走毛老师以后，我很好奇地问起毛老师的出场费。"完全是公益啊。她对名利看得很淡的。"闻言，我对毛尖老师的致敬指数更是呈几何级数增长。

12月的寒冬下半夜，我还在这聊毛尖、聊思想，我想肯定不是我无所事事、大脑断片。我想引用柴隆老师的结语来说明其中的意义："这些年，我们一直追随毛尖，因为毛尖一直坚持讲故事，不讲道理；讲趣味，不讲学术；讲感情，不讲理智；讲潘金莲，不讲武大郎；讲党史里的玫瑰花，不讲玫瑰花的觉悟；讲的故事和影评里少不了文艺大彩蛋，她文字犀利、见解独到、飞花走叶，我很愿意一边吃瓜，一边跟着毛尖满世界快意恩仇。"

文字最重要的功能就是表现和分享，我很欣慰在告别 2016 年的最后的日子里，我又一次通过文字刷了自己的存在感，哪怕是借了著名作家毛尖的光。

因为有文学作伴，我们的日子将过得更有趣更美好。

# 夙　愿

俗话说："有心栽花花不开，无心插柳柳成阴。"缘分是一种很神奇的力量，就是因为来自浙西的一个文学邀约，让我实现三个夙愿。在我的文学生活中，这样的经历实在是值得浓墨重彩、大书特书的。

## 一

记得 2019 年冬天，我跟随由陈谊主席带队的浙江公安作协海岛采风团，来到舟山定海采访英雄所长林剑，其间与衢州作家毛华屇相聊甚欢，当时就约定衢州再见。

两年之后，这个夙愿得以实现。

华屇是我到衢州之后见到的第一个文友，他在高铁站等候多时。从浙江东部横穿至浙江西部，我感觉这里的天特别蓝，阳光也如华屇的人一般热情得耀眼。

我们第一站先到衢州市公安局。虽然 7 年前来衢州采风过，但市局大楼对我来说是非常陌生的，在华屇的指引下，有了许多惊喜的发现。"民警之家"是衢州公安文化的品牌，它利用地下停车室宽大的空间，把民警咖啡吧、图书室、台球室、健身房、心理治疗室等功能区都有机地整合在一起，而且每天有县医院中医来坐堂接诊，医保卡直接可以用，拔罐艾灸，特别是贴三伏贴大受欢迎。衢州公安真正把从优待警落到实处，我们宁波市局虽然也有民警服务中心，但是中医坐堂这个办法值得借鉴。中午吃饭时还偶遇《人民公安报》驻浙江记者站站长谢佳，大家都喊她"佳哥"。7年前，亦是这个称呼。舒声主任说："我们衢州是个好地方，欢迎作家们多来体验生活。"

讲课安排在9月10日下午两点半。一开始，我不在状态。实在是太困了！前一晚备课、收拾行李，忙到子夜以后才入睡，凌晨3点多好不容易睡着又被左小腿抽筋痛醒，睡个囫囵觉起来，一路打着哈欠，又赶着上火车，到衢州后参观、吃饭，签名送书，几乎没有休息。好在上课前喝了一杯康宝莱的草饮，脑子顿时清醒许多。蔚蓝的大海上有燃烧着的红霞，给人既温暖又热烈的感觉，我一上讲台，就如电击一般激动起来："这课件PPT封面做得好美啊，就是我想要的这种情形。是谁做的？"我忍不住问华届，他告诉我是宣传处一个小伙子设计的。看着大气磅礴的电子封面，看着台下一个个年轻的面庞，看着一双双真诚热切的目光，我渐渐进入状态。

2021年的教师节，我在衢州警校为全市宣传骨干上文学课，就从讲题《一半是海水，一半是火焰》说起。灵感来源于北京作家王朔的长篇小说《一半是火焰，一半是海水》。把海水和火焰比作创作是最合适不过的了。海水是苦涩的，好比创作的艰辛，创作者只有不怕呛水，一头潜入海底，才会发现海底世界的五彩斑斓。每当作品如孩子呱呱落地时，一次次当母亲的喜悦之情如焰火喷涌不息。甘苦交织，欲罢不能，不知不觉过去了16年。这些年我一边写作，一边和大家分享创作心得。我觉得传授写作的理念比传授技巧更重要。我告诉学员们："兴趣是最好的老师，只要你足够热爱写作，穷尽一生，笔耕不辍，哪怕没写出惊天地泣鬼神的大作，你也是一个成功的写者。所以写作不能有功利心，要有情怀和担当之心，特别是做公安宣传工作。"讲到后来，我疲惫的身心完全放松下来，沉浸在宁静美好的课堂里。

通过和华届及部分学员的互动交流，我得知部分听者来自衢州公安"警届"文学创作工作室，"届"字正是工作室负责人华届的名（衢州公安共有9个以民警名字命名的文化工作室，很有特色）。在华届的牵头负责下，衢州公安拥有一个文学公众号、一本机关杂志《三衢警界》，至今已出了两本"警届"公安文学作品集。衢州的公安文学搞得有声有色，但是华届却非常谦虚，说要向我们宁波公安文学前辈多多学习。有个30来岁戴眼镜的女警说："清明雨老师，我在省厅'警营文化'追你的文章有好多年了，今天终于见到真人了。"哦，我成为传说中的清明雨。我想到上午在衢州市局融媒体中心遇到的毛建明老师，他说非常喜欢我写的《到延安去》，说我写出了自己的真实想法，我的心里顿时满满的幸福感。记得象山有一个战友还把我写重庆的故事打印下来寄给他在重庆大学读书的女儿，让孩子好好看看作家阿姨笔下的重庆。还有读者给我打电话告诉如何从清明雨这个笔名找到我的联系方式。所以每一次讲课，对我来说，就是一次宝贵的交流学习机会，当然都会收获一批新的"雨丝"，在衢州也是不例外。其实许多次，我都曾经有打退堂鼓的想法，不想再写了，就是因为有全国各地的读者，特别是像毛建明这样的警营战友们的喜爱，我咬咬牙又坚持下来了。

我想起一个人，她就是陕西作家陈彦的长篇小说《主角》中的女主人公忆秦娥。演员和作家一样，都需要受众的认可。观众的掌声和披红绸就是对秦腔名伶忆秦娥表演最好的认可，也是她一直活跃在舞台上的动力。

我非常欣赏衢州宣传同行邀请兄弟单位公安作家进警营的学习交流模式。衢州作为南孔圣地，如此尊师重教，难怪警营文化生机勃勃。

# 二

这些年，我实在有太多的理由应该去一趟开化。我的大学同学辛宏伟在开化，经他介绍认识的朋友邱庭生活在开化，因为文学创作认识的小说家孙红旗、诗人徐卫君也在开化，后来我的另一个大学同学张飞从衢州调到开化升任父母官。在开化足足有一个我的亲友团了。可是我一直没去过，一想起来都觉得特别遗憾。没想到，9月10日下午在衢州上完课后，华届带着我直接驱车连夜到了开化，圆了27年以来的凤愿。这个幸福来得太突然了，感觉如梦如幻。

诗人徐卫君是我在开化见到的第一个朋友，他率队刚从衢州参加"8090说"新时代理论宣讲电视大赛（战队总决赛）载誉归来，和我们的车在高速出口相逢。在我的印象中，卫君是诗人，没想到他还是一个演讲家，年轻时曾经连续3年拿过衢州市各类演讲比赛冠军。他长着圆圆的脑袋、戴着圆圆的眼镜，肚子也是圆圆的，让人有忍不住摸一下的冲动，但不得不承认，他是一个灵活的胖子，每天和作家孙红旗老师要去水库游泳，还坚持冬泳多年，所以给人精力充沛、元气满满的感觉。

老同学张飞、辛宏伟已经等候多时，张飞听说我要过来，特意推迟回衢州。张飞一如既往地帅，7年前我随浙江公安作家采风团来衢州采风时，他任市局宣传处长，比现在身材略清瘦些。记得他当时穿着黑白细格子的衬衫，身材高挑修长，显得英俊潇洒。虽然分别7年，他的眉宇中透出的英气依旧不减当年，一身藏蓝色的短袖T恤和黑色西裤更加显出他的成熟稳重，按已经进入中年的大学男同学们都有不同程度的发福趋势来估判，他的年级男神的地位依旧不可撼动。这位老同学帅得简直不像话，还要和大家拼文才。在拉家常中，我闻知一件有关他的趣事。2020年八一建军节前，张飞代表县局去杨林派出所慰问民警，这是一个和江西省接壤的农村所。在参加所里的视频会议上，张飞居然朗诵起徐卫君写的原创诗歌《父亲节》。一个副县长、公安局局长如此热爱文学，而且通过诗歌巧妙地传递出他对基层民警的关爱之心，这把所里的民警全镇住了。我刚刚在暗自惊叹衢州公安的领导们真有文化，有个洪亮的声音传了过来："清明雨老师可把你盼来了！我是你忠实的粉丝，每次你发警营文化的文章我必看。清明雨和邹文斌两位老师的文章是我最喜欢看的。"我循着声音抬头，一个身材高大五官帅气的中年警官朝我迎了过来，年纪在40岁左右，感觉他很像广州文友钝剑。没想到初来乍到开化，我还能收获新粉。张飞笑眯眯地说："这位是我们政治主任樊略，他真的是你的铁粉。"我的心跳一下加速，好在带来的诗集还多出一本，赶紧签名送给樊主任了。

他高兴得像个孩子，马上把书和合影晒朋友圈了，我和他的眼都笑成了弯弯的月亮。我第一次看到如此活泼率真的政工领导。在我的印象中，政委、政治处主任都应该是一副老成持重，不苟言笑的样子。也许他在工作场合时也应该是这样的，现在是周末小聚当然要另当别论了。樊主任主动跟我提到我写桂林邂逅的文章《情人节的承诺》，他说："这篇文章给人特别美好特别细腻的感觉。清明雨老师，该不是杜撰的吧？"

我这人最吃不了激将法，而且是个急性子。看他半信半疑，一脸坏笑，我感觉热血直往上涌，不管三七二十一，当着众人的面拨通了北京丁兄的微信语音电话，并开了免提，大有新闻直播间热线连接的味道。"丁兄，你知道我是谁吗？"我的声音微微有些颤抖。"知道啊，当然知道啊，你是警界三毛——宁波清明雨啊！我还知道你今年3月来北京参加培训呢。"丁兄的声音依旧富有磁性、悦耳动听。可能因为睡眠不足加上白天马不停蹄的节奏，再加上喝了点酒，晕乎乎的，都记不得后面丁兄还说了什么，刚刚以上这些内容还是樊主任帮我一起回忆的呢。"我们的公安作家清明雨好有魅力啊！连北大的男神老师都这么欣赏你。"樊主任和在座的各位衢州友人都纷纷向我竖起大拇指，这让我作为女性的虚荣心得到极大的满足。

人生如戏，戏如人生。2021 年教师节的晚上，开化就以如此富有戏剧和诗意的方式迎接我这位远道而来的客人。当然好戏还在后面。开化历来有"中国根雕之乡"的美誉，在来开化之前，卫君极力推荐去距离我酒店不远的根雕园参观。对久困于城市的钢筋丛林中的人来说，没有比自然，比绿色的森林和流泉飞瀑更向往的。于是我选择钱江源，这个名字已经快听出老茧了，常常听老同学辛宏伟提起，印象中他当过管辖钱江源景区的派出所所长好多年。来开化的第二天，风和日丽，宏伟来酒店接我，直奔钱江源景区，卫君要接送小孩，中午过来会合。在这里我不想用过多的笔墨来描写钱江源的秀美景色，一是写景我不太擅长，二是钱江源国家公园的定位已经能说明一切。

我想和大家分享的是一些意外的惊喜和收获。通过老同学走进他战斗过的齐溪派出所，这里依山傍水、风景如画。宏伟在这个浙赣皖三省交界的乡村派出所足足待了 5 年，硬是待成了一个省级摄影家协会会员，难怪他的网名叫"神光离合"，他的摄影才华，我有所耳闻，直到我这个中年麻豆在他的镜头下居然变成一张张不需要美图的"女神"，我真相信了！可是以前一起上学时，从来不知道他有这个爱好。听宏伟说他还是从搞刑事摄像工作中爱上摄影的。所里的老民警姚平说："辛所长是个特别低调的人，当所长 5 年都没有让人来宣传报道过。他特别喜欢摄影，每到春暖花开或是秋高气爽时，齐溪辖区山头及库区都留下他采风的足迹，当然都是用他的业余时间来采风，在工作上，他可是个拼命三郎。他当时也手把手教我如何拍照，构图、焦距、逆光等专业用语都是从他那学来的，只是老师教得好，学生没学好。"

老姚虽然没有和宏伟一样成为摄影行家，但他绝对是一个好警察，自愿扎根在这个最艰苦的基层派出所已经有 6 年。他还有 4 年就退休了，外孙已经满地会跑，但女儿和外孙住在衢州，很少能见上面。如果不是宏伟把我带进齐溪派出所采访，我可能会和这位好警察擦肩而过。钱江源的美丽宁静离不开像辛所、老姚他们这样民警的坚守。虽然宏伟已经在交警大队长的任上，但他还常来齐溪一带转转，来查看下当地的交通状况，他身上的担子更重了。老姚以所为家，在原本荒荒的后院开辟菜园，种上了青椒茄子，挖出了鱼塘。来所陪值的妻子俨然成了本地人，她常和村民调侃道："我和老姚的家就在齐溪，县城的家是旅馆。"

我问老姚："齐溪这么艰苦、冷清，你是如何做到以所为家的？难道你不向往城市的舒适生活吗？""想啊，有时候也会想的，但我一直记得我父亲说过的话，做人要忠诚老实，要有担当。"老姚的眼睛里有几颗星星在闪烁。老姚的父亲曾经是一名小学校长，经历坎坷，但一身正气，他的姐夫也是教师，良好的家风和受党教育多年的理想信念，让他成为钱江源的"守护神"。他针对景区弯多路窄会车时常掉边沟的情况，还自制"起车神器"，5 分钟就能解难。在派出所，老姚是个多面手，又要当治安警又要当交警，很少有司机不认识老姚的。对我来说，民警姚平就是钱江源最美的风景，比"神龙飞瀑"更抓人眼球。

宏伟和卫君还带我去大龙山，开化龙顶茶的发源地，我看到许多无名的红军烈士墓，才知道这里发生过大龙山战役，方志敏同志曾在这战斗过。到开化的第二天晚上见到赫赫有名的孙红旗老师，他是中国作协会员、衢州市作协副主席。还见到另外两个大学老同学：衢州同学韩卓勋、江山同学毛燕军两对夫妇专程赶来开化看我，还有邱庭生、小汪、小方等朋友。不仅想见的人都见上了，还认识了好几个新朋友。那晚的火烧云好美，映红了每个人的脸庞。卫君的诗朗诵和孙老师的京剧选段把聚会推到高潮。据坊间传闻,"开化双雄"的表演在衢州文学圈是传统保留曲目,而我就是初进大观园的刘姥姥——少见多怪了。

对,又见卫君的诗!《那里的春天》——卫君致孙红旗。通过这首激情澎湃的诗,我获得以下这些重要的信息:"这么多年,他一直是浙西文坛的一座高峰,10 部长篇小说,100 部中篇。"那晚孙老师就坐在我身旁,温和,话语不多。他把他的长篇小说《印舞》赠予我留念,并和我说:"写作者一定要耐得住寂寞,要有定力,把生活过得简单一些,这样才能排除干扰,潜心搞创作。你知道,一部长篇至少要二三年才能完成;而且一个作者要对自己的作品永远保持不满意的状态,这样才会不断进步。如果自我陶醉就意味着创作生命的终结。"和孙老师虽然只见过 3 次面,一次在丽水松阳,一次在衢州,一次在开化,他的家乡。每次见面,他总能送给我一些醍醐灌顶的净言。和他相比,我实在是太肤浅太浮躁了!好在写作是一场修行,让我慢慢悟道、慢慢成长,努力成为更好的自己。

## 三

开化之行收获满满,没想到就在计划打道回府时,我还收获了第 3 个夙愿,那就是见到了分离 7 年的鲁院作家班老同学毛芦芦和李生卫。这种盛景好比走进万紫千红的春天,梅花谢了,桃花开了,杏花开了,还有樱花、结香、玉兰……呼朋引伴,次第开放。

临近中午时,开化友人邱庭生和他的侄子特意开车送我到衢州二中,他曾经是我的宣传同行,在部队时就是笔杆子,转业到地方之后因为宣传工作出色,被提拔到领导干部的岗位上来了。大约一个小时后,我在不远处就看到两个熟悉的身影，一高一矮：生卫和芦芦。生卫依旧戴着一副眼镜，高高瘦瘦，帅气得很；芦芦梳着齐耳短发，一脸的灿烂，湖蓝色的民族风衣裳特别显气质，和我一身紫色的中装特别搭，而生卫穿着的是深蓝的 T 恤，显得皮肤更加白净。因芦芦 12 点半要出发到石梁中学参加爱心助学活动，我们简单吃了衢州烤饼和馄饨，还有水晶糕就出发。这又香又辣的衢州梅干菜饼据说还上过央视电视节目《舌尖上的中国》呢。它比金华的梅干菜酥饼更松软一些。

一直记得文学大师木心说过的一句话："我们要像读书一样读人，要像读人一样读书。"鲁院浙江班 15 天的学习时光太短，因为和生卫在联谊晚会上跳过一次舞，因而注意到这位舞姿翩翩、帅气儒雅的中年男作家。在课上，他是悄无声息的，不像有些男生喜欢高谈阔论。前年因为他的牵线，我有幸在他的浙师大老同学雷水莲教授主编的《浙江水文化》杂志上发过两篇散文。这次久别重逢，我更加感受到他的绅士风度、暖男性格。他先和我把芦芦送到石梁中学，然后带着我到附近的余东画村游览。一边游览一边用温柔的声音介绍中国乡村美术馆的来历。7 年之后，我才发现他不仅人长得帅，声音也很好听，不愧是多年的高中语文名师。司机、导游加上御用摄影师，偶尔还出镜当"男模"。一刹那，我有一种被独宠的快意。要知道在杭州学习时，有多少女生用爱慕的眼光看着这位男神啊。在余东画村看到很有趣的名词"种文化"，我第一次知道文化可以像粮食一样拿来播种的。"你看，这个村子里画大公鸡最厉害的就是毛老虎，这大公鸡浑身黄灿灿的，像个神气的大将军。不过，他不是余东村的，是从别的村请过来的。"生卫轻声细语，如沐春风。我还惊喜地发现这满村都是农民画的画，美丽乡村里还有毛芦芦老师的儿童文学作品创作基地。因为生卫只来过一次，加上我们想着还要到别的地方转，所以就没刻意去找。

生卫陪着我在村子大约转了两个多小时，他提议去衢州最有名的烂柯山看看。他问我以前去过吗？我摇摇头。他叹了口气："烂柯山这么有名，你居然都没去过。"我被他问得有些委屈，我说："7 年前，我们来衢州采风，时间好紧张的，没有安排景点，等我结束工作想去孔庙参观，都关门了。""嗯，今天刚好可以补上这一课，让我们看看芦芦是否结束活动了？如果时间允许，我们一起带上她吧。"生卫就是这样一个"不负如来不负卿"的暖男，安排得特别周到妥帖。果然芦芦过了 10 分钟就来到我们车上，然后我们一起去生卫工作的衢州高级中学参观。这是一所在美术、音乐、体育方面省级独树一帜的特色示范学校。生卫已经在这工作 20 多年了，他说明年可能这所学校就要搬家了，所以抓紧带我来看看。真是搞不明白，这所位于烂柯山下，美丽得像一个大花园的高中为何要搬家。听说搬过去的地方没有几棵树，和这里是天壤之别。

后来我们又去了烂柯山，这个景点有趣，周一到周五不收门票，双休日和节假日收门票。看完烂柯山，生卫又带我和芦芦去吃农家菜，而且在去景点之前已经事先把菜点好了，酱牛肉、茭白炒肉片、红烧鱼、水芹菜等满满一桌，都是我特别喜欢吃的。我们一下山，热腾腾香喷喷的农家菜就上来了，让我这个吃货大快朵颐。等我吃得肚子滚圆，生卫和芦芦把我送到衢州火车站，又是彩霞满天的黄昏，这时距离火车发车还有半个小时。和生卫在一起特别有安全感，所有事情他都会帮你搞定，不需要担心任何一个环节出岔子。这样的人才不去当工会主席或是办公室主任可惜了。和他虽然只有 6 个小时的相处，他写什么我已经不关心了，我已被他的温和笃定软化了。在他面前，关在我心里很久的调皮孩子又跑出来了。我后来才知道生卫是一个诗人，他不仅把生活过成一首诗，还写出许多美好的诗篇，比如《秋雨》《错爱》《虚拟出父母双全》等，并获得过冰心儿童文学奖。当我把和生卫、芦芦的合照发在鲁院浙江班的群里时，同学们对生卫啧啧称赞。慈溪作家张寒说："想念生卫，有一夜，众人在一个寝室喝多了，他最后默默地打扫收拾，那一幕真是难忘。"

生卫的朋友圈如他的性格沉默寡言，线下一接触却是这样光芒四射，但是芦芦和我一样，爱发朋友圈，爱写老长的一段段话，深夜我们还互相点赞。通过她的朋友圈，我得到不少信息。比如芦芦的作品获得过冰心奖、孙犁散文奖，还有其他许多大奖，不愧是作家里的获奖专业户，而且她的女儿也特别优秀，小小年纪已经加入省作协，还考上复旦大学，印象中快毕业了。但我发现我需要重新认识芦芦，特别通过同游烂柯山，她对民间传说的如数家珍，让我佩服不已。她还是烂柯山传说的非遗传承人，她和我讲起烂柯山的来历。东晋时，有个叫王质的砍柴人在山里看两个仙童下围棋，一局未了，其中一个仙童对他说："你的斧柄烂了。"等王质下山回到村里时，才知道过去了许多年。真是应了一句话："山中方七日，世上已千年。"在芦芦的讲解下，我们在第八洞天的黑白棋子上凝视、端坐，对这个围棋发源地充满神秘好奇的感觉。我通过芦芦的介绍得知烂柯山是全国著名的游览胜地，自汉代至今，有无数历史文化名人来过此地，如谢灵运、白居易、王安石、苏东坡、陆游、徐霞客、李渔、郁达夫等。烂柯山在祖国的诸多名山大川中并不以它的高出名，这也应了陶渊明的话："山不在高，有仙则名。水不在深，有龙则灵。"难怪生卫对我7年前来过衢州却没来过烂柯山惊讶万分了。在他眼里，我就是"公安徐霞客"，万万不可以落下这处名胜。生卫的热情发起、芦芦的资深讲解，让我如愿以偿。

我在火车上看起芦芦送我的散文集《大地的铃铛》，我被这本书吸引了。首先，这是一个在校园里写作的作家，在美丽的衢州二中校园里，而她家的新书房让她觉得闷气不舒展，这个太另类，太有新意了。因为我恰恰相反，我习惯在我江边的书香斋写作，如果离开我的书房，我可能就没有灵感了。其次，这本书全部是以在衢州二中校园所见所闻所思所想收集而成，这也引起我的兴趣。最最引起我注意的是书中的语言散发出孩童般的纯洁和温暖，这像山林中的溪水，没有任何污染。我摘录其中的几句，相信读者就能感受到我所感受到的感觉。"真是感谢衢州二中用那么开放的胸怀，默默接纳了我这流浪的灵魂。因为一走进校园，那些高大的樟树、栾树、枫杨、水杉、合欢就把我的灵魂一把摄了过去。我悄悄地在校园里溜达着，很像一只小松鼠，东游西窜的，就怕遇见人类好奇的眼睛。而自己一直睁着一双好奇的眼睛看个不停。"呀，这哪像是一个女儿已经上大学的中年妈妈写出来的文字啊，分明是一个笑容满面的孩子在我眼前雀跃呢。我见到芦芦时，她一直是笑眯眯的，我相信她的笑容是发自内心的，只有内心纯净得像水晶一样的人才能写出这么美的文字。一个优秀的儿童文学作家，应该是像毛芦芦这样饱经岁月的沧桑之后，在内心依然可以保持纯真的状态。当她用心去看世界时，她会像孩子一样发现世界的美好，并为之感动。

生卫和芦芦就是这样纯粹的作家，所以外界的诱惑很难撼动他们美好的心灵。

从衢州讲课采风回来已经快一周，受台风"灿都"的影响，又经历了数天的狂风暴雨，但是这三个夙愿让我一遍又一遍地回味。为何这样的文化传奇能发生在衢州、发生在开化，而不是别处。通过这些天的苦思冥想，我找到了答案：一方水土，养一方人。衢州是南孔圣地，历来有尊师重教之传统，英才辈出，像开化早在北宋就出了浙江的第一个状元程宿，当时只有18岁就中了状元。衢州地处浙、赣、皖三省交界，又是钱塘江之源，风光秀丽，文化多元，兼容并蓄。所以公安局局长会吟诗、派出所所长当"摄友"也是不足为奇的。

我心里住着一个永远对世界保持好奇的孩子。在实现三个夙愿之后，我渴望有机会再次走进衢州，走进开化，还有江山、常山、龙游等地，好好地阅读一下衢州这本大书。

有趣的人生，我想一半应该是有山川湖海的，当然还有爱和书香作伴。

# 爱与乡愁像杯烈酒

## ——读《那条叫清江的河》一书有感

2020 年 8 月 23 日，第十二届全国少数民族文学创作骏马奖揭晓，湖北恩施公安作家徐晓华老师的长篇风情散文《那条叫清江的河》榜上有名。我的心情非常激动，就像去年闻知徐则臣老师的长篇小说《北上》荣获茅盾文学奖一样。我习惯坐在路边为文学大咖们的创作成绩鼓掌。因为同为作者，我深知"两句三年得，一吟双泪流"的不易。读书是写作最好的准备，我也非常愿意和读者朋友们分享阅读《那条叫清江的河》的心得。

2017 年 9 月，我和湖北恩施作家徐晓华老师通过美女同事介绍相识，我把自己新作《葡萄架下的相约》寄去。一年以后，我收到了他飘着墨香的长篇风情散文《那条叫清江的河》。有幸见证这部作品的诞生，从封面设计到作品的宣传，我喜悦着徐老师的喜悦，如同迎接一个哭声响亮、相貌奇伟的婴儿。

阅读这本新书亦成为我重要的功课。徐老师的书伴随我从江南到陕北，又从宁波到南京，无数个深夜，我抱着书沉沉入睡，但第二次去看的时候，必会复习前次看过的内容，生怕错过精彩。这本书陆陆续续看了一个月。作为徐老师的学生和好友，我实在觉得有必要说点什么。

　　书里提到的清江是湖北省境内长江的第二大支流，发源于恩施土家族苗族自治州利川市的齐岳山，流经利川、恩施等7个县市，在宜都陆城汇入长江，得名源自郦道元《水经注》："蜀人见其清澈，名清江也"，土家人叫它清江河。江，叫得遥远，像远方亲戚，隔着山山岭岭。叫河，亲切熟络，如村里人唤孩子的乳名。作者的题记显而易见，对书名作了准确的诠释。

　　全书是作者从童年到成年的回忆，用小说笔法细腻生动地记录清江河畔乡亲的生活状态。

　　一部好的散文作品，不仅要有经历、思考、提炼，而且还要把人物事件融入历史和现实中去。记得北大教授陈晓明说过："作家的思想意识一定是在历史现实的洞悉中形成，同时也是在对自我生命的感悟中达到独有的深刻性，这样的作品才可能在思想上有真情实感，才可能表达对历史的深刻意识。"这部作品呈现出来的思想和陈教授的观点不谋而合。"清江河是恩施土家人向死而生的一面青铜镜，映照着河边村庄沧桑逶迤、踏浪而歌的古老岁月。两岸的众生，是自然的叙事者，刀耕火种，朝渔暮樵，跌宕起伏，酣畅淋漓，以勤劳智慧、自强不息的精神谱写着清江河的历史与未来。"这里的乡民沿袭祖先优良传统，在保护青山绿水、保证生态环境质量方面体现积极的意义，这和习近平总书记在2018年4月26日在深入推动长江经济带发展座谈会上的讲话精神高度契合。

　　我在字里行间能够深深地体会到作者对家乡刻骨铭心的爱。这种爱体现在山川、河流、草木、船只、燕儿等风物上，也体现在人和人之间的关系中，特别是作者和他的至爱亲人。

　　如果不是读这本书，我都不知道作者名字的由来，书中第一部分《我的乳娘》中写道："晓月当空，水木清华。颇识几个字的父亲，触景生意，给我取名晓华。"书的开篇就呈现出一副富有诗情画意的场景：明月秋水、风平浪静、吊脚楼里昏黄的灯光下，母亲抱起新生的我，父亲喜滋滋地下河打鱼，用清凉的河水煨一鼎鳍鱼汤喂我。清江河成为我的乳娘，河水是我咽下的第一口乳汁。母亲的乳房早被岁月煎熬干瘪，如两轮下弦月挂在前襟。

严父慈母，这是中国传统特色，书里也不例外。

"住在河边，浪里打得滚才是好男人。不满是岁，父亲就赶我下河。浅水里一丢，看我手忙脚乱地刨。呛几口水了，把我提起来透口气又按进水里，任我挣扎蹬刨。就这样父亲用近乎野蛮的方式让我记住这条叫清江的河。"作者对父亲的严厉心存感激，他写道："至今，再陡的浪我敢迎，再恶的滩我敢闯，再苦的日子我能熬，真得感谢父亲当年的狠。"

母亲虽然只上过 3 年的私塾，是个地道的农家妇女，但是她通过讲故事的方式，把《水浒传》《三国演义》《说岳全传》等中国最精粹的文化汁液转换成孩子最宝贵的文化初乳。作者日后走上文学道路，和母亲的启蒙是分不开的。文中写母爱的部分很多，给我印象比较深的有："母亲不管农活多忙，都要把孩子们收拾得整齐上学去，做到清贫但不肮脏。她对庄稼也如同对待孩子，对上过肥的花生苗，总要去检查一遍，小心翼翼地把敷在花生苗上的粪渣摘下来。这些花生苗，在母亲的心里，也是她的孩子，需要细心呵护，母亲把母性的温暖绵延在花生地里。"作者把母亲对待孩子和侍弄庄稼有机地联系在一起，其对母爱的表达给读者耳目一新的感觉。

一方水土养一方人，清江河灌注了作者的血脉，他用真诚饱满的笔触讲述亲情之爱，也用时而忧伤时而欢快的节奏来表达乡人的质朴。

摆渡船的何渡子是个苦命的人，老婆碧桃为了抢救新船，连船带人被大水冲走，半个月后，渡口的茅屋旁边新添一座坟，而他的麻脸儿子庆意因种种不顺而离家出走，多方寻找无果，就留下何渡子孤单度日。他本来以为只有一个人过年，没想到年三十晚上，他的家被乡人围满，有帮助搞卫生的、有帮助烧年夜饭的："我和父亲正在大门上忙着贴对联，堂屋里，大伙带来拜年的东西堆了一桌子。何渡子走进走出，眼里润湿，声音打抖地说，劳慰大家了，劳慰大家了……"接下来书里就是热闹的敬酒场面，让人仿佛身临其境，内心被乡人的情谊暖到。值得欣慰的是，后来作者在深圳偶遇已当医生的庆意，庆意发达了，还为学校捐建了一幢教学楼，父子终得团圆。

排客老黄每回拜祭的是中间一排第四座坟，那里埋葬着他的同伴水老鸦。水老鸦是为他而死的，那时老黄进水运排不久，砍棹木时手一滑，斧头掉江里了，老黄自己想下水捞，被老排工水老鸦阻挡，结果水老鸦替他下水后就没上来。老黄悲痛欲绝，连日闯江寻找，后面找到了。书里这样写道："听说到开山斧，老黄浑身一激灵，飞跑过去看，尸体半截在沙坝上，双腿还在沙里埋着，抓斧头的那只手，皮都掉了，手指却紧紧攥着斧头的木柄，扳也扳不开。"闯滩人在风里浪里讨生活，一不小心就会闯到鬼门关。水老鸦为给兄弟帮忙，失掉自己的性命，义胆撼天。老黄感恩戴德，时时祭拜，让人泪目。这种生死之交与血缘无关，和良善有关。

因为有情，书里的鸟和树也是有灵性的。你看，"最有意思的是，燕儿巢里，铺有一层艾蒿叶，这和河边人家每逢端午，割艾蒿插在门框上辟邪是一样的。辟邪只是心中的愿望，青蒿气味能驱蚊避虫，倒是真的，不知燕儿和人，谁向谁学的"。我的童年在绍兴农村度过，春天来临时，常有燕儿在堂前衔泥筑巢，燕儿发出叽叽喳喳的叫声，很是欢快，但我没有像作者观察得如此仔细。燕儿是鸟中的贵族，《炊烟》这个章节里对河边人家的燕儿生活状态的大量描写，勾起我对童年的回忆。童年一去将不复返，好在有文字可以锁住逝去的时光。

书里的最后章节讲到因为西部大开发，清江河上筑坝蓄水发电，这就意味着河边的人家要离开这片祖祖辈辈都生活过的热土，千般不舍，万般留恋。

村民吴顺木边喝酒边对作者父亲说："老哥，我想把'三苋茶'移出去，挖了半天，树根又粗又深，把土里的石头都抱得死死的，掏不到底。要拿刀子砍，砍了一刀下去，树根流血了，真是绛红的血呢，血留完了，这树栽到别处，怕也活不下去。哎！只好不挖了。让它在河里泡死了，起码还是个全尸。"作者写茶树流血的细节，也是写人对茶树的感情，想把它带走却不能，人和自然的关系已经血脉相连，一旦被割裂是一种巨大的痛苦。

乡愁之所以让人忧愁，是因为我们已经再也回不去了。清江由河变湖，渐行渐远，带走旧日的生活，还有许多难忘的人和事。爱与乡愁像杯烈酒，时常让人回味。生命就在这样的百转千回中延续，前赴后继。文字就是存活着的生命，文字是最好的怀念。

《那条叫清江的河》，我之所以称之为风情散文，因为全书以清江为主线，用娓娓道来的语言讲述恩施土家族底层劳动人民的生活起居、婚嫁丧事、传统节日，特别是河上人家独有的风情。木排、牛角号、三板子、吊脚楼、水车、油榨房，打草纸忠实记录了当地原住民的生活图景，还有古老的习俗。如土家的丧俗保留着古老的礼仪，在入土以后的七七四十九天里，每天到黄昏，亲人要到坟前送灯，意在为逝者照亮那漫长的冥路。文中提到何渡子的老婆碧桃的坟头就有这样的灯盏。

悠悠清江河，哺育出一方好儿女。在作者的笔下涌现一批闪烁着人性光芒的家乡人物，他们勤劳、聪明、善良、勇敢，与自然和睦共处。这是一部描写清江的史诗般的巨作，父亲、母亲、胡先生、五爷爷、何渡子、庆意、贺大肚子……至今这些人物还站立在我的脑海里，挥之不去。我曾经问作者："这么多人物是如何安排他们出场但不互相打架？"他说："这个要选择每个人物的点，这些点，不能是平面平行的，必须构成立体体系。"我学识粗浅，听得一知半解，但不影响我读完全书。

　　徐老师说过："散文要体现人文关怀，要对人类的生存方式进行思考。"的确，好的文学作品对滋润净化读者的心灵，能起到潜移默化的作用。徐晓华老师无疑是一个积极的思考者和行动者。他的这部作品让我很自然想起沈从文先生的《边城》，他和沈从文先生的文字在都散发着温暖和纯美气息的同时，还有一种淡淡的哀伤。此作系 2017 年中国作家协会少数民族文学重点作品扶持项目。徐老师花费 7 个月时间写就，共计 16 万字，2018 年 7 月由中国文联出版社出版。"一分耕耘，一分收获"，秋天里捷报频传。喜闻徐老师的这部呕心沥血之作，第一批印制的 3000 册书已售罄，5000 册在加印中。徐老师所在城市的《恩施日报》已在长篇连载此作。

　　和徐晓华老师认识虽然只有 4 年，但同为警察和业余作者，他身上有许多宝贵的品质值得我学习。比如创作的持之以恒，比如思维的独特老到。我能感受到清江河已经灌注到他的血液，在他身上留下生命的烙印。

　　作家刘季说过："写作是自省和自我救赎，你要把自己的生命从庸常中拽出来才能发现自己是有光芒的。心灵的杂芜和欲望谁都有。像整理家务一样，要经常整理。"徐老师的新书给我提供了非常好的学习范本，所以我今天抽空像整理家务一样，把读书心得作了简单的归纳，希望徐老师对学生的这份作业表示满意。

　　屋外秋虫啾啾，屋内灯光如豆，那条叫清江的河，从此也在我的文学梦里奔腾不息！

# 海曙和我的文学梦

清晨，一条黑色的蛇从 6 楼的卫生间里出现了，头和身体的比例比较均匀，大约一米长，没人知道这个没有脚的家伙如何从天而降的。胆大的孩子硬是扒开玻璃推门的缝隙，用母亲的诺基亚手机拍下这个不速之客的模样，等打过 110 电话之后，这个没有腿的家伙又神秘地消失了；黄昏时分，一只黑色的小蝙蝠借着灯光飞进东窗，巡视一圈之后落在女人的左肩上，被男人戏称"将来必定肩负重任"；夜深了，男人和孩子都睡了，女人披衣起来，在仓库和书房兼备的电脑旁坐下辛勤码字，窗外有只小壁虎一动不动地盯着女人看，大概女人脸上有花，因为两只老鼠交媾的动静太大，女人停下敲打键盘的手，皱起眉头……

各位看官，这些场景你是否见到过？它不是哈利·波特曾经就读的魔法师学院，也不出自某部小说，它是我在月湖老家的真实生活场景，我的文学梦就是在这个充满魔性的水域地区诞生的。2003 年冬天，我们一家人从府桥街 25 号搬到月湖畔的小书院巷，斜对面就是赫赫有名的天一阁藏书楼。2004 年家里有了第一台电脑，方正的牌子。2005 年我从纸和笔过渡到键盘码字，2006 年 3 月在中国博客网注册，名称叫"心灵的家园"。"心灵的家园"在鼎盛时期曾排在百度同名搜索第一位。可惜我后来没有坚持下去，随着论坛、微信、微博的兴起，博客玩得人也越来越少了。

我把电脑放在月湖的"书香斋"，这是一间和家人共用的书房兼储藏室。虽然只有六七平方米，虽然一半以上的地方堆满被子、箱子等杂物，但这是我的文学梦开始的地方。白天当平民，晚上做贵族。夜深人静之时，我的"偷情"式写作拉开序幕，我和蛇、老鼠、蝙蝠、蟑螂等月湖水域的常住居民和谐共处，《用电保卫战》《门卫老赵》《保安严平》《家教小姜》《我和小桃》《孩子，我愿陪你走过千山万水》等早期作品都是我在月湖边写的，在这一"偷"就是 13 年。

我家的书房故事应美女编辑杜凌宇老师的邀请，在 2014 年 9 月，还上过《平安时报》的专版。当时为了拍好书房，我先后邀请胡泊老师、丹爽来我家拍摄，这一半是杂乱的仓库，一半是书柜书桌的奇葩布局实在是难为诸位摄影大咖，最后还是丹爽请来的水大师搞定了这件事，他是新华社特约摄影师。2017 年 1 月，我随家人从月湖东迁到甬江畔居住，有了自己独立的书房，还是叫"书香斋"。这块由玉环作家丁洁芸的父亲丁老先生书写的匾也跟随我们搬家了。每当看到"书香斋"这三个遒劲有力的字，我就会联想起和丁丁妹妹一家延续了多年的友情。20 世纪英国现代主义与女性主义先驱弗吉尼亚·伍尔夫在她的散文《一间自己的房间》中感叹妇女与男性地位的不平等。她举了一个例子：写出《傲慢与偏见》的英国女作家简·奥斯丁连一间书房都没有，和家人共用一间起居室，并且如地下工作者一样，不让家人或来访的客人发现她写作的秘密，一直写到她生命的尽头。所以伍尔夫作出了著名的论断："女人想写小说，她必须有钱，还要有一间属于自己的房间，聪明女性的独立方式从拥有一间房间开始。"很庆幸，我在我写作的第 13 年拥有了一间真正属于自己的房间，让写作如虎添翼。当然，这和家人的支持，还有我自己是一个经济可以自给自足的职业女性都是有关的。

一个人的战斗是无力的、弱小的，写作需要有归属感。抱团绝对可以取暖，我一直都是这样认为的。如果说我一开始的写作是无意识的，纯粹为了记录生活和宣泄个人情绪，那么，随着我加入宁波作协和海曙作协以至后来的省作协，我像一只离群单飞的孤雁找到了组织，找到了依靠，对写作越发敬畏起来，下笔比原来慎重许多。我的文化自觉意识也越来越强烈。写作度人也度己，可以悦己也可以悦众。作家应该是灵魂的摆渡者，是人类的智者。

我加入宁波市作协早于海曙区作协。曾经，宁波市作协和海曙区作协都是在海曙区域里办公的，持续了许多年，当然这也间接证明海曙区在宁波城市中的文化核心地位。2011 年国庆，单位组织唱红歌比赛，领导非常重视，请了优秀的外援指挥徐锦宝老师。他幽默风趣，帮助我们拿到团体比赛二等奖，这唤起我的创作激情，写了长长的纪实文学《在那些唱红歌的日子里》。徐老师看了我的文章，问我愿不愿意加入宁波市作协。我点点头，一副受宠若惊的样子，我当时以"清明雨"的笔名已经在公安论坛上混了五六年，从来没有想过公安和地方之间的"任督二脉"该如何打通，没想到音乐家徐锦宝成了我的文学"月老"。他把我介绍给著名作家赵柏田老师，赵老师就坐在他办公室对面，当时在北大院办公，赵老师又把我介绍给当时的文学港杂志社编辑部主任江晓骏老师。

那时杂志社坐落在风景秀丽的月湖畔，青石板路，书架上排列整齐的书籍，古色古香的院落里自然而然地弥漫着文艺古典的气息。江老师看了我的几篇文章后，指出我文字基本功还可以，但是标题文学性不够，文章的细节描写还不够到位。江老师的批评让我无话可说，虽然他批我很狠，但是他在《文学港》上刊登我的散文《出发和归来》，也是我唯一一次在《文学港》上发表过的文章，我清楚记得是 2012 年第 5 期。当年，赵老师和江老师成为我加入宁波市作协的介绍人，我很幸运地成为宁波市作协会员。如今赵老师已经调到上海去工作，江老师也已退休多年，杂志社后来搬到苍水大厦，至今已和市政府一起东移数年，但和海曙有关的最初的文学记忆一直深深地印刻在我的脑海里。我就像一个成绩不好、不太自信的小孩，在两位作家老师和读者朋友的鼓舞下，慢慢地走上写作的正轨。在我后来的文学生涯中，我也扶持了不少文学新人，因为我没有忘记来时的路，常怀感恩之心。记得公安文友萧雨客当初申请加入宁波市作协时，我和陆明光老师是他的介绍人，现在他已经是浙江省省作协会员了。

加入海曙作协是 2014 年深秋的事了，当时我刚刚从省委党校完成鲁院浙江中青年作家首届高研班的培训。我的同学，当时的海曙作协副主席赵淑萍直接把我拉进海曙作协的队伍，我就像一颗种子在海曙生根、开花、结果。如果说当年加入市作协让我找到了大部队，那么加入区作协如加入一个小班，和当地的文学团体的关系更加密切，从一个打酱油的小写手成长为一名"文艺活动家"。

这个"文艺活动家"的称号，大有来历。2017 年 11 月 27 日，一个有暖阳的午后，一场名为"诗意生活·人文海曙"的大型诗会在宁波同心书画院举行，这个坐落在鼓楼附近民国样式的庭院聚集了海曙一批优秀的原创诗人和宁波的朗诵名家，如孙武军、王立军、朱田文、赵淑萍、李皓、张如安、应坚、张红娅等文艺大咖。由海曙作协和月湖诗社联合举办。我当时的工作主要是起草活动方案、宣传，准备背景资料、排节目单邀请大咖，还负责音响效果调控。我干得乐此不疲，算得上是一个全能的"文艺活动家"。我在散文《我是"文艺活动家"》一文中如是写道："没有人强迫我来做这些艰苦琐碎的工作，一切源于对文学的热爱，对诗歌的热爱。这些年陆陆续续写了 100 多首诗。诗歌于我是心灵的呼吸器，我通过它来调节自己的情绪。诗写出来了，心就平和下来了，人比原来也更年轻了。"

世界上从来没有路是白走的、书是白读的、事是白做的。在海曙作协的

6 年时间里，从常务理事到副秘书长，我的才干在增加，在文学路上奔跑的步伐也大大加快。胡泊老师说我是一个和时间赛跑的女人，我的第一本散文集《快意江湖》就是他作的序，2015 年 7 月由南京出版社出版；2017 年 3 月，我着手出版第二本书、旅行笔记《葡萄架下的相约》时，在赵淑萍老师的引荐下，我认识了赫赫有名的文学前辈李建树伉俪。一个春寒料峭的日子里，我看到一个头发花白、戴着眼镜的老先生坐在沙发上，边上放着轮椅，我才知道他就是李建树老师，因病行动不便。他把他的作品《我与月湖》送给我时，在书上题词的手是颤抖的，给我写的序，是他口述，他的爱人潘阿姨一个字一个字打出来的，潘阿姨也有 70 多岁了。说起李老师夫妇，我有一种说不出来的内疚。我的书出版之后，李老师又挤时间拖着病体，写了热情洋溢的书评，大约有 4000 多字。我因为忙碌加拖延，一直没有拿去发表过，所以我都不好意思再去拜访李老师一家。

我的第二个"孩子"《葡萄架下的相约》新书首发式在王升大博物馆举行，老朋友王六宝馆长致辞，陈鸿老师来了，谢志强老师来了，赵老师还写了情真意切的贺诗，秘书长丁萍老师主持整场活动，她人漂亮、主持风格亲切大方。当时陈利萍老师的散文集《红袖添香》也出版了，我们海曙作协的两本新书在一起首发。因为文学的缘分，这个越剧里的"李清照"从舞台上走下来和我这个观众成为好朋友。

提到了王升大博物馆，我想多说几句。它是我的文学记忆中重要的海曙文化地标，我们在这里参加过汤团研究会，宣传弘扬宁波的美食文化。2017 年 4 月，海曙文艺家采风时隔 70 年再次举办的"高桥会"，作家诗人纷至沓来，佳作不断，王升大博物馆像一座灯塔，赋予我无穷的灵感。我在高桥会的第二天凌晨 2 点多写出了《四月，我在高桥上看风景》。王升大博物馆馆长王六宝是一个作家，也是一个文化活动家，更是海曙作协会员，因为疫情的原因，今年没有见到王馆长，很想念他，我想找个机会去看看。去年年底陪慈溪观海卫作家们文化"走亲"，我的黑色保温杯还落在那呢，刘英副馆长帮我保管着，她也是我们海曙作协会员。

因为心里有浓浓的海曙情结，所以现在哪怕我的家和单位都不在海曙了，我的心还在海曙，因为我的根扎在海曙。2019年7月，我的诗集《甬江边的树》出版了。当时我的家已经从月湖搬到城市东部的甬江畔。在宁波市区的角角落落寻访半个多月以后，同名诗会我还是决心定在海曙举行。10月27日，在中国最风雅的人文学堂宁波二中如期举行，当时有300多人参加。省厅陈谊老师来了，宁波作协荣荣主席来了，红学家鲁焕清来了，海曙文联陈鸿副主席来了，姜琴、李皓、张岗等朗诵大咖来了，黄兴力校长因为我的诗会还特意推迟了去北京出差的航班，作家、诗人、文学爱好者济济一堂，竹洲岛成为最温暖的一处文学的港湾，至今回忆起来，心里还是暖洋洋的。其实文学并不孤独，有许多志同道合的人在和我们一起努力前行。

海曙从古至今人杰地灵，拥有鼓楼、月湖、天一阁、白云庄、它山堰、唐塔、梁祝博物馆等众多人文地理古迹，在宋朝出现了著名的浙东学派，贺知章、黄晟、王安石、王应麟、吴潜、范钦、史浩、张苍水、全祖望、苏青、朱枫、屠呦呦等文化名人如星河灿烂。我在数次海曙文艺志愿者活动中看到林绍灵、王锦文、毛燕萍等著名艺术家献爱心。我们海曙作协群的实力更不容小觑，钱利娜、孙武军老师的诗歌、纪实文学，赵淑萍老师的小小说，午歌的长篇小说，陈鸿、一心老师的散文，吴新星老师的儿童文学创作在全国都非常有知名度。每次有会员老师的作品上大刊大报，总会有一阵抢红包的骚动。这时，我基本是坐在路边鼓掌的，我真心为老师们的创作成绩感到高兴，觉得生活在如此优秀的创作团队，感觉特别幸福。

我羡慕但不妒忌恨，因为每个人都有自己的创作节奏，只要坚定不移地按着自己的创作节奏来进行就可以。比如，我今年上半年的创作以战疫、抗疫为主，现在结合自己的减肥体验，写了七个系列的减肥日记，觉得特别有趣。我很少投稿，最多在朋友圈，或是在丰国律师等公众号，或是美篇 App 上晒一下。我接受网络作家这个称号，网络作家不见得作品质量就低人一等哦。你看，宁波的网络作家们不要太牛哦，苍天白鹤、庆山（安妮宝贝）、阿耐、紫禁城等人，还包括明州世相龚晶晶，哪一个的作品不棒呢？只是作品发表的载体多见于网络平台而已，质量和纸媒差别不大的。赵淑萍、午歌、王亚萍、周东旭和我还参加了宁波市文代会，作为海曙文艺家代表。

有今天的成绩，我深深地知道，每一次成长都离不开海曙诸位老师的帮助和鼓励。海曙作协是个相亲相爱的大家庭。纸短情长，我和海曙作协的关系，就好比手和手指的密切相连，已经不能分割。当然我也深深地意识到我是一名警营作家，歌颂火热的警营生活和在海曙作协发展这是不矛盾的，警察题材的作品反而是我的创作特色。比如我的来自杭州湾前线的报道《坚守"最后一公里"的温暖》就被海曙作协的公众号"曙色文心"节选刊登过。我以先生征兵故事为原型写的小小说《原来如此》被我们海曙文联的刊物《曙色》录用。虽然我不是哲学家，但是我很清楚我想要什么，我擅长做什么。自信不是简单的自负，而在于经年累月的学习积累，就像种子的力量，有突然爆发的这一天。这点，我至今深信不疑。

我今年已经是 50 岁知天命的年纪，以前我没觉得时间会越过越快。多年以来，我就像一个战士，习惯冲锋陷阵。我习惯往前大踏步地赶路，很少回头看看来时的路。对于中年人来说，做减法反而比做加法更重要了。散步和阅读成为我每天必做的功课。我想把生活的节奏压下来，慢一点，再慢一点。我想把日子过得从容一些，让时光机带着我一起回到梦开始的地方，数一下曾经走过的深深浅浅的脚印，用更清醒的态度对待生活、对待写作。

秋夜，风继续吹，我的文学梦将继续，我与海曙的情缘将继续。我深爱着这片热土上的每一棵树，每一朵花，每一个人。我愿意在笔尖流淌过的岁月深处慢慢地老去……

# 梅花怒放惊艳甬城

## ——秦腔大戏《焚香记》剧评

最早得知"秦腔",应该来自贾平凹先生的长篇小说《秦腔》。我做梦也没有想到,居然会在宁波和这个古老的高亢的地方戏有一夜之缘。昨夜,逸夫剧院座无虚席,我看到许多白发苍苍的老年人。这个剧院以表演各种戏曲节目闻名,平日里我也来看过几次越剧、昆曲,都不曾见过如此热闹的场面。《焚香记》的故事来自宋朝,说的是落难公子王魁在雪地里奄奄一息,幸得青楼名妓敫桂英搭救,二人情投意合,结为夫妻。3年后王魁高中状元,却嫌贫爱富、忘恩负义,全然忘却海神庙前立下的山盟海誓,另攀高枝,做了韩丞相家的乘龙快婿。等待桂英的是300两银子和一封休书。桂英悲痛欲绝,在海神庙自缢身亡,化作厉鬼,和判官、小鬼一起活捉负心郎王魁,让人间正义得到伸张。我印象中,在越剧中,这部戏应该叫《情探》,结局是通过桂英从阴间重返阳间,进行试探后,王魁回心转意,和桂英重归于好。相比而言,秦腔的这部戏编剧的三观更正,结尾更是大快人心。

这部戏的男女主角扮演者分别是戏剧梅花奖得主张涛和齐爱云,齐爱云还是秦腔四大名旦之一。难怪齐爱云初上场的时候,观众席掌声雷动,原来许多观众是冲着"齐梅花"来的。虽然"两朵梅花"唱、做、念都实力不俗,但这部戏的后半部分基本是靠"齐梅花"一个人撑下来了，毕竟剧情比较简单。

打神和情探两场戏是全剧的高潮部分，齐爱云老师的嗓子清亮高亢，而且越唱越响，她在海神庙前凄厉的哭诉，让观众的心都要碎了。一个美丽痴情的女子，最后居然落得被无情抛弃、形影孤单的结局，能不让人伤感吗？借着邻座高清的单反相机，我看到桂英脸上梨花带雨、楚楚可怜。齐梅花不仅唱得好，而且做功了不得。她今年都50岁了，但是这个甩水袖旋转动作做得飘逸漂亮，最让人吃惊的是，她居然能在海神庙的台子上翻滚下来，从容淡定。梅花香自苦寒来，没有数十年如一日的练习，我想断然没有今天的惊艳全场。可惜3月4日上午在三联书店举办的宁波齐爱云戏迷见面会，我无缘参加，但是齐老师精心塑造的美丽善良痴情但又爱憎分明的古代烈女敫桂英形象，已深深地印在我的脑海中了。

全戏的台词也是可圈可点，如"瑶琴轻抚常思念，你何苦抛下名花不肯栽？愿化为绕君身旁红绶带，你看那绿窗灯火映楼亭"。啊呀呀，实在是太美。

原来以为只是京剧、昆曲、越剧、甬剧等戏曲的唱腔很美。今年接连看了新昌调腔《闹九江》和这部秦腔，这些富有特色的地方戏让我有了新的认识。感谢秦腔表演艺术家的精彩表演，感谢逸夫剧院对优秀曲目的引进，感谢"宁波有戏"的观赏推荐，下次如果有秦腔演出，我还想看。只要是美的人和事，我都喜欢。

2018，红梅盛开时节，"两朵梅花"惊艳甬城舞台，这实在是值得记录的甬城文化盛事。

# 文学让我红尘颠倒

一个秋风清扬的晚上，我对镜贴花黄，在暮色中荡漾着桃红色的春意。我顾不上吃晚饭，在夫君的护送下，欣然赴约，约会完，又激动得整宿未眠，许多羊群和鸟儿在我的脑海里来回穿梭。

文学让我红尘颠倒，确切地说是 10 月 5 日晚在十里红妆书店举行的一场富有魔力的文学雅集深深地吸引了我，把我变成另一个人。

这是第五届宁波（国际）文学周，以"文学和自然"为主题举行的外国文学沙龙。这场文学沙龙的主持人兼翻译是著名翻译家、诗人、《世界文学》主编高兴老师，他之前是一名外交官，担任过中国驻布加勒斯特总领事。高兴人如其名，有着一张如弥勒佛似的无比喜庆的脸，他谈吐风趣幽默，让人看见就心生喜悦之情。他用俏皮欢快的语言，请出一位位沙龙的嘉宾。

在介绍余泽民先生的时候，他说："荣荣主席不知掌握哪门秘密武器，能够让我们赫赫有名的翻译家从遥远的布达佩斯飞到宁波来。"

如高老师所言，这个余泽民先生的确非常厉害。他披着一头莎士比亚式的长发，艺术家范儿十足，他的年纪不好猜，黑色镜片后面的眼睛闪耀着睿智温和的光芒。北医大的临床医学本科和中央音乐学院的艺术心理学硕士的学历教育背景，已经足够让人咋舌，但他的翻译家和作家的身份更让人肃然起敬。

他于今年 4 月 20 日，被匈牙利政府授予"匈牙利文化贡献奖"，颁奖词称"他一个人相当于一个机构，当代匈牙利文学通过他得以在中国占一席之地"，他在这个领域扮演了"无可替代的重要角色"。15 年来，余泽民先后翻译了凯尔泰斯·伊姆莱、艾斯特哈兹·彼得、纳道什·彼得等多位匈牙利名家的约 20 部作品，这些作品在中国产生了巨大的影响。匈牙利是一个"小大国"，盛产诺贝尔奖得主达到 14 个之多。小国家，大文学，余先生为我们打开一扇窗，直抵布达佩斯。他自己也有《狭窄的天光》《匈牙利舞曲》等中、长篇小说问世。余先生是个非常敬业的译者，他可以在深夜一手抱着他年幼的小儿子，一手在电脑上翻译作品，而现在翻译的稿酬是千字 100 元，比普通作家的稿酬都要少得多。所以他自嘲："翻译家是独狼，很少站在大庭广众之下，事实上，很少获得应有的关注。"

两位分别来自阿根廷和美国的诗人、出版人白冀林先生和珍妮弗女士也是座上宾。当主持人介绍白冀林先生还单着的时候，在全场引起小小的骚动，白冀林先生高挑斯文、谈吐风雅，"白马王子"的字眼飞快从我心里掠过！

台上还坐着一位温婉娴静的女子，她的年龄更加是个谜，她就是《花城》杂志主编朱燕玲女士，她目前和高兴老师合作，在出版系列丛书《蓝色东欧》，致力于介绍东欧文学。她是无锡人，毕业于南京大学中文系，在广州从事出版工作有 30 余年。见到燕玲老师，我的第一个念头就是：文学让人永远不会老。

观众席上也流动着不少国际元素，来自韩国、法国等国家的外国留学生，他们在宁波大学就读。我第一次知道宁波本地也有自己的翻译家，他叫舒云亮，一个长相朴实的中年人，网名叫加勒比海盗，他用流利的英语说："我几十年以来，走过几十个国家，与外国人打交道上千次，每次讨论的都是港口和海运，第一次和外国人讨论文学。"原来他就是英国著名作家福赛斯的长篇小说《复仇者》《谍海生涯》的翻译者。在座的还有一位叫张振的年轻人刚从杭州过来，是书店的文化义工，不仅英语流利，还会弹吉他。一开始我还以为他是海归，就连沙龙活动结束主动送我回家的美女义工九姑娘都是外语专业毕业的，现从事外贸工作。看来这满屋都是有几把刷子的文化人，宁波要打造成名城名都、国际化的大都市，我想不是一句空洞的口号。

相比这满屋的书香和国际元素，我有些羞愧，虽然我通过研究生英语考试，还在涉外部门工作 20 多年，但是我的英语水平还停留在哑巴阶段，按照高老师的话来说："除了你好、谢谢、我爱你说得比较准确，其他的表达就比较可怜。"但是好在我脸皮比较厚，我曾在东京的街头迷路，用中国式的英语和日本警察交流，找到住的宾馆。在这次雅集结束以后，我用比较有限的口语和白冀林老师交流并加了微信好友，绞尽脑汁打了几句问候语。一个作家，要用国际化的视野来看待文学，英语真的是敲门砖，这是我最深刻的感受。我发誓要好好学习英语。于是讲座后的第二天清晨，我尝试着用英语发了一条微文在朋友圈，大意是：我因为文学而失眠，我想记下这些难忘的让人激动的事。

因为沙龙的主题是"文学和自然"，所以我必须要把话题拉回来。

高老师说："宁波是一座美好的城市，生活在这座美好的城市里就是生活在自然里。文学就是自然，文学就是让丧失自然的人们在文字里恢复对自然的记忆。"他又说："汉语在不断地成长，表达当代人的认知和思考，翻译家为汉语的更新和充满活力做出贡献。"他介绍因为徐迟翻译美国作家梭罗的《瓦尔登湖》，对中国文学产生了重要的影响。著名散文家苇岸的许多作品就是受《瓦尔登湖》的影响而写就的。

余泽民先生也有自己独到的见解。他认为，文学应该和自然人发生关系。

文学本身就是独唱，而不是合唱。当然文学写就以后，可以形成合唱。作为作家就是作为自然人的发声。如果要写中国梦，可以写文学自然人的梦，个体的自然人的梦想实现就是中国梦。所以写作就是个性化的书写，要避免概念写作。

文学沙龙上，嘉宾大咖和前来的作家、诗人、文学爱好者自由畅谈、各抒己见，充满轻松欢快的气氛。宁波图书馆贺宇红馆长来了，宁波新锐小说家雷默和赵挺来了，宁波大学研究《易经》的宋洪波博士来了，还有本土音乐人黄老邪、诗人盛醉墨和冀北散文作家一心老师等也来了。

白冀林老师的求助支招环节，在沙龙中掀起小高潮。众所周知，在常规的文化讲座中，坐在台上的大咖们一般都承担着专家门诊的功效，通常是为读者支招、答疑的。这个白马王子要求助大家如何帮他写中国这本书，实在是新鲜有趣。瞧，各种大招源源不断：

韩国欧巴让白老师写写宁波的故事，比如宁波汤团。

法国美女留学生让白老师先学习中国文言文，从文言文写起。比如："学而时习之，不亦说乎？有朋自远方来，不亦乐乎？人不知而不愠，不亦君子乎？"金发碧眼的法国小妞用流利的中文摇头晃脑地背起孔老夫子的《论语》开篇，让白马王子听得发蒙，全场爆笑。

还有一个宁波女士建议他写中国的婚嫁习俗，比如宁波的十里红妆，通过写作娶个中国新娘回家。

这些建议引来大家善意的哄堂大笑，将这次集会推向一次次高潮。余泽民先生则建议他从细节入手，从个性化写作来反映主题。比如他写的《欧洲醉行》和《从咖啡馆里看欧洲》这些散文集都是从饮酒、咖啡馆这些细微的视角来写的。他和我的想法不谋而合，我也是建议白老师从自己熟悉的城市、事物入手，以小见大，像著名女作家范小青一样通过写苏州城的林林总总文章汇成一本《苏州人》。有反映苏州人的衣食住行的文字，也有游访苏州的人文名胜的感受。

美国女诗人、出版人詹妮弗说得好："我们了解中国的一些事情一般都是通过报纸、电视看到的，但这些都是大事件，不真切。我们只有在中国住下来、在北京住下来，才真实地感受到在中国的滋味。我非常喜欢中国、喜欢北京，这里的人非常热情好客，尊重知识尊重文化。"

可能因为同是旅居中国的外国友人，詹妮弗的话引起白老师的共鸣，他说："我第一次来中国是 2008 年，在北京待了两个多月，我非常喜欢，所以现在我打算长期住在中国。中国人民特别热情友好，在这儿有许多机会，比如出版中国文学的机会，向阿根廷介绍中国文化的机会，所以我接受阿根廷一家出版社的约稿，打算写写我看到的中国。"

交流的高潮一浪高过一浪，两个多小时一晃就过去了。最后，十里红妆书香生活馆的馆长李皓老师请出台下坐的又一个重量级人物：汗漫，把整个文学沙龙推向新高潮。汗漫，河南南阳人，现居上海，著名诗人、散文家，新晋储吉旺文学奖得主，儒雅、深沉、低调，他安静地坐在那聆听，要不是李皓老师提醒，没有人注意他也来了。

经不起大家的怂恿，李皓老师亮起他浑厚富有磁性的嗓音，为大家朗诵汗漫的诗作《星空》。


朋友们在盛宴上欢歌笑语

我悄悄离席

在葡萄园和薰衣草之间仰望

根一般的新月在开垦

也种植葡萄和薰衣草

白葡萄般的繁星能压榨

出一大木桶醉人的白昼

薰衣草般的曙光恰染香

绸缎内的乳房和心跳

现在我独享伊犁一角的静慰

像在旅馆等待情人似的

满怀喜悦和忧伤

……

钢琴曲如流水在心灵和心灵之间无声地流淌着，全场静静的，我们仿佛都跟随诗人来到美丽宁静的葡萄园和薰衣草园之间，仰望新月和繁星，感伤孤独和离别，思考人生的意义。朗诵给作品第二次生命，李皓老师的精彩演绎让听者们如痴如醉。我甚至忘记我是带着问题来参加这个文学沙龙的。虽然没有找到答案，我却有了新的收获。

我对翻译家有了新的认识，好的翻译是作家的再生父母，当然差的就是作品的杀手。阅读外国文学作品，要注意挑选好的出版社和翻译者，当然能看原著是最好的。一般我非常喜欢上海译文出版社出版的作品，如王道乾先生翻译的法国女作家杜拉斯的作品就是上海译文出版社出版的。

我对文学的认识也有了新思考。从国际视野的角度来说，文学是没有国界的，是人类美好的情感的沟通和交流，就如今晚这样的雅集。当然越是民族的，越是国际的，我期待再一次走出国门，边走边看边写，也更愿意扎根宁波这块热土，写出自己最熟悉最擅长的文字，让作品充满爱和温暖。

这次高大上充满国际范儿的雅集一丝一毫都没有打击到我的骄傲，虽然我的英语很差，我的文笔也不够轻盈。相反，因为这次雅集给我的美妙感受，更让我感觉我是文学的宠儿。

10余年来，我对文学一往情深，文学让我红尘颠倒，文学让我快意江湖。我努力成为文学路上的见证者和叙述者。我描写风景，也愿意成为文学路上一道迷人的风景。

# 我和《瓦尔登湖》

生日那天朋友请我吃饭。他说："一个人再忙，一定还是要挤出时间来看看书的。因为书里有我们凭脚力无法抵达的远方，还有在现实世界无法经历到的各种有趣的人和事。"我非常赞同这位朋友的观点，一个人不能没有精神生活，否则只是会活动的躯壳而已。读书是最快乐的精神旅行。疫情这3年虽然限制了人们旅行的疆域，但不妨碍读者在书中尽情享受一次次奇妙的旅行带来的喜悦。我新近完成的一次精神旅行就是花了两个月时间读完美国作家梭罗的名著《瓦尔登湖》，我非常愿意和朋友们分享我的收获。

一本好书如河流的弯道，可以改变人行进的方向。中国作家苇岸自从看了此书，由诗人变成散文家。他赞叹梭罗的文字是有机的，文字仿佛是活的，富有质感和温度，思想不是直接陈述而是借助与之对应的自然事物进行表述，体现精神世界人与万物原初的和谐统一。他的代表作《大地上的事情》就是向《瓦尔登湖》致敬的作品。他和梭罗一样，都是通过双脚丈量大地获得的灵感。梭罗说过："他的路走得多长作品就有多长，如果关在家里，他就完全不会写作了。"这一点，我感同身受。

我没有梭罗和苇岸的旷世才华，只是一个普通的读者和生活记录者。看完《瓦尔登湖》，引发我重新思考人生，复盘曾经走过的路是否虚度年华，未来的路该如何走。

《瓦尔登湖》是一本优美的散文集，不是一本简单的游记或说是旅行指南，作者梭罗不仅倡导人们返归自然，而且他和美国另一位思想家、作家爱默生一样，是"人的完整性"的崇尚者。所谓"人的完整性"本质上就是一个人对外界的态度：是否为了一个目的或目标，而漠视和牺牲其他。"年轻人收集材料准备修建通往月亮的桥梁，也可能是一座宫殿，或者地球上的庙宇，而最终中年人决定用它们修建一所木棚。"这就是年轻人和中年人对生活的不同态度。年轻人很显然要比中年人更具有理想，更具有发散性思维，而不希望过一成不变的生活。

1845 年，梭罗在瓦尔登湖畔修建了一间小木屋，独自生活了两年，边劳动边研究。他并非像陶渊明那样逃避现实做隐士，他的目的是探寻消费主义和物质至上以外的简朴生活方式，以及探寻人的完整性。梭罗认为，人可以过自己想要的那种生活，人生可以有多种可能性，梭罗的两年实验生活仅是他众多社会活动中的其中之一。所以梭罗并非消极出世的理想主义者，而是积极入世的现实主义者。请允许我描述一下梭罗这位天才的复合型作家，他本人就是"人的完整性"知行合一典范。梭罗毕业于哈佛大学，但没有过循规蹈矩的生活，他相继成为"校长、家庭教师、测绘员、园丁、农夫、漆工、木匠、苦力、铅笔制造商"。这是 1847 年，30 岁的梭罗在接受哈佛调查问卷时写的。爱默生戏称他"不当美国工程师的领袖，而去当采黑果队的队长"。

他是一个自然学家，他带着对家乡的热爱之情，记录瓦尔登湖的四季变化，记录森林里的草木花鸟。他这样写道："说不定在亚当和夏娃被逐出伊甸园的那个春天的早晨，瓦尔登湖就存在了，甚至那时就伴着雾气和南风，轻柔的春雨在湖面化成涟漪，无数的野鸭和天鹅在湖上翱翔，尚未听到过人类的堕落，这片纯净的湖水依然使它们心满意足。甚至那时，它开始涨潮、落潮，使水色澄清，染上了它现在的所有的颜色，并获得天堂的特许，成为世间独一无二的瓦尔登湖，天上露珠的蒸馏盘。"他赞美瓦尔登湖是康科德戴在她头冠上的一颗头等宝石。梭罗的生物知识是惊人的，他采集并收藏了数百枚植物标本。受梭罗影响，我现在去公园散步，会习惯用看图识植物的小程序，辨认一下自己不认识的植物，获得认知的喜悦。

梭罗是一个了不起的思想家。《瓦尔登湖》之所以成为经久不衰的文学名著，我想它的思想高度是重要的因素。书中随处都是闪闪发光的语言、闪闪发光的思想。如作者在《冬天的湖》这一章里这样写道："我所观察到的湖的情形，在伦理上又何尝不是。这是平均法则。这种两条直径的法则，不仅指引我们观察天体中的太阳和人心，而且在人的日常行为和生活浪潮之总体的长和宽中画线，进入他的小湾和入口，而交汇处就是他性格的最高或最深的点。也许我们只要知道他的湖岸的倾向，他邻近的区域或环境，便可推断他的深度和隐藏的底。"梭罗用他独特的观察力和测绘能力，测出瓦尔登湖最深的地方是107英尺。他的思维无比开阔，从湖联想到人心的测量办法。看到这，我暗暗惊叹。许多人说这本书只看了一部分，就看不下去了。我想也是因为这本书太有思想高度，让一部分读者在高山面前望而却步。说实话，我也是每天至多看两三页，硬是啃下来，书中许多地方也是懵懵懂懂的。

梭罗博览群书，阅读量巨大，书中引用的名家著作不下数百处。他虽然是西方人，但酷爱东方文化。如他的经济篇中引用孔子的话："知之为知之，不知为不知，是知也。"《论语·为政篇》；印度的《薄伽梵歌》一书也是他多次引用的。他在《阅读》这一章里这样写道："难怪亚历山大出征时随身带着装有《伊利亚特》的宝匣。文字是最珍贵的文物。它既是一种和我们更亲密无间的东西，同时也是比任何艺术品更具普遍性。它是最接近生活本身的艺术品。它可以被译为任何一种语言，不但可以阅读而且的确可以从人们口中吟诵出来——不只是描绘在油画布上或刻在大理石上，而且是用生命本身的气息雕刻而成的。书籍是世界上最宝贵的财富，也是世世代代一切国家的合适遗产。书籍，最古老也最优秀的书籍，自然适于家家户户的书架上。"很荣幸，这本有着像瓦尔登湖一般湛蓝的文学经典，被我从杭州西西弗书店请进家里的书架，已有 5 个年头。

梭罗也是优秀的散文家和诗人，凡是看过此书的朋友，想必感同身受，我就不多饶舌。拥有《瓦尔登湖》，我大有相见恨晚之感。我上班的时候带着它，去乡村旅行时带着它。临睡之前如果不看几页，就会感觉心里空落落的。它像我的好友甚至是亲人，让我心里有依恋之感。如同苇岸老师在导读中写道："我对梭罗的文字仿佛具有一种血缘性的亲和和呼应。"

一本好书就是一位好老师甚至是一所好学校。读完此书，我更坚定自己今后的写作方向，应该是如梭罗所言："我要求每个作家迟早要能对自己的生活作一个朴素忠实的描述，而不只是他道听途说得来的别人的生活。"对，就是用"我"的视角真诚地记录生活，真实地表达情感，把读者当作可以拉家常的亲人，继续过着灵魂和灵魂之间火花四溅的激情生活。我希望我的生活如瓦尔登湖一般静美，但不妨碍在风吹来时，在湖面上自然地荡起一圈又一圈的涟漪，最后又恢复平静。从此，我也更加笃定亲近自然山水的理念。我不会为自己喜欢游山玩水感到害臊。恰恰相反，和梭罗相比，我对自然了解得太肤浅。如此想来，我实在没有时间无聊，光了解大自然要做的事就够多了，比如去看书、去野外采集标本、观察动植物，看云识天气，而且我明白"走万里路、读万卷书、识万个人"，这是追求"人的完整性"的重要组成部分。

我注定成不了梭罗或北野武（我欣赏的日本导演、喜剧演员、主持人、作家），但我可以做一个独一无二的清明雨或者是牧星（我的另外一个笔名）。左手诗歌，右手散文，秉行极简主义，让灵魂变得有香气。"如果一个人能自信地在他梦想的方向上前进，争取去过他想象的生活，就可以获得平常意想不到的成功。"

亲爱的朋友们，祝愿我们在追梦的道路上，一路高歌，心想事成。

# 秋天过后是春天

今年的春天许是闰二月的缘故，忽冷忽热，像个顽皮的猴子上蹿下跳。黄昏时节突然下起雨来，越下越大，像断了线的珍珠，我不由想起前几日佳越来接我吃饭的雨夜。他这几天在工作上接连遇到不开心的事，我这个当师傅的自然要承担心理辅导员的角色。我笑着对他说："我又多养了一个小儿子。"佳越比坤儿小 2 个月，都是去年毕业的职场新人。我与他是在 2 月 14 日的读书会上认识的，特别投缘，一来二去，就形成师徒关系。今天晚上本来约好要通个电话的，他迟迟没有反应，我在微信上给他发了张照片，是我正喝着的澳白咖啡。我已经多年没在晚上喝咖啡了。我同时留言："师傅开写了，让我们在故事中重逢。"

佳越喜欢读书，他看书喜欢边画边看，有时候会在看过的文章标题前打个钩，和我的习惯是一模一样的，包括因为害怕迟到，每隔一两个小时看下手机和闹钟。看过他写的散文和小诗，特别有灵气，是我喜欢的调调。佳越有心在文学路上发展，所以我就特别想提携后生，帮他打通公安作协和地方作协的任督二脉。当然首先要跻身江北作协圈，因为他的家和工作单位都在江北，参加活动更方便，于是便参加了上周日和一些大咖作家们的奉化溪口郊游。

那天用过午饭，春日正好。我们师徒二人、老师胡泊、作家珍妮夫妇、天涯、田夫，还有卢姐姐、董博士、键盘手胡博等十人三三两两地行走在雪窦山上。路过的那个入山亭非常有仪式感。相传在宋朝时就有，几经兴废，目前我们看到的亭子是1945年冬，杜月笙再次出资兴建的。入山亭是雪窦山东南麓登山入口处，明万历年间定名，匾额上的字为明朝著名书画家唐寅所提。穿过入山亭，意味着诗和远方的旅行即将开始，我很后悔没让大家一起在入山亭拍张合照，至少我和佳越或者我和胡师应该分别拍一张合影。我把这个入山亭也看作是通向文学之门。

"师傅领进门，修行靠自己。"我一边想着，一边跟随大队伍朝山中走去。在城市的钢筋水泥丛林里沦陷太久，一看到山中晚樱灿烂，红枫似火，心里的小女孩就忍不住跑出来跳起欢快的舞蹈，绿树、蓝天、春阳、红花美得让人不忍挪动脚步，我和佳越因为留恋山中的美景，东拍西拍，渐渐落在队伍的最后头。

秀气文弱的董博士穿了一双高后跟的棕红色皮鞋，在鹅卵石上艰难地挪动着步伐，我真担心她会把脚脖子给扭了。颇具绅士风度的胡老师把手中的竹竿给了她，那是田夫从河里捞来给胡老师做登山杖的。不过，今年我还是第一次看到胡老师，感觉他脸白了，精神好了，小肚腩不见了，人仿佛逆生长一般，状态极佳。他说是大少兄弟给了他减肥秘诀。说话时一脸神秘的样子，惹得我和佳越都很是艳羡。董博士长发披肩，戴着一副圆圆的眼镜，给人既清秀又睿智的印象。我们让她先下山，她执意要陪我们，尽上地主之谊。拗不过这个不怒而威又特别热情的美女博士，我们只能放慢脚步，陪着她一起走。高大威猛、穿着白卫衣的键盘手胡博成了她的保镖。两个胡老师加上卢姐姐、我、董博士和佳越就成了第二小分队，第一小分队的人影已经消逝在绿色的密林之中啦。当然已经约过碰头的时间和地点啦。

我们六个人在山间小道上慢慢行走，有说有笑，乐得拖后腿。胡老师还把六人分成三个帮困结对小组，胡博搀扶董博士，胡老师自己和美丽优雅穿着深色碎花上衣的卢姐姐配对，我自然和徒弟佳越走在一起了。那天的天气温差很大，早上家里出门时还凉飕飕的，午饭后太阳蹿得老高，没爬多少山路，我就开始淌汗了，脚像灌了铅一样，越来越沉重，其他几个也是被太阳晒得无精打采的。于是遇到一块草木茂盛，有石块和树木可以遮阳的平地，我们就坐下来原地喝水休息。

胡老师第一个身手敏捷地坐下来，还把两条腿自然交叉盘起，两只手放在腿上，呈坐禅姿势。他轻松潇洒的神情让我仿佛看到10年前的他。我紧挨着他坐在左边，卢姐姐坐在他右边的树荫下，董博士和键盘手胡博在右侧路旁的大岩石上坐定。佳越很称职地当他的摄影师，半蹲着，按着快门，随时在捕捉他觉得满意的镜头，偶也用手机拍摄。相机是胡老师的，索尼单反相机，佳越以前只用过尼康的，不过在胡师的简单点拨下已经会摆弄了。佳越是个特别聪明的孩子，写文章也是，稍微点拨一下，他就领会我的意图了，换一句话说"孺子可教也"。

没想到，刚坐下来，胡老师对我的"批判"大会就开始了，他对众人说："别看清明雨现在当上宁波公安作协主席了。当年啊，可闹出过许多笑话呢。和我刚认识那阵子，和我打得火热，我们每周都约会。她写我的房颤，写我和她的约会，还把我的车牌号码也写出来了。虽然是小说，但里面的内容都是真实的。这些小说细节还是我曾经的同事小蓝告诉我的呢。这些文章不仅发在市局网上，还发到省厅、公安部网站上去了。她啊，就是缺心眼，巴不得全世界人民都知道呢。"胡老师边说，边还用眼睛白了我一眼。众人大笑不已！佳越用好奇困惑的眼神看看他的师公，又看看我。"师傅，这是咋回事啊？你和师公过去是不是有许多故事啊？"

我的脸顿时通红："啊，居然有这种事？我咋不记得了呀。如果说和胡老师打得火热，还不如说和文学打得火热呢。"我喃喃自语，"佳越，我记得我和你师公的确有许多故事，我们认识已经有 10 年了，但我们之间没有事故。"

佳越的表情越来越困惑，他挨着董老师也坐在岩石上，而周围的几个朋友的脸上也充满好奇。好像我和胡老师就是两个外星人。于是我和我的师傅胡泊都觉得有必要讲讲过去的故事。遇到我记忆不清的地方，他都及时进行补充。

我和胡师相识在 2013 年 11 月的深秋，宁波首届文学周的开幕式上，当时我的座位左边空着，而且位置靠前。有个外表儒雅、手拿相机的中年男子请求坐在空位上，以方便他拍照，我当然应允了。在简单的交流中，才知道对方都是彼此仰慕的作者，而且都是公安系统的。这个中年男子就是我的师傅胡泊，10 年之前已经是《中国作家》签约作家，省作协会员，他的散文、小说作品都在全国获过奖，而我只是个普通的写手，当时还没加入宁波作协，但胡老师却给我很大的鼓励，他说："我的同事们经常会给我推荐省厅警营文化栏目上清明雨的文章，我看过几篇，很温暖很接地气。"

我们就这样认识了，而且一开始的互动空前频繁，看彼此的作品已经成为我们业余最重要的事情，每周雷打不动的约会，内容无不和文学相关。我们就像两块频频猛烈撞击的石头，擦出耀眼的火花，我的眼睛变得亮晶晶的，昏昏沉沉的日子一去不复返。我真搞不清在和胡老师谈恋爱还是在和文学谈恋爱。

我们的创作热情也达到一个小高峰。胡师认识我不过一个月，就写了我的人物印象《一个和时间赛跑的女人——感受警察作家清明雨》，发表在 2014 年年初的《天一文化》杂志上，胡老师还推荐我的《书有两个生命》等作品，我们师徒同框成就一段文学佳话。我这也没闲着，写了胡师的中篇小说《最后的枪声》读后感，他非常喜欢我写的文学评论，哪怕是朋友圈一小段按语，他说我如老中医把脉，特别精准。我到现在也还在坚持写书影评、剧评，和他的鼓励分不开。好孩子是夸出来的，好作家也可以是夸出来的。我还把和他的交往写成了短篇小说《逃离》《迟到的秋天》等作品。10 年以后，我找出原来的作品研读，文章里没有发现胡师的车牌号码，但看到一颗滚烫的心、勇敢的心。前几天深夜读到当年的拙作，我也禁不住笑起来了。作家有时真和神经病差不多啊。一直记得胡师的一句名言：作家和疯子的唯一区别是作家能进去以后出来，而疯子进去之后就出不来了。我也是这样的人啊，每次写完一篇作品就像生完一个孩子后会狂喜老半天，出是出来了，但魂不附体。自从拜胡泊为师之后，我真的成为一个和时间赛跑的女人，2014 年 7 月加入宁波作协，2014 年秋天、2015 年春天分别进了两次鲁迅文学院，胡老师还在朋友圈发来贺电。2015 年 7 月出版第一本文集《快意江湖》，序和照片都出自胡师之手。2016 年 4 月加入省作协，2017 年 7 月出版第二本文集《葡萄架下的相约》，作者小照还是胡师拍的，一个穿红棉衣微笑的女子。2019 年 7 月，我的诗集《甬江边的树》出版，当年 10 月 27 日在宁波二中举办的大型诗会，胡师自然是重要的见证者。我走上诗歌创作的道路自然离不开胡师的鼓励，他说："写诗有助语言的推敲、淬炼，诗写好了，散文自然会进步。小雨，我发现你自从爱上写诗之后，散文进步很大，文字很干净，枝枝杈杈的东西少多了。"胡师是一个随和的人，但对文字的要求很高，我能感受他夸赞包含的分量，我为了他的这份赞许默默努力了 10 年。希望我未来出版的第四本文集《燃烧的海》会带给胡师和读者朋友们更多的惊喜。

在我高歌猛进、风头正健的那些年，胡师却变得萎靡不振。许多时候说过就是写过，一连两三个月，不见新作品，我都替他着急。我说："胡老师，你要么去找个年轻的姑娘谈个恋爱吧，看看激情、刺激能否给你带来灵感。"记得乔治桑就这样对她的好友福楼拜说过。我还曾经为胡师的《敦煌梦》提出中肯的修改意见，一向有点固执的他居然听从了我的建议，后来此作发表在《文学报》上，我为他高兴了好些日子。因为他的文学生命又复活了。我最听不得胡师讲这样的话："小雨，我老了，写不动了，未来要靠你去写了。"他常常感叹我超过他了。姜是老的辣！胡老师太谦虚了！他的功力自然远在我之上的。我对胡师优美自然的文风甘拜下风。他和我说过"写作贵在自然，不要掉书袋"的教诲，10年之后，我依旧牢记在心。"贾平凹的散文值得学习。"当时他就是这么说的。

这几年胡老师的状态越来越好，成了《宁波晚报》甬上红人堂的专栏作家，田夫从当年的《天一文化》编辑变成甬上编辑，和胡师、陈云其等作家还一起自驾新疆游，一路行，一路写稿，一路发稿，让我佩服不已。他们已经成为另一种默契的文学伴侣（作家和编辑）。去年年初，胡老师光荣退休，彻底成为自由人，和他的艺术家妻子共同开设四维空间工作室。四维分别指的是文学、摄影、音乐和美术的组合。经常来光顾的一批艺术家都是多才多艺的。胡师不仅写得一手好文章，而且会吉他弹唱，摄影技术也是一流的。夫人大王是画家，还是女摄影家协会会员。说真的，胡老师一开始老是和一群音乐人在工作室吹拉弹唱，我还有失宠的落寞感呢。这次作家们的集体出游让我的感觉好了许多。

江北作家珍妮因为坤儿和文学结缘，她原是坤儿初中的语文老师，我人生的第一堂文学课就是从她的邀请开始的，而胡老师是第一个听众。在2013年的最后一天，我曾在他面前试讲过。文学课是2014年1月2日下午举行的，当时来了500多人。胡老师因为我和珍妮相识，珍妮还吹得一手好葫芦丝，好想听听她吹《月光下的凤尾竹》。丽丽是胡老师的另一个女徒弟，也是四维空间的常客，她是我 10 多年前的粉丝，也是因为对文学的共同热爱走在一起，她的拉丁舞也跳得特别棒。卢姐姐是一个大院的同事，同时也是胡老师的老同事。她常说："我最喜欢看清明雨的文章，朴实清新接地气。"

我们这些老朋友基本每年会聚一次，除了疫情外。胡师、我、丽丽、珍妮、卢姐姐是常驻人员，坤儿和慈慈偶有参加。每年聚会，我们都要晒美美的合影，我有时还会写小诗助兴。胡师常提议让我写写朋友们多年的友情，我总是摇摇头说太熟悉了找不到感觉。胡师总是很包容，打哈哈就过去了，但我心里却是隐隐不安的。写作其实是一件很难的事，特别是要写得耳目一新。我就像一个摄影师，多年以来没有找到好的角度，把我的朋友们的形象拍得个个鲜活，特别坐在 C 位的胡师。随着年纪的增长，我对文字多了一份敬畏心。这应该是一个作家渐渐走向成熟的迹象吧？

这次，我还带着新收的徒弟佳越来参加 4 月里的文学朝圣之旅，突然找到感觉，找到了讲述的角度。就好比山上有个庙，庙里住着一个老和尚和小和尚，老和尚对小和尚讲起过去庙里发生的故事。最有意思的是在一棵数百年树龄的楠树面前，我们两个师傅两个徒弟分别合了影。我和胡师的手紧紧地握在一起，特别亲切，特别自然。胡老师亦师亦友，如父兄。而我和徒弟的手指尖恰到好处地保持了一厘米的距离，没有触碰到，肢体语言包含许多信息。其实谁都没有去看对方的手。出于喜悦和自豪之情，我在朋友圈官宣收徒。大家都说佳越像易懂。嘿，还真像易懂年轻的时候。他嚷了无数次要来宁波，结果害我等了 7 年，他没来过，倒是把我宁波文学圈的朋友都混熟了。人家丽丽到重庆出差时，还专门在交通茶馆见了易懂呢。易懂是个仗义的重庆袍哥，近年转型成功，成为中国"梭罗"，近期有新作《造园记》发表，真为他感到高兴，他也度过一段漫长的瓶颈期。

因我出的三本书都和他脱不了干系，我就多唠叨了几句。他为我的诗集作序。"易懂是谁？"佳越又是一脸蒙。我没有过多解释，只是笑着对他说："有人的地方有江湖，有文字的地方有江湖。这个文字江湖啊，有许多迷人的风景，等着你我去探索。"

人间最美四月天，在明媚的春光下，我们坐在雪窦山的山间小路上赏美景，讲文字江湖里的故事。我想起作家赵淑萍和我去岱山采风同住一屋时说的话："海燕啊，我们就这样厮混到老了。"是啊，漫漫人生路，能和文学的同道中人一起携手共行，是一件美好的事。文学让我们的生活变得有趣；文学像冬天的火把温暖心灵；文学像灯塔照亮前行的路；文学让我们的灵魂变得更为高贵。我还想对佳越说，文学就像一把梳子，能将平被雨淋湿的鸟儿身上一根根翘起来的羽毛。

10 年前的秋天，我遇到胡泊，有了自己的文学老师；10 年之后的春天，佳越遇到我，我变成他的师傅。秋天之后是冬天，我们共同经历 3 年的疫情，经历压抑、苦痛和不堪，有瓶颈也有彷徨，但谁能阻挡春天的脚步呢？作为乐天派的我看来，秋天之后的冬天完全可以忽略不计，秋天过后就是春天。中年以后的春天显得弥足珍贵。

春天容易让人浮想联翩。我坐在樱花树下，陷入沉思。生命的余额固然是有限的，但我不觉得遗憾。我们不能延长生命的长度，但我们可以通过写作，通过行走和阅读拓宽生命的宽度，让生命变得更有质感，让人间充满爱。感恩胡师和朋友们 10 年的深情相伴。希望佳越未来的 10 年也是黄金的 10 年，正像胡师当年对我的预言一样。

突然一阵山风吹来，满树的晚樱飞舞起来，像红色的蝴蝶。不一会儿，山路上铺满了粉色的花瓣，还有树木浓密的影子在地上闪来闪去，阳光依旧灿烂。"我们继续走吧，前面有更好的风景呢。"胡老师的一声提醒，把我从联翩的浮想中拉了回来。

　　胡师、我、佳越、卢姐姐、董博士、键盘手胡博一行人继续往山上走去，心情舒畅、步履稳健，身后是长长的影子，还有云雀在空中的欢叫声……

# 这个5月，注定和青春有关

我们每个人都是时光旅行者，最后的目的地都一样，那就是天堂。世界上没有时光倒流机，注定我们走的都是单程旅行，不可能再折返。因此，文字和影像特别重要，在无形之中帮助人们留下过往的记忆，以抵抗岁月的遗忘。作为一个生活记忆的抢救者，一种迫切感让沉寂多时的我又拿起手中的笔。我原本就是一名战士，现在又该到我冲锋陷阵的时候了。

5月，是春天和夏天的交汇点，既有暮春的浪漫又有初夏的热烈，实在值得大书特书。每一个起舞的日子都值得尊重，因为它具有唯一性。5月，注定和青春有关。5月4日，是青年节。本来和我关系不大，但因为晚上突然发生的一件事，让这个日子变得刻骨铭心起来。

当晚6点左右，我烧好开水，打算去洗衣服，只觉得小腹有点隐痛，身体有股热流往下涌出。啊，"离家出走"已经一年半的月信又回来了。这让"姨妈巾"都已经送人的我脸红心跳，惊慌失措，这种慌乱程度不亚于小学五年级时初潮来临。坤儿在一旁调侃："恭喜老妈又有第二春。"但是爱胡思乱想的我，数天后又转喜为忧，毕竟绝经之后又出血不是件好事。到鄞州人民医院找了妇科专家，又是做B超又是验尿常规和白带常规，最终结论，啥事没有。我这颗惴惴不安的心终于放了下来。漂亮的妇科主任严肃地告诉我："不能为了爱美，胡乱补充雌激素。"我一脸无辜。

"月信为何又幸运地光顾我这位已经知天命的更年期妇女？而且选在五四青年节这天？"从医院出来，碧空如洗，阳光一路伴我同行，我带着喜悦的心情思考这个问题。"也许是经常和文学青年在一起，心情愉快，心态变得年轻的缘故吧！"

我的脑海里闪现出佳越、雄峰、亚豪三位徒儿的面容，五四青年节的大清早，我就在"法律与文学之大雨门"微信群里给大家发了节日红包，祝徒儿们五四青年节快乐！永远热爱生活！永远激情澎湃！

说起我和三位徒弟的文学缘分，先说江北新警李佳越，这要追溯到一年前的"2·14春天读书会"，那天，我收佳越为徒。暮春，我们同游雪窦山时，路过入山亭，"入山"一度成为佳越的笔名，佳越写作很有灵气，散文、小说、诗歌，各种文体都能切换自如，在我的介绍下，还加入了江北区作协。我的老师、江北区作协主席胡泊对这位文学小青年有点小排斥。"异极相吸，同极相斥"，物理磁场定律放在这位可爱的老先生身上同样适用。"只准他收女徒弟，就不兴我收男徒弟吗？"我心里有点"愤愤不平"。

另外两位——雄峰和亚豪，是今年1月26日我在宁波警校上文学课时收的新徒弟，两位都是单位社招的研究生，和佳越的感性活泼的性格相比，要老成持重许多，但他们三人有一个共性：热爱文学、热爱写作，对"雨老师"我都很膜拜。

今年2月6日，春节前，在佳越的建议下，我们师徒四人成立了"法律与文学之大雨门"，相当于在雨丝文学沙龙的大群基础上又开了个小灶。我一直没敢在大群里说，也没敢在朋友圈说小群的事，害怕掉粉、脱粉。毕竟"雨老师"我是深受雨丝们喜爱的文学女神，今年4月还荣登了《人民公安》杂志。

今年4月底，江北作协联合海曙作协一起在江北慈城搞活动时，我告诉胡老师，我又收了两个男徒弟。我本意上不想刺激他老人家的神经，但我内心实在掩饰不住为人师的骄傲和欢喜。这是我文学生涯中的新体验。

4月喜事不断，我的工作室还被评为浙江省公安文化名家工作室，要求主创人员每年培养1到2名工作室的文学新人，这和我带徒弟的想法不谋而合。

4月23日，世界读书日那天下午，我们在美丽的月湖，师徒四人戎装出席警营读书会，精神抖擞，英姿勃发，不能不说是一段文坛佳话。

4月27日，鬼灵精怪的佳越和另外两个爱徒策划的拜师宴，让我的心久久不能平静。这是我自结婚和开新书发布会以来，受到的又一次隆重礼遇。那天的鲜花、美酒和蛋糕，和三位青年人朝气勃勃的样子，成为我生命中永远的温暖和感动。

在"法律与文学之大雨门"群中，我们从最初的文学探讨到好书推荐，互促成长与进步。我们谈为何黄州是苏东坡生命驿站中最难忘的三个地方之一；雄峰从我的办公室借走茨威格的《人类群星闪耀时》，"当你看到历史的高光时刻，就不会为眼前黑暗所困顿。"我想是读这本书获得的最大感悟；我送了佳越一套《有一种境界叫苏东坡》，希望他可以成为像苏东坡一样刚正不阿、才情飞扬的人；知道亚豪有写日记的习惯，我专门从昆明带回百岁翻译泰斗许渊冲先生的《西南联大求学日记》送他，我笑着和他说："你不要小看日记，像许老这样也可以把日记写得非常有趣、深刻。"而我自己从2月到5月，已经把这三套书都读完了。师傅总是要带好头，起表率作用的。我必须跑在他们前面，而不能做骄傲的老白兔，躺在大树下睡懒觉。

作者要靠作品说话。公安工作任务特别繁重，三位爱徒作为新警都在奋战在最艰苦的一线工作上，每五天就有一个深夜班，还要千里追捕办案，时间很紧。面对这个矛盾冲突，我还是狠狠心，逼大家交作业，从今年3月开始，我自己也一起交作业。我这篇挑灯夜战写出来的文章就是5月的作业。按说520那天，我写了一首长诗《5月的花和5月的雨》，也算可以交差了，但意犹未尽，我不顾前一天刚做过两颗种植牙手术，右下颚还肿胀着，灵感来了就赶紧写下来。

从3月到5月，我像一个农民享受到丰收的喜悦，或修改标题，或增加内容，徒儿们的作品里凝聚着我的汗水。佳越的小说《向日葵》、散文《听雨》，雄峰的小说《只有证据不会说谎》、散文《天黑之前》，我的散文《走进西南联大》都在省厅警营文化网发表了，好评如潮。佳越的短篇小说《迷途》和亚豪的小小说处女作《心灵的砝码》虽然还在投稿阶段，但是在我心目中已是佳作，特别是亚豪作为交通工程硕士的理工男能从事文学创作，尤为难得。我原来以为他只会写写每个月的工作心得，看来人的潜力是无穷的，需要挖掘。

当然，对文学新人的培养，我也不局限这三位，像同济大学创意写作专业的研究生董远，人非常有灵气，她前段时间发我一篇反映教育弊端的短篇小说《刘老师》，写得蛮好。我让她也加入每月交作业的行列。平时有文学爱好者找来，我会帮着修改文章，还有的是孩子的作文，我也是来者不拒，热情指导。

我清醒地意识到："一花独放不是春，百花齐放春满园。作为一个年富力强的中年作家，不仅自己要勇攀文学高峰，写出更多的好作品，而且要发挥传帮带的作用，让更多的文学新人像雨后春笋一样涌现出来。""我们的作品要体现思想的深度和广度，还要注意修辞的优美，尽量接近文学的内核，和时代同步。"

目前，宁波公安作协已经有52名会员，队伍还在不断壮大。佳越、董远、雄峰都已加入这个作协大家庭，为大家庭注入了新鲜的血液。相信会有更多的文学爱好者加入进来。

我曾一度很沮丧，哀叹自己50多岁了，写不过年轻人。感觉周围已经有好几个青年作家就像风头正劲的马拉松运动员，步履轻盈地跑到我前面去了，而我倚老卖老，还在热衷于追夕阳、拍夕阳，直到和《暮色将尽》《未经删节》两本书相遇，和76岁退休以后才开始写作的戴安娜女士相遇。我面带愧色。我还能来月信，说明还年轻，身体各方面的机能都相当不错。

5月15日，我参观了成都的杜甫草堂。兰园里两棵银杏树枝繁叶茂，绿叶在阳光下泛着金光，让我记忆犹新。要不是树上的小牌子和粗壮的树干提醒我，两棵树已经有1000岁了，我会以为它们正值青春，和"诗圣"杜甫的诗魂一样不朽。第二天晚上和《四川诗人》主编熊游坤兄见面。彼此都惊叹对方的年轻、好状态。文学是一场修行，其美和真的魅力让我和熊兄深陷其中，欲罢不能。我们都和文学谈了半辈子的恋爱啊！自然显得年轻有活力。我对青春有了新的理解。青春不应以年龄来界定，它是一种状态，一种生命力旺盛的表现。

"阅读和写作，能让我们重新活一次！"文学同时是最天然的美容剂，当然，需要长期"内服"才能起作用；文学像生活中的一道光，暖暖地照耀了我们的心。我非常愿意把这等好事和大家一起分享。

文学精神永远不死！文学的未来属于青年。我愿意带领年轻人走在文学的朝圣路上，永不言弃。！我想，这就是青春的姿态，生命的姿态。

这个5月，注定和青春有关。

第四辑　行走天涯

# 在上海科技馆看球幕电影

到了上海，我想小朋友最喜欢的去处可能就是上海科技馆。儿子前几年和他外婆已去过，这次他成了我和坤爸的导游。上海科技馆位于浦东区，馆前的地球造型建筑夺人眼球，科技感极强。科技馆内我首先推荐的是带孩子去 IMAX 球幕影院看电影。

影院的门票是需要另购的，我们当时看的是下午 3 点场的《尼罗河之谜》，30 元一张票，47 分钟的放映时间。放映点在地下室，我们在进入地下室以前被工作人员在右手背上分别用印章敲上了水印，但肉眼却无法辨认，孩子笑着说："印章上的字写着啥啊？为什么要这样啊？"我也困惑不解，直到电影散场又回到地上方找到答案。原来是工作人员防止有人逃票，所以在持票观众手上做记号，出场的时候他们用仪器在我们手上一照便知了，搞得和地下党的"无字情报"一样。科技馆真是名不虚传，从电影验票这样一个小细节就让我们感受到科技的魅力了。

我们带着好奇和激动的心情，进入了 IMAX 球幕影院。真是大开眼界！这个影院不同于普通影院，它的观众席设计是球形的，更有趣的是屏幕也是球形的，还闪着五彩夺目的光芒，不同于我们平时看到的长方形屏幕。音响也是超一流的立体声。观众不多，被很深的座位遮得几乎看不到人。影院给人一种如来到太空或飞机上的神秘感。

电影放映前，有一个充满磁性的男声向我们简单介绍了球幕影院的特点。他说 IMAX 球幕电影系统集电影技术之大成，拥有最大的银幕、最清晰的图像、最高的精密度、最强功率的放映设备以及最高级的六声道多喇叭音响系统。球形银幕的直径达 18 米，满视野看到的都是电影，逼真的图像呼之欲出，巨大的震撼力惊天动地。观看影片的观众们与电影场景浑然一体，获得全身心的感受。的确如解说员所讲的，与其说我们来看电影，不如是经历了一次神奇的探险之旅，享受到了一次视听的盛宴。

下面让我们跟着《尼罗河之谜》一起进行探险之旅吧。这部电影在第二届上海科技馆科普特种电影周"获得最佳内容、最佳音响、观众最喜爱"三项大奖。电影讲述的是一组由地理学家、历史学家、记者组成的探险队员从埃塞俄比亚境内流出的青尼罗河开始，一直到地中海结束，在尼罗河漂流的故事。他们乘三支皮筏艇在当地的向导带领下，花了 114 天的探险完成人类首次征服尼罗河之旅。其间，我们和探险队员一起经历了湍急的河流、凶猛的鳄鱼、残暴的恐怖分子、无情的沙漠、疟疾的威胁，在宏大的电影场面中感受到了大自然的瑰丽风光和大自然的喜怒无常。给我印象最深的一个镜头：队长帕斯奎和同伴为了赶时间夜渡河流，但是小船和突如其来的暴风雨相逢，几个人高的风浪把小船打翻，帕斯奎和同伴被打落下水，他们还在水里和风浪拼搏时又遇到凶猛的鳄鱼，在同伴的帮助下才死里逃生。画面中，大自然的威力和人类的抗争、勇敢的精神交相辉映，有一种摄人魂魄、振奋人心的力量。体验感十足，我们坐在飞机上俯视着尼罗河，有强烈的在飞机上转弯的晕眩感。孩子觉得头晕，还在坤爸的怀中休息了一会儿。

《尼罗河之谜》是一部探险片，也是一部风光片。电影中极富非洲特色的音乐让人对神秘的底比斯古城、埃及金字塔、沙漠上的骆驼商队等非洲元素充满了无比的向往。我们也通过电影了解到：尼罗河是世界上最悠长、最壮观的河流之一，流经 11 个非洲国家。它是人类文明最早的发源地之一，创造了以古埃及为代表的尼罗河文明。没有尼罗河，就没有埃及，没有金字塔，没有法老。尼罗河像一个披着神秘面纱的美女，给我们留下许多待解之谜。

在上海科技馆不意观赏到如此精彩震撼的球幕电影《尼罗河之谜》，不能不说是此次上海之行的巨大收获之一。这样的惊喜会伴随上海这座魅力无穷的城市在我们内心永久深藏。

# 在黄河上坐羊皮筏子

我喜欢旅行，在许多的山山水水留下行走的印记。《葡萄架下的相约》一书是最好的见证。有一次游历是这本书不曾记录的，但一直深深地印刻在我的脑海里。这次难忘的游历，从黄河流经的城市兰州开始。

2017 年 7 月的一天，来自长江尾的我和坤儿，在黄河母亲温柔慈祥目光的注视下，懵懵懂懂地投入她宽大的怀抱。当时，我们母子俩沿着黄河母亲的塑像往河边走，一路上寻寻觅觅，看有没有船可以坐。

我们在杭州的古运河里坐船观赏两岸的风景，在贵州镇远古城的夜船上，被舞阳河两岸吊脚楼的华灯闪烁惊艳到，但在黄河的码头上居然没有发现船的影子，只看到一只只用羊皮或牛皮制作而成的筏子立在岸上。"请问这个能坐人吗？多少钱坐一次？"我带着疑问走到售票口。

"当然可以坐啊，以前黄河上没有桥的时候，全靠羊皮筏子载人载物啊。80 元一人，从码头到中山桥再折回。"售票员是个 40 岁出头的清秀女子，说话挺和气的。

5 分钟以后，我们在一个老艄公的帮助下坐上了羊皮筏子，老艄公在前，坤儿居中，我在后，以便保持平衡。说起平衡，是有"前车之鉴"的。2014 年夏天，我和坤儿在贵州镇远高过河坐皮筏艇玩漂流。我一登船，船就翘了起来，我们母子俩双双落水，窘态百出，就是因为我两体重相差悬殊，没搞好平衡。现如今坐在这低矮的羊皮筏子，我心里多少有点惴惴的。

看着眼前流淌着的母亲河，亲切感渐渐替代了不安。这是一条流淌了百万年的北方大河，桀骜不驯；这是一条野性和温柔交织的大河，浩浩荡荡；这是一条历史悠久滋养着华夏民族的大河，川流不息。

正当我浮想联翩的时候，岸上传来一个女子的喊声："等一下，等一下，把我也带走吧。"我连忙让艄公掉转方向回去接她。这名新加入我们羊皮筏子漂流队的女队员叫小桂，三十七八岁的年纪，来自上海。小桂戴着白色的宽边鸭舌帽，眉目清秀，暗红色的救生衣里裹着白色短袖 T 恤，从蓝色牛仔热裤露出两条白皙的大长腿。她背着鼓鼓囊囊的背包，胸前挂着一个单反相机，一看就是个经常走南闯北的女子。

小桂也是前一天晚上到兰州的，从上海坐了 22 个小时的火车。她的孩子去加拿大参加夏令营，她逮空去甘南玩，兰州是第一站。她说她 2016 年已经去大西北玩过，也去过西藏，经常一个人旅行。同样是母亲，我打心眼里羡慕眼前这个上海女人的自由自在，不过我和坤儿已经遵循多年以来的暑期亲子游的习惯，这样的出游方式更让我心安。坤儿小时候，我抱着他出行，现在他已经成为我的好帮手和好朋友。

我们边聊天边在黄河上晃荡着，到河中心时风浪突然大起来。羊皮筏子左一下，右一下，剧烈地摇晃起来。我的心跟着颤抖起来，感觉手机随时都会被颠到黄河里去。所以我连忙把手机交给坤儿，两只手死死抓住筏子的边沿。我是旱鸭子，特别怕水，小桂和坤儿依旧淡定自若、有说有笑的。好在没颠簸几下，我们就驶过激流区，老艄公哼着小调："兰州拉面吉祥葫芦哎，羊皮筏子哟赛军舰哟……"

羊皮筏子靠近中山桥的时候，小桂俨然是导游。她说中山桥的夜景很美，可以从桥边爬上白塔山，看到兰州城全景。我们在黄河上走马观花，这里的一切和日常的生活截然不同，都让人感到新鲜和好奇。旅行让我们生活在别处，感受到不同的世界。大约半个小时回程，快艇把我们4人连同羊皮筏子一起拉回。听说这羊皮筏子最多可以坐10人。

带着颤抖的心上岸，我的脑子里还在回味"羊皮筏子赛军舰"这句话。念念不忘，必有回响，我居然在黄河母亲塑像的下一站甘肃省博物馆找到答案。我买了华夏文明之源丛书之一的《黄河水车·羊皮筏子》，书里清楚地记录羊皮筏子产生、制作，还有一些与羊皮筏子相关的历史事件。羊皮筏子的源流由来已久，汉唐史书都有记载。它作为黄河上游的运输工具，不仅显示了先民们顺应自然、巧用水资源的大智慧，更是农耕文明逐步发展的实物见证。自古至今，兰州附近的畜牧业发达，加之陆上地形复杂，交通不便，所以沿革已久且方便快捷的牛羊皮交通工具的长途水运，无疑成为不二选择。

如果不看书，我都无法想象这个小小的羊皮筏子居然在抗战时期立下过汗马功劳，传出"羊皮筏子赛军舰"的佳话。又一次印证：只有行走和读书结合，才能完成理想的人文之旅。

1941年，由于日机炸断四川省的多条公路，许多陪都重庆急需的战略物资汽油运不进去，政府非常着急。于是兰州的一批筏子客应邀，用50只羊皮胎编成羊皮筏子运输汽油，从广元出发到重庆，长达700多千米。他们克服对巴山蜀水地形的陌生，小心翼翼地搏击风浪，首次试载5大桶汽油告捷，后来玉门油矿局组成更大的航运队，运送6吨汽油。这种闻所未闻的战时运输名噪一时，从此有了"羊皮筏子赛军舰"的传说。

据说，当年慈禧太后被八国联军攻陷北京，携光绪皇帝一路仓皇出逃时，羊皮筏子还是慈禧太后的水上銮驾呢。当然这是野史，没有考证的必要，只是如此一说而已。

羊皮筏子除了水运的功能，还承担着邮政和传报汛情等功能。

在兰州一天，羊皮筏子成为让我最感兴趣的事物。特别了解到它的前世今生，我为黄河两岸人民因地制宜、战天斗地的精神折服。如果下次还去兰州，我一定还要去坐羊皮筏子，到更大的风浪中去感受当年筏子客的艰辛和勇敢。

"丝绸之路三千年，华夏文明八千年。"一踏上兰州这块母亲河流过的热土，我觉得自己特渺小无知，但因为在黄河上多了坐羊皮筏子的体验，感到满心欢喜。至于那些有关羊皮筏子的故事，更是意外的收获。

我们每个人的身体都是接收器，对接触过的世界万物必定有自己的感触。越反应，越记录，越生活过。我们虽然无法延长生命的长度，但可以通过行走来拓展生命的宽度，用文字来抵抗岁月的遗忘。

# 桂林记忆

当你离开这个世界时，带不走一丁点财富，仅能带走由爱沉淀的记忆，而这些才是真正陪伴你的，给你力量和光的财富。

——题 记

## 一、忆桂林，最忆是米粉

今天是 2017 年 12 月 31 日，再过 90 分钟就迎来 2018 年。近来身体有些小恙，刚刚吃了康泰克和散利痛，完全可以捧一本小说美美地入睡，但一想到还有文稿没写，心里非常不安。一周前去桂林阳朔旅行，老是惦记着写点什么，没想到一拖就拖到这个时候了。

记得两年前，我写过一篇文章叫《我们和文学一起跨年》，也差不多是这个时间点。文章前面的 800 字是在宁波月湖老家的书房用电脑写的，余下的 3000 多字则是在千里之外的广州沙面的酒店用手机完成的。让我们和文字再来一次跨年，打开记忆之门，定格到 2017 年 12 月 18 日到 2017 年 12 月 23 日的桂林。

　　大凡女人都热衷爱情和旅行。我想女人也许喜欢的并不是某个特定的对象或是城市，只是喜欢这个过程或说是感觉而已。我也不例外，我喜欢时不时给生活打点鸡血，以免中年生活过分油腻。我喜欢旅行，那些未知和邂逅，实在是美妙不过的事。如果旅行中还有"艳遇"，那更是锦上添花。于是在成都和桂林两座城市中选择，我选择去桂林，一个向往已久但从未成行的城市。对桂林的初印象是从小学课本获得的，桂林山水甲天下，桂林的象鼻山、漓江的水时常让我梦魂萦绕。我坐的航班是黄昏时节到达桂林市区的，自然见不到有趣的象鼻山，也看不到碧绿的漓江水。汉唐·馨阁酒店派来接机的小哥直接将我从机场拉到酒店，途中有一个从山西太原来的小妹让我跟她们团一起玩，5 天，团费不过 2000 元多点，我有点心动，但最后还是没答应。旅行和旅游差别太大了，我可不想自己的时间被人支配，虽然旅行要亲力亲为，辛苦一些，但自在啊。

　　到达酒店大约是晚上 8 点半，飞机上的小面包只够我塞牙缝的，于是解决吃饭问题实在是来桂林压倒一切的大事。安顿好房间以后，我在前台服务员的指点下，走到马路斜对面的米粉店打牙祭。此时，桂林的街头有些冷清，行人和车辆都比较稀少，但比起遭遇寒流的宁波，实在算不得冷，顶多给人深秋的感觉。

　　这家米粉店面不大，有三四个客人在用餐。老板娘眉清目秀，30 岁出头，她一边做生意，一边还要给上二年级的儿子讲解数学题。等孩子心满意足地去店里的另一头继续做作业时，我和老板娘攀谈起来。我奇怪孩子为何会在如此嘈杂的店里做作业。老板娘的眉宇顿时拧成疙瘩，她告诉我，家里还有一对比他小 4 岁的双胞胎妹妹。如果他在家，两个妹妹就要来夺他的纸和笔，没法做了。我看看低头认真做作业的孩子，又看看他一脸倦色的母亲，心里有说不出的滋味。

　　好在滚热的三鲜汤米粉和香甜的维维豆奶，马上温暖了我冰冷的胃，一扫心里的阴霾和旅途的劳顿。我对桂林的记忆从米粉开始，一直到行程结束，它成为我在桂林最难忘的记忆。

　　为何难忘？我觉得主要有两个原因。首先是桂林米粉不仅品种繁多，而且非常美味。一般米粉都可以两吃，先是把干的卤肉粉吃完以后，可以到店里的自助调料处，加卤水、热汤和酸菜、豆子等调料，又重新拌成一碗鲜香无比的汤粉，这种特别的吃法在其他地方是没有的。让我们从台湾著名作家白先勇先生的《少小离家老大回》一文中来感受桂林米粉的魅力吧。他这样写道："吃的东西，桂林别的倒也罢了，米粉可是一绝。因为桂林水质好，榨洗出来的米粉又细滑又柔韧，很有嚼头。桂林米粉的花样多：元汤米粉、冒热米粉，还有独家的马肉米粉，各有风味，一把炸黄豆撒在热腾腾莹白的粉条上，色香味俱全。我回到桂林，三餐都到处去找米粉吃，一吃三四碗，那是乡愁引起的原始性的饥渴，填不饱的。"

　　和白先生在2015年春天的北大讲堂上有一面之缘，他的乡愁也许我无法体会，但是我相信他说的吃米粉会上瘾。我在桂林的5个日日夜夜里，没有一天是不吃米粉的，从汉唐·馨阁酒店自家做的卤肉粉到东西巷子里的招牌米粉，从桂林到阳朔沿街的米粉，无不挑逗着我的味蕾。我来之前，在宁波也吃过几次桂林米粉，全然没有这种感觉。美中不足的是，米粉实在是不扛饿，非要配着糕点或是卤蛋才能管饱。其实在桂林，除米粉外，还有许多美食，如啤酒鱼、十八酿、恭城油茶土鸡、尼姑素面等，味道都挺不错的。特别是桂林的豆腐花，细嫩翠滑，但终究敌不过桂林米粉的名气。

　　桂林米粉被称为世界快餐业的鼻祖；桂林米粉是中国食文化的代表；桂林米粉是烹调技术的经典；桂林米粉是民族融合的见证。桂林米粉之所以被热捧到如此高大上的程度，我想这和两千多年源远流长的米粉文化有关。所以这米粉文化也成为我难忘的原因之一。家在桂林的江苏淮安战友潘高峰告诉我：相传米粉是秦始皇的军队带来的。秦始皇统一北方六国之后，又于公元前 221 年对岭南的瓯骆发动了大规模的军事征服活动。苦战 3 年，毫无建树，原因就是广西的地形地貌导致运输补给供应不上。秦始皇命令史禄在桂林兴安开凿了灵渠，把长江水系和珠江水系连接了起来，使援兵和补给不断运往前线，最终把岭南的广大地区正式纳入中原王朝的版图。补给中有面条，而南方没有面，后来就用大米来做原料，就有了米粉。小潘家乡就在古老的运河灵渠旁，他建议我去兴安古镇看看，无奈兴安在桂林北部，和计划中的行程不顺道，只能下次再去，但是这个和米粉起源有关的灵渠已经深深地印在我的脑海里。

下次再去桂林，我还要去寻米粉吃，它成为我整个桂林记忆中最初的记忆。

## 二、旅友大娇

近日风雪交加，人也变得如进入冬眠期的动物，慵懒木讷，但一抹红色刺激到我，这是我从桂林带回的最后一包雀巢咖啡，让我的记忆在完全丧失之前被挽救。寒夜，灯光如豆，我想起那些在旅途中陪我走过的人。

大娇是我在刘三姐大观园遇到的，在景区入口处。当时大约是上午 10 点半，我们几个零星散客，等着凑足 10 个人，被导游领进去游玩。等待无聊，我就请身旁一位美眉给我拍照。

这位美眉，经我这双阅人无数的眼睛，目测身高大约有 170 厘米，体形苗条匀称，马尾辫高高束起，弯弯的眉毛下有一双黑葡萄般的眼睛，烈焰红唇，穿着黑色的翻毛羽绒大衣和同色铅笔裤，藏青色绑带旅游鞋，双肩背着一个黑色真皮小包，一看就是漂亮、精明、能干的女子。她是江西萍乡人，前一天晚上陪朋友来桂林面试，顺便出来玩一下。

大娇和我很自然地结伴同游，她帮我拍照，我帮她拍照，两个人有一种不需言说的默契。她比我更有耐心，虽然她坚决不买银器，任凭导游说得天花乱坠，但她能安静地听，不像我在一旁坐立不安，一个劲抱怨大好的时光被荒废。

我和大娇从大观园出来都是中午 12 点多了，只好在附近的农庄用餐。大娇让我来点。我想我比她年长许多，自然应该我来请客，于是我就放心大胆地点自己喜欢吃的菜，还向老板要了他家自酿的米酒。三菜一汤，其乐融融，记得是青椒小炒肉、土豆丝、酱爆螺蛳、三鲜汤，主人家还请我们尝刚上桌的酱鸭肉，感觉得出大娇是闯荡过江湖、见过世面的人。我们两个女人在异乡的阳光下，推杯换盏，喝得桃花朵朵、红云飘飘。边上的男人连称我们姐妹俩是"女中豪杰"。

"孙二娘""顾大嫂"等名词从我冒着热气的脑袋飞过，在路上行走多年，遇到过谈得入港的男人，但是像大娇这样集娇美和英气于一身的女子还是没见过。

酒足饭饱后，大娇飞快地去买了单，我要给她钱，她不要。我是个急性子又爱较真的人，我和她说："我是姐姐，这单本来应该我买的，既然你买了，姐姐得把这份钱给你。否则，我们接下来没法一起玩了。"大娇看我着急了，就在微信上收了。于是我们又高高兴兴地上路了。

大娇虽然年纪比我小一大截，但是目光如炬，我很快就被她数落开了。"姐姐，你下次出来不要背这么多东西。""你这个帽子一会儿收一会儿带，多费事啊，索性不要带，我帮你放包里好了。"她边说边帮我打理好头发，放好帽子，在入园前。我在往日里可是个说一不二的女汉子，还是好几个群的群主，但遇到大娇，我乖得像只小绵羊，服服帖帖的。因为平日里很少会有人这样说我，都是一口一个"清明雨老师"，毕恭毕敬的。

所以人有时候需要去陌生的环境里看自己，认识自己，反思自己，这样的反思会让人更清醒、更有效。可谓："三人行，必有我师焉，择其善者而从之，其不善者而改之。"

大娇当天晚上9点多要和朋友一起坐火车赶回江西，象鼻山自然没法去了。我和她只能选择玩一个比较大的景点：芦笛岩，芦笛岩号称国宾洞，据说世界上有300多个政要人物都来参观过。我和大娇在景点玩得很开心，一路上都是你惦记着我，我惦记着你，生怕两个人中的一个落下。

至今记忆比较深的是三件小事。第一件是找芦笛岩景区的大门，这个景区的大门不在平地上，而在半山腰，而且到了半山腰还得往里走一段路。要不是大娇在一起壮胆找路，我估计会中途放弃。第二件是我们在溶洞里看到几只老山龟，据说有1000年了，我和大娇都相信是真的，双手合十，虔诚地为家人祈祷，还买了纪念品。大娇看着老山龟欢快地蠕动着，眼睛里都荡漾着笑意。"我家囡囡今年6岁了，喜欢唱歌跳舞，我祝愿她以后成为一个了不起的艺术家。"要不是大娇提到女儿，我都不能相信她已经做妈妈了。第三件是大娇给我拍了许多好看的照片。大娇用的手机也是华为，比我的旧苹果手机好，当然她的摄影水平也要把雨姐我甩出十八条大街。我们走出芦笛岩景区时，已近黄昏，大娇在一块由江泽民主席题写的"桂林山水甲天下"的碑刻前把我叫住，给我留下一组难忘的照片。我们叫了路人拍合影。此时，我想起在庐山旅行时，和江西警院小师妹一起的合影，和小师妹结伴旅行也非常愉快，但是两位美丽的江西妹子在性格上还是有差异，大娇泼辣干练，师妹安静内敛。

自从遇上大娇，我完全没有一个人旅行的孤单感，姐妹俩有说有笑，时光就在我们爽朗的笑声中不知不觉地流逝。

我们当天最后结伴游玩的地方是正阳步行街，听说有许多美食。因为时间紧张，我们就吃了馄饨豆浆，逛了下几家服装店和美食铺，就分开了。临走前，大娇听从我的建议，在正阳街金顺昌连锁店买了桂花糕等伴手礼。

天下没有不散的筵席，正阳街的人流熙熙攘攘，异乡的夜风吹在脸上，有些凉，毕竟还在严冬里。在缘分的天空，我们相遇，我们离别。我和大娇无法挽留时光那匆匆的脚步，只能拥抱，紧紧地拥抱，在陌生的大街上，在茫茫的人海里，彼此道声珍重。

大约晚上6点，大娇走了，我的心空落落的，很不习惯又回到一个人的状态。我漫无目的地从正阳街走到东西巷，但每遇到好吃的或者好看的，都要发微信给大娇，大娇都会及时发出惊叹的表情或者说："要是我也在那该多好。"大娇在我们分离的数小时里，更像是我的姐姐，默默抚慰着一个"精神断乳期"的女人。在后面的几天里，大娇也时常在我朋友圈点评留言："下次来桂林，一定要看一看两江四湖的美景，谢谢姐姐的推荐。"和大娇离别的第二天上午，我坐公交车又回到了正阳步行街。路过解放桥，我下车，步行来到桥上，看远远的象鼻山，像个可爱的小刺猬。身旁虽然已经没有大娇的唠叨，我却记住没戴帽子出门，并把双肩包的负重降到最低。

今天晚上，我给已经一个多月没有联系的大娇发微信，说要写她。她热情依旧，并给我另一个微信。她说："有两个微信该是保险了，不担心姐姐会找不到我。如果姐姐以后出新书，一定记得寄我一本。"

相遇和离别，这是人生永远无法回避的两个主题，无论是苦还是甜，都是珍贵的体验。在桂林偶遇的江西妹子大娇给我留下特别的记忆，所以我把故事写出来，留个念想。

## 三、情人节的承诺

2017 年 12 月下旬，我一个人去桂林旅行。回来已经有半个月，在旅途中认识的丁兄又故地重游跨年，发了一些图片给我。雨后的桂林，云烟缥缈。他说非常想念那段相遇，他鼓励我写出来。中年生活琐碎，如一地鸡毛。被迫随波逐流的我，一直找不到上岸的机会。有重度拖延症的我一直拖到 2018 年情人节。在这个特别美好的日子，我打算爬上岸，来还这笔拖欠已久的心债。

那是去桂林的第四天清晨，我在入驻的酒店参团，用一日游的形式离开桂林去阳朔。1 个司机、1 个导游加上 6 名游客，便组成临时旅游团。一对夫妻、一对父女，我和最后一位上车的丁兄，作为单男单女，很自然地便坐在一起。

丁兄身材匀称、面皮白净，戴一副金丝边框眼镜，穿着黑色的皮夹克，显得儒雅又帅气。遇到如光一般的男子，我作为熟女，咋能三缄其口、呆若木鸡？嘿嘿，等丁兄一入座，我们便开始聊起来。

如果不是丁兄自报年纪，我如何都看不出他即将进入花甲之年。岁月如流水把鹅卵石冲刷得发亮，并不曾留下几许沧桑。丁兄是北京人，北大物理系毕业，留校任教 10 年以后下海，从事金融投资工作，同时兼着一家金融报的记者，来桂林就是报社的公干。他太太是他的北大校友，在学校任教。孩子在国外留学，继承父母的优秀基因，是个帅小伙。

我自诩"学院派"，一听丁兄是北大毕业的，顿时表现出无比钦慕的神情。当然我也不甘示弱，自报家门。惹得坐在第一排的红衣大姐回过头来啧啧称赞："你俩真牛，一个北大，一个浙大。"大姐没有告诉我在哪工作，只说自己是山东青岛人，和先生一起出来旅行。高手总是深藏不露，和他们告别之后，丁兄在微信上告诉我，她是兰州大学的博导，她先生是中科院的研究员。

生活是个大戏台，有人演戏，有人看戏。人在旅途，我回归本原。我自嘲是"制度下生长的野生动物"，很享受当演员的全过程，只要被新朋友们视为开心果。出于职业习惯，我迅速摸清临时团队队员的大致情况，觉得足够安全时，话也更多了。

"你知道我为何喜欢一个人出来旅行吗？"我问丁兄。

"开拓生活视野、排解工作压力，感受生活的美好啊。"丁兄说着，嘴角微微上扬。

"不全对，更主要的是，我是来刷存在感的，看看自己是否有魅力？"我叹了口气。

"咋啦，我觉得你挺好的啊。瞧，你面若桃李、眼若晨星，妩媚可爱，称得上是一位中年少女啊。"丁兄很惊讶地看着我，同车的人也附和着。

"唉，别提啦，我是免费保姆。白天忙着上班，只能晚上熬夜写作。一晚睡几个小时，早上还要挣扎着起来做饭。急着上学的孩子不是说稀饭太烫就是难吃。家庭战争开火时，老公和儿子时常是盟友，我总是遭嫌弃的，所以，我要学娜拉出走啦，让爷俩尝尝家里没有女人的滋味。"我说着，眼神里充满幽怨。

"我家太太和孩子也常拌嘴，像鸭子一样嘎嘎叫得我心烦。我由着他们，谁也不帮，娘俩吵累了，自然就停战。你孩子刚刚在叛逆期，逆反心理会比较明显，你就多包容吧。"丁兄的话像一缕春风吹散了我的心结，最有意思的是，他爱人和孩子的血型与我家母子是一样的，所以显得特别有说服力。尤其是得到一个像光一样的男子的认可，我心里美滋滋的。这真是一个意外的收获。

到第一站世外桃源，我和丁兄俨然是相识多年的老友，我们很自然地走在一起，坐在游船上，谈笑风生。突然水面起了一团乳白色薄雾，把青山绿水的画面映衬得很美。"这个白雾不是人工喷上去的吧？"丁兄打趣道。船夫很认真地回答："是大自然的雾气。"我和丁兄笑起来。"哦，原来雾是真的，不是人工的，这是个惊喜。"丁兄笑得像个孩子，他这些年到过 20 几个国家和地区，也到过国内许多地方，对一些地方完全为了榨游客的钱而制造的景点深恶痛绝。我不由想起刘三姐大观园，就是这样的人工建筑，无非只是看半个小时的歌舞表演，却要收 100 元门票，还到处是坑，大煞风景。

世外桃源的景点一般，不过景点里对陶渊明和《桃花源记》的介绍非常详尽，让文学控的我自然非常关注，我的书房里还挂着一幅杭州书法家梦龙的行书《桃花源记》。丁兄说他太太也和我一样，浑身带着文艺调调，喜欢看书，喜欢养花花草草，喜欢和他一起去旅行。他在车上，给我看了许多他们在世界各地旅行的相片，他太太长得很好看，身材也标致。他说桂林很美，以后再选个时间带他太太来玩。夫妻的恩爱之情在丁兄的言行之中溢了出来，如满满的泉水。不过，这会丁兄是我的御用摄影师、理想的旅伴，我走到哪，他总是紧紧相随，多少满足了我做女人的虚荣心。

于是在遇龙河坐竹筏自然也是我和丁兄一组啦。上次在贵州高过河和坤儿坐皮筏艇翻船的阴影，还在我心头挥之不去。我在丁兄的搀扶下战战兢兢地坐在竹筏的椅子上。竹筏由八九根粗大的毛竹构成，又细又窄，只能容得下两个人的坐椅，不像漂流在黄河上的羊皮筏子最多可以坐 10 个人。撑篙的是个船娘，约莫 50 岁，话不多。

漓江的水碧绿碧绿的，虽然因为是冬天，水位下降许多。竹筏顺水缓缓漂流、两岸青山微微后移，竹筏、橙黄的救生衣和满眼的绿构成美丽的山水画卷，"唱山歌喂，这边唱来那边和，山歌好比春江水嘞，不畏险滩弯又多咯，弯又多……"歌神刘三姐的歌声在我的心里默默地唱响，春水尽情流淌在我生命的河流里。我从一只叽叽喳喳的麻雀变成安静的小羊。我和丁兄默默地享受着宁静的时光，唯恐嘈杂的人声打破山水间的寂静。我们从喧闹拥挤的都市投奔而来，不就是为了图心灵的宁静吗？自然山水是最好的镇静剂和美容剂，人是自然之子。

太阳越升越高，我对丁兄的好感也如阳光冉冉上升。"真想永远地漂下去、漂下去啊。"我带着慵懒的神情说。此时，阳光变得刺眼起来，我不得不戴上帽子和墨镜，看着丁兄用右手遮挡着额头，我心里很不是滋味，后悔自己没多带上一顶帽子，哪怕是几张旧报纸也好。我在包里搜找了一番，只找到一张两岸三江夜游的导游图。丁兄接过来说挡着阳光好多了。

亲爱的朋友，你相信日久生情吗？和丁兄处了两三个小时，我就变得有些依恋他。以前很少遇到如丁兄这种类型的男子，宽厚仁爱、见多识广，许多新的东西会从他嘴里蹦出来。遇到丁兄以后，我感觉自己的荷尔蒙分泌浓度不知不觉增强。想起"百年修得同船渡，千年修得共枕眠"，两朵红云飞上脸颊。

我不仅和丁兄处得特别愉快，和同车的其他团友也特别投缘，所以到了吃午饭时，大家把在汉唐·馨阁十里画廊分店点餐的任务就交给我。在五星级酒店点餐肯定是有压力的，我征求诸团友的口味以后，点了富有当地特色的六个菜一个汤，可谓皆大欢喜，而且在吃饭时有新的收获，我发现来自厦门的女孩居然是我同行，参加工作3年，这次和父亲一起休假出来玩。人生何处不相逢？这样的邂逅让人惊喜万分。旅行如人生，永远充满未知，你不知道在下一个转角会和谁相遇。我珍惜人生路上每一位相遇的朋友，所以不论再忙再累，都要用文字和图片记录储存起来，因为这是金钱买不到的精神财富。于是饭后，我们在长满花花草草的院子里拍照留念，我和丁兄站在一起，阳光下笑靥如花。

最美的时光往往走得最急，吃完饭我们去坐漓江的大船，坐完船，回桂林的回桂林，留阳朔的留阳朔。下午，来自厦门的父女俩在宾馆休息，就我们四个人出来游玩。在回程的路上，有说有笑的我变得沉默寡言起来。每每到离别时，我的心都是特别堵。我希望丁兄可以留下来陪我玩阳朔西街，他是第二天早上的飞机。他自己也嘟囔着："早知道这样，还不如来阳朔住。""我太太还没有来过，我下次陪她过来好好地玩几天。现在这样走马观花，玩也玩不好的。"丁兄和我解释。我不知道他是想说服我，还是说服他自己。看他去意已决，我也不勉强。

在充满失落和惆怅的路上，我为团友们朗诵了我初到桂林时写的诗。


**我想去桂林**


我想去桂林

桂林山水甲天下

小学课本里描绘的画卷

至今记忆犹新

仿佛触手可及


我想去桂林

一颗童年的种子

在时光里慢慢发芽

长成绿树

向天空无限延伸


我想去桂林

有个声音在静夜里呐喊

我想去摸摸象鼻山

听刘三姐唱山歌好比春江水

坐着竹筏过遇龙河


我想去桂林

探秘芦笛岩的五彩斑斓

看看两江四湖美丽的夜景

尝尝桂林米粉和桂花糕

捧着书在阳朔西街上晒太阳


我想去桂林

把酒店当作旅行的家

看风景也看看街上的人们

生活和我有何不同

必要的时候做些记录


我想去桂林

哪怕是隆冬时节

于是我轻轻地来了

带着心中的绿树

还有千万个憧憬


　　车里所有的人都鼓掌，坐在我前面的红衣张教授说："我非常喜欢诗朗诵，虽然不专业，以后你有其他诗作，一定记得和我分享啊。"我点点头。

"工作再忙，也不要放弃你的爱好。成功属于持续不断追求自己梦想的人。我很欣赏你的个性和你的作品。记得回去把你的书送我一本哦。"丁兄充满怜爱的目光让我不好意思直视。

读完诗歌，听着鼓励，我心头的离愁暂时被浇灭。我又一次感受到文字的力量、友情的力量。

女人的心是复杂的、善变的。在车上有说有笑的我下车后，心又开始往下掉。我一个人在阳朔街上流浪，怅然若失，我舍不得丁兄和朋友们的离开，不习惯由热闹重新陷入孤独，但我必须接受这样的现实。我深深懂得，爱情和友情是两回事，有些人和事虽然美好，但只能远远欣赏，不能强行占有。人要学会知足才会保持愉悦的心境。

我没有为丁兄的拒绝而懊恼，反而对他的人品更加肃然起敬。他是个言必行、行必果的人。果然，10余天后，他带他太太故地重游，实现爱的承诺。他是一个好丈夫，也是一个好朋友。他对我一路上绅士般的关照，让我在桂林的冬天感受到春天般的温暖，而且作为女性的自信心极大限度地得到提升，这让我足够刻骨铭心。

2018年的情人节，我如释重负。因为我实现友情的承诺，不仅及时把《葡萄架下的相约》寄往北京，而且和时间赛跑，把我和丁兄的"艳遇"故事写出来。

"记忆是平淡生活的佐料，偶遇是过往人生的精彩，用笔墨丹青留住美好的瞬间，让生命之花开得更绚烂多彩，就不枉此生。"丁兄朴实亲切的话语一遍遍在我耳畔响起，激励我大步流星地走在新的人生路上。

# 到延安去

台湾作家蒋勋先生说过："人在一个环境太久了、太熟悉了，就失去他的敏锐度，也失去了创作力的激发，所以需要出走。一对比，你都会回来检讨自己的生命意义和价值。"延安就是这样一个值得前往的地方。近年来，行走已经成为我生活中不可分割的部分，但是我绝对不敢轻易说出"朝圣"两个字，除了我到过的延安。

从靖边到延安坐汽车大巴不过两个半小时，司机把我放在杨家岭大桥靠隧道一端，所住的颐和酒店在圣地路上，不算太远。我不需要像旧时的热血青年，要穿过层层封锁，克服千难万险。

一踏上延安这块革命圣地，特别是途经延安大学、杨家岭革命遗址，我的内心就如大海一样波涛汹涌起来。我顾不上头顶阳光的毒辣和汗流浃背的狼狈，用火箭上天般的速度在微信朋友圈庄严宣告："我如同当年的文艺青年，怀着一颗火热的心，跋山涉水，终于抵达革命圣地延安，我从小向往的地方。"配图是延安大学的校门，车水马龙。发朋友圈时间是 2018 年 8 月 15 日 12：47。在我的生命历程中，很少有一个地方让我如此冲动地向全世界宣告。

那么延安到底有何种神力来吸引着我呢？我看到的、听到的、想到的是否和我原来想象中的一样呢？通过三天的朝圣，我想我大致找到了答案。

# 一

在延安革命纪念馆的展柜中，陈列着一盏小小的煤油灯，铁皮做的，表面涂着一层褐红的防锈漆，放的油不多，棉线的灯芯从煤油里浮出一小截。这盏煤油灯太矮，伏案写字的时候，需要在油灯下垫一个 10 厘米的圆柱木头。它太普通了，延安时期，干部、学生、群众都用它，但是它又不普通，就是借着这盏油灯的微弱灯光，毛主席写了诸多光辉的篇章，如《矛盾论》《实践论》《论持久战》《新民主主义论》。《毛泽东选集》一至四卷收录的 159 篇著作，有 112 篇写于延安时期，其中就有 40 多篇是在小煤油灯下写成的。

当年，美国记者福尔曼访问延安时，看到了一个细节，就是共产党的领导在思考问题时，把灯光捻小，挥笔写作时，才将灯光捻大，所以他在《北行漫记》里讲："共产党的负责干部，住着寒冷的窑洞，凭借着微弱的灯光，长时间工作。那里没有讲究的陈设，很少物质享受，但却住着头脑敏锐、思想深刻和具有世界眼光的人。"

可以说，延安的一盏小小煤油灯既普通又非凡，呈现出艰苦朴素的精神。延安的一盏小小的煤油灯，指明中国革命的航程，它的光芒还将照耀后人，我把它称为"枣园的灯光"。

在枣园周恩来故居，有一架木制纺车安静地立在地上，这架纺车很不起眼，布满岁月的尘埃，但它却真实地记录了 1943 年 10 月周总理在这里参加纺线比赛的情形。周总理当时作为中共代表经常往返延安、重庆和南京等地，同国民党谈判，但是他也忙里偷闲，参加轰轰烈烈的大生产运动，纺出来的线"又匀又细白个生生真好看"，周总理被评为纺织能手。陕北民歌《想起周总理纺线线》就是据此创作，由李双江老师唱红大江南北。这辆小纺车是南泥湾精神的真实写照，当时的中国共产党人自己动手、丰衣足食，开展大生产自救运动，粉碎了日寇、国民党要把革命根据地军民活活困死、饿死在延安的阴谋。

关于大生产运动，来延安的留法女博士、作家陈学昭在《工作是美丽的》一书中写道："第一次坐在纺车前，不知道如何下手。对我来说，开动一辆汽车比摇一辆纺车容易多了。我这是弹钢琴的手啊，现在弹棉花。锭子一碰就跳，弦太紧摇不动，太松摇不动。我在纺线中学会耐心，不主观、不偷巧。"当然劳动是有报酬的，陈博士还将纺线赚的钱到边区银行换了两个金戒指，一直缝在她的腰带里。

劳动改造人，大生产运动让领导人和群众打成一片，不仅达到生产自救目的，而且为夺取中国革命全面的胜利奠定物质基础，赢得民心。

杨家岭的早晨，阳光在延河水中闪烁，不远处的半山腰上，矗立着一孔孔安静的窑洞。游人如织，我跟随众人走进毛泽东主席、周恩来总理、朱德总司令等老一辈无产阶级革命家住过的窑洞，看到的只是一张旧木床、一条桌案、四壁黄土、一盏油灯。因为有着为人类谋幸福的信念，这里最单调却有世界上最传奇的色彩。这里是全世界最小的指挥所，却指挥了世界上最大的人民解放战争。

陕北窑洞和中国革命的结合，充满戏剧性的偶然，更有某种必然。窑洞就是母亲，她以特有的宽厚、敦实接纳包容了这支队伍，同时也用温暖的黄土和小米汤滋养了这支英雄的队伍，孕育出伟大的思想，所以有了"窑洞里走出马列主义"的说法。物质的匮乏并不能消磨共产党人的斗志，反倒能激起最大的热情，最强的理性。不得不说，信仰是一种强大的力量，如火种。

# 二

　　在延安，我还听到一个毛主席让车的小故事：抗战时期的延安，中央领导到哪里都是骑马或步行。陈嘉庚先生送给延安两辆小轿车，延河畔响起的隆隆马达声和清脆的喇叭声，吸引着延安军民。警卫战士们有说不出的高兴："这回毛主席外出开会再也不用骑马、走路了！"可是没料到，在分配车时，毛主席提出要考虑军事工作的需要，照顾年龄较大的同志。尽管大家都希望配给毛主席一辆轿车，可在他的一再坚持下，一台配给了主管军事工作的朱老总，另一台配给了延安的"五老"（徐特立、董必武、谢觉哉、林伯渠、吴玉章）。

　　有一次，毛主席骑马去枣园开会，在回来的途中，马突然受惊，将主席从马背上摔了下来，左手摔伤了，手腕肿起老高。担任警卫员的杨辛克既着急，又害怕。主席见他紧张，一边安慰他，一边把马缰绳递到他的手中，自己步行回到了延安。出事以后，朱老总和"五老"都要把车让给毛主席坐，甚至把车都开到主席跟前来了，全让主席给"撵"了回去。

　　毛主席不但没有一丝领导人的架子，而且非常关心延安人民的生活。毛主席把党和群众的关系比作种子和土地的关系，比作鱼和水的关系，强调党要植根于群众，一切为群众服务。他是这样想的也是这样做的。

　　记得毛主席在枣园居住时，路过侯家沟，看到有两个农民唉声叹气，经交流得知是因为这个村庄的婆姨不会生娃，两农民正寻思去娘娘庙烧香祈福。当年的农村文化医疗条件落后，除了依靠迷信想不出更好的办法。主席回枣园以后，马上派人去调查情况，获知是饮用水出了问题，于是及时进行改良。在毛主席的关注下，一年以后侯家沟传出娃娃的哭声，至今，村里的人们仍在念叨主席的恩情。当时各级干部和广大战士帮助群众排忧解难，蔚然成为延安社会常态，人民群众也是赤诚爱党。难怪从国统区过来的爱国华侨陈嘉庚在造访延安以后，感叹："中国的希望在延安。"

在延安处处可以看到扛着红旗，穿着红军或者八路军服装、别着党徽的成批的红学团、延学团，当我在中共七大会址前把一批学员在听党课的小视频发朋友圈时，我对朋友们说："你亲眼来延安看一看吧，感受感受，你一定会融入这种神圣自豪的氛围里来。"

延安没有名山大川，没有美景奇观，物价水平接近北上广一线城市，为何全世界、全中国的人民都络绎赶来？而且来这的人们脸上的表情是崇敬的、庄严的，很少看到嬉皮笑脸的表情。如果说抗战时期的人们来延安是为了追寻真理、谋求解放，那么新时期的人们则是来忆苦思甜、饮水思源，把延安精神传承好、发扬光大。

## 三

在延安参观，也许很少有人关注到文学。我在延安各个景点基本没有看到书店或者有书在出售，难免让我有些失望。要是能从延安带回一套《西行漫记》或者是革命回忆录该多么有珍藏价值啊。我在离开延安最后那天，爬到高高的宝塔山上，才发现城中间有一个小小的新华书店，但作为一个炼字者，我还是捕捉到一些文艺气息。给我印象最深的就是杨家岭革命遗址的"飞机楼"，正式的名称叫"中共中央办公厅楼"，此建筑共有三层楼，灰色屋顶黄色的砖墙，形状看起来像飞机，所以又称"飞机楼"。这是第一次召开延安文艺座谈会的地方。1942 年 5 月 2 日至 23 日，丁玲、欧阳山、陈波儿等 100 多名文艺工作者参会。我仿佛听到毛主席那带着湘潭腔的普通话在会场传来："我们的文学艺术都是为人民大众的，首先是为工农兵的，为工农兵而创作，为工农兵所利用的……"至此，延安时期的文学进入空前繁荣状态。延安的农民根据秧歌调创作流传至今的革命歌曲《东方红》、歌剧《白毛女》、秧歌剧《兄妹开荒》、赵树理小说《小二黑结婚》都是这个时期涌现出来的优秀文艺作品。据说《白毛女》里演黄世仁的演员因为演恶霸地主演得太像，差点被观看演出的农民打死。这说明当时的文艺已经深入人心，所以会引起强烈共鸣。

说起延安文学，说起鲁艺，不能不提到在中国现代文学史上占有重要地位的作家丁玲，她的照片在杨家岭的妇运史图片展上有，在革命纪念馆里也有。特别喜欢她一张戴着军帽，穿着棉大衣，笑容灿烂的照片。丁玲率真的性格和不凡的才华让我发自内心地敬佩。

1936年至1949年，丁玲在延安创作了短篇小说集《一颗未出膛的枪弹》（1937年）、《我在霞村的时候》（1941年），长篇小说《太阳照在桑干河上》（1948年）获得斯大林文学奖等。和同时期的来解放区的作家相比，丁玲小说最成功之处是她尊重自己的观察和思考，侧重以纤细的情感和笔触，去展示一个伟大变革的历史时代人们精神和心灵的巨大颤动。她既满腔热忱地歌颂和描写革命根据地，解放区的新生活、新风尚、新人物，又直言不讳地暴露生活中的阴暗面，从而使其作品达到了现实主义的新高度。

在毛主席诗词中，题赠作家的只有一首，就是写给丁玲的《临江仙·给丁玲同志》："壁上红旗飘落照／西风漫卷孤城／保安人物一时新／洞中开宴会／招待出牢人／纤笔一枝谁与似／三千毛瑟精兵／阵图开向陇山东／昨天文小姐／今日武将军。"体现了毛主席对投身革命的知识分子丁玲的支持与鼓励。

此次来延安，我也是为另一个作家而来，他就是路遥。延安就是路遥的长篇小说《平凡的世界》中的黄原城，是孙少平最初打工的地方，也是少平和晓霞重逢的城市，是路遥走出陕北的起点，又是他灵魂归结的终点。路遥在小说里一次次提起这座城，提起这片苍茫的黄土地。路遥先生墓地就在延安大学文汇山——这是一处静谧的灵魂安息之所，路遥在这里沉睡。

因为急着赶从延安到西安的火车，我只是在偌大的延安大学转了一圈，通过一个退休老教授的指点，在窑洞广场一带找到路遥文学纪念馆，可惜铁将军把门，路遥先生墓地更是无暇拜祭。从路遥先生的家乡榆林，我一路南下追寻先生曾经留下的足迹，虽然收获不大，但心里有些许安慰。因为我和先生的灵魂已经靠得很近，很近。

# 四

我到延安的第二天巧逢七夕，有人问我有"艳遇"否，我说："有，延安就是我的红色恋人。"

我的心和延安同在。日本投降纪念日那晚，我不顾旅途劳顿，一个人跑到杨家岭大桥上，聆听延河水的歌唱，嫌不过瘾，又摸黑来到桥下和延河水亲密接触，哪怕满脚泥泞。过了子夜，我依旧没有睡意，心里有团火在燃烧，诗歌是我送给延河的信物。

杨家岭、壶口瀑布、南泥湾、革命纪念馆、枣园、宝塔山、领袖和人民像一个个红色的符号，深深地铭刻在我的脑海中，从此不会迷失方向。延安精神如红星照耀中国，也照亮我的人生道路。

到延安去！到有光的地方去！延安是红军二万五千里的落脚点，又是中国革命走向胜利的起点。延安承载我的光荣和梦想，成就我独特的人生体验，所有的社会角色意识在这苏醒，我是游客、孩子、母亲，还是中共党员、文化的传播者。

到延安去，只去一次肯定是不够的！

# 在苏州听评弹赏中秋

又到中秋，我在苏州盘门的园子里见到的月光不算特别皎洁，多半时候被乌云挡住。大约晚上 8 点，我才从盘门回到观前街。

吃完鲍鱼香菇面，回酒店，途经富仁坊，被一家叫"聆韵社"的评弹演艺馆飘出来的吴侬软语吸引，徘徊片刻以后，走了进去。当天在苏州半日游遭遇黑导游的阴影多少会让我失去正常的判断力。

这是一幢两层的小楼，一楼贴着苏州评弹的各类流派的介绍，有徐调、陈调、俞调等，估计和我们越剧里的王派、金派花旦、尹派、徐派小生等差不多。海报上写着喝茶 38 元起，但愿是最低消费吧。

上了二楼，大约放了七八张桌子，已经有 10 多位客人，台上一男一女两位演员正在弹唱，有国语字幕。听不懂他们在唱啥，只觉得这个调调特舒服。演员都在 30 岁出头的年纪，男的灰色长衫，女的白色碎花短袖旗袍，没有化妆，但都有着无法言表的气度。客人们很少说话，一边吃瓜子，一边喝茶，一边聆听……

在人海里挣扎了许久的我，感觉自己是踏进了旧时候苏州大户人家的堂会，高贵、雅致、隆重。心想："在如此美妙的地方即使被当猪猡宰也是件风流快活的事儿。"

店老板很殷勤地跑过来招呼我，我看到他感觉眼熟，不知在哪见过。等到他也上去表演，我才知道他也是江苏省评弹团的专业演员，一楼贴着他的表演剧照。一杯热气腾腾的碧螺春、一盘葵花子，一本点曲录马上上来。老板说："只要48元，茶钱。你可以不点，一直听，到全部客人都走。我们保证每位客人至少听到两曲。"我笑眯眯地点点头。

可能因为是中秋，因为评弹的独特，二楼茶座的客人越来越多。一批8个人的广州客人团让茶座掀起新的高潮。广州客人大手笔，一上来就点了两曲，虽然要80元一首。《送兄》和《战长沙》，一首缠绵悱恻，一首高亢激昂，《战长沙》把原本昏睡的孩子唱得哇哇大哭，唱得是《三国演义》里的故事。

《好一朵茉莉花》《太湖美》等民歌小调如苏州巷子里叫卖的桂花米糕，又甜又香又糯，姿色平平的女演员，只待朱唇轻启，便可口吐莲花，字字珠玑。

我手拿唱本，听得如痴如醉。苏州评弹有一种魔力，你一旦沾染，就无法摆脱，这声音会钻进耳朵，钻进毛孔，钻进心里，难怪乾隆皇帝当年下江南，听得入迷，直接把评弹艺人打包带回京城。

老板姓孙，我就叫他孙老师，在演员中场休息的时候，和他闲聊，大约知道了来这听戏的规矩。这个"聆韵社"是他和几位好友共同创建的评弹表演工作室，他们平时在单位上班，业余时间来这挣点外快。当然不能这样说，应该是普及评弹艺术。国庆这几天，他们大约下午1点半开始开业，到晚上，客人不走，他们不会离开的。一般每有新客人上来，他们就上台表演，小调和长曲各一首，余下由客人来点唱。他说他们这不像有的地方要半小时或者更长的时间才唱一唱，吊足客人的胃口。不过，这样一来，演员比较辛苦，七八个小时工作下来，喉咙都唱得要冒烟了。孙老师的辛苦在他的朋友圈也能感受到。他12点在朋友圈晒泡面图："中秋节，在店里吃个宵夜，吃得好点，不能亏待自己。"

不过写到这儿，你可能会觉得这些苏州人有点要钱不要命的感觉。"过节是真心忙累，这么忙碌是为了钱吗？No，单位发的钱怎么都花不完。是为了我热爱的评弹事业！"我相信是孙老师的肺腑之言。其实敷衍还是认真，仔细聆听就能感受到。我可以说我听到的每一曲都是字正腔圆，到点到位的。他们也不像导游一样在人堆里窜来窜去，游说客人购物。客人来，上茶、瓜子，就坐那了，除非客人有招呼。

哦，话说岔题了，我还从热情的孙老师处获悉苏州评弹分评话和弹词两种，评话只说不唱，用苏州方言，外地客人可能听不懂，还有一种就是弹词，边弹琵琶边唱还带点表演，加上有字幕，大部分客人们都比较喜欢。

聆韵社是安静、优雅、自然、舒服的，客人们的素质也比较高，没有景点的大声喧哗声，我一屁股坐下来就不舍得离开了。碧螺春碧绿鲜亮，续了四五次依旧茶香如初，瓜子也是多年没磕了，这样的慢生活不仅治愈白日的不快情绪，还多了份独特的中秋感受。至于后来又认识迟来的山东济宁画家老铁，那更是意外之喜。

我在聆韵社从晚上9点左右坐到11点多，从最初的忐忑不安，慢慢情绪平稳、渐入佳境，没有人催我，我平静地瞄了下点曲的标价，主动点了一首长调《赏中秋》应景吧，在这个花好月圆的美好时刻。"七里山塘景物新，秋高气爽净无尘……"这个徐徐唱来的调子如蜜糖和着浓浓的茶香送进胃里，浑身都舒服，我的脑海里浮现出3日那天游走山塘的情形。后来我还跑上去和演员合影。

"啊呀，这地久天长永不分，是否有点敏感啊？今天可是中秋佳节啊。你先生一起来了吗？"和我合影的凌吉老师很幽默，他指着电子字幕的唱词说。

"我在苏州玩，孩子在滁州奶奶家，先生在温州文成做客。这个中秋，我们一家三口很意外地成了天鹅、梭子鱼和虾，不过都通过电话、微信彼此问候、祝福。"我轻轻告诉他。

"你们家好民主。"凌吉老师竖起大拇指。

聆韵社和我住的酒店只隔了一个街心小公园，我寻思着晚上要不要再去听听，还有百年光裕书厅的日场，据说是以评话为主，管它听不听得懂呢。我愿意把时光浪费在美好的事物上。

# 不一样的孝感

　　孝感是中国孝文化之乡，盛产米酒和麻糖，孝感是文友剑雨的家，这是未来之前已经获得的常识，也并非我写此文的初衷。记得有个作家说过，他从来不去写百度上有的东西。或许我无法达到他的水平，但我想告诉你一个不一样的孝感。

　　孝感像一池神秘古老的湖泊，蕴藏着无数的故事。它和一个叫"云梦泽"的名字紧紧相连。在2000多年以前，云梦泽南边以长江为界，周长达450千米的湖面浩浩荡荡，繁衍着无数的植物和许多叫不出名字的动物。后来云梦古泽因为受长江和汉水带来的泥沙沉积，汉江三角洲不断伸展，范围渐渐缩小，变成平原。云梦由湖泊的名字先后变成楚国、秦国皇家狩猎场，但云梦泽的威名依旧响亮。古人用"气蒸云梦泽、波撼岳阳城"记录云梦的前世今生。

　　云梦乃荆楚腹地，历史悠久，人文发达，是老庄哲学、屈骚汉赋的显学之地。云梦最出名的事，就是秦简出土。1976年3月《人民日报》发表一条消息称在湖北省云梦县发掘12座战国末年至秦的墓葬，出土1000多枚秦简，总字数约4万字。谁能想到这些秦简居然是一个叫喜的秦国青年法官的日记呢。他的日积月累为后来研究秦朝法律、起居生活提供了重要参考资料。这股在考古圈刮起的旋风不亚于发现马王堆帛书。秦简的考古发现被称为中国100年来最重要的考古发现。同游的肖舟律师在路上和我提及上述事情，没想到在云梦祥山博物馆得到印证，而且我们看到的是真迹，一根根竹简用真空玻璃包装着，工整的字体清晰可见。后来在这个叫睡虎地的地方还出土了大量的汉代书简。

安陆和云梦皆从属孝感，都是楚文化发祥地。因大诗人屈原和李白都曾经生活过，孝感这块土地在我心中因而变得仙气飘飘、与众不同。屈原和李白都属于怀才不遇的才子，但是屈原的生活明显要悲苦许多。公元前305年，屈原因为反对楚怀王和秦国结盟，被逐出都城，遭到放逐，前往汉北云梦担任掌梦官一职，管理王公大臣们的打猎一事。屈原远离亲人，孑然一身，忧愤寂寥之心可想而知，而他的粉丝李白的处境明显要好许多。诗仙李白27岁时，"仗剑去国，辞亲远游"，辗转到安陆，客居10年。虽然李白自称"醉隐安陆，蹉跎10年"。实际情况呢，李太白先生天天有美酒也有佳人相伴。当朝许宰相的孙女许氏嫁给李白，还为他生一子一女。李白在白兆山的10年漫游生活中写出100多首好诗，其中不乏《静夜思》《送孟浩然之广陵》等名篇，他和孟浩然的友谊也缔结于此。我一直以为李白的心是道家的，学老庄屈原的，其实他还是受"修身齐家治国平天下"的儒家思想的影响，想为朝廷效力，只是写了多次举荐信后都没有下文。"归来桃花岩，得憩云窗眠"，李白的潇洒豪放中有淡淡的无奈和哀愁，所以他称青年时期的10年为蹉跎，和陶渊明真正的归隐还是有区别的。

广州文友海不扬波是安陆人，他的家就和白兆山上的李白纪念馆相距不到10千米。安陆是著名的银杏之乡，他希望我在深秋再去他家乡欣赏美景。安陆是李白的第二故乡，海不扬波又是李白的半个老乡，难怪文笔不赖。李白塑像头上的那根避雷针，我想把它拔下来，插在那实在有碍一代诗仙的伟大形象。李白家小院的七里香，让我至今怀念，它的香气已经袭入我的灵魂。

在我的眼中，孝感是古老的又是现代的，李白、屈原、黄香等古人为城市的历史增添无数瑰丽奇伟的色彩。5 月 13 日，我因为买错车票，在孝感多停留两个小时，因而捕捉到孝感的另一面。

在剑雨的引领下，我来到一家叫卡西莫多的书店。这座书店坐落在城市的街巷中，分上下两层，和我去过的苏州诚品大厦、南京先锋书店、杭州的纯真年代书吧等著名的独立书店相比，实在是太普通。一楼的书吧还有点因为天气潮湿散发的霉味。书店主人叫老潘，白白的身体，白白的眼睛，白白的头发，我听剑雨介绍老潘有白化病。二楼有一位长头发大眼睛的漂亮女士，姓朱，大约 30 岁。毕业于孝感学院中文系（现改名湖北工程学院）。书很多，社科文艺类的很齐全，我注意到美国作家梭罗的《瓦尔登湖》有五六个译本。作为一个中年女人的八卦心理，我很想知道老潘和这个年轻漂亮的女子之间的关系，但不好意思问。出于礼貌和对书店的敬意，剑雨在书店买了一本书送我，书名叫《我不过低配的人生》（作者：雾满拦江）。我加了老潘的微信和书店的公众号"瑞亚和狮子"（瑞亚是希腊神话的女神，以一对狮子的形象出现）。回宁波后，我抽空关注公号里的文章，我想说这个其貌不扬的老潘是个害人精，他的文字是有魔力的，让人欲罢不能。朱女士的笔力也不比老潘逊色。

我也在公号里找到书店和书店主人的故事。多少有点偷窥者的窃喜。卡西莫多书店在孝感已经开了第 19 个年头，因为地块拆迁，2000 年老潘把书店从武汉汉口搬到孝感。老书店开在孝感学院边上，朱女士当时还在学院读书，常来书店看书、打工，后来和老潘结婚升格至老板娘。读者常常可以看见两位男女主人很严肃地探讨一个文学问题。书店的名字缘于法国作家雨果的小说《巴黎圣母院》，书里有个敲钟人叫卡西莫多，虽然相貌丑陋，但是心地善良、爱憎分明、力气很大。老潘很喜欢这个文学人物，故取此名，并表明办店的初衷："时代的敲钟人，灵魂的栖息地。"在这个网络时代，纸质书受到电子书的严重挑战，卡西莫多依托公号、微信群、书店、线下沙龙活动，真心为全国的读者赏书、挑书、售书，老潘伉俪把独立书店开成一种情怀。又一次让我相信爱情可以嫁给理想，理想的阳光可以照亮丰富现实。卡西莫多书店已经成为孝感的人文坐标、城市客厅。如果你来孝感，记得来卡西莫多书店坐坐，找老潘聊聊。卡西老潘和他的妻子朱蕊用理想和坚持成就一段现代人文传奇。

其实孝感文友剑雨大可不必惭愧家乡没有重量级景物。小城有小城的好，孝感这个小城紧挨在大武汉边上，反而保持了它的质朴和纯真。

# 我与运河的不了情

著名作家徐则臣老师的长篇小说《北上》获得第十届茅盾文学奖，这是一部以大运河为背景的作品。《北上》像一道光，照亮了我这颗偷懒的心。其实我与运河也有许多故事。这些故事如汩汩的运河水贯穿我的青年和中年，川流不息，直至今天。

最早把运河从历史地理名词变成实物的应该是1992年那个春天，我在浙江公安高等专科学校读大一，学校组织去苏州春游。

27年前，交通还不是特别发达，我们是坐运河的船去的。当时区队30多个老师和同学是坐公交车去船运码头的，因为人多拥挤，我没有赶上第一辆车，成为孤雁坐在第二辆车上。那时还没有手机，不确定码头的准确位置。一颗绝望的心在杭州的运河码头大步奔跑，不知道跑了多久，突然听到有一群人在我的左前方喊："王海燕，我们在这儿，快过来，船要开了。"等我赶到船上时，我的额头挂满汗珠，衣服也湿答答地粘着皮肤，心像装上小马达狂跳不已。那晚，我已经忘记自己在船上如何度过运河之夜，也忘记去苏州春游看到的美景。

后来又去了两次苏州，都是坐高铁去的，但是我依旧不能忘怀年少时的经历，还和接待过我的苏州作家谭勇奇特意提起过。我与运河最初的缘分是和一颗青涩受惊的心捆绑在一起了。

运河一直在那，但自那个有着青春印记的春天以后，在相当长的时间里，与我并不相干。我和它就像两列并行的火车。1991年秋天到1994年夏天，2006年春天到2008年冬天，这是我人生两段重要又短暂的质朴时光，我在杭州，这座京杭大运河的北上起点城市，中国的丝绸之都，修完我的大学和研究生学位。"人间天堂"杭州的西湖、六和塔、钱塘江大桥、西溪湿地、龙井等景点给我留下美好深刻的记忆，唯独没有大运河。

斗转星移，到了2014年。我在《宁波日报》上看到一条消息：6月22日，第38届世界遗产大会宣布，中国大运河项目成功入选《世界遗产名录》，成为中国第46个世界遗产项目。其中提到杭州、宁波（浙东运河段所在城市）。看到这条消息，我有点羞愧，自诩是文化人，写了不少介绍全国各地风土人情的文字。我却对大运河这个重量级的世界文化遗产孤陋寡闻，它紧紧地联结着我的求学地和生活地，我在内心暗暗萌生探究的念头。

是粒种子，遇上合适的环境，总会发芽。2014年秋天，我参加为期15天的首届鲁迅文学院浙江中青年作家培训班。这个班就办在杭州省委党校，其间有个采风活动，目的地是运河广场。我暗暗欢喜，机会来了。于是在参观中国运河博物馆时也特别用心听讲。据讲解员讲解，京杭大运河是世界上最长的人工运河，全长1747千米，和长城、坎儿井并称中国古代三大工程。大运河距今已经有2500年了，大运河肇始于春秋时期，形成于隋代，发展于唐宋，最终在元代成为沟通海河、黄河、淮河、长江、钱塘江五大水系，纵贯南北的水上交通要道。在2000多年的历史进程中，大运河为中国经济发展、国家统一、社会进步和文化繁荣作出了重要贡献，至今仍在发挥着巨大作用。大运河显示中国古代水利航运工程技术领先于世界的卓越成就，留下丰富的历史文化遗存，孕育一座座璀璨明珠般的名城古镇，积淀深厚悠久的文化底蕴，凝聚中国政治、经济、文化、社会诸多领域的庞大信息。

采风时间是一天，我和作家班的老师、同学们参观了运河博物馆、刀剑博物馆、王星记伞博物馆、香积寺等景点，看着运河两岸绿树成荫、人头攒动，河流上船只南来北往，感觉自己是刘姥姥进大观园，应接不暇，我需要花时间好好消化。趁着离集合还有点时间，我在桥西直街闲逛，遇到舒羽咖啡馆，我被里面的书和雅致的风格吸引，要了一杯拿铁咖啡，找了一本介绍运河的书翻阅起来。此时阳光斜斜地照在身上和书上，整个人都感觉金光闪闪的。店主人舒羽是个诗人，每年举办大运河国际诗歌节。可惜那天未遇。书名已经不记得，但我依然记得书中对运河广场旁最显眼的一座古桥的介绍。它叫拱宸桥，是杭州最高最长的石拱桥，始建于明朝的崇祯年间。我们现在看到的桥是康熙年间重建的。拱是拱手迎接之意，宸，指的是帝王的宫殿。拱宸桥高大巍峨地横跨运河之上，象征着古时对帝王的崇拜和敬意。这座三孔石桥，巍巍屹立在运河畔几百年的时间，见证了时代的变迁和发展。拱宸桥是一个地标式的建筑，如果以北上的顺序来看是京杭大运河的起点标志。当时非常想步行沿着运河的景点从南到北一一看过来或者坐船慢慢游。因为是集体活动，只能走马观花，但大运河杭州段的繁华美丽已经深深地烙印在我心里。从那以后，我有意识地一点一点地去完成这块文化拼图。

运河不仅为我打开新的知识之窗，它也成为我日后越来越依赖的精神栖息地。近几年，工作特别繁重，G20峰会安保、"十九大"、改革开放40周年，安保任务一个接着一个，我去杭州的频率也越来越高。特别是焦虑的情绪无法排解时，我就会"离家出走"，在运河旁开一处傍水民宿，观云起云落。在运河畔居住，我最喜欢走运河。"走运，走运，越走越幸运。"不仅是寓意好，而且让心情非常愉悦舒畅。运河两岸特别开阔，一年四季树木葱茏。这里没有西湖边人山人海，闹中取静，从武林门出发，步行至拱宸桥，再从拱宸桥上走到运河的对岸，从运河的另一边步行道步行返回。沿途游览古迹、公园及景点，还有一些博物馆、小河直街等，可以走上 30 多千米。

当然我没有这么好的脚力，每次只能走一小段，有时独自行走，有时同学、友人陪着我一起走。我的高中同学老崔告诉我，武林门一带的运河景观集现代和古老于一体，新的地标杭州环球中心就在那。他以武林门段的运河为背景，摄下动人的瞬间，于是那个女子的笑容永远定格在运河旁，围着大红披肩，坐姿温婉。那天他带着我在运河岸上行走，吃世界上最好吃的水饺。前一天晚上是研究生班的同学小熊陪我夜游的，运河的桥和水在灯光的照耀下，流光溢彩，非常美丽，让我想起"桨声灯影里的秦淮河"。两位同学一别就是数年，但想起来依旧温暖。我爱运河边的每一棵树，每一朵花，每一处充满故事的古建筑，运河旁的风涤荡着我的心胸，运河旁的阳光给我信心和力量。如果说我的青春时代，西湖给我留下不可磨灭的印记，包括已经消逝的爱情，那么到中年以后，我对古老但依旧充满活力的运河情有独钟。运河和西湖的水共同构成了杭州专属的江南式的灵秀，带给我无数创作的灵感。

2014 年以后的运河像我的老朋友，难舍难分。在我的眼里，运河是古老的充满历史底蕴的，运河是让人放松调节的精神憩园的，运河的文艺气息也是无处不在的。

2016 年 10 月，我在运河信义坊的清道夫酒吧和驻唱歌手阿唐相遇。他是舟山人，白天在一家媒体公司工作，晚上兼职做驻唱歌手。"90 后"的他因为生活的重压已经有黑眼圈了，蓝色的牛仔布衣服像是挂在身上了，但是他在休息时，和我聊起兰波、聊起王尔德，眼睛会发光。整个晚上我都静静地在听阿唐唱歌，运河上的歌声让一个异乡人不再感到孤独。打烊以后，阿唐和朋友还把我送到酒店。我的心情久久不能平静，写下的长诗《咸鱼》现被收录进我的诗集《甬江边的树》。我还给阿唐寄去我过去写的两本书。还记得那晚，运河岸边的桂花盛开着，可惜我因为感冒，没有闻到香气，多么希望有机会再去信义坊旁闻闻秋天的味道，听听阿唐唱歌。

2018 年 12 月的雨天，我从杭州培训回来，和著名作家、《人民文学》副主编徐则臣相遇。他的小说新作《北上》以大运河为背景，让我对运河有了更深更新的了解，小说中的文字也复活了所有我曾经到过的运河城市：杭州、苏州、无锡、常州、镇江、扬州、淮安、济宁、通州。

小说还勾起我想去小说中多处提及的淮安看看的欲望。书中有一处这样写道："谢平遥收拾行装，星夜赶往淮安。路远水长，搭车，步行，大船、小船，还蹭过放排人的竹筏子。到了淮安的那天早上，痛痛快快吃了两大碗当地著名的长鱼面，然后一身热乎劲儿去衙门报到。"

心动不如行动，2019 年 7 月 14 日，我从宁波飞到淮安。吃到文楼汤包、长鱼面、平桥豆腐、狮子头等正宗的淮扬菜。并通过参观中国漕运博物馆，对"漕运"这个体现一个民族行走在水上的智慧的运输方式有了全新的了解。从伍子胥坚毅于春秋争霸的目光，一直看到光绪忧郁的神情，足足 2500 多年"漕运"插图于华夏文字记录的史志，成就千里运河，连通华夏五大水系，连缀黄河、长江、珠江三经济体系，实现南北经济交流、文化融合，描摹出丰富多彩的漕运城市生活和色彩斑斓的漕运文化。而淮安又是一个南船北马的枢纽城市，唤起我无比的好奇心，我在淮安小住一周，收获颇丰。

当然大运河不仅包括古运河、隋唐运河、京杭大运河，还有浙东运河段。我生活着的城市宁波位于浙东运河段。宁波是唯一既连接海上丝绸之路起点又连接运河的城市。我在 2017 年"高桥会"时参观过大西坝，很惭愧，在宁波生活 28 年，对浙东运河的历史反而知之甚少。有待于进一步探究。

徐则臣老师在新书分享会上提到"京杭大运河的文化意义呈集体失忆状态，需要被唤醒"，唤醒大运河的文化意义，挖掘运河文化、书写运河文化、宣传运河文化，这应该是每个国人，每个文化人责无旁贷的义务和责任。水源是城市的命脉，作为运河城市中的一员，我想我与运河的缘分将继续。借用《北上》里的一段话作结语："运河不只是条路，要以上下千百公里地跑；它还是指南针，指示出世界的方向。它是你认识世界的排头兵，它代表你、代替你去到一个更广大的世界上。它甚至就意味着你的一辈子。"

# 在秦山村做客

最早听到秦山的名字，是在一次名为"山水九龙·春约秦山"的原创主题诗会活动中。我的诗作《我欠春天一个拥抱》获得优秀奖。当时有篇《四时秦山》的获奖诗作给我留下深刻的印象，让我对秦山无比向往。去年中秋，我曾和妈妈、妹妹去过秦山村游玩，她们对秦山印象甚佳。我也答应山水云间民宿小梅夫妇抽空再去采风。

不知不觉，一年多时间过去了。由《四时秦山》作者小风发起的一场赏红枫读书会，让我把目光的焦点再次对准了秦山村。小风就是秦山临湖书吧主人小张，"90后"，来自湘西。由于读书会的活动定在 11 月 28 日（周日）上午 9∶30 开始，我是夜猫子，早起对我来说实在是很痛苦的事，于是我连夜就搭山水云间民宿王总的顺风车，提前进驻。

穿过城市的喧嚣，绕过青山绿水，到达山水云间民宿已经是晚上 6 点半。民宿内的秦皇餐厅开饭了！红色的基围虾、银光闪亮的小鲳鱼、酥软结实的牛肉、茭白炒肉丝、萝卜丝大包子、黄灿灿的番薯……一桌丰盛的菜让我口水直流、食欲大增，这是我自减肥以来难得吃上的大餐。这些菜不仅看着眼馋，味道也极为鲜美，色香味俱全。

秦皇餐厅的掌勺大师傅来自千岛湖，原是某知名星级宾馆的主厨，功夫自然非比寻常。王总不惜用重金把这个人才挖了过来。听王总介绍，餐厅自去年"五一"开业至今已经有一年多时间了，生意兴隆。2021 年春节还上过央视 13 频道呢。当时镇海区政府就是相中了这里，还为因疫情不能回家过年的留守台胞准备年夜饭呢。"我们大厨可以做阳春白雪的高档菜，也可以做适合平民消费的家常餐。一个目的就是让八方来客，高兴而来，满意而归。"王总说起自己的厨师和餐厅，一脸的自豪。

华灯闪烁之时，久别重逢的人们打开话闸，如黄河之水滔滔不绝，一只肥嘟嘟的小狗也来哄闹热，只见它在桌子底下钻进钻出，忙个不停，偶尔还来拱拱我的脚背，表示对我这个生客的友好。

说起民宿里的猫猫狗狗，王总的老婆小梅的眼睛里有光，估计三天三夜都说不完。小梅是个"70 后"，大眼睛、高鼻梁、皮肤白皙，身材高挑窈窕。如果小梅不是带着淡淡的哀伤痛说家史，我很难相信她养的这些猫猫狗狗都是流浪儿，而且在来秦山之前，她从没碰过猫狗，总是嫌脏。孩子上幼儿园时央求她买，她不为所动。她说："可能我那时和这些小动物的缘分还没到吧。也不知咋的，到了秦山村就开始爱上这儿的猫猫狗狗。"

来山水云间民宿报到的第一只宠物是流浪猫奶茶（名字是王总女儿取的）。去年春天，王总在村里停车场把它带回家后，这只黑白相间的小可爱就成为全家的宠儿，还被允许和男女主人共睡在一张床上。再后来小土狗"五一"、马犬赛虎，还有一只阿拉斯加大型犬，陆陆续续都在山水云间民宿安家了。小梅说："动物是有灵性的，养它们虽然很累，但像养孩子，有一种成就感和新鲜感。可惜'五一'在养了一年差两天时误食有毒的东西，死了。我哭了好几天，'奶茶'在山里溜达时被人弄折了一条腿，失踪了许多天回来，结果又怀着孕出走了，当时四处寻找，都不见踪影，让人好绝望。汪汪因为爱咬东西、调皮捣蛋，被送人了。几条大狗太大太吓人，也不得不把它们送给朋友。到现在，我都不敢去月亮湖那边散步，因为我的脑海里总要浮起我和这些小狗小猫在一起的欢乐情形。"小梅说着说着，眼眶发红。

"我们不能影响左邻右舍，影响来民宿休闲放松的客人们。把这些猫狗送人，也是没有办法的办法。和它们相处久了，都有感情了，真是难舍难分啊。"王总点燃一支烟，神情有些忧郁。

"小梅是个闲不住的人，刚把这些猫猫狗狗们送走，她就加入'黄背包'，这是九龙湖镇一带很有名的爱心志愿者团队。前不久小梅带领自己公司的员工，和'黄背包'的志愿者们一起，陪着附近敬老院的爷爷奶奶们去植物园搞活动，老人家们别提有多开心了。她有时还和乡亲们在村子里捡垃圾，忙得满面春风。我们这还是巾帼新型创业基地，2020 年 10 月，镇海区妇联专门来授牌。小梅经常帮助大家带货，卖卖笋干啥的，是远近都闻名的能干老板娘。"王总夸起老婆，就像吃了蜜糖美滋滋的。

小梅打开手机相册给我看她帮助过的奶奶，梳着齐耳短发，虽然头发灰白，但笑容可掬，一身红衣，一点都看不出是 80 多岁的人。"这旁边的奶奶是由我负责照顾的。"年轻的大厨也插了一句。

我心里纳闷："王总和小梅都是东北人，他们习惯在我们南方生活吗？这两年疫情总是反复，他们为何选中在秦山开民宿并坚守着。"王总、小梅两口子不愧是北方人，快人快语。我从他们的倒豆子般的话语中，猜到了八九分。1998 年，王总带着小梅离开家乡鸡西南下来到沿海城市谋生，在广东卖过灯具，在宁波开过宾馆搞过餐饮。小梅不仅美丽善良，而且多才多艺，开过美容院，陆续考过健康管理师、茶艺师、美容师等证书。"青山绿水就是金山银山"，2019 年春天王总带着这样的金句游览秦山村，就被这新鲜的空气、朴实的民风、美丽宁静的风景迷住了。于是两年前借着秦山村打造"生活美学村"的东风，就在这安营扎寨，开起山水云间民宿。

在疫情的严重影响下，许多民宿纷纷关门，旅游业饱受重创，但王总夫妇聪明勤勉，为人真诚大气，民宿定位准确，走文艺路线，富有特色而且餐饮品质高，所以在秦山村还是站稳了脚跟。他们家的民宿设计特别有品位，如我入住的这一间叫"云悲海思"，仿佛是走进满天星光下的蔚蓝大海，房间正中白色的床好像是一条小船，四周还挂着几个红白相间的救生圈。我的脑海中马上浮现出李安导演的电影《少年派的奇幻漂流》。那晚，我带着自己心爱的书《包法利夫人》在梦中的大海中漂流，直到早上的几声鸡鸣把我叫醒。

"小梅，你们开民宿最难的时候是啥时候？有没有想过放弃？"出于职业的习惯，我的心里装了十万个为什么。"最难时，就是2020年春节到当年的4月底，订出去的年夜饭全报废了，民宿停业了4个多月，没有任何收入，只能吃老本。当时有过动摇，但想想待在这也挺好，至少空气好，活动空间大，还可以在村子里自由走动，不像有些城里的小区实行封闭式管理，在客厅走走就算'出国游'了。从去年'五一'我们秦皇餐厅开业，民宿两期建设都完工，日子就好过多了。目前客流量不大，但餐饮一直比较稳定。疫情虽然影响部分生意，但也给我们带来许多空余时间。我和老王就各自琢磨各自喜欢的东西。他受他的画家哥哥影响，爱收藏瓷器、石头、根雕、崖柏、老家具，一有空就往家搬。你看这都给他堆得满满的，还有楼上和我们住的城里的房子里，都是他的宝贝。我呢？就在网上学习做手工，比如用银杏树叶做玫瑰花，用红纸做红梅，刚好可以和老王的宝贝搭起来做个插花啥的。"

小梅一边说一边展示她的"处女作"。我从来没有想过这随处可见的银杏树叶居然可以做玫瑰花，而且插在黑色的花瓶中就是精美的艺术品啊。红梅和黑色的枯树枝插在根雕做的不规则花瓶中，给房间增添了无限的春意。小梅很谦虚，她说和村里的插花大师秦雷相比，她只是小儿科。王总也不甘示弱，和他老婆比赛一样介绍他的宝贝。他还有开个民间小博物馆的想法，让更多的朋友欣赏到他多年的收藏成果。记得我在三门亭旁九亩堂居住时，我被斜杠青年小徐传奇的经历和歌声吸引，而在我眼前的这两位新宁波人夫妇用他们的爱心创造了美，也收获了财富。夫唱妇随，爱屋及乌，最美的爱情，莫过于如此。王总比小梅年长 8 岁，当时小梅家人还有些提心吊胆，生怕女儿吃亏。如今他们在宁波生活已经近 20 个年头，女儿已经上高一，小梅父母也早已来宁波和他们团聚。

花开两朵，各表一枝。如果说山水云间民宿如林中的憩园让我流连忘返，那么村口的临湖书吧更是我心中的百草园。书吧主人小张眼神聪慧、博览群书，在他的娴熟主持下，大家畅所欲言。《吸引力法则》《月亮和六便士》《史记》《干法》《突破瓶颈》……一本本带着温度的书，一张张新鲜的面孔，一双双灵动的手，在古树红茶的氤氲中，和着门口两棵红如火焰的枫树，还有静静的湖面，共同勾勒出初冬里最美的颜色。人性是最有趣的书，一生一世都读不完。

在临湖书吧吃着橘子、喝着香茶、吃着咸菜年糕汤，讲述各自阅读的欢喜，实在是难得的体验，特别是在熙熙攘攘的时代里。难怪有个年轻的书友会说："我实在没有时间去读文学经典著作，学以致用是我读书的不二原则。"我和张女士相信读书是可以疗愈心灵的，读纸质书更有生命的质感。小张向我推荐《西方文学通史》，我翻了下感觉还不错，比木心的《文学回忆录》更严谨一些。周日下午有许多读者在这安静地看书，有些家长带着孩子一起来。小张和王总一家一样，把秦山当作第二故乡。搞读书讲座坚持一年多了，每月一期，风雨无阻。可能是志趣相投，他是王总家的常客，而小梅特意陪我来参加临湖书吧的读书会。为了仪式感，曾当过化妆师的她还特意为我化了一个美美的妆。

在秦山做客，可谓天马行空、闲云野鹤。我可以和王总小梅夫妇唠嗑，唠创业，唠猫狗，唠艺术；我可以在书吧徜徉，和书友们大谈读书之乐；我可以蹲在溪水边，看小鱼游来游去，看可爱的山羊在茶园旁吃草；月亮湖就是秦山多情的眼眸呀，只深情地一瞥，就把我的魂魄勾走。我可以像莫奈一样观察远处的山林随光线的变化而变得五彩斑斓，阳光就是最好的滤镜。可惜我没有画家的手，只能在心里描绘着，欣赏着，兀自欢喜着。

今年是宁波建城 1200 年。众所周知，宁波有距今 7000 多年历史的河姆渡文化遗址，而镇海九龙湖的鱼山文化遗址表明这在 6500 年前就有人类活动，是河姆渡文化的延续。秦山村，不仅有着和秦始皇相关的神奇传说，而且据史料记载早在唐朝就有夏姓宦族居住于此，是镇海区最古老的村落。秦山村是宁波美丽乡村的缩影，这里文化底蕴深厚，民风淳朴，百姓安居乐业，人们把生活过成一首首诗。难怪王总、小梅、小张等来自五湖四海的朋友要把秦山当作自己的家，并在这块热土上默默耕耘，描绘出新的风景，最后，他们自身也成为秦山的一道独特风景线。

# 我眼里的宁夏

尽管我是第一次去宁夏，但并不感到陌生，因为它具备大西北的诸多特色，比如在飞机上就可以看到大片的沙漠，大片的戈壁滩，大片的黄土高坡，苍凉、寂寥、粗犷，还有母亲河——黄河朝我奔腾而来，波澜壮阔。我不由想起前几年到过的青海、甘肃、陕北等西部地区，但宁夏就是宁夏，它有许多属于自己的特点，让我感觉到不一样的大西北。

一

干燥、光照时间长，这是宁夏留给我最深的印象。

据银川同学杨军（笔名黄河谣）介绍，宁夏全年的降雨量一般在167~618毫米。最近已经20多天没有下雨，连续都是35度以上的高温，许多地方旱情严重。说来也怪，7月的某日黄昏，我刚走出银川火车站，天下就飘起几滴雨，滴在脸上凉丝丝的。难道我就是传说中的雨神吗？出门时，宁波因为受台风"烟花"外围影响下起中雨，没想我到如此干旱的宁夏，还能接受风雨的"欢迎礼"。不过凉爽的日子只体会了两三天，在接下来的旅程中基本是晴空万里、蓝天白云。在这里，白昼时间特别长，到晚上6点依旧阳光灿烂，一直要到8点左右，太阳公公才依依不舍地下班。我曾经在银川网红打卡点览山公园拍到落日的余晖，当时已经是晚上 8 时。这个酷似古罗马斗兽场般的览山剧场大约可以容纳 5000 名观众，它的规模之巨大、建筑之独特，让人仿佛置身于欧洲，而不是这座西北小城。

正因为宁夏光照时间长、紫外线强，所以防晒成为我旅行中的最需要做足的功课。坤儿前几年在青海茶卡盐湖晒脱皮的情景还在我脑海里浮现，怪我没有把他防护好。所以这次我是有备而来。SPF50 以上的防晒霜、晴雨伞、宽边大草帽、脖套、墨镜、修复补水面膜，这些都是必带的物件。

我毕竟已经到了大妈的年纪，新陈代谢本来就慢，如果被暴晒，晒成光斑，恐怕是得不偿失。于是在出行前，我还特意买了一件带帽子的加长防晒衣。因为厌倦经常穿得大红大紫，所以换上天蓝色的小清新风格出镜，俺家相公说颜色太土，土得像病号服。哎，大红衣服和披肩我也带了，"双保险"必定是我作为处女座的行事作派了。为躲避强烈的日晒，除了防晒硬件武装到位，我还采取错时出游，如在中卫沙坡头沙漠玩，我在酒店休息到下午 3 时才出门。在摆渡车上遇到两个漂亮的上海小妹妹，和我的想法如出一辙。

不过在宁夏待了几天，我倒是喜欢上这里的干热气候，相比南方潮湿闷热的夏天，这里除了在阳光之下非常炎热，树荫下却非常凉快，而且没有一丝暑气，早晚也特别凉爽，凉爽得都有点像南方的秋天了。

我在被称为"塞上江南"的宁夏平原品尝到许多好吃的水果，如李子、杏子、哈密瓜、梨头、西瓜等，比南方的要香甜许多。究其原因，也是和当地干燥、光照时间长、昼夜温差大的特点有关。北方水果生长的过程中，最重要的就是光照，充足的阳光可以使植物通过光合作用产生较多糖分，储存起来，而夜晚气温下降，植物呼吸作用减弱，消耗掉的糖分相对较少，所以昼夜温差大的地区，如新疆和被沙漠包围的宁夏中部，最不缺的就是甜蜜的水果了。如宁夏中卫的硒砂瓜又脆又甜，它是从石头缝里蹦出来的仙果，是目前去中卫最不能错过的水果。

二

宁夏不仅有沙湖、沙坡头这样美丽奇特的自然风光，而且重量级的人文景点也多而集中，这也是吸引我前往旅行的重要原因之一。宁夏博物馆、水洞沟、贺兰山岩画、西夏王陵、镇北堡西部影视城等著名的人文景点在我们眼前展开一幅幅动人的画卷。在宁夏有句段子：不到沙坡头等于没有来过宁夏。因此这个沙坡头一定是要到的。它在宁夏中卫，从银川开车要 3 个小时车程，所以坐高铁是首选，1 个小时左右就到了。在这里可以看到沙漠、绿洲、黄河、远山。大漠孤烟直和长河落日圆两种不同的景观完美融合在一起。有人说去了沙湖就不需要去沙坡头了，我觉得这两处景观虽然都是沙漠和河湖相连，但大有区别。到了沙坡头的腾格里沙漠，才发现沙湖里的沙漠只不过是一个小沙包，没有凹凸起伏的曲线，没有一望无际的苍茫寂寥，况且"九曲黄河万里沙"的美景也只有在沙坡头能看到。当年唐代大诗人王维就是在这里写下千古绝句："大漠孤烟直，长河落日圆。"在大西北光照时间特别长，下午五六点钟阳光依旧耀眼夺目，虽然没有看到实景，但我能感受到诗句里透着的雄浑和浪漫的气息。

如果说沙坡头是一个吼着秦腔的西北汉子，那么沙湖更像一个文静秀丽的女子。远处金色的沙漠、绿色的芦苇荡，叫不出名字的水鸟，还有满池的荷花和清清的湖水，眼前的景物让人有说不出来的美感。如果要体会塞上江南的美，沙湖是首选。因此它也成为我宁夏之游的第一站。

水洞沟的文化遗址揭示 3 万多年前就有人类在此定居。1923 年法国神父、古生物学家德日进和桑志华在水洞沟发现和发掘了许多旧石器时代的石制品。此次发现结束了亚洲和中国"没有旧石器"的历史，让世界重新认识中国。这个景点的考古意义大于实际看到的景物。景区内明长城成为内蒙古鄂尔多斯和宁夏灵武的分界线，这是一个有趣的看点。景区的长城博物馆和藏兵洞，则让我们领略到明代长城立体军事防御体系的严密和牢固。

在宁夏旅游直通车上听到几个外地游客评价西夏王陵就是几个土包包，没什么好看的。其实就是这几个土包包忠实地记录了西夏国190年的历史。190年如历史长河中的小浪花，翻腾几下就不见了。但就是这几个土包包以及从土包包中出土的文物忠实地记录了西夏国短暂而辉煌的历史。

去西夏王陵那天运气不错，刚下过雨，天气难得阴凉。我由阔别六年之久的鲁院作家班同学黄河谣作陪，坐车去游览。黄河谣是《大夏宝藏》（共有6部）、《临夏会盟》等作品的作者，对西夏历史颇有研究，有这样重量级的学者、作家当向导，让宁夏的旅行实有如虎添翼之感。

给我印象最深的是他讲的三点。一是皇陵的选址原因。西夏皇陵之所以选在巍峨的贺兰山下，传说贺兰山曾经有龙出没，是一座神山，而且面临滔滔黄河水，可谓有水有势，实在是一处宝地。我们坐在旅游观光车上看到一望无际的戈壁滩上有10多个皇陵和陪陵，这些用夯土制成的陵墓非常坚固，据说里面有机关防止盗墓。宁夏常年的干旱气候非常有利于这些小土丘的保存完好。当然听杨同学说皇陵的周围也挖设了一些排水沟，即使有山洪暴发，也可以及时把水排到黄河里去。二是西夏的文字引起我的兴趣。虽然这些字看上去让我感觉自己像文盲，但从内心着实佩服西夏人的智慧。最有意思的，它们受儒家文化的影响，也分成篆书、楷书、行书等各种字体。我国现存最早的木活字印本《吉祥遍至口和本续》是西夏王朝的木活字作品。当然北宋毕昇发明的泥活字更为后人所知。它克服了木活字沾水容易膨胀、又容易被药料粘住等缺点。三是党项族骁勇善战，不仅是大夏皇帝李元昊特别能打，连西夏的梁太后、小梁太后都可以率兵出征，部队不仅招男兵，也招女兵。

镇北堡西部影视城，最吸引我的不只是许多著名电影拍摄留下来的建筑、道具，而是影视城的由来和创业者的故事。镇北堡西部影视城原址为明清时代的两座边防城堡。1961 年，尚在农场劳改的张贤亮发现了它，并在 20 世纪 80 年代初期将它介绍给了影视界。

迄今为止，这里已拍摄了《牧马人》《红高粱》《黄河谣》《黄河绝恋》《老人与狗》《大话西游》《新龙门客栈》《逆水寒》《独行侍卫》《大敦煌》《火舞黄沙》《乔家大院》《老柿子树》等近百部优秀影视剧作。镇北堡西部影视城在中国众多的影视城中以古朴、原始、粗犷、荒凉、民间化为特色。在此摄制的影片数量之多，走红的明星之众，获得的国际、国内影视大奖之丰，皆为中国各地影视城之冠，所以有"中国电影从这里走向世界"的美誉。

又因古堡的地貌和影城内部场景代表了旧中国西北地区的乡镇风情，故被誉为"中国一绝，西北大观"。它是融合了历史遗迹的人文景观与现代影视艺术相结合的产物，是享誉海内外的中国西部题材和古代题材的影视最佳外景拍摄基地，镇北堡西部影视城"借影视艺术之体，还民俗文化之魂"，再现了祖先们的生活方式、生产方式和游乐方式，现已逐步成为中国古代北方小城镇的缩影，以"继承中华传统，弘扬民族文化"精神为主线，逐步实现了从"营销荒凉"向"打造文化及历史"的跨越。

镇北堡西部影视城是一个私人企业，也是我在宁夏诸景点的游览中唯一不能用警官证免票的景点，但我觉得特别值得一游。满街都是"紫霞仙子"，高矮胖瘦都有，清一色的红纱披风和佩剑，我早已失去扮演的兴致，倒是西部影视城创始人张贤亮纪念馆让我停留了一个多小时。我在那看完了介绍张贤亮生平的文字和图片，并看了介绍他的纪录片，还在纪念馆的小书店里买了他的短篇小说集《灵与肉》，我看过由谢晋执导，朱时茂和丛珊主演的电影《牧马人》，却没有看过小说原著。这次刚好在纪念馆弥补遗憾。在中国的当代作家中，像张贤亮这样经历如此重大磨难的作家应该不多。他因为1957年发表在《延河》杂志上的一首长诗《大风歌》，被划为右派劳改长达22年之久，但是苦难并没有把他的人生击垮，反而成就了他的文学创作。《邢老汉和狗的故事》《灵与肉》《肖尔布拉克》《绿化树》《我的菩提树》等代表作蜚声海内外。他有9部小说被改编成电影。

我想起张贤亮说过的一句话："苦难并不是一个人的财富，只有苦难能够转化为现实的财富的时候，它才是财富。"张贤亮正是这样知行合一的人，他不仅成为一个著名的作家，而且在20世纪90年代勇敢下海，倾个人资产之全力在当年废弃的兵营、羊圈建造起赫赫有名的西部影视城，构建"立体文学"的概念，成功转型为有担当有情怀的企业家。难怪香港著名导演王家卫说："张贤亮是中国电影应该感谢的作家。"著名导演黄建新说："张贤亮是能留在中国电影史上的小说家。"我虽然不能成为像张贤亮这样用灵魂挑起责任，名垂青史的文化名人，但是他的名言"文化是第二生产力""对中国社会改革的关心是中国知识分子最重要的人文关怀"至今在耳畔回响。参观张贤亮纪念馆，阅读到他的经典作品《邢老汉和狗的故事》《灵与肉》是我此次宁夏之旅的重要的收获。

贺兰山岩画是我停留得最久、看得最仔细的一个景点。我是当天上午通过旅游直通车到达目的地，黄昏时打车回酒店。好不容易来大西北走一趟，我不想走马观花，匆匆而过，否则实在是太对不起这世界文化之瑰宝。贺兰山岩画和敦煌莫高窟壁画一样，随着风吹雨淋、岩石风化的加剧，许多岩画已经模糊不清甚至已经看不见了，于是更显得游览时机的紧迫和珍贵。岩画是世界性的，以类似的题材内容和不同的艺术风格分布在世界各大洲70个国家。在远古时代，人们还没有发明文字，就用凿刻或彩绘在岩石上的图画来表现人们的生活方式、经济生活、精神追求和美学倾向以及人类和自然的关系。而在我们幅员辽阔的中国，贺兰山一带的岩画是最为丰富多元的远古文化遗产。

贺兰山是一座连绵起伏的石头山，裸露的岩石无形中表达出一种张力。我压根也想象不到，就在这光秃秃的石头山周围刻着一幅幅精美的岩画，有线条清晰、面容威严的太阳神，有人在驱赶鹿、岩羊的狩猎图，有睁一只眼眯一只眼的原始人，有符号和人的手印。最让人欢喜的是还偶遇国家二级保护动物岩羊，和岩画里的羊十分相像。岩羊呈灰黑色，是悬崖峭壁中的攀爬高手。著名画家韩美林受贺兰山岩画灵感的启发，用钧瓷、木雕、铁艺、绘画等各类民间艺术形式来再现岩画的浑厚古拙，特别是他的"天书"作品举世轰动。

这次来贺兰山，参观韩美林艺术馆也是我的重头戏，我在杭州植物园参观过韩美林艺术馆，并从中得知韩先生在宁夏贺兰山也开设了此馆。和在杭州不同的是，我不仅欣赏到韩美林海量巨作，丰富的创造力和阔大斑驳的艺术世界，亦可以由此与近在咫尺的贺兰山岩画相互观照中，看到远古文明与当代艺术的生命联系，认识到中华文化的源远流长和生生不息。听说在北京的通州区，还有一处韩美林艺术馆，等待机缘再去会会。

韩先生的画好，他的许多创作金句同样给我启发。比如他说"艺术与科学、宗教、政治、法律不一样，它强调个性、强调独立性、注重个人风格，为此它不可以'接轨'，借鉴可以，取代不行。世界艺术大同之日，就是世界艺术末日到临之时"。韩先生的这段话对我启发很大，的确要写出让读者耳目一新的作品。我一改按原来的俗套叙事的风格，苦思冥想七八天才开笔。

宁夏博物馆按说是应该第一站就去的，阴错阳差，我把它作为压轴戏，放到最后一天参观。不过这样也好，它像一条红线，把我这些天零星看到的景点串成精美的珠链。比如贺兰岩画在博物馆也可以看到；比如镇馆之宝鎏金铜牛居然就是在西夏王陵出土的。宁夏博物馆最值得去的地方就是二楼介绍宁夏历史的展区，细细观赏三个小时，仍意犹未尽。

# 三

俗话说："民以食为天"，美食也是文化的组成部分。所以到宁夏，不能错过我以下介绍的这些美景。

宁夏最出名的就是滩羊，所以吃羊杂、手抓羊肉肯定是首选。鼓楼的"老毛手抓羊肉"是我到银川后的第一站美食打卡地。这家百年老店隔壁是新华书店，斜对面就是古色古香的鼓楼，不远处是著名的鼓楼步行街。我到老毛手抓羊肉店时大约晚上 6 点，强烈的阳光依旧刺得人睁不开眼睛。因为是一个人用餐，店员建议我点半斤羊肉、一碗枸杞苗就可，因为口干得厉害，我又点了半份海鲜香芹羹。西北人就是实诚，连上菜都是大碗头的。当三个巨碗出现在餐桌上时，我的口水直流。羊羔肉很嫩，没有一丝羊膻味，实在有大快朵颐之愉悦。枸杞苗绿油油的，让人特别开胃，和马兰头有类似的鲜香味，想必是清火的冷菜。菜上得很快，5 分钟就齐了，虽然店里食客熙熙攘攘，非常繁忙。羊羔肉让饥肠辘辘的胃得到最迅速的拯救，行走一天的疲劳也顿时烟消云散。

最美味的羊杂是在距离镇北堡影视城不远的漫葡小镇上品尝到的。这家店叫穆府鲜羊馆，店主人非常热情，让我品尝一下宁夏滩羊的新品种羊肉，我因为已经在"老毛手抓羊肉"吃过羊肉，就另点了羊杂汤，并要了盖碗泡的八宝茶。看店的姐姐包着头巾，我估摸是回民。过了 10 多分钟，美味的羊杂上来了，不仅色泽鲜亮，而且面肺子、羊杂的口感远远好于我在火车站吃过的那家，穆府不愧是家网红美食店。

其实穆府不仅以美食出名，而且也因以张露莹劳模为代表的一群女党员企业家献爱心而受到社会各界的赞誉。墙上的锦旗和奖状就是很好的佐证。我在店里遇到张店长和宁夏女企业家协会李秘书长，了解到了这家网红店背后诸多的故事。她们为10多名华西留守儿童免费提供午餐已经有两年了。电视上孩子们露出幸福的笑脸，原来性格内向的孩子也变得大方活泼许多。张店长本人虽然是打工妹出身，但是18年如一日，无偿照顾患病多年的老婆婆和她患脑瘫的儿子，尽管原先他们素不相识，而她自己家也有患病的丈夫和年幼的孩子需要照顾，她硬是用孱弱的肩膀和强大的内心挑起两家的重担。她和李秘书长胸前闪闪发光的党徽，给我留下深刻的印象。宁夏有美食更有大爱，有温暖的人性光辉。后来我主动购买几袋枸杞和八宝茶，算是表达敬意和支持吧。

宁夏银川怀远夜市不愧是全国著名网红打卡点！如果来了银川就不要错过。我在这创下了近一年以来的单次用餐记录。2串烤牛肉串、1只烤羊蹄、1根酸奶大麻花、1个鸡蛋灌饼、1瓶新疆酸奶（小瓶）、1小根哈密瓜，最后吃得有点害怕起来。因为美食琳琅满目，肚子饱了，眼睛依旧贪婪地盯着它们。不是周末，依旧是人山人海，只能挪动前行。

我果断终止了还想再吃的念头，是因为遇到一起坐旅游直通车在镇北堡西部影视城游玩的小夫妻。男的大约有200斤了，走路大腹便便，女的也不瘦。我可不想成为他和她。毕竟花了一年多的时间和金钱，才瘦成现在这样，不能前功尽弃啊。

于是我躲到附近的地下服装城做了下物理隔离，最后干脆离开怀远夜市，步行到离这1000米左右的西夏公园散步消食。吃得实在太饱，我散步1个多小时，胃才觉得舒服一些。哎，我可怜的胃！下次，我坚决不能这样虐待你了。一口气听了 5 集小说《主角》连载。怀远夜市是我这些年到过的最好吃的美食街之一。在回酒店的出租车上，一个比我年长的的姐说："好几次，我路过这里都想把车停下来，美美地吃上一顿。有一次都停好车了，但是有客人急着上车，我咽一下口水，只好又开走了。"

要不是范师兄拿出银川东麓产的葡萄酒招待我和来自西安的褚师弟，我都不知道这是世界著名的葡萄酒产地，从而还了解了许多有关葡萄酒的知识。从世界葡萄酒产地的分布图来看，大部分都位于北纬 35 度到北纬 40 度。贺兰山东麓日照充足，全年日照达 3000 小时；戈壁滩上的砂土，富含矿物质；贺兰山东麓位于北纬 37 度至 39 度，是种植葡萄的最佳地带；海拔在 1000 米至 1500 米适合葡萄生长；年降雨量不超过 200 毫米。以上这些贺兰山东麓的日照、土壤、水分、海拔和纬度等条件都有助于种植葡萄。贺兰山东麓产的葡萄酒主要有白葡萄酒和红葡萄酒两大类。我们那晚喝的是红葡萄酒，口味非常香醇，听范师兄说东麓产区的葡萄酒多次获得过国际葡萄酒比赛金奖。

"葡萄美酒夜光杯，欲饮琵琶马上催"这是边塞将士出征的无奈和哀伤，而对我们仁人而言只有相逢的喜悦。我和范教授是初次见面，和同门师弟褚教授是第二次见面，上一次是 2018 年夏天的西安。一别也有 3 年整。不过我的内心还是掠过一丝不安，范教授因车祸被人撞断了腿，尚未痊愈，听说我们要来，却全然不顾疼痛，一瘸一拐地来酒店为我们接风。他为人真诚朴实，不愧是我们浙大毕业的大师兄。范师兄和褚师弟带给我的友情如这甘甜醇美的东麓葡萄酒，让我足足回味一生。

在宁夏，有美景、美食，还有美酒，还结识了许多好朋友。除了和文章中提到的同学黄河谣、张露莹店长、范师兄、褚师弟等新老朋友相遇外，我还结识了曾在浙师大学习过的银川画家李峰和他的异国爱人巴合，他们共同开创了红飘带艺术馆。李峰老师白衣白裤，风度翩翩，爽朗健谈。我非常赞同他的观点："一个艺术家也许不能解决问题，但他的作品一定要有自己的思考，要提出问题。"

　　灯光如豆，早过子夜。说起宁夏，感觉如洪水决堤，滔滔不绝。今年7月的这次出行，先有台风"烟花"的威胁，后有疫情扩散的紧张，但我还是比较幸运地完成此次宁夏文化之旅，想起来倍觉出行的珍贵。漫葡小镇的地上刻着这样一句话："愿你我既可以朝九晚五，又可以浪迹天涯。"这是一种理想生活，我喜欢且践行着。我想只要我们认真而努力地生活过，经历过，爱过、被爱过，就不枉来过人间。

# 访山奇缘

"找个山里的民宿，不被打搅，安安静静地睡上两天。"这是我 3 月 18 日上山前最本真的想法。我在美团·民宿 App 相中大俞村宿，就是因为有一句网评吸引了我："这是我住过的最好最安静的民宿，住了就不想走。"深山冷岙，价格实惠，农家菜好吃，交通也不算太偏僻，而且在宁波大市区，就是它了。我怕旅途太寂寞，还带了《我喜欢简单的生活》和《从晚清到民国》两本书作伴。

## 一

到大俞村宿大约是黄昏 6 点，天快黑了。民宿在村口再往里走 50 米的位置，在大俞村的一大排民房中辨识度很高。白墙黑瓦，错落有致，小木楼上红灯笼随着晚风轻轻晃动，泛着喜气，给春寒料峭的天气增添了几分暖意。

民宿主人俞大姐和俞大哥是我最早见到的两个人。俞大姐今年 68 岁了，个子不高，短发，脸圆圆的，笑起来像弯弯的月亮，身上还系着一块花格子的围裙。虽然头发略有些花白，但身子骨蛮硬朗的。她带我楼上楼下参观了一圈，让我有些小兴奋。民宿算不上豪华，但和村民自家的住屋也有所不同，处处可见匠心。烧烤、卡拉 OK、酒吧、带投影仪的会议室、餐厅、客房一应俱全，更有意思的是还有一个自家建的游泳池，水池通过竹管把附近小溪水导入，完全来自大自然的恩惠，厨房前有一池泉水也都是来自山上。俞大姐让我拎一壶开水瓶到房间去，她说："用泉水泡茶更好喝。"

"这是谁设计的啊？好有创意！"我欣喜地望着晚风里的一切。

"我儿子啊。我们没有请专人，他本来就是做建筑设计，自己开公司的。这个民宿花了三四百万，开业已经第4年了，还没收回成本，疫情影响太大了。2019年刚开业时，生意很火爆。曾创下一天住80个客人的记录，连游泳池周围都搭满帐篷。现在，你看多冷清。我们等了一天，才等到你一位客人。"俞大姐说着，脸变得暗沉下来，眉头也跟着皱了起来。

"目前这波疫情的确比较凶猛，全国每天新增的人数都达到四位数。不过，宁波的情况还好，否则，我都不敢出来。疫情总会慢慢过去，需要时间和耐心。"我努力把语气说得平和。

"是啊，我们也是尽量往好的地方想。家里虽然住客少，但是厨师还是雇着。不管有没有生意，都依旧付他工资。对了，不说这些啦。我想送一个土特产给你。"说着，俞大姐又变得开朗起来。

"啥土特产？是笋干还是咸菜？"我的眼睛里充满好奇。只见俞大姐带我走到前排二楼的一间办公室，从桌子底下一大包用黄色牛皮纸扎好的书里抽出一本厚厚的书给我，精装本，米黄色的封面，封面三分之一处有一军绿色的长方块，有六个黑色大字赫然入目：四明大俞山志。我留意到作者的名字：俞建文。当看到"浙江大学出版社"字样，作为浙大学子的我，心里又多了一份亲近感。

"这本书是我们村子里的一位教授写的，他的家就在我们隔壁。"俞大姐用手指了指。

来大俞村的第一晚就收到民宿主人送的这份沉甸甸的土特产，我惊愕不已。我大抵算个老江湖，住民宿、住星级酒店是平常稀松的事，下榻之处常见介绍当地文化的书。如果住处没有，我也会到当地书店去买，我在歙县、泉州等地旅行时都买过。第一次在如此偏僻的山村，在如此质朴的大姐手中接到这样一本重量级的学术书籍。

为何说它是重量级呢？因为它非常系统地介绍了四明山的前世今生，书里有大量的人文典故、诗歌作品，完全颠覆我以往对四明山的认知。而且作者也牛，俞建文是第一批恢复高考时走出大山的人，毕业于浙师大政史系，多年从事教育、科研工作，是宁波大学科技学院的特聘教授，他有多项科研成果分别获得全国和省部级一等奖。收到书的当晚，我就不顾旅途的劳顿，贪婪地捧读起来，像饥饿的人扑在一块香喷喷的面包上。偌大的小木楼上只有我一个人，四周静悄悄的。"明月松间照，清泉石上流"，在大山的怀抱中，在潺潺的溪流旁，夜读一本从天而降的好书，实在是一种奇特的体验。

二

这本书唤起我对四明山所有的回忆，哪怕只是点点滴滴。

在我的记忆中，四明山是一座红色的山，革命的山。我曾经和单位的党员同事们一起来到梁弄浙东革命根据地纪念馆参观。在抗日战争期间，这里的人民用鲜血、用生命捍卫中华民族的尊严。我们也曾参观和习近平总书记通信的横坎头村，感受总书记的关怀和基层党员心连心的温暖。我曾发起红色走读活动，和公安作家朋友们共同走进大山里的派出所——鹿亭派出所，参观新四军晓云医院，和文友们分享《红星照耀中国》一书。

在我的记忆中，四明山是一座美丽的山。春天里，杖锡的樱花谷落英缤纷，让游客流连忘返；秋天里，大山里的银杏树的叶子，在阳光下黄得透明。

虽然双休日通往茅镬古树群的路拥堵不堪，让坐公交车出行的我吃尽苦头，但我收获了四明山灿烂的秋色。夏日国家森林公园的凉爽和仰天湖梦幻般的雪景则成为我憧憬过无数次的梦。我还记得送坤儿来四明山参加国学夏令营，那是他第一次离开家单飞。我们还和当地小朋友扶贫结对，来过山里几次，那弯弯曲曲的山路上有我们的温度。

一个人深夜在大山里静心阅读《四明·大俞山志》一书。它不仅唤起我对四明山的美好回忆，而且打破我对四明山旧有的认识，改变我的进山想法。原来只想在山里"躺平"两天，遵循原有的度假模式，吃好喝好，继续下山"战斗"，但看完作者的自序、四明缘起、诗路撷英、九题唱和等章节，我躺不住了。我最迫切想去的一个景点就是"四窗岩"。四窗岩离我住的地方，大约有6千米路，它就在大俞山峰顶。史书均称日月星光可透过四个窗洞照射进去，故称"石窗""四明"，后来称之为"四明之窗""四窗岩"。唐代诗人刘长卿的"游四窗"一诗中"玲珑开户牖，落落明四目"一句让世人皆知四窗岩。这也是四明山的来历。正如作家胡泊所言，文学作品较之学术论文，更容易流传被普罗大众接受。蒋介石生前也极爱四窗岩，曾两次登山观赏，最后一次是离开大陆之前。书中还有无数咏颂四窗岩的诗，撩拨起我的好奇之心。

说走就走，上山的第二天清晨，我一个人带好水和干粮、手机，走过村口的大桥，依照俞大姐的指点，朝大路的右边走去。她原本想让我吃完中饭再去，她让她女儿开车把我送到山脚下，我是如此的迫不及待，哪能听得进去。旅程一开始是非常愉快的，我像挣脱樊篱的小鸟，重获自由。我顺着溪流而上，雪白的早樱这里一丛，那里一丛，开得热闹。白玉兰和红玉兰也是不甘寂寞的主，春天这块五彩调色板哪能少了它们。山崖转角处，一小簇紫红的杜鹃静悄悄地绽放，实在惊艳。就连枫树也挺立着红红的树枝，和春天的花朵们争奇斗艳。我看到有个老农在修剪枫树的树枝，问其中缘故，他说为了树的形状更好看。有几株枫树的叶子火红火红的，我有点纳闷，枫叶不是秋天才会变红吗？老农告诉我："这个品种是日本红枫，春天里叶子就是红的。"我一边走着，一边看着，一边拍着，一边呼吸着山里新鲜的空气，世外桃源的幸福感油然而生。今年是抗疫第 3 年，2020 年的春天是在战疫中度过。2021 年的春天同样因为忙碌在手指缝里悄悄溜走。2022 年，我在四明山遇到了春天，这满山的春色都归为我独享，无车马喧嚣，无人声鼎沸。我是何处修来这样的福分呢？这里的山是青绿静美的，水也是碧绿的，像翡翠一样。山水已经不知不觉地治好我的疲惫和焦虑。我再一次感受到四明山春天清新脱俗的美。在通往四窗岩的路上，我还路过四窗岩漂流点的检票亭，空无一人，现在显然不是漂流的季节。

行进了一个多小时，我的手机只剩下 50% 电量，面包也只剩下一块，已是中午 12 点半，又累又饿。初来时的美好体验感越来越微弱，最要命的是，我居然走错路了，离目的地还有 3.5 千米。听俞大姐说即使到山脚下，还要爬上去很多路才能到。想起 2 月，"95 后"诗人星芽在秦岭遇难，我一个人万一在山里迷路，手机若没电，真是恐怖。所以思来想去，我决定中途放弃，原路折返。下次要到四窗岩一定要和其他朋友一起去，不能再单打独斗，逞能。毕竟对于旅行，安全是第一位的。

虽然有遗憾，但我没有后悔。人们都说"来四明山，如果没去四窗岩，等于没来过"。有遗憾才有期待。这样，正好可以为自己找一个再上山的理由。

# 三

这次访山和以往有不同的体验，其一，缘于得到民宿主人赠的这本奇书，它帮助我纠正了以前的旧识，以前我一直以为四明山只属于宁波。其实巍巍四明八百里，分属宁波和绍兴两个地区，位于余姚、海曙、奉化、嵊州、新昌、上虞等境内，呈东西向狭长分布，省道浒溪线穿境而过。周五，我坐顺风车行进了5个小时，绕着上述地域一大圈，才到目的地。我深深地感受到四明山疆域的宽广。

当然不是司机李师傅故意兜圈。第一天开顺风车的他，因为不熟悉地理位置，把我和两个去新昌的车友捆绑在一起，其中一个读大一的女生因为担心赶不上下午3点外教的课，而嘤嘤哭泣。按照常理，先近后远。如果先送我，再送她，她肯定要错过这1000元一堂的课。我们车上3人都是做父母的，还有一位丁老师略比我年长，是位幼儿园老师。女孩一哭，我们的心都软了。于是我跟着她们先到新昌，还在丁老师家里小歇了一会，然后和李师傅两人新昌、嵊州、上虞、奉化一路走马灯地跑过来，还路过仙岩、三界、蒋镇这些我曾经生活过的地方。新昌到余姚大俞村，要多开90千米。从宁波出发到大俞村宿，我在车上至少多坐了3个小时。我看着一路的春色，一路的阳光，一边叹息。那天晚上，我还挺沮丧的，但是看完书后，我转忧为喜。世界上从来没有路是白走的，一路上的千年古村，一路上的桃花灼灼，都深深地印在我的脑海里。

那晚，我一边看书一边体验着自己的情绪变化，一边也惦记李师傅。后来听他说回到宁波都快子夜了，他送完我还要折回嵊州、新昌办事。中途因为找充电桩无着，在山路上徘徊了许久，差点开不回去。在他身上，我看到像山一样的大度和沉稳的性格。他没有一句抱怨，一再说是因为自己的错还连累我。我被这位朴实的司机师傅感动了，他50岁开外，来自鄞州五乡，后来我和李师傅加了微信。周日中午，我下山时，李师傅放弃了自己的生意，特地来章水镇蜜岩村接我，还带我去横溪道成岙村樱花谷赏花，他的摄影水平挺不错，后来一直送我到家，全程没有收一分钱。这不能不说是另一段因访山带来的奇缘。

还是再回到这本书里，说其二吧。通过读书，我发现四明山不仅是一座风景名山、红色名山，它还是一座人文名山。自汉代名士梅福登临四明绝巅，留下《四明山记》始，至魏晋后，名人雅士纷至沓来。他们或归隐，或云游，太康谢家再起东山，琅琊王氏卜居金庭；李太白歌咏四明，谢遗尘肇启九题。一时间，行歌四明，洞天寻幽，蔚为风尚。特别值得一提的是，四明山是"浙东唐诗之路"的重要组成部分。李白就曾四到浙江，三入四明，二上天台。孟浩然、杜甫、白居易、刘长卿、孟郊、贾岛、杜牧、皮日休、陆龟蒙等唐朝的著名诗人，都无不以来此一游作为人生一大快事。如果说，历史上的"丝绸之路""陶瓷之路"是经济繁荣、走向世界的象征，那么出现在浙东的这一条"唐诗之路"，则是文化昌盛、诗意盎然的标志。1000 多年前的唐代诗人之所以对浙东山水迷恋有加，与唐朝开国之初以声律取士，促使天下英杰皆事六义之学作为进身之阶有很大关系。浙东三山（即四明山、会稽山、天台山）以其独特的地理、人文优势，成为文人骚客获取诗情灵感的神往之地。一个唐朝，在近 300 年间先后有 450 余位诗人相继赶往三山，留下 2000 多首脍炙人口的瑰丽诗篇，这在中国文学史上，甚至是世界文学史上都堪称奇观。让我们看看李白在《早望海霞边》诗中是如何赞美四明山的：

日出红光散，分辉照雪崖。

李白的诗唤起我想在四明山观日出的欲望，看看是否像他诗里写的这样美。太阳出来了，霞光万千，把白雪皑皑的山崖也照得红彤彤的。

四明山的早期有寻仙求道之说，故也有"仙山"之美誉，自山水诗鼻祖谢灵运、唐朝诸多诗人"你方唱罢我登场"之后，山的人文气息越来越浓厚，从史浩、王阳明、黄宗羲等一直顺延至今。宁波地方志专家龚烈沸老师看到我发的读书感悟后，让我翻看书的第345页附录，有龚烈沸和宁波诗人俞强唱和诗。其中有一首俞强和龚烈沸的打油诗特别有意思。

　　俞氏最高山，建村八百年。

　　文朔浙东脉，牛气四窗岩。

　　这是一首藏头诗，把四句首的字连起来就是夸作者俞建文牛。世界上无巧不成书，这么牛的作者居然曾经是我先生的同事。他曾经因为出书一事和我先生做过探讨。俞大姐是他的堂姑（大姐本人没有告诉我，非常低调，低调得我都不知她当过40年的乡村医生），我和大姐的合影神奇地出现在我先生的微信里，是俞教授发给他的。在大俞村那几天，我想去拜访俞教授，他当时在北京儿子居住的地方，只能下次再约了。

　　一次上山，因为邂逅一本书，铸就一段奇缘，是我始料未及的。《四明·大俞山志》就像一扇窗户，吸引我重新认识四明山，思考自己和世界的关系。我无法再"躺平"了。

　　此次访山也是我的寻"根"之旅。多年以来，我觉得自己像浮萍在浙江省里漂来漂去的，一颗流浪的心无处安放。通过访山、读书，我突然发现我原来是有"根"的人啊，我的一生和浙东的这三座名山有缘。浙东三山：会稽山、天台山、四明山分别连接我的祖籍地、出生地和定居地。它们是浙东唐诗之路的"灵魂"山脉，留下丰富宝贵的文化遗产，足够我穷尽一生去探索。从这一点来说，我比唐朝的那些大诗人要幸运太多。

　　写作是一场灵魂的救赎，我在且读且行且悟中找到了精神的"故乡"。

# 歙县“遇险”记

子夜12点，歙县徽州古城景区里所有的灯都熄灭了，我被陷在箍井深巷无边的黑暗里，恐惧如海水慢慢没过我的脖颈。就在这万般绝望时，我发现前方10余米处有微弱的灯光，我以飞蛾扑火的速度靠近灯光。原来是一座商铺，我抬头看了下匾额“粮家洲酒坊”。

啊，有酒！我暗暗欢喜。店面非常古朴雅致，以仿古建筑作修饰。门口有一大桶白色的米酒不断旋转着，大约是供游客打杯饮用的。酒坊，顾名思义，存放着各种酒。有桃花醉、蓝莓、黄桃、梅子等各类果酒，也有原味精品、桂花等米酒，还有56度的老窖10年陈白酒。真是酒香不怕巷子深。

我是在酒坊里屋遇到小范掌柜的，他大约30岁，穿着黑色的短袖唐装，中等身材，略显丰满，脸很白净，眉宇很开朗，给人敦厚儒雅的感觉。他的身后悬挂着“黄氏家训”，夜间字太小，我看不真切，但我看到最后几行比较大的字：“厚德载物，天道酬勤，仁义礼智信，温良恭俭让。”徽商是儒商，看来是名不虚传。你看我随意走进一家店，就能捕捉到这种温文尔雅的气质。看小范还没有马上打烊，我就和他攀谈起来。

我问：“小范，为何这么晚还在开店？你看古城里所有的店都关门了。”

“哦，刚刚有几个朋友在这喝茶刚离开，所以晚了一点。往常在10点前就打烊了。王姐姐，你是一个人出来玩的吗？为何这么晚还在古城逛呀？”

面对小范的关切，我的鼻子酸酸的，我说："我今天晚上才来的歙县，一个人从宁波坐高铁过来采风。没想到一进古城，古城就给我一个'伸手不见五指'的欢迎仪式，吓得我魂飞魄散。我去过许多地方，他们都不带这样欢迎远道而来的客人啊。"

"哎呀！让王姐姐受惊了。为了节电，古城的路灯一到12点就会熄灭的。王姐姐会喝酒吗？来一杯桃花醉压压惊吧。朋友来了，有好酒。徽州人民欢迎你。"小范一边说一边递过一个青瓷雕花小酒杯。

我笑着点点头，欣然接过，一饮而尽。好一个桃花醉，桃花源里酒不醉人人自醉，带着桃花清香的液体温柔地滑进我的喉咙，迅速温暖到胃。桃花醉、桂花、黄桃、蓝莓果酒……就像我久别重逢的亲人，随着店掌柜的热情好客，一杯一杯地和我亲密接触，慢慢地安抚我受惊的心灵。哈哈，酒能壮胆，酒也能压惊，酒是个好东西，只要工作日不喝酒、不酒后驾车。

"王姐姐真是好酒量啊！看得出来是一个性情中人，有江湖女侠的风范。"小范在一旁不由赞叹起来。

酒喝下去，人非常舒畅，我和小范的话就更多了。"徽州和歙县有啥关系呢，我晚上下车的地方为何又叫歙州广场？"我道出心中的困惑。

"歙县是古徽州的府衙所在地，这里有徽州府衙景点，王姐姐如果有兴趣白天可以去看看。这里历史很悠久，在秦朝里已经有设歙县。在唐朝时整个徽州称为歙州。北宋时，歙县的方腊农民起义失败后，歙州被宋徽宗改称徽州，但是唐朝形成'一府六县'的格局没变，歙县、黟县、婺源、祁门、休宁、绩溪六县一体，不离不弃，情同手足，并力发展，一直到民国元年，前后历经1142年之久，因而形成博大精深的徽州文化。只可惜我的家乡婺源现在归为江西管辖，绩溪也划归安徽宣城了。当年的六县只剩下四县了。"小范果然是肚子里有宝藏，他的如数家珍让我茅塞顿开。可惜他要开店，否则我都不需要请导游了。不过，我也听出他言语中淡淡的哀愁，不知这算是一种乡愁吗？

"记得你们徽州有句俗语说：八山一水半分田，半分道路和庄园。这里山高地薄、人多地少，若不外出经商则无法生活。这也正是明清时期徽商经济发展发达的一大驱动力。因而也有了'十三四岁，往外一丢'的说法。你是不是这样早就出来打工了呢？"我继续问小范。

"我还算好，是19岁出来做学徒工，20岁自己开店，后来到过杭州、苏州，到二十七八岁又跑到歙县来，一直在外面闯荡。"小范笑着说。

时间如深水静流，不知不觉都快1点了，我连忙起身向小范告辞，临行前在酒坊买了酒、牛肉酱和豆腐皮。他说满200元包邮，这些食品已经满额。小范另外还送给我两大包豆干。在一个地方旅行，打包邮寄仿佛已经成了我的一个习惯，桂林的桂花糕，西安回民街的各色小吃，成都宽窄巷子的张飞牛肉、豆干，丽江的木雕工艺品等都带给我美好的回味。今天晚上，我坐下来写作前，才拆开从徽州古城寄来的酒和牛肉酱，包装得非常美观，没有一丝破损。在另一个箱子里的两大包豆腐皮已经在母亲节被我孝敬妈妈了。货品其实5月7日就到了，我一直没来得及拆。

从与小范的交流和他打包的这些细节中可以感觉得出这是一个待人真诚、做事细心的人，但是我很纳闷那天晚上他居然没有护送我到古城门口，或者是送到客栈。当时的情况我在上面已经介绍过，巷子里是伸手不见五指的，距离城门口大约还有50米。他提醒我用手机的手电筒功能照明并说歙县的社会治安很好。我因为自己是警察，而且走南闯北去过许多地方，算得上是老江湖了，所以我不想在小范面前示弱，就硬着头皮重新冲到黑暗里去了。刚刚被各种酒烫平的心又吊了上来，像小马达剧烈地抖动着。我在黑暗中摸索了五六分钟才找到手电筒的功能，拿手机的手也是颤抖的。感觉巷子的各个口子里潜伏着许多怪兽，随时都会向我扑过来。我又想起童年时曾经路过的坟地，还有临海老家靠近初中学校的九曲巷，真是越想越怕。当我跌跌撞撞摸到徽州古城的城门时，感觉穿越了一个世纪，特别漫长特别艰难。

我边走边平复自己受惊的情绪，哎呀，粮家洲酒坊的那些酒是白喝了。我不知道前面有更大的麻烦等着我，我迷路了。只知道梦里徽州客栈在大北街口的巷子里，但没有记住具体的位置，老板其实在微信中给我发过定位，下半夜脑子不够用，压根就没想起来。打他电话，发微信语音，还有酒店前厅电话，不停地打，没有任何回音。我如一条丧家之犬在昏黄的灯光下串来串去，不知如何是好？我难道要像三毛一样露宿街头了吗？幸好身份证带出来了，到凌晨1点半时，我决心重新去找个歇脚的地方。

随着一家家的酒店客满被拒，恐惧、疲惫、沮丧的情绪完全覆盖了我初来歙县的新鲜欢喜，人在窘途的故事从电影里跑到我身上来了，这在我以往是从未经历过的。

就在我拖着像灌了铅一样的双脚艰难前行时，我发现前方有一座金碧辉煌的建筑。此时已经是凌晨2点了。我想哪怕是五星级宾馆我也住下了，只要有房。没想到是一家洗浴中心，保安告诉我里面的精品客房已满员。我说："我就进去洗个热水澡、大堂找个地方躺一下就可。"他点点头。

接待的前台美女发给我钥匙卡，告诉我天亮以后再结账好了。洗浴38元，过夜费50元。她们还提供浴衣、拖鞋、一次性牙刷、睡袋、被子，比我想象中的实在要好太多了。许多男浴客都没被子，光人躺在地上，还有些睡在按摩椅上、长条垫子上，有些人在玩手机，有些人在喝茶聊天。其实我很想跑过去问问他们深夜入住浴室的原因。但实在抵挡不住困意，就找了三楼一个离灯光稍远的地方躺下了。

一开始没敢睡着。我担心如果我睡着了，我的手机和手表会被人拿走。

于是我把它们藏在我的被子里。另外，距我5米左右的地方有个男人在打游戏，声音很吵。好不容易等他打结束，我睡着了一会儿，又被香烟味熏醒，我低低地问了一句："谁居然在浴室大堂抽烟？"没人吭声，后来香烟味就消失了。

天亮了，我起来上厕所时，需要越过无数条横七竖八的大腿，有对情侣相拥着睡在一起。我尽量轻手轻脚，不想吵醒浴友们。

离开洗浴中心之前，我又洗了个澡，看到一个年轻漂亮的妈妈带着八九岁的女儿在洗澡，我看了表，刚8点。"你们这么早就来洗澡了？"我困惑地望着母女俩。

"是的，我们昨晚就睡在大堂的'窑洞'（二楼的小包间，半拱形很像窑洞）里，我们从芜湖自驾游跑这来玩，都是孩子他爸临时起意，所以没地方住，只能睡浴室了。"年轻妈妈说话不急不躁，我感觉她们一家已经不是第一次睡浴室了。

"哦哦，祝你们一家玩得开心。"我微笑着目送她们离去。

客栈老板在清晨5点多时给我回信了，他一个劲地给我抱歉。他说后门没关，一直留着。问题是我从前门到后门绕了三圈，都没有发现啊。我在微信回复了一个哭笑不得的表情，并留言："谢谢你给我如此难得的体验。"

没想到到歙县的第一晚是在澡堂里过夜的！在一群鼾声此起彼伏的大汉中间，我居然也睡着了。这只能说明三个问题，一是歙县的社会治安不错，几乎可以夜不闭户、路不拾遗；二是我的心理素质不错，在如此嘈杂开放的环境里能入睡；三是说明我实在疲惫不堪到极点了。

当然，后面几天再也没有晚归过了。我在来歙县的第一晚的遭遇，不可不说是惊险刺激。这就是我贪玩付出的代价。

# 又见山，又见山

我特别喜欢一句话："如果我们不能改变现实，那么不如改变对现实生活的态度。"比如，以前我总是喜欢出大市、出省甚至出国去寻找诗和远方。疫情3年，特别是今年，我几乎没有离开过宁波。东钱湖、四明山、中坡山、亭溪岭、九龙山……随着我和宁波版图上的大自然一次又一次地亲密接触，我发现家门口也有诗和远方，也有不期而遇的欢喜。

今天我要和大家讲述的故事就从又见山民宿开始吧。又见山民宿位于宁波镇海区九龙湖镇横溪村，如高德地图中显示，满眼翠绿，前面是山，后面是山，开门又见山。"五一"曾想入住，无奈客满，只能改去海曙龙观游玩。念念不忘，必有回响，"520"那天调休半天，想犒劳自己，这次终于订到又见山民宿，在民宿见到电话里声音甜甜的女主人小乐，她有一双水汪汪的眼睛，齐刘海的披肩发，肤色白皙、身材苗条，要不是她后面跟着一个虎头虎脑的小男孩，我还以为她还未结婚呢。

刚入住时，感觉没有想象中的好。虽然民宿的房间是我喜欢的，大气敞亮，朝南，还带玻璃露台，但是不远处马路上的公交车、电瓶车和隔壁造民宿的噪声让我叫苦不迭，我有马上逃跑的冲动。我曾住过的隔离酒店楼下就是个施工工地，吵得很，我曾连续两晚失眠。替我打扫卫生的大姐轻轻地关上通往阳台的门，安慰我道："阿拉民宿的隔音效果做得特别好，侬现在是不是听不到外面的声音了？到晚上还要更安静，工人们老早收工了。阿拉农村的晚上就是这样的。"大姐约莫 60 岁，额上的头发已经发白，满是皱纹的脸很和善。她的话如熨斗慢慢熨平我忐忑不安的心。

天色尚早，我打算去附近的九龙源风景区走走，散心、躲避噪声，一举两得。景区位于九龙湖旅游区的西北部，达蓬山南侧的香山，是九龙湖的源头之一。由"一迹，二池，三石，四瀑"等 10 余个景点组成，境内佛迹、危岩、池瀑、奇石、竹海、古树、叠瀑掩映其中，被誉为浙东"香格里拉"，宁波的世外桃源。景区离民宿不远，步行 10 分钟就到了。我到时 4 点半左右，景区门口收门票的人已经下班了，我便长驱直入，免去了 35 元的门票费。

看到九龙源的牌坊，我恍然记起 12 年前的夏天，我来过这里，和傅笙、山溪小虾、蒋小如、邹文斌、铁鱼、问鱼、林道清、农民大伯、且介亭、萧笛等省里众文友，还有坤儿、铁鱼公子和道清女儿。因为我当年的一篇散文《九龙湖的葡萄熟了》发在浙江公安交流论坛上，促成了全省公安文学民间笔会。大家风雨兼程，从四面八方赶来，一起聚在九龙湖河头村的伊甸园吃葡萄、爬九龙源、游香山教寺，热闹非凡。回宁波以后，我带着绍兴太雕酒的醉意，写到凌晨 3 点半，写出新的散文《葡萄架下的相约》，这也是我于 2017 年 7 月出版的第二本文集的书名。天龙瀑、双龙瀑（情侣瀑）、玲珑瀑、雪龙瀑、下瑶池，山中的美景和清新的空气治愈了我的焦虑和不快，还勾起我对文学往事的美好回忆。天微微下着雨，鸟儿在欢快地鸣叫着，我看着横亘在溪流中间的石方感慨万千，当年在溪水间跳跃的孩子们现在都已长大成人。时光荏苒，物是人非，好在有文字可以抵抗岁月的侵蚀。

"520"能故地重游，赴瑶池会，实在是太浪漫了。让我又一次感受到独处的快乐。我更坚定了毕生努力拥有"非时间"的想法。《罗胖60秒：人为什么需要"非时间"？》一文告诉我们：这个"非时间"就是真正独处的时间，不和他人交互，也不和网络交互。无论个人的生活品质，还是我们成长的效率，其实都是和我们拥有的"非时间"的长度息息相关。

因为时间关系，我没去上瑶池，算是个小遗憾。毕竟一个人爬山，安全是第一位的。为了壮胆，我还在山中自制了一根用枯树干做成的打狗棍兼登山杖，特别实用。待我下山在景区附近的竹林农家乐吃完饭，回到民宿，天早黑了，可以说是万籁俱寂，白天里一切的喧闹归于平静，打扫卫生的大姐绝无戏言，我的心情也莫名地好起来。夜晚灯光下的又见山民宿哥特式的建筑，让人仿佛置身欧洲小镇，和附近朴素的农家乐相比，别具一格。

民宿里有餐厅，客人有好几桌，欢声笑语不断，大厅还有一大捧粉色玫瑰，"520"的节日欢快气氛也波及这个乡村酒店。热闹是他们的，我笑笑，回到自己的房间，喝了一大杯热水。稍事休息后，我又出门了，迎着5月乡间清凉的夜风，打开北大学堂App，继续听北大心理与认知科学学院苏彦捷教授的免费讲座——《人世间》中的发展心理学。我们赶上了好时代，只要一心向学，处处皆课堂。我是在微信视频号直播中发现这个学习App的。作为父母的自己也要学习发展，和子女在发展中相遇，只有这样才能对子女有帮助，如果一心扑在子女身上，没有自己的发展，是可悲的。我最近刚刚在听梁晓声的小说《人世间》，而苏教授的讲座正是我感兴趣的话题。心理学和法律一样，都是特别实用的科学，能够帮我们更好地处理人与人之间的关系，特别是亲子关系。所以我想抽空多听一些。

白天爬山，晚上散步听课，"520"的这个晚上我睡得特别香甜。床和枕头都是我喜欢的，晚上很清凉，我还打开空调取暖。一觉睡到自然醒，我披头散发，揉着睡眼惺忪的眼睛，推开房间通向阳台的玻璃门，直接惊呆了。

云在山间走，人在画中游，此等仙境只应天上有吧？我想起了去年5月在歙县坐船游新安江十里画廊时，也是云雾缭绕、如梦如幻的仙境。本来还为雨天出行有些小郁闷，但是清晨推门又见山上的仙境，我才想起下雨的种种好处来。如果不是雨天，压根就看不到如此仙境。因为下雨，瀑布的水量也更大，看起来更加壮观了。

我被眼前的美景惊呆了，忍不住录起小视频来。我想把美的瞬间记录固定下来，因为美太短暂了，稍纵即逝。在又见山的日子，我的小视频制作技术突飞猛进，已经可以把多段小视频有机结合在一起。嘿嘿，九龙源瀑布的视频还得到微信视频号的推荐，这让我喜出望外。鲁院长问我："改行了吗？"我笑着回答："写作还是我的主要爱好。"学习尝试新鲜事物，真的让人挺开心的。虽然我已经年过半百，但是我对世界依旧保持着孩童般的好奇之心，所以每每有收获的欢喜。

5月恐怕是一年中节日和节气最集中的一个月，五一劳动节、五四青年节、五五立夏，5月8日母亲节、5月20日（520）示爱日，过完了520，又迎来了小满，同时是母校125周年校庆日。用过早餐，我继续打着我自制的打狗棍，打算去民宿右前方爬山，听说最远可以到达三界亭。9点多，我在民宿门口遇到老板王总陪着一群客人在喝茶聊天，我心里还在纳闷："这么好的天气，为何不去山里吸氧呢？"

"王老师，过来一起喝茶吧？"王总戴着一顶白色的棒球帽，皮肤微黑，一双眼睛炯炯有神，给人泰然自若的感觉。王总笑着和我打招呼，客人们也立刻匀出一个位置让我坐，我不好推迟，就坐下来和大家一起聊天。我认出坐在我边上的戴眼镜的汪总，就是前一天晚上说过话的，他当时走路很艰难，给我印象很深。这一聊不打紧，居然聊得我和一位戴眼镜的文雅女士紧紧地拥抱在一起。她叫罗群星。汪总是她先生。多年之前，我们就加了微信好友，时有互动，我很欣赏她的率真和才情。她是我一大学男同学的高中女同学。最有趣的是，我们同为浙大校友，在母校校庆日邂逅在山清水秀之地，不得不说是一种传奇。于是我们一起在又见山民宿门口合影，群星的好友雯子、Sun 等共同见证这个激动人心的时刻。520 是雯子的生日，那天晚上在民宿办生日派对，难怪如此欢乐。群星说："海燕，我都不知道你也住在这，否则早拉你一起嗨了。""现在相遇也不晚啊。"我笑了，原本想爬山的心被邂逅的惊喜"绑架"了。

"又见山，遇见你，美事好多桩啊。"王总给客人们殷勤地续着茶，茶汤微红发亮，他告诉我是"熟普"。感谢和王总、群星等朋友们的相遇，让我对又见山民宿多了几分了解，让我慢慢感受到其间飘逸出来的文艺气息。群星向众人展示了王总写的两副字条："今日无事尝神仙鸡"，"即使明天是世界末日，今日也要吃鲫鱼烤葱"，我不敢说王总的书法能和书圣王羲之媲美，但是他对生活的达观态度让我笑了起来。听说他的厨艺不错，什么时候找机会品尝一下他做的神仙鸡和鲫鱼烤葱。热情如我，果断加了众友人的微信，王总的个性签名又引起我的注意："清淡，不是疏离尘世，而是让自己在大尘世中修炼得更加质朴。"

就连门厅茶室上的横幅也是出自王总的手笔。"养其拙"，暂且不论书法字体的古朴圆润之美，光这三个字就大有来头。杜甫有诗云"养拙江湖外，朝廷记忆疏"。养拙的原意是闲居，但后人偏爱拙，因"大智若愚、大巧若拙"。故"养其拙"成为一些文人雅士所刻的闲章作品或成为室内悬挂的装饰书法。他的这个横幅和他的个性签名就很容易对起来。难怪他给我的气质就是泰然自若、不急不躁的。

门厅里的一幅朱竹图也颇有讲究，作品的主人黄人杰老师告诉我："大家平常见到的竹子都是绿色的，我故意用朱砂颜料把竹子画成红色，是为了辟邪镇宅。"我查了一下资料，画朱竹缘于北宋的大文豪苏东坡。宁可食无肉，不可居无竹，在中国传统中，竹子象征着生命的弹力、长寿、幸福和精神真理，竹子秀逸富有神韵，象征青春永驻，难怪历来深受文人喜爱。从又见山右拐出门不远处就是整大片翠绿的竹林。

我突然想起横溪村村口篱笆上挂着六个红色的字："艺术振兴乡村"，又见山民宿无疑起到了领头雁的作用。美丽的风景和有文化品味的民宿，当然还有可口的饭菜，只有诸元素强强联手，才能留住观光客。说起艺术，我又想起九龙湖镇的另一个艺术民宿——秦山村的山水云间，老总也姓王，痴迷收集根雕和古玩。听说他一直在筹建秦山民间博物馆。待开业时，我一定抽空去看看。秦山和横溪两个村庄相距不算太远，前者是生活美学村，后者是长寿村，感受不到因为疫情影响导致的冷清寡淡。我吃过的钱家小院、竹林人家等农家乐都是宾客满座，菜的味道好，价格也公道。小满这天的中饭，还是和群星她们一起吃的。

热情好客的王总还帮我联系了香山教寺的住持阿德师傅，让我能好好了解一下香山寺的历史。小满未满，恰到好处。我想留点遗憾下次再来。此次横溪之行，收获已不小。"又见山"，我又一次感受到大自然对心灵的疗愈功效；"又见山"，我又一次感受到人们对美好生活的向往；"又见山"，让我看到艺术振兴乡村的力量，看到了中国美丽乡村的缩影。

# 我眼里的"两湖"和宋韵文化

在新冠病毒各种变异病毒肆虐的当下，疫情直接缩短了人们生活的半径。去郊区度假和探访宁波古村落，已成为我近几年的业余生活的"主打戏"。最近比较流行"宋韵文化"一说，我不是专家学者，无权班门弄斧，但我想把自己在东钱湖、月湖（两湖）区域接触到、感悟到的宋韵文化点滴，和朋友们一起分享。

就拿今年"三八"妇女节去东钱湖畔的绿野岙村采风说起吧。去绿野岙其实是补课，补上 2 月 14 日海曙作协部分作家去四明"史家故里"送书走访的缺憾。听说那天，村子里最有文化的村民都来了。后来甬派、浙江新闻都纷纷报道了这次文化盛事。赵淑萍、王亚萍两位老师先后撰文记录。

不过，事先我没有告诉任何人，我觉得一个人自由自在地逛，可能会收获更多意外的惊喜。果然惊喜就从村口附近的灵佑庙开始。这是宁波市级的文保单位。当时大约下午一时半，春光明媚。顺风车把我扔在村边的大路上，刚好有座四合院建筑的庙宇，于是我打算先走进这座灵佑庙看看。庙面积不大，正中供奉着北宋政治家王安石的塑像。王安石穿着县令的官服，端坐在椅子上，眼睛炯炯有神，平视着前方。不过令我感到奇怪的是，王安石像的左边有一对古代男女塑像，看起来是王爷、王妃的打扮。他们和王安石有关系吗？我在别处从没见过这样的陈列。记得我去年秋天在章水镇蜜岩村的蜜岩庙里，看到过三位不同朝代的官吏塑像，他们都对当地或是整个宁波作出过重大贡献。我正纳闷，有一位 60 岁出头、面目清瘦的老者向我走来。

他自报家门："史美海，四明史氏第 31 世后人，灵佑庙的守护人。"当我和他说明来意，他笑眯眯地说："赵老师和上次那批海曙作家过来就是我全程接待的。"我听了暗暗欢喜，正苦于无人介绍这个灵佑庙的来历和绿野岙的相关情况，这下都有了。

史老师非常热情，有问必答，还带我到他的办公室（设在庙里）看家谱和一些介绍四明史家的资料。赵淑萍老师的新书《石魂——东钱湖南宋石刻发现保护口述实录》赫然映入眼帘。我在这里不仅得到了想要的答案，而且还得到了比答案更多的东西。

灵佑庙建于清乾隆年间，距今有 200 多年历史。此庙为了纪念王安石而建。王安石是北宋著名的政治家，他曾经在鄞县担任县令，为老百姓做了许多大好事。他兴修水利、振兴教育、改革试验田，日后"王安石变法"中著名的"青苗法"就是从他主政鄞县时起步的。他虽然只在宁波当过 3 年父母官，但对宁波日后的经济文化和社会发展产生过难以估量的重大影响，他滋养并奠定宁波这座城市的文化气质，塑造了宁波的城市特征……听说纪念王安石的庙宇和建筑在东钱湖还有多处。下水的忠印庙里还有王安石纪念馆，东钱湖有安石大道、王安石广场，广场上有王安石的大型塑像。2021 年年底，宁波文旅研究院还推出庭院戏剧《听·见 鄞令王安石》就是以文创的形式来纪念这位历史名人。难怪宁波人一提起王文公会发出这样的感叹："王安石在宁波做官 1000 天，却影响宁波 1000 年。"

说完了庙里王安石塑像的来历，当然要讲讲他边上的两位古人塑像，他们分别是南宋时期绿野岙村的祖先史诏和徐氏太君。史老师说："南宋的史家一门二王，三宰四相，五尚书，七十二进士，家世非常显赫，但是整个家族非常低调。他们没有专门祭祀先人，而是祭祀王安石。光这份胸襟就很了不起。一方面王安石比我们祖上到这早，作出的贡献大，另一方面史家后人的确是受八行高士史诏太公的美德影响，非常谦逊。"史老师说起祖上有说不出的自豪，他如数家珍，我大致搞清四明史家的来源，还有史家为何会在月湖和东钱湖两湖之间辗转的缘故。

四明史家是北宋初年由史惟、史成父子从江苏溧阳迁徙过来，在鄞县洗马桥落户。史成之子史简是个小官，端午因为陪母亲看龙舟赛，没带钱，只好把官服典当，结果遇到郡守找他有事，看他没穿官服很生气。史简遭痛骂后，就生病了，结果郁郁而终，享年只有23岁。史简妻子叶氏生下遗腹子史诏。叶氏为了延续史家的香火，没有改嫁，一心一意培养史诏，昼夜操劳，节衣缩食，把他培养成"孝悌睦姻任恤忠和"等八方面都做得很好的君子，"八行"是北宋时期推行的道德评判标准。郡守想推荐史诏去朝廷做官，被他拒绝。根据其母叶老太君的建议，从明州城内洗马桥（开明街，月湖附近），东走35千米，到大田山（后改称绿野岙）教书育人，隐迹乡野，所以绿野岙成为史诏的故里。后来朝廷又多次喊史诏去做官，他因是大孝子，要照顾母亲，至死不从。宋徽宗赐予他"八行高士"的雅号，御书表彰。史诏死后累赠太师越国公进士，他就是史浩的爷爷。史浩是那位为岳飞鸣冤平反的宰相，月湖有相府。虽然史诏自己没有做官，但他良好的品行影响一代又一代人，他的子孙后代又走上农村包围城市的道路。通过史诏先祖的八行祖训，史氏家族在南宋100余年间从一个平民家庭发展成名门望族，出现父子同进士、兄弟同进士，三代同宰相（分别是史浩、史弥远、史嵩之）的盛况。

我注意到灵佑庙里的一副对联："育儿孙显赤县三相一门，奉慈母隐绿野八行高士。"如果不来绿野村，如果没有史老师的详细介绍，谁能想到居然有受皇帝表彰的品行高洁的名士长眠于此呢。如果没有当年叶夫人的坚持，就不可能出八行高士和四明史家一脉后来的兴盛。当时地方官楼异曾赞美叶夫人"黄卷教成遗腹子，白头亲见起家孙"。出于对两位史家先人的尊敬，我在史老师的带领下来到村庄深处的叶氏太君墓道和史诏墓道拜谒。墓道两侧立着石羊、石人、石虎等精美的雕刻。两个墓道细微的差别之处就是叶太君的墓道没有石马和文将、武将，但有石笋……史诏墓道还多了一把仿制的石椅。石椅真迹在文化礼堂，那天管门的刚好外出，无缘相见。这些石刻虽然已经年代久远，但依旧栩栩如生，而且都有其深刻的含义。孝羊是因为八行公是孝子，要孝行天下；虎是一夫之配，叶太君守节，25 岁杜门自守，没有太君就没有史氏；马，最重情义，宁死护主；文武大臣保家卫国，有国才有家，因那时战乱，北方正在抗金。椅是座，要坐正方位，以八行公为表率，正直为人，走祖宗的路，做到忠、孝、节、义。毛笋代表空心无私、节节向上，根深叶茂。这两个墓道都属于东钱湖石刻群，属于全国重点文物保护单位，这些都是宁波南宋石刻群的宝贝，石笋和石椅在全国绝无仅有。这个石椅是宰相史浩专门给爷爷定制的，以表达他的孝心。难怪有人说："西有秦始皇兵马俑，东有南宋石刻群。"

因为南宋时期帝王墓地没有留下一件南宋石雕，宁波东钱湖畔的南宋石刻群填补了我国美术史、文物考古史以及雕刻艺术史中南宋时代的空白。2001 年，国务院公布的第五批国家级文物保护单位，与史氏家族有关的东钱湖畔石刻群和横省村石牌坊皆列入国家级文物保护单位。可惜有些文物还是遭到自然风化或人为的破坏。我们看到史诏墓前立着的是一块残碑，只能看到碑右侧写着"累瞻越国夫人徐太君"的字样，徐太君就是史诏的妻子，越国夫人是她的封号。我在灵佑庙看到的其中一尊塑像就是她。史老师说："就是这么一块残碑，还是从农民的猪圈里发现的。"言语中透着几丝无奈。史老师还带我到绿野村附近大慈寺的史弥远墓道观瞻，墓道前两棵银杏树已经有 700 多岁了，它们庄严肃穆，默默地记载着岁月的沧桑。史弥远是史浩的儿子，也是南宋的丞相，是一个非常有争议的权臣。史浩的墓道在横溪，路途有些遥远，时候不早，我们就没过去。史老师不无深情地说："月湖是阿拉四明史家的出发地，东钱湖是墓埋地。你看史家的先人们不约而同地在这块风水宝地上长眠，护佑着我们子孙后代啊。"

绿野岙之行让我对宋韵文化中的四明史家文化有了大致的了解，对王安石对宁波的贡献有了新的认识，在前几年参观过南宋石刻公园之后，再一次领略到精美的石雕艺术。史美海老师说："写史家文化的学术文章很多，但是很少有人写到绿野岙的文化底蕴。"但愿我的努力让他有欣慰之情。当然，我也是希望更多的人因为我的文章来千年古村绿野岙探访宋韵古迹。

史美海老师的话把我的思绪重新拉回我曾经生活过 13 年之久的月湖畔。我发现我需要重新认识月湖。虽然我已经看过《千年月湖》一书，但感觉还是很陌生。月湖绝对不是普通意义上的人民公园，它有千年文化的承载和积淀，是现存历史最悠久、文脉最丰富的一处水域。月湖被称为"浙东邹鲁、江南明珠"，历来是吟诗、讲学的风雅之地。从唐朝的贺知章到清朝的万斯同，数不清的名人雅士来过月湖，留下墨宝。当然月湖的文学气质全面形成于宋，发展于宋。北宋王安石、司马光，南宋史浩、杨简等高官、学者都曾经来月湖打过卡，留下过脍炙人口的诗文。如王安石在《众乐亭》一诗中写道"春风满城金版舫，来看置酒新亭上"，写出了月湖船菜宴之乐。王安石是文学家，也是教育家。他在月湖办起县学，宁波城区的官方教育从此开始。我们宁波有个月湖诗社，原来是有历史缘由的。诗韵江南，人文月湖。我觉得我这一生做过的最风雅的事，就是于 2019 年出版诗集《甬江边的树》，并于 2019 年 10 月 27 日在月湖畔宁波二中竹洲（竹洲岛原来叫松岛，是月湖十洲之一）大讲堂举办个人诗会。百年名校宁波二中的前身是宁波女子中学，从这里走出了苏青、朱枫、路甬祥、屠呦呦等杰出校友，二中素有"中国最风雅学堂"的美誉。当时，荣荣、鲁焕清、李皓、姜琴、黄兴力、陈谊、赵淑萍、邹元辉、丁萍、友燕玲、陈利萍、柴隆、张岗等文化大咖都参加了诗会。群贤毕至，热闹非凡。这是疫情发生之前的黄金时代，已经远逝，却记忆犹新、倍感珍贵。我作为一个文学上的无名小辈，能够和历史上、现实生活中的这些名家大咖共同拥有美丽的月湖，写诗、读诗，展示自己的芳华，实在是荣幸之至。记得宁波诗人盛醉墨说过："用诗歌来诠释一座诗意的城市，是最直观的方式，也是诗人反哺这座城市最温暖的方式"，感念陪我一起写诗、读诗的人们。月湖因为有宋韵的附丽和我对诗歌的记忆而变得更加有温度，更加流光溢彩。

3月9日，甬上文化传播力研究院成立，首个课题就是聚焦宁波"三湖"宋韵文化。相比慈湖，我比较熟悉月湖和东钱湖与宋韵文化的联系，我很好奇慈湖居然有宋代的飞天雕刻。疫情虽然限制了人们的生活半径，但精神的疆域可以如骏马纵横驰骋。宋韵文化已经勾起了我强烈的求知欲，我清楚地知道我自己接下来要做些什么。

在生命的所有季节播种，喜悦存在于播种的劳动过程中。我播种故我欢喜。夜已深，将宁波文旅研究院副院长、国家一级编剧王晓菁老师在宋韵文化研讨会上的精彩发言作为结语吧："当山水遗迹被赋予了历史文化意义，通过文旅融合，宋韵文化也将成为一道风景，刻入人们心间。"

# 越音绕乡情亦浓

　　故乡嵊州是一本博大精深的书，哪怕穷尽我的一生，也读不完。"万年文化小黄山、千年剡溪唐诗路、百年越剧诞生地。"故乡的三张颇有分量的文化金名片已经足以让我感到骄傲自豪，但我又觉得愧疚，在外漂泊多年，错过了解故乡的机会。希望不要错过这一次。

## 一

　　深秋时节，我回到阔别 4 年之久的故乡。故乡的路变化不大，我依旧认得。许多乡亲的面孔，我还依稀记得，她们也能认出我来。金雄外婆已经有 100 岁了，身体依旧健朗。她是目前村子里最长寿的老人，以前经常来外公家串门。"是海燕吧"，她迟疑了片刻，最后还是喊出我的名字，还帮我整理衣裤上从坟地（外公外婆的墓地着实费了我一番周折才找到）带回的杂草，并把橘子和梨子塞过来。她家的收音机里飘出越剧《五女拜寿》的选段，绵绵柔柔，非常好听。在家乡，所有和看戏有关的记忆开始复活。

　　过年，最让人期待的就是去晒谷场上的戏台子下抢位置，看小歌班的演出。20 世纪 80 年代，电影很少，电视机也没普及，所以能在春节看上几场大戏就是最幸福的事了。孩子们穿着新衣裳，衣兜里装满瓜子、奶糖、花生，边吃边看，多美呀。每个人的脸上笑眯眯的。成年以后，戏倒看得不多，记得外公95岁那年，我回到家乡，陪他一起去看戏，他耳聪目明，可以在长条凳上坐2个小时，不觉得累。现在，他和外婆安静地躺在杂草丛生的后门山上，任凭我如何呼唤，也没法再醒来，陪我一起去看戏了。

## 二

　　暮色黄昏，我带着伤感和失落之情告别乡亲们，前往心心念念的越剧小镇。要不是友人开车相送，我一个人恐怕要费一番周折来找寻。越剧小镇位于嵊州甘霖镇施家岙村，离城区也还有15分钟车程。到小镇时天都黑了，一路亮绿码、行程卡和核酸检测报告，走了好久才到达入住酒店，但小镇安静、古色古香，建筑雄伟，给我留下深刻的印象。

　　在小镇的两日风和日丽、秋高气爽，优美的风景、新鲜的空气，还有随处可以听赏的越音慢慢治愈我的哀伤和焦虑之情。我可以在院子里和一朵朵傲然怒放的菊花说说悄悄话，也可以一边欣赏远山的秋色，一边喝手上的咖啡，翻看介绍小镇的文化手册；我还可以不需买门票，就到豪华瑰丽的古戏楼听一段《陆游与唐婉》，陆游独游沈园，唱起浪迹天涯选段："浪迹天涯三长载，暮春又入沈园来。输与杨柳双燕子，书剑飘零独自回……"扮演陆游的女小生相貌俊朗，吐字清晰，嗓音甜美。我不由想起越剧名角茅威涛老师，她是越剧小镇的形象代言人。1989年，她因为扮演这部新编历史剧里的陆游，名噪一时。现在如果能听到她的演唱该有多好。

　　我有个小姐妹叫且介亭，是不折不扣的"茅草"。当年为了见到茅威涛本人，花费一番周折，她自己还专门给茅老师写了一封探讨越剧艺术的长信。

记得她从象山来宁波看戏，戏票还是我给买的。那天晚上，她抱着我又笑又闹，还不停地给朋友们打电话，恨不得天下人都知道她见到茅威涛老师了。时隔10多年了，她由小姑娘变成一个小学生的母亲，依旧喜欢哼唱越剧，当"茅草"。所以这几天中国好声音——越剧季开始时，她又在朋友圈积极宣传起来，因为导师中有她热爱多年的茅威涛老师。受她影响，我也开始关注起茅老师。她是一个走传承和改良兼备路线的越剧表演艺术家。看来，我也得找个机会见见茅老师，听听她唱的戏。有人告诉我，小镇的越剧博物馆开业时，茅老师肯定要过来剪彩的。希望我能再过来吧。

# 三

记得嵊州好友送我来越剧小镇时，一路抱怨小镇太偏。我当时也在心里打了个问号："对啊，干吗要在这选址啊？"还是在这流光溢彩的古戏楼的老相片里，我找到了答案。当年"袁雪芬、徐玉兰"等著名的越剧十姐妹就是从这走向大上海的，甘霖镇是越剧的发源地。1906年3月27日，当地的说书艺人李世泉、高炳火他们在东王村香火堂前用四只稻桶和几块门板搭就的小草台上，演出了大戏《十件头》《倪凤扇茶》等。越剧就这样在稻桶背上呱呱诞生。1906年3月27日，为越剧诞生日。但施家岙村，也就是越剧小镇所在的村庄为何又被称为女子越剧诞生地？带着种种疑问，我已经不能满足仅限于小镇里的戏剧、山水生活。我想去村庄里探究更多和越剧本源有关的原生态事物。

村庄就在越剧小镇的马路对面，文化礼堂在大兴土木中，通往村子的路显得拥挤、尘土飞扬，这并不能影响我的好心情。走了七八分钟，村子里的施家祠堂就赫然在目，门里传出《玉堂春》的选段。"呀，村子里也有戏文好看。"这不由让我喜出望外。我在八仙椅上坐定，听戏，也看古戏台的建筑，戏台屋顶的精美的砖雕，檐牙高挑，至少有200多年的历史了。老艺人们有拉二胡的，有弹三弦的，还有一位拉大提琴的，娘家戏班的演员们虽然是便装出演，但表情、唱功一点不亚于小镇古戏台的青年演员们，而且用民乐替代电声伴奏，感觉就是原汁原味。

娘家戏班的俞班主得知我是前来采风的作家，向我简单介绍了古戏台的情况后，专门陪我来到离戏台不远的八卦台门，也就是女子越剧博物馆。这是一幢清晚期的民房古建筑，博物馆里陈列的东西多为旧物。那个年代女孩子们穿过的戏服、戴过的戏帽、住过的房间大多维持着旧貌。

"不是一开始越剧都是男的演的吗？在封建社会女子地位低下，不可能有这样抛头露面的机会啊。"我带着困惑问俞班主。

"是啊，所以我们要特别感谢越剧史上第一副女子科班创始人王金水，他是本村人，读过私塾，在上海做过小生意，思想比较开明，才有了这个培训班。1923年7月10日，越剧第一副女子科班开科。越剧史上称这天为女子越剧诞生日。但王老板为办这个班吃了不少苦头。一开始，村人思想不通，不愿送自己女孩过来学戏。他就动员自己的女儿、侄女先报班，而且贴告示优待学徒。主要内容是学期3年，帮师一年。艺徒在学艺期间，衣食住行概由老板负责。满师后，送给每个艺徒银洋60元、金戒指1只、旗袍1件、皮鞋1双。这样一来报名的人十分踊跃。王老板为供给全班学员膳食以及师傅工资，不惜卖掉准备盖房造屋的木料、砖瓦，终于使女班能坚持办下去，并培养出施银花、赵瑞花、屠杏花、姚水娟在内的一批女伶，开创男子小歌班转化女子越剧的新局面，成为女子越剧的创始人。"俞班主70岁出头，思维非常清晰。最有意思的是，他居然能够一人分饰两角，一会儿是宝哥哥，一会儿是林妹妹；一会儿高亢清亮的徐派，一会儿是凄婉美丽的王派。看来高手在民间，我一边录视频，一边和周围的游客为俞班主鼓掌，把手都拍红了。

# 四

俞班主是娘家戏班的带头人，一干就是 16 年了。2006 年，为展示女子越剧发源地风采，嵊州市甘霖镇党委、政府组建娘家戏班，为游客免费演出《回十八》《叹月》等折子戏。她们主要的演出舞台就是村子里的这个古戏台，有时也会去越剧小镇里表演。俞班主给我详细介绍完博物馆之后，又急匆匆赶回绳武堂，因为那有数十个从新昌赶过来的戏迷来听戏。他告诉我旧时绳武堂族规森严，不准女子上戏演戏。女子小歌科班第一次公开彩排时，只能在晒场空地搭一座草台。一直到王金水带领戏班赴沪、杭大获成功后，才被族人破例同意女班登上古戏台演出。正应了一句话："要想有地位，必须有作为。"中国女子越剧的艰难起步离不开王金水、金荣水，还有"三花一娟"等女伶的努力。

走进施家岙村不仅让我了解百年越剧的前世今生，而且看到正是因为有一代又一代人的传承，越剧这门古老的非遗艺术，依旧青春焕发、生机勃勃。俞班主和他的娘家戏班就是最鲜活的事例。来施家岙唱越剧的多为本村人，但也有的从外地慕名前来，并在此定居的戏迷。红萍和洪飞就是其中两位。距离绳武堂 100 米左右，有家戏颜茶空间，她们在这工作。就是因为热爱越剧艺术，所以离开自己的家，来这唱戏，助力乡村振兴。红萍说自己从小就有想唱戏的梦想，这个梦一直等到她当上了奶奶，把孙子拉扯上了初中，才圆上。2013 年，她刚来娘家戏班时，唱不全一整支曲。还是俞班主给她打气，教她唱戏。半个月之后，她就能登台表演了，连她自己都不敢相信。我看着眼前这位脸容俏丽、眉梢含情的阿姐不由涌起钦佩之情。她和洪飞两人，一个唱傅派，一个唱范派，唱作表情俱佳，一起表演《梁祝》选段里最经典的折子戏《十八相送》，让我听得如痴如醉。红萍沏的红茶，温润芳香，茶汤在阳光下闪闪发光。

红萍把施家岙村和越剧小镇比作母亲和女儿的关系。的确，越剧小镇是全国第一个以戏剧剧种命名的文旅小镇。女儿的千娇百媚引得无数人来围观，自然也带火了施家岙村这个母亲。我爱越剧小镇的精致、休闲、高雅的生活模式，更爱施家岙村的原生态、古朴和浓浓的乡情。一碗热气腾腾的豆腐年糕都能让我念念不忘。我和俞班主、红萍、洪飞以及台上的演员们都是一见如故。城市里太缺少一个这样原汁原味的古戏台了。因为疫情，剧院里许多戏都停演了。我只好从城市来越剧的老家看戏了。

越剧作为中国第二大剧种，被称为"中国歌剧"，2007 年被列入国家级非遗名录。此次的故乡行无意间促成了我对"中国歌剧"的寻根之旅。四时有景，无处不戏。梦里桃源，不负江南。此时此刻，我对故乡的爱就在这柔美如水的越音里弥漫；我对故乡的情就在滚烫的指尖里翻飞流淌。

# 恩施大峡谷：惊心动魄的一天

我们每个人认识的世界就是自己眼中的世界，你有什么样的眼光，你就能看到什么样的世界。我想讲述的就是我在恩施大峡谷度过的一天，惊心动魄，特别难忘。

2023 年 7 月 16 日中午 11 点许，阳光火辣辣地照在头上，因前一晚喝过混酒，头还有点胀痛。我用身份证刷过门票（我买的是 370 元一张的票，含地缝和七星寨两大景点而且能享受景区各种交通工具的通行），免去排长龙购票之苦，正暗自得意，但是当我和一群游客站在景区示意图前听到一个声音时，我傻眼了。只听一个年轻的女导游说："爬七星寨至少要四五个小时，游云龙地缝要两个小时，加起来总共需要七个小时左右。大家抓紧游玩，我们 6 点在 1 号停车场集中。"然后，她带着一群人出发了。

尽管我有过几次爬野山的经验，还征服了天台山大瀑布和琼台仙谷，人称"公安徐霞客"，但复盘一下，我这次犯了两个错误。一是爬山前夜，不该纵酒狂欢，还熬夜，以至于没法早起误事。我和小易的搭档小虎 9 点才出发，他倒是 8 点半就准时来了，是我比较磨叽延误时间，路上还遇到一辆旅游大巴抛锚，堵了半个小时。我利用堵车的时间买了竹竿登山杖，补了 2 瓶矿泉水。其实最理想的做法就是早睡早起，早上六七点出发是最好的，太阳不晒，而且游客相对较少，爬山时间也显得充裕些。如果一不小心掉队成为当天出山最后一批人，更麻烦，会耗费无端的等待时间，至少有半个小时到 1 个小时。因为出景区要坐景区公交车，然后换坐小火车，最后还得走至少 15 分钟到停车场。我在回程前就吃到这个苦头，等了比我还落在后面的一家人很长时间。我犯的第二个错误是没做好攻略。我到后来才知道，这个景点是整个恩施景区最累人和耗时最长的，应该放在离开恩施前一天玩比较好，否则第一天就累趴下了，后面还能好好玩吗？当然还有一种玩法，就是提前一天住在大峡谷景区，把七星寨和地缝分成两天游玩，要轻松许多。

世间没有后悔药可吃。既然来了，我就不打算当"逃兵"回去。从停车场走到景区入口耗费我大约 20 分钟时间，留给我的时间显得特别宝贵，我总不能等天黑还一个人在山里瞎转悠吧。于是我利用这段时间吃了一个汉堡包、哈密瓜和西瓜，还有小块牛肉干补充能量，把吃中饭的时间节省出来。

坐电缆车的人前不见头，后不见尾，我感觉全世界的人都赶来恩施大峡谷或在来这的路上，我等了 10 多分钟，被人流挤上了车然后又被挤下了车。

"我先带你们去吃中饭，吃完你们就去坐索道。今天人特别多，你们要做好排长队的思想准备。"我听见一个 30 多岁的戴墨镜、穿灰色防晒服的男导游在吆喝着。

"往左边一直走下去就是云龙大峡谷，你们 2 点在索道前等我。"我又听见一个声音很尖的年轻姑娘的声音。

我该先往上还是先往下？听着导游们的声音，看着从我身旁经过的一批又一批游客，站在丁字路口的我一脸迷茫。于是我想起小郭，就打语音电话给他，没想到他是当地人居然也没来大峡谷玩过。所以给不出准确的建议。不过，他宽慰我说："雨姐，不管你咋玩，只要你安全开心，玩得晚一点回来也没事，哪怕天黑，我们都会等你一起吃饭的。"小虎估计这会忙着开车做生意，也是不方便打搅的。我只能凭自己的第六感来选择。先去云龙地缝，往下走势必比往上爬要凉快一些，我们平时见到的地下停车场或地铁站不都要比地面凉快嘛。

有了主意，我的心就定下来。穿过始建于清朝光绪年间的风雨桥，我一直往下走，有一种叫石帘的景物吸引到我。我该如何形容它呢？它是一种典型的地表钙化堆积物，形成估计有上万年或者有几十万年了，像大片大片的瀑布悬挂在悬崖上，和绿色的植被夹杂在一起，酷似门帘，故名石帘。这是我进入景区以后见到的第一个神奇的景物，所以我愿意非常详细地描述。其实好戏还在后头呢。一路的青山，一路的飞瀑，非常赏心悦目。太阳在高高的天空，我躲在地缝大峡谷里，它很难照到我呢。

让人匪夷所思的是，在接下来的半个小时里，我居然非常迫切地等待阳光照耀，照耀到这个叫五彩黄龙的瀑布上。只有这样，才能见到彩虹！这个秘密是一个戴眼镜的中年游客告诉我的，他在陪他的妻儿拍照。我看了一下手表："12点半。"时间还来得及，于是我就和他们静静地等待太阳光临这条红色的瀑布。之所以呈现红色是因为瀑布和周边岩石中的钙化体含铁吧。我仰望着天空，把脖子都仰酸了。不知过了多久，有个小男孩喊叫着："从这个角度，已经可以看到彩虹了。"我循声过去，果然如一条白练飞流直下的瀑布尾端，有横卧的一条彩虹若隐若现，因为有绿水和水中的赭褐色的石头映照，显得非常神秘。"是彩虹，是彩虹！我还是第一次在瀑布里看到彩虹呢。"我像个孩子一样欢喜地喊叫起来。

曾一度因爬山准备不充分而沮丧的我，此时完全笑逐颜开。随着阳光移动位置，瀑布的彩虹越来明显，而且我在不远处的另一条飞瀑中，拍到更宽更美的双彩虹。我忍不住在朋友圈发了小视频，用颤抖的手这样写道："在地缝大峡谷邂逅双彩虹瀑布，太美了！这算不算是'艳遇'呢？我第一次遇到。"

　　这就像一场戏，邂逅双彩虹昭示小高潮的到来。生活的奇迹从来不需要期待，它总在转角闪现，只要你脚踏实地去实践。我像一个战士，初战告捷，勇气和信心倍增。飞瀑、老树、云龙暗河、天桥、灵芝壁、傩戏大剧场，一路上美不胜收的风景和非常平坦的石阶，让我心旷神怡，两个小时的游程一点都不觉得累。好戏在后头，真正的考验也在后头。从恩施小蛮腰"垂梯"回到地面，我有晕眩感，这相当有999个台阶那么高呢。从垂梯出来到七星寨索道，我走了1000多米山路，高高低低的，阳光虽然没有正当午那般毒辣，但依旧需要打伞防晒，我启动了半块黑色巧克力，这是我爬山的刚需装备。大约走了40分钟，我来到索道入口处，"15：00"。再过一个半小时索道就停止运行。此时只有我一个人在等候，除了工作人员没有第二个人，我不得不硬着头皮一个人上了索道的小包厢。

　　无知者无畏，大约说的就是我这种人。假如我事先知道索道有2200米长，有数百米高，我一定不敢一个人坐的。现在哪怕我大喊大叫、又哭又闹，也没有人看到或听到。相伴我的是一只只往回滑的空笼子和跟在我后面远远的铁笼子，鬼知道里面有没有装着人呢。"清明雨，你绝对可以的！你不是一个人走过奉化溪口的徐凫岩玻璃栈道吗？脚底下也是万丈深渊呀！你不是登上过安吉云上草原的A4纸玻璃栈道吗？像个舌头一样长长地伸在半空中，比这个可怕多了。对了，你要是实在害怕，就闭上眼睛吧，千万不要往下看啊。"灵魂里勇敢的我拼命给已经瘫软无力的肉身的我打气。

　　我握紧手中的登山杖，好像抓住一根救命稻草。我抱着双肩包，好像抱着爱人的肩膀。我又吃了一小块巧克力，感觉慢慢镇定下来，于是拿起手机录起小视频，但我的范围仅局限于270度，而不是360度。我的身体不敢往后翻转，生怕摔倒，失去平衡。坐在这里的失重感比坐在机舱里要严重许多，这和我多年前在徽州古城里独自摸黑行走相比，是另一种恐惧，生怕索道失灵，摔个粉身碎骨。父母工作忙，我小时候曾被寄养在奶妈和父母的朋友家里，我缺乏安全感估计和这段经历有关吧。但我就是一个特别要强特别能扛的人，这不经历半个小时空中惊魂，我安全着陆，正式开始七星寨的游程。第一次坐索道的感觉如同初恋般让我刻骨铭心。我又一次战胜自我。小视频至今被我置顶在朋友圈里。

有朋友说，我因坐索道错过七星寨一段需要步行才能看到的美景。对此，我倒是挺坦然的，一方面是估计自己体能不够，另一方面时间也不够用嘛。量力而行，无论是工作还是旅行，都是最理性的选择。

爬山的过程中，会遇到许多抬轿子的挑夫招徕生意，我一般都不予理会。我对自己的脚力非常自信。一个年轻的挑夫大约猜到我的心理。他说："大姐，我知道你很能走，但是你可以体验一把坐轿的滋味嘛。从这到一线天，就30元，不贵的。"年长的也随声附和："对对对。"我经不起他们怂恿，就坐上了轿子，确切地说叫滑竿吧。一把姜黄色的躺椅绑在两根翠绿的竹竿上。两个人就一前一后地晃悠起来，坐轿肯定比坐"11路"轻松许多，但是被人这样抬着走，而且我又没伤没痛的，心里实在过意不去呢。就在我的罪恶感产生不到10分钟时，两位挑夫相继放下轿子。这真的是体验啊。大约就走了二三十步吧，不过是山路。我哭笑不得走下轿子，付了钱，继续赶路，后来，我哪怕脚像灌了铅，实在走不动了，也抵制住坐轿的诱惑。

如果来恩施，没登恩施大峡谷，等于没来恩施哦。站在七星寨的悬崖栈道上，和蓝天白云遥遥相握，望着连绵起伏的群山，我颇有感叹。石林、一线天、悬棺、一帆风顺石、皇冠石、迎客松、一炷香、亲子峰……美景让我流连忘返，不知不觉，天色变得昏暗，最后两个小时，要不是来自山东滨州的小平她们三位朋友拉上我，我真的要被困在大山里了。

在和小平她们结伴而行之前，路上还遇到一位"守株待兔"的当地山民，

60 多岁，背着背篓，里面装着野蘑菇、野山茶，看起来挺朴实的。他给我嚼野山茶，拍照，又请我到他店里去喝藤茶，品尝野生石斛，他老婆还送了我两根水灵灵的黄瓜。拗不过他们两口子的热情，我买了 400 元藤茶、500 元的石斛。他老婆特意从里间拿出来一捆事先捆好的，说质量比外面的要好，还加了我微信。可能茶有药性，我感觉疲惫消除了许多，心里还挺感激老汉一家的。临走前他还悄悄地和我说："不要和任何人说起，怕别人打主意。"我很困惑，一直到上个周六我去妈妈家，才找到问题的答案。我打算把部分石斛送妈妈，当解开捆住石斛的橡皮筋，发现中间掺杂了许多细碎的石斛枝。"奸商！砸恩施人的牌子！"我又一次交学费了！虽然没有买到假货，但商家绝对是以次充好，虚抬价格。我果断地删除他老婆的微信，也同时和亲们提个醒，这家的茶叶店就在半山腰右手边的第一家。要警惕路上和你主动搭讪的当地山民。人生哪有这么多浪漫的偶遇啊。有时候，我们遇到的是一颗颗磨刀霍霍的心。

个别无良的人出现，不会让我对恩施大峡谷的美景打折扣。因为我们遇到的大部分人是好的。在下山的最后阶段遇到许多暖心的情形。景区的工作人员主动留守，又去山上接客人，确保每一个客人安全出山，体现景点的爱心和担当。的士司机小虎怕我久等，放着下班高峰期的生意不做，5 点多就在景区门口等我，足足等了 3 个小时，从黄昏等到黑夜，没有一丝抱怨和催促。我觉得实在过意不去，付了他 320 元包车费以后又给他加了 10 元小费。小郭一家等我回来才开晚饭，饭菜依旧丰盛可口。时针指向晚上 10 点。

上天入地，和时间赛跑，把美景尽收眼底，也静观世道人心。在恩施大峡谷，我经历了惊心动魄的一天。看来经验，就是要经历才有体验啊！

# 风雨井冈山

## 一

井冈山，中国革命的摇篮。中国第一个农村革命根据地在此创建。习近平总书记曾深情评价"井冈山是革命的山，战斗的山，也是英雄的山，光荣的山"。2023 年的秋天，我带着无比敬仰的心情，独自来到革命圣地井冈山。短短 5 天，我的行程基本是在井冈山的风雨中度过，心情亦随之波澜起伏。

来到井冈山，最初的感觉是新鲜的、陌生的。虽然我 10 多年之前来过，是单位组织的党员活动，但除了有一张在黄洋界的照片，记忆模糊。当时的我穿红色短袖 T 恤、短发，在镜头里一脸傻笑。弹指一挥间，旧貌换新颜。

我带着许多期待和欢喜重新来到茨坪镇。这是离井冈山景区最近的一个镇。与其说它是一个镇，更不如说是一座美丽的小山城。公交车把我从机场接出来，在路上开了一个多小时，其中大部分是山路，有点像浙江的四明山，车轮直接把乘客带进大山深处。你看，小镇的街道干净整洁，印有五星的长方形的小国旗，沿着洁白的路灯杆一字排开。红色特别醒目，特别有气势。国庆的节日余温尚存。梧桐树没有全部变黄，中间夹杂着一些青绿色，为道路两旁撑起浓浓的树荫，在秋风中哗哗作响，许是欢迎我这位远道而来的客人吧。农家乐、酒店和寻常百姓的民居随意分布在小镇的一些大马路上或深巷中，毫无违和感。

我入住的天子山酒店旁就是毛泽东同志旧居，属于街口，同时也是南山公园入口。人来人往，熙熙攘攘。酒店边上还有一个偌大的人工湖，有个好听的名字：挹翠湖。湖边有亭台楼阁，体态婀娜的柳树和着清清的湖水在夕阳下闪闪发光。我想起徐志摩《再别康桥》里的诗句："那河畔的金柳，是夕阳中的新娘；波光里的艳影，在我的心头荡漾。"繁忙多日的心里多少生出一点诗情画意来。

茨坪镇没有文友，我只得在网上乱找一气。我本意是想在恩施那样，在山里找一处民宿或酒店，养养心。但在消费并不低的江西南部旅游城镇，既要做到物美价廉而且交通方便，太难，只能退而求其次。交通方便优先，有个安静的环境就行，哪怕我的房间对面是围满栅栏的居民楼单元房，偶有顽皮的孩子传来嬉戏的嚷声。所以这次在茨坪镇的居住绝对算不上称心如意。身在山区，却没有找到一个山里的僻静住处。初到的欢喜中难免掺杂着一点点的失落。好在酒店的服务员很热情，周到，不仅送来橘子、香梨、冬枣等欢迎水果，还帮我免费升级客房，让我心情好了一些。

# 二

从汽车站到酒店步行大约只需 15 分钟。可是我步履蹒跚、脚步沉重，走了大约半个小时，我无心欣赏风景，更无意加入人潮人海的参观团队。我很清楚，我需要好好地休息。有睡眠障碍已不是一天两天的事了，记不得多少次在黑暗里睁着眼睛数羊。最好让我狠狠地睡上一天，睡它个天昏地暗，把亚运安保期间所有的辛苦和压力睡它个一笔勾销。

谁让我的性格里几乎没有"偷懒"两个字呢。记得出发前一周，我马不停蹄，完成两篇长文的写作。凌晨 4 点钟，我还在手机上码字，回顾自己 20 多年以来的文学历程。为了写好《平安护亚运　金秋结硕果——宁波公安出入境管理部门亚运安保工作侧记》这篇纪实文章，我绞尽脑汁，连续熬夜加班两晚，拿出一份令领导和同事们满意的答卷。

事与愿违！在井冈山的第一晚，我得继续工作，核对一份重要的人物采访稿。三天之前，《浙江日报》潮新闻记者杨云寒老师采访我，足足有两个多小时，在市局公关处王西泽副科长的陪同下。稿子急等刊发，是浙江日报和省公安厅推出的"为什么我想成为你，我的警察爸爸"系列报道第二期。刻不容缓！"我不是借调到派出所，是机关民警下基层锻炼……"深夜，我还坐在挹翠湖的凉亭里，认真核对着。

秋天早晚温差大，到夜间寒气逼人，我的鼻涕不知不觉流了出来，喉咙隐隐作痛。我这人要么不感冒，要么得重感冒，没有十天半个月好不了，涕泪俱下，咳嗽不止。记得初阳时，还咳出血丝来。想到这一点，我觉得无比恐怖，连忙逃回酒店。用热开水、热水澡和"泰诺"，硬是把自己从感冒的边缘拯救回来，而杨老师差点错过回家的最后一班地铁。多年以来，不管被采访，还是采访别人，让文本尽量准确无误，这是一个新闻宣传工作者最基本的素养。记得我写《慈城派出所有一个会弹钢琴的吴警官》，我和吴晓祥警官来回修改稿件不下七八次。

来井冈山的第一天下午，错过南山火炬广场的晚霞。第一个晚上因为感冒加重鼻炎，呼吸不顺畅，加之用脑过度，睡睡醒醒，没休息好。第二天起来，虽然晴空万里，但大脑昏昏沉沉的。许多战友在浙政钉或微信上给我留言，祝贺我登上《浙江日报》潮新闻了。还有给我打电话的。在此之前，我已经被宁波公安、全国公安文联等公众号宣传。第二天中午，浙江公安也转发了；第三天早上，全国公安文联文化人专栏也转发了。我不停地在各个社交平台回应大家的祝贺，当然还有部分的质疑。有朋友不理解，平时默默无闻的我为何现在铺天盖地地被宣传了。

我以前都没想到突然被重点关注起来也很苦恼呢。前些天，生活的宁静和规律被打破了，就像在一池湖水里投进几颗小石头，溅起无数的水花。我来井冈山的两天都是风和日丽的好天气，但不等我开始红色之旅的体验，我已经被"红色旋风"包围，被困在时间这张网里，动弹不得，拿着手机，看着屋外的阳光叹气。

参加公安工作29年，我一直在写身边战友的故事，突然被五六波"轰炸式"报道，实在有点不习惯，但我心里明白这是组织对因公牺牲民警子女和公安文化人才重视和关爱的体现。赵淑萍老师送我一句话："中年得志，大器晚成。"我不知道如何回应。不过有一点，我脑子非常清醒，加入中国作协只是创作阶段性的成果。我当然不会躺在名利簿里沾沾自喜、举步不前。

当一个人心猿意马时，根本无法静养或看风景。到井冈山的前两天，我什么景点都没逛成。除了在第二天晚上趁着天晴，去井冈山城里看了大型实景演出《井冈山》。时间飞快地从手指缝里溜走，只留下三天不到的时间。我心里暗暗着急。这种五味杂陈的体验，不好受。我真不甘心。不甘心又是上天又是入地，翻山越岭来到这，然后，行囊空空，打道回府。

# 三

屋漏又逢连夜雨！我心里暗暗叫苦。看完井冈山演出，回到酒店没多久，外面就开始下雨了，雨声越来越大，哗啦啦，到第三天早上也不消停。让我彻底打消去山上景点转悠的想法，但我也必须摆脱可怕的手机，抓紧把景点看起来。

　　我是处女座的，特别容易纠结。即使不上山，我也无法确定自己应该先看哪个景点。我和遂川作协主席、鲁院师兄梁路峰有约在先，他于周五带着全国的文学名家到井冈山和我胜利会师，我周五、周六都跟着他们跑景点，革命博物馆、大井、小井、八角楼、黄洋界、北山、南山等大小景点一网打尽。我怕自己的景点和他们看重了，但师兄在遂川搞会务忙得焦头烂额，我总不能老是打搅他。

　　周四，就是我来井冈山的第三天中午，雨依旧下个不停，我来到井冈山革命博物馆。这是一家大型的室内博物馆，适合雨天参观。我看得很仔细，看了三个多小时。一个城市的博物馆是最好的导游手册，可以大致了解历史和城市的基本情况，所以每到一个城市我必去博物馆打卡。

　　正当我兴致勃勃地参观时，梁师兄在微信给我留言，说他和文学名家们因为天气原因，周五不来井冈山，转去赣州。他说："把你一个人扔在井冈山，我心里说不出的内疚。""啊！"我一下子惊呆，感觉心像失重的电梯继续往下坠落。为了和师兄见面，和文学名家们见面，我特意带了一件水绿色的旗袍和红色锻花的旗袍过来，它们静静地挂在衣橱里，还没机会上身过。梁师兄在我申报中国作协会员过程中给我提出许多宝贵的建议，特别在申报路径和台账的整理装订方面，非常受用。他不仅文章锦绣，而且为人踏实真诚，所以我特别期待和他相逢，但是希望一下变成泡影。我努力压抑自己的失落和郁闷之情，和他说："师兄，我能理解你的苦衷。我们以后再找机会见。"

## 四

　　从井冈山革命博物馆出来，已经是下午两点多了，我饿得前胸贴后背，带着闷闷不乐的心情，冒着大雨，穿过挹翠湖的小桥和开满鲜花的小路，到酒店附近找饭吃。到辣妹子餐馆，点了芹菜炒牛肉、毛豆炒肉丝，另外又点了个地耳鸡蛋汤，要了一碗米饭，很快就可以开饭。人是铁饭是钢，汤足饭饱，我慢慢从疲惫失落的心情低谷走了出来。回味着参观博物馆的情形，想着毛泽东"上山"思想的产生，井冈山革命根据地的创立、朱毛会师和井冈山革命根据地的发展壮大和后来转战江西瑞金的革命进程，伴随着井冈歌谣的旋律在脑海中盘旋："红军弟兄真威风，一颗红星戴当中，大家来走红军路，红色旗帜满天红。"我也买了一顶红军帽，戴在头上，在朱毛会师的雕像前请一位来自上海的老先生为我留念。比起那些被导游规定只有半个小时游览场馆的团队游客，我暗暗庆幸自己是个自由人。

第三天下午，我还冒着雨去了南山公园，见到那把硕大的鲜红的火炬。我曾在挹翠湖旁看到过它，无论是白天还是夜晚，它像太阳和月亮，让我走到哪里，都可以看到它。我模仿着许多游客的样子，用右手蜷缩起来，做出握火炬的样子，满脸肃穆。星星之火，可以燎原。从革命的摇篮到共和国的摇篮，井冈山斗争的星星之火燃遍中华大地，最终夺取民主革命的全面胜利。我们握住的火炬，象征着中国革命薪火相传、后继有人。井冈山精神，最重要的就是坚定信念、艰苦奋斗、实事求是、敢闯新路、依靠群众、勇于胜利。井冈山时期，留给我们最宝贵的财富，就是这些跨越时空的井冈山精神。

大雨依旧在下，我的心情从低落郁闷走向高亢激越。感觉自己已经摆脱无穷的烦恼，慢慢地融入这片红色的海洋里去了。不论是火炬广场，还是毛泽东旧居，到处都有来自全国各地的红色研学的人们。有戴着校徽、穿着校服的中学生，也有戴着红军帽、戴着党徽、斜挎着军绿色小挎包的青年红学班学员，小挎包上统一绣着毛主席的头像，写着毛体的"为人民服务"5个字。还有戴着红色帽子的老年团的团员们，花白的头发从红帽子里倔强地冒了出来，满是皱纹的脸上写满敬仰的表情。这种熟悉的表情我曾在延安不止一次见到过。

# 五

既来之，则安之。经过三天的静养，多日来的疲惫一扫而光，我原本苍白的脸上有了一些红晕，眼睑下的黑眼圈也淡了不少。周四依旧下雨，滴滴答答，特别像江南的梅雨天。听当地人说井冈山常年多雨，非常潮湿，一年365天至少有一半的时间都在下雨。难怪这儿的菜都喜欢放辣椒，吃辣能预防风湿吧。雨天除了适合参观室内场馆，当然更适合看瀑布。在久负盛名的龙潭和水口的彩虹瀑之间，我选择后者。我爱井冈红，更爱井冈绿。井冈山山清水秀，空气好，空气里负氧离子浓度高，是天然氧吧。酷爱爬山的我，哪能错过和大自然亲密接触的好机会。我向水口景点便利店的大娘那借了登山杖，并把双肩包寄放在店里，轻装上阵。一路向下，一路绿色，湿漉漉的空气中弥漫着桂花的清香。

因为下雨，游客稀少，我又一次享受到久违的孤独的快感。孤独绝对不是孤单，它是一个人的深情，一个人的狂欢。你可以观赏蝴蝶的舞蹈，也可以听山泉的吟唱。你可以在白练般的飞瀑前沐浴自然的灵光，也可以坐在凉亭里构思一首小诗，除了天地草木和水，余下的就是你自己和自己的灵魂。洗心革面，吸气吐气，我感觉把浑身的浊气都排出来了，新的能量正在我体内慢慢聚集。虽然没有阳光，错过瀑布上流动着五彩霓虹的奇观，但是我又一次完成和瀑布的对话，成就出一个全新的我，也就是孟子所云的"吾善养吾浩然之气"吧。多年以来，没有特别的事，每周到森林里吐故纳新，汲取能量，和阅读一样，已经成为我生命中不可分割的一部分。雨天观彩虹瀑，不能不说是我上井冈山的巨大收获。

在山上小店躲雨闲聊时，我还收获了一对老夫妻的爱情故事。夫妻俩都不是当地人，但在这生活了 50 多年。老伯是江苏盐城人，来投奔这里的亲戚；大娘是上海知青，20 世纪 60 年代就来到井冈山，带着火一样的热情。他俩在林场当工人时相识相爱然后结婚生子，一直到现在，都没有离开这座大山。我问大娘当时为何没有回上海。她笑着说："和老头子都结婚成家，感情蛮好，不舍得离开了啊。当时全国来这 500 多个知青，只留下我们 7 个人，都回去了。"大娘带有上海口音的普通话很好听，虽然已经 70 多岁，但是眉宇依旧清秀，可以想见她年轻时的美丽。"我们在这开店有 30 多年了，儿子、儿媳都在井冈山市里工作，两个孙子也都上学了，他们经常来看我们。"老伯说起来，一脸满足和骄傲。宁静是一种生产力，也是一种能量，我不禁被山中这对老夫妻的纯朴的生活状态感染。他们就像山中的松柏，经过多年的风吹雨淋，依旧苍翠挺拔。相比之下，我太浮躁，太情绪化了。

# 六

如果说井冈山因为经受革命风雨的洗礼变得更加神圣、光芒万丈，那么我的内心因为经受井冈山风雨的洗涤变得安静富有力量。

在井冈山的最后一天，重见阳光，我站在高高的黄洋界上，感受当年炮声隆隆、杀敌声阵阵的黄洋界保卫战的豪迈气概。黄洋界位于井冈山西北面，海拔 1343 米，是井冈山著名的五大哨口之一，和湖南省相邻。1928 年 8 月 30 日，红军以不足一营的兵力，发动群众，凭险抵抗，将敌军四个团击溃。这场以少胜多的战役被写进美国西点军校的经典教材案例。毛泽东诗词多次提到黄洋界，留下"过了黄洋界，险处不须看""黄洋界上炮声隆"等佳句，让黄洋界的名气越来越大。至今还陈列在黄洋界炮台上的迫击炮更成为诸多游客争相拍照的网红打卡点。黄洋界保卫战一共打了三炮，前面两炮都是哑炮，没有打响，可能因为井冈山的天气比较潮湿，最后一炮由当时的指挥员陈毅安打响，直捣敌军的指挥所和枪弹库。他是黄埔军校炮兵专业毕业的，可惜在 1930 年长沙战役中英勇牺牲。牺牲时年仅 25 岁，他的妻子李志强（后终身未嫁）和年幼的孩子等来的只是空白的信纸条。当地人说起黄洋界保卫战，说起陈毅安，总是满满的骄傲和惋惜。

我在黄洋界炮台上默默伫立，遥想激战场面；我在朱毛红军的挑粮小道上徘徊，感受当年战争岁月的艰苦；我在红军造币厂了解当年钱币的制造过程；我在青青的竹园重温袁鹰的《井岗翠竹》，毛泽东的诗词《西江月》《水调歌头·重上井冈山》，感受红色文学的魅力。

我在大井村的读书石上拍照留念。这可不是一块普通的大石头啊。在井冈山斗争时期，毛泽东同志经常坐在这里看书、批阅文件。所以这也是人们争相打卡的地方。我为村子两棵死而复生的大树暗暗惊叹。一株是南方红豆杉，一株是椤木石楠，1929 年这两株大树被烧，但过了 20 年，居然又发芽生长。我想这是植物的生命力，也是共产党人不屈不挠的精神象征。我在小井村，被师长张子清舍己为人的精神感动。他主动把宝贵的食盐让给其他伤病员，而自己因为伤口感染献出年仅 28 岁的生命。我也为 130 多名医务人员和重伤员因来不及转移被敌人全部杀害而难过，他们到死也没有说出红军部队主力转移的方向。"生于忧患，死于安乐。""为有牺牲多壮志，敢教日月换新天"。共产党员到井冈山来忆苦思甜，就是要意识到革命先烈们的血不是白流的。"国家兴亡，匹夫有责"，我们必须要珍惜当下来之不易的和平环境，发愤图强。

我在参观各个红色景点中，经常遇到许多单位的党员参观团。他们胸前的党徽在阳光下如一团小火苗在燃烧。我很后悔没有把党徽佩戴在胸前。我在大学就入党了，已经有 30 年的党龄。在大巴车上和来自深圳的一个老党员简单聊了几句。我问他是第几次来。他说已经是第五次。我很困惑,问他:"不腻吗?"他正色回答:"我党在不同时期的革命理论都会有发展,每次来井冈山,都有新的收获,所以我很愿意多来几次,把井冈山精神发扬光大。"我对他竖起了大拇指,面有愧色。

井冈山是国家 AAAAA 级景区,不仅自然风光秀美,而且有丰富独特的红色人文资源。景区管理非常人性化,我买了 5 天有效的景区景点和电瓶车通票,只需要 240 元,而且各个景点只要刷脸就可通过,不需另外验票。虽然还有三分之一的景点没来得及看,如五指峰、八角楼、龙江书院、象山庵等。因为第五代人民币 100 元大钞背面印的就是井冈山的五指峰,井冈山被称为最贵的山。井冈山富含银矿,的确是座银山,还是各种名贵中草药的重要产区。有遗憾就有期待,待到来年映山红开满山野时,我再来井冈山吧。遂川是我党第一个红色县政权所在地,也就是我师兄、作家梁路峰的家乡,期待下次能和他在遂川或茨坪见面。

固执地选择一个人的旅途,在许多人看来或许是那么乏味。也许一个人的旅行少了许多本应萦绕在耳旁的欢声笑语,多了些寂寞、烦恼和哀愁。可是自己的独处又是多么丰富多彩,而这一切的精彩却独独出自内心的一次次情感升华。我想,这是结伴而行,远远体会不到的风景。

风雨井冈山,我来过,记录过,它丰富了我的人生体验和阅历。在路上,还有无数的远方在召唤着我。

# 跋：清明雨和玉环的公安文学缘

丁洁芸

壬寅年初春，玉环城内的红梅竞相开放，在小桥流水的岸畔，诗意盎然。梅花点点，总让人不禁念起南北朝诗人陆凯的《赠范晔诗》："折花逢驿使，寄与陇头人。江南无所有，聊赠一枝春。"于是，因写作遇到瓶颈的我，以"一枝春"的问候，向宁波的"清明雨"请教。热情的她，在电话里说出了作品的源头活水——下基层。只有下基层，实地体验、感受，才会焕发出写作的生命力。

清明雨，原名王海燕，宁波市公安局出入境管理局民警，全国公安文联会员，浙江省作家协会会员，宁波市作家协会法治文学创委会副主任。清明雨与玉环有着不同寻常的文学缘分。那是 2011 年的中秋节，海浪声声，明月朗朗，诗歌大鹿岛成为文学的"华山"，一群省内公安文学人在此论剑交流，让我受益匪浅。尤其是清明雨，亲和、热情，一下子拉近了我俩的距离。这些年，我和清明雨通过电话保持联系。与清明雨交往久了，才知步入中年的她如此明亮、可爱。在她的文章里，我们总能看到那些源自生活的片段，平常而有其美，读后如春风拂面。"和时间赛跑"，是这些年清明雨给我最深的印象。加了她的微信后，有时在凌晨一二点，还能看到她发上来的文章。

她以微信作文，实时记录着身边发生的事物，如同在微友面前翻开一本色彩斑斓的书籍。

2014 年 11 月 17 日，因为文学的缘分，我和清明雨在玉环重逢。此次，作为著名公安网络写手，"清明雨"是来海岛传播文学的种子，栽下公安文学的树苗。虽然只是一下午的时光，她用传统的讲座方式，点燃了在座听众的文学梦！从清明雨的公安文学创作讲座中，我听到了对文学定义最直白的注解。文学是高尚的、大雅的，但它不一定就与贵族、学仕为伍。只要你愿意靠近它，文学都不会拒之门外。不在乎平仄用词，不在乎排比呼应，一篇真情实感的文稿好过无病呻吟、辞藻华丽的作品，这就是文学的地气和生命力。

缘分总是很奇妙。2020 年 8 月 6 日，清明雨受邀再度来玉环市公安局讲课。这次，她带来了新出版的诗集《甬江边的树》。当晚，玉环市公安局铁军讲堂开讲！《写作——成就你我的光荣与梦想》，清明雨以此为主题的一堂课，从写作途径、采访技巧、文章标题、开头撰写、细节描写、场景设计、多维度展示等角度，深入浅出地向大家阐述了公安先进人物通讯写作技巧。

公安文学如何为实战服务？清明雨和在座的师弟师妹们分享了她的采访故事。疫情期间，宁波市公安局奋战一线，众志成城，"疫情不绝，甬警不退！"出入境民警在立足岗位、全力履职的同时，还积极增援"战疫"一线——到杭州湾转运点执勤。出征前的动员大会，是在清明雨隔壁会议室召开的。当隔壁传出一声响亮的"出发"声时，坐在办公室的清明雨凭着敏锐的新闻直觉，马上起身，冲了出去。得知是要去杭州湾转运点执勤，她又主动请缨，成了这次赴一线的"编外人员"，却又是一线急需的战地记者。清明雨说，我什么行李都没准备，就参与了这场说走就走的战斗。

清明雨个性直率，还有些孩子般的纯真。私底下的她，在众人前也不避讳自己的体重，在减肥的道路上且歌且行。她来玉环，对海岛本地虾蟹称赞不已。在我眼里再寻常不过的食物，成了她拒绝以奶昔代餐的理由。"入乡随俗"，清明雨毫无违和感地将自己生活切换到"走亲"模式。清明雨在临海长大，一直读到台州中学，后考取浙江公安专科学校（浙江警察学院前身）。因受中学语文老师母亲的文学熏陶，在学校里，她喜欢上了写作。其中，一篇获奖征文《怀念我的父亲》，让她走近校报，也开始启用"清明雨"这个笔名，以此纪念在清明前因公牺牲的警察父亲。参加公安工作以后，清明雨因为结婚、生子等原因，她的文学梦暂时搁浅。2005年，为了调节考研的压力，清明雨重新拾笔。这次，她成了缪斯的孩子，在写文的道路上开始长途跋涉。清明雨此行是第三次来玉环，踏在台州温厚的土地上，她的思绪里有浓浓的家国情怀。

在玉环市公安局主楼三楼，有一个小小的图书馆。清明雨一走进，就对书架上的书籍产生了兴趣。这其中，还有民辅警自己撰写的《策马前行》《如沐春阳》《厚栋任重》三本丛书，分别反映了2014年至2016年的玉环公安工作。清明雨说："我们每个人都有自己的梦想，不要紧，慢慢来，按着自己的节奏努力前行。"10多年来，清明雨正是凭着内心的笃定和从容，笔耕不辍，利用业余时间在自己的梦想田里种树、浇花，使这片土地春意盎然。同时，生性爽直的她，又不吝宝贵的闲暇时间，应着广大公安文友以及社会校团的邀请，到各地讲学或参加公安文化交流活动，将文学的种子播向了更广阔的天地。公安文学，就是为公安实战服务，凝聚警心，鼓舞士气，传递正能量！

2020年7月，全国公安文联副主席张策出版了《公安文学四十年》一书。在书中，他写道：如果说公安文学诞生于中华人民共和国成立之初的烽火岁月，那么，它与中华人民共和国成立70余年的相伴相随，就是几代公安文学组织者和创作者的薪火相传。记录和继承，对今天的我们来说，就是责无旁贷的使命。张策老师对公安作家及公安文学爱好者，有着独特的情感和期冀。他把公安文学的 40 年划分为苏醒期、成长期、爆发期和成熟期。他说，公安文学的成长如同一个巨人，从睡梦中醒来，慢慢抬起他的头，在前进中渐渐爆发出蕴藏已久的力量，在迎面的旭日光辉中，最终迈开自信的脚步。他相信，公安文学的未来硕果可期，必然是充满光明的美好愿景。在书中，张策老师也提到了以雷米、秦明、沧溟水、清明雨等为代表的网络文学作家。

正是基于张策老师的理念，这些年，清明雨和其他公安作家一起，重视发现和扶持公安文学新人。作家胡泊这样评论她："真实、率直，不矫情，反省自己不惮用严厉的字眼，面对他人，又热情似火，不惜用最好的语句。"清明雨的亲和力，我在陪同她去玉环市少年警校采风时感受到了。只见她与小"警察"和家长们围坐着，和孩子们畅谈未来的梦想，和家长们交流育儿心得。"孩子有自己的一片蓝天，他们其实也是我们家长的老师，一定要尊重孩子，与他们平等交流，倾听他们内心的声音"，清明雨和家长们说。对于有着文学梦的新警，清明雨将自己在文学路上的挫折和收获讲给他们听。在工作期间，清明雨一直坚持学习和写作，给人生加入了"奋斗"的元素。2005 年，她考取了浙江大学光华法学院，并获法律硕士学位。2014 年、2015 年，她连续两次去鲁迅文学院深造。"有了梦想，坚持很重要！要相信坚持的力量，它一定会成就你的公安文学梦！"清明雨柔和的话语里，给了新警千钧的力量。

海燕，是属于广袤的大海，在大风大浪中搏击飞翔。当清明雨来到年轻的干江派出所时，她被这里的红船、长征路、南泥湾感染了。她对陪同介绍的曾煌景所长、陈国教导员说："我去过延安，也写过《到延安去》的文章。来到这里，看着墙上的延安窑洞，我有故地重游的感觉。"当得知干江派出所有个"海上集结号"的党建品牌，面对 1000 多平方千米的海域，她对"快艇出警 5 分钟到达干江、10 分钟到达鸡山、30 分钟到达披山"的快速反应机制，留下了深刻的印象。坐在乘风破浪的渔船上，清明雨望向无垠的大海，此时的她就是一只思绪飞扬的海燕。所长和教导员站立在船头，还有迎风招展的五星红旗，清明雨将这一幕定格在她的手机镜头里。欣闻 8 月 8 日刚好是他们来干江派出所报到的周年纪念日，她又奋笔写下《为海岛英雄画像——致吹响海上集结号的弄潮儿们》的诗歌。玉环人向来有闯海精神，玉环公安传承红色基因，勇做新时代的弄潮儿，不断成长，不断进取向前！海燕，为他们点赞！

人民是文艺之母。2021 年 12 月 14 日，中国文联第十一次全国代表大会、中国作协第十次全国代表大会在北京隆重召开。习近平总书记在会上强调：广大文艺工作者要坚持以人民为中心的创作导向，把人民满意不满意作为检验艺术的最高标准，创作更多满足人民文化需求和增强人民精神力量的优秀作品，让文艺的百花园永远为人民绽放。总书记的讲话，既是对中国文学艺术事业发出的动员令，也为中国公安文学的崛起，注入了强大的动力。鲁迅先生在《且介亭杂文附集·这也是生活》中写道，"无穷的远方，无数的人们，都和我有关"。是的，作为公安作家，这火热的警营，无数的战友，以及鱼水警民情，都和清明雨有关。是一种自觉的使命与担当，让她在公安文化道路上跋涉前行。

丁洁芸

（台州市公安作协主席，全国公安文联会员、浙江省作协会员，

现供职于玉环市公安局）

# 后　记

　　今天是春节节后上班第四天，刚过了雨水的节气，寒潮又一次无情地袭来，窗外春雨潇潇，前几日的阳光逃遁无影。不容我对天气长吁短叹，这几天无论是工作还是创作都呈奔跑状态。我答应出版社争取2月底之前交书稿、签合同。今天已是2月21日，我实在没有理由再待在舒适区里了。昨晚睡在单位宿舍加班，今天争取在22点之前收工。

　　前面这一段可能是废话，但绝对是鲜活的记录。我想等新书出版之后，回头看看当初写后记的写作背景，挺有意义的。《燃烧的海》是我打算出版的第四本书，"四"扣了一个"事"的谐音，希望事事如意吧。2015年，我出版第一本散文随笔集《快意江湖》，2017年出版旅行笔记《葡萄架下的相约》，2019年出版诗集《甬江边的树》，基本是两年一本的速度，但是这本书却相隔了4年多的时间。中间到底经历了什么？——拖延症加完美主义，让我举步维艰，还有人的惰性，所以出版这件事，就不知不觉地搁浅下来。

　　一直到2023年9月，我光荣地加入中国作协，成为宁波公安第一人、也是浙江省公安系统第一个加入中国作协的警营女作家。我的心开始复活，觉得有必要把过去数年的文章好好地整理一下，再出个集子，特别是3年疫情时期的工作、生活记录，很值得回忆、思考。这本书的可读性应该是比较强的，有发生在警营里的趣事，如《岁末搬迁记》《第一次和奥运冠军合影》，有窗口感人小故事；也有我与海曙的文学情结和一些地域思考，应了"一方水土养一方人"的老话。在宁波定居生活 30 年，我已经深深地爱上这片美丽、富饶、文艺、活力、满满的土地。当然书里还有诗和远方，"读万卷书，行万里路，识万个人"，这样的人生是多么精彩丰富。非常喜欢木心先生说过的一句话："我们要像读书一样识人，我们要像识人一样读书。"还有麦家老师说的："读书是写作最好的准备，写作是写作最好的老师。"多年以来，读书和写作已经成为我精神生活中不可或缺的组成部分，是我生命的存在形式。

说起读书和写作，我总是深情满满。因为书有两个生命，一个是书中记录的，一个是读者和书发生联系之后产生的。读书和写作能让我们的人生重新活一次，那是多么美好的事啊。这也是我不辞辛苦再出新书的原因。写作和交友一样，贵在真诚。此时此刻的我，特别想和读者朋友们分享我这些年来的点点滴滴。

一个人最幸福的状态就是可以活出自我，写作渡人也渡己，当作家算是一种不错的活法。让写作来对抗我们对岁月的遗忘，同时也把我们从麻木不仁的状态里拯救出来。我期待这本书给朋友们送去能量、启迪和祝福。

这本书为何叫《燃烧的海》，和我热情似火的性格有关，也和我的职业有关。我身上的警察蓝制服让人不由联想到蔚蓝的大海。燃烧是一种年轻的状态。我今年 54 岁，党龄 31 年，从警 30 年，但依旧像一个 24 岁或者 34 岁的年轻人一样生机勃勃。在我看来，年轻是一种心灵的状态，是情感活动中的一股勃勃的朝气，是人生春色深处的一缕东风。愿你我心中都有一道永不消逝的电波，千万不要动不动就说自己老了，错误引导自己。年轻就是力量，有梦就有未来！在此，我庄严地承诺，我的心将永远和时代一起律动，我的笔将永不停歇。祝愿我们的生命永远像花朵一样怒放！

　　我从 2023 年 11 月开始整理，跨年到 2024 年的 2 月。文稿的整理花去了大部分的业余时间，我累并快乐着。2024 年 1 月 10 日，第 4 个警察节，鲁院师兄郑天枝老师在重感冒没有完全康复的情况下，为我写了热气腾腾的序言：《奔腾的流年，记存浮世清欢》。那天清晨，他写到 4 点才去睡觉，几乎熬了个通宵，天枝哥对自己太狠了！他作为文学前辈对后学的提携之情让我感动不已。

　　缘分真是一种很神奇的东西。因为北京作家张振华（网名狼行千里）对我的网上采访，促成又一篇序言的诞生。他受《人民公安》杂志委托，要为全国公安系统中比较有成就的文化人写人物专访故事，我是他的采访对象。他把我整部书稿都看了一遍，说我像个老顽童，也像个小姑娘、小公主。虽然已经 50 多岁了，但依旧有一颗少女心，生命之河依然澎湃流动。他通过我的文字，读懂了我，读懂我野蛮生长的状态，他笑着说我是"体制里的野生动物"。于是他在完成《人民公安》杂志人物稿件的同时为我写了另一个版本的序言。我自然满心欢喜。我和狼弟在网上认识有 8 年，虽然从未谋面，但交流毫无障碍。也许是因为灵魂相通的人，见字如晤。

　　前不久，我的这本作品集《燃烧的海》被评上 2023 年浙江省宁波市海曙区文化精品项目。在此特别感谢海曙区宣传部、海曙区文联领导对文化人才予以有力的扶持，我不由感慨，在海曙当作家很幸福，在宁波当作家很幸福；同时感谢我单位的领导、同事和我的家人对此书出版的支持；感谢宁波知名书法家陈玄光老师题写的书名，记得 2019 年 10 月 27 日，我在宁波二中举办《甬江边的树》大型诗会时，他特意书写《甬江边的树》横卷轴书法作品赠送，惊艳全场；感谢广东汕头艺术家好友陈仁凯、散文家刘帆博士、李佳越、商雄峰、温亚豪等朋友对此书提出宝贵的修改意见；感谢在宁波教育博物馆工作的摄影师张静老师为我拍下珍贵美好的照片，那是 2023 年深秋，我去宁波教育博物馆采访全国劳模、甬城教育名家——黄兴力馆长，有心的张老师用镜头语言记录当时动人的场景，书勒口的作者小照就是其中的一张；感谢多年以来一直默默支持鼓励我的读者朋友们，宁波儒商董昌辉先生在此书未出版时已经预订数百本，拳拳之心让我感动；最后还要感谢中国文史出版社和我的责编徐玉霞老师的辛勤付出，我曾经对徐老师说："出一本书真的比生一个小孩要麻烦太多了。"徐老师的细心和耐心令我印象深刻，感谢她花费大量心血帮我接生出这本新书"宝宝"。

记得作家王朔在《致女儿书》里有这样一句话："你必须只有内心丰富，才能摆脱这些生活表面的相似。"是啊，文学就像一个庞大精美的容器，用最浓缩最优美最深刻的语言盛满人类的喜怒哀乐和社会的气象万千。它让我们摆脱同质化生活，让我们的灵魂变得丰富、高贵、善良，让我们的人生熠熠发光。文学又像一座灯塔，照亮生命航行之路，让我们变得勇敢、强大。我愿带着这本滚烫的散文随笔《燃烧的海》——我的第四部文学作品集，和朋友们在文学的朝圣路上踏歌而行，为平凡的人生增添芳华。

2024 年 2 月 21 日 22 点 15 分

雨夜，写于宁波市北明程路 788 号